Weitere Titel der Autorin:

Perfect Passion – Stürmisch
Perfect Passion – Verführerisch
Perfect Passion – Sündig
Perfect Passion – Feurig
Perfect Passion – Fesselnd
Perfect Passion – Berauschend

Perfect Touch – Ungestüm
Perfect Touch – Intensiv
Perfect Touch – Ergeben (erscheint im Sommer 2017)
Perfect Touch – Untrennbar (erscheint im Sommer 2017)

Weitere Bände in Vorbereitung

**Über die Autorin:**

Jessica Clare lebt mit ihrem Mann in Texas. Ihre freie Zeit verbringt sie mit Schreiben, Lesen, Schreiben, Videospielen und noch mehr Schreiben. Sie veröffentlicht Bücher in den unterschiedlichsten Genres unter drei verschiedenen Namen. Als Jessica Clare schreibt sie erotische Liebesgeschichten. Ihre Serie PERFECT PASSION erschien auf den Bestseller-Listen der NEW YORK TIMES, der USA TODAY und des SPIEGELS. Mehr Information unter: www.jillmyles.com

Jessica Clare

# PERFECT TOUCH

UNGESTÜM

Roman

Aus dem amerikanischen Englisch
von Kerstin Fricke

BASTEI LÜBBE TASCHENBUCH
Band 17 466

Dieser Titel ist auch als E-Book erschienen

Vollständige Taschenbuchausgabe

Deutsche Erstausgabe

Für die Originalausgabe:
Copyright © 2015 by Jessica Clare
Titel der amerikanischen Originalausgabe: »The Billionaire and the Virgin«
Originalverlag: InterMix Books, New York
Published in Agreement with the author, c/o Baror International,
Inc., Armonk, New York, USA

Für die deutschsprachige Ausgabe:
Copyright © 2016 by Bastei Lübbe AG, Köln
Textredaktion: Mona Gabriel, Leipzig
Titelillustration: © shutterstock/svaga
Umschlaggestaltung: FAVORITBUERO, München
Satz: Urban SatzKonzept, Düsseldorf
Gesetzt aus der Garamond
Druck und Verarbeitung: CPI books GmbH, Leck – Germany
Printed in Germany
ISBN 978-3-404-17466-9

5 4 3 2 1

Sie finden uns im Internet unter www.luebbe.de
Bitte beachten Sie auch: www.lesejury.de

Ein verlagsneues Buch kostet in Deutschland und Österreich jeweils überall dasselbe.
Damit die kulturelle Vielfalt erhalten und für die Leser bezahlbar bleibt,
gibt es die gesetzliche Buchpreisbindung. Ob im Internet, in der Großbuchhandlung,
beim lokalen Buchhändler, im Dorf oder in der Großstadt – überall bekommen Sie Ihre
verlagsneuen Bücher zum selben Preis.

# 1

Marjorie Ivarsson rückte die Schleife auf ihrem Rücken zurecht und reckte den Hals, um sich im Spiegel die Rückseite ihres Kleides anzusehen. »Wie sieht das aus?«

»Einfach nur schrecklich«, antwortete die Rothaarige neben ihr, die ein ähnliches Kleid trug. »Wir sehen eher aus wie Gebäckstücke als wie Brautjungfern.«

»Könnt ihr die Kleider wirklich nicht ausstehen?«, fragte Brontë und wrang die Hände, als sich die Frauen nebeneinander aufstellten und im Spiegel musterten.

»Doch, doch«, erwiderte Audrey – Marjorie wusste, dass die deutlich schwangere und sehr nette Frau so hieß. Audrey stieß die weniger nette Rothaarige neben sich an, bei der es sich um ihre Schwester handelte. »Ich finde die Kleider hinreißend. Und du siehst das genauso.«

»Nein, ich ...«

Wieder knuffte sie ihre Schwester und wandte sich dann an Marjorie. »Was hältst du von dem Kleid, Marj?« Dabei schien sie ihr mit den Augen etwas sagen zu wollen, das jedoch nicht verständlich rüberkam.

»Ich liebe es«, log Marjorie und schenkte Brontë ein strahlendes Lächeln. Tatsächlich erinnerte sie das Kleid mit dem vielen Rot und Weiß eher an eine Zuckerstange mit einer Schleife, aber Brontë hatte sehr lange und intensiv nach Kleidern gesucht und alles bezahlt, daher konnte sich Marjorie doch jetzt unmöglich beschweren, oder? Sie hatte den Preis des Kleides gesehen. Anscheinend wurden sie von einem Designer maßangefertigt, und ein Kleid kostete mehr, als Marjorie in einem Vierteljahr verdiente. Brontë gab sehr viel Geld für ihre Hochzeit aus, da wollte Marjorie ihr die Freude nicht verderben.

Daher rückte sie die Schleife auf ihrem Rücken erneut zurecht und nickte. »Es ist wunderschön. Ich fühle mich darin wie eine Prinzessin.«

Brontë lächelte erleichtert.

»Ach, du bist eine elende Lügnerin«, begann Gretchen und bekam erneut den Ellbogen der schwangeren Audrey in die Rippen.

»Ich glaube, es muss an der Seite ein wenig ausgelassen werden«, stellte Audrey fest und winkte die Schneiderin heran. »Meine Hüften werden irgendwie immer breiter.«

Eine Frau, die sich einige Stecknadeln zwischen die Lippen geklemmt hatte, kam angelaufen und kniete sich neben Audrey auf den Boden, während Marjorie Brontës versammelte Brautjungfern musterte. Abgesehen von ihr, einer einen Meter fünfundachtzig großen nordischen Blondine, war da Gretchen, eine kleinere, kurvigere Frau mit knallrotem Haar, das sich fast schon mit ihrem Kleid biss, doch als Trauzeugin war ihr nach unten ausgestelltes Kleid glücklicherweise mehr weiß als rot. Außerdem Gretchens Schwester Audrey, eine blasse, schwangere Rothaarige mit zahlreichen Sommersprossen, und eine Blondine namens Maylee, die in einer Ecke saß, gerade in ihr Kleid eingenäht wurde und so glücklich aussah, als ginge es um ihre eigene Hochzeit. Letztere war anscheinend erst sehr spät als Brautjungfer hinzugekommen, da ihr Kleid im Gegensatz zu den anderen noch sehr unfertig war.

Gretchen fummelte an dem breiten Tüll herum, der an den Knien mit dekorativer roter Spitze abschloss. »Meine Hochzeit wird in Schwarz-Weiß abgehalten, das schwöre ich euch, denn dieser Scheiß ist doch läch…«

»Wie bist du auf die Idee gekommen, deine Hochzeit hier auf der Insel zu feiern, Bron?«, fiel Marjorie Gretchen ins Wort und versuchte, die Friedensstifterin zu spielen. Sie war recht entsetzt, dass Gretchen ihre Meinung über die Kleider so deutlich zum Ausdruck brachte, und wollte lieber das Thema wechseln.

Brontë lächelte Marj strahlend an und sah wieder mehr so aus wie immer. »Weil ich Logan hier kennengelernt habe, weißt du das nicht mehr? Wir saßen bei dem Hurrikan fest. Die Reise hatte ich im Radio gewonnen.« Sie nahm Maylees Hände und half ihr beim Aufstehen, während eine andere Schneiderin an den Säumen herumhantierte. »Logan hat die Insel gekauft und beschlossen, das Hotel zu renovieren. Er hat alles darangesetzt, dass es diese Woche fertig ist, damit wir dort heiraten können. Ist das nicht süß?«

»Wirklich süß«, wiederholte Marjorie und rückte ihren tiefen V-Ausschnitt zurecht. Eigentlich hatte ihr Gehirn bereits ausgesetzt, als Brontë »die Insel gekauft« gesagt hatte. Marj konnte es noch immer nicht richtig fassen, dass Brontë – die quirlige, ständig Philosophen zitierende Brontë – mit einem Milliardär zusammen war und ihn jetzt sogar heiratete. Vor ihrem inneren Auge sah sie Brontë noch immer als Kellnerin und ihre Kollegin. Sie hatten ein oder zwei Jahre lang zusammen in einem 50er-Jahre-Diner in Kansas City gearbeitet ... bis Brontë nach New York gezogen war, um bei Logan zu sein. Das Ganze war eine Geschichte wie aus dem Märchen – oder aus einem Film, je nachdem, was man bevorzugte. In jedem Fall kam es Marj nicht so vor, als wäre das etwas, was normalen Menschen passieren konnte. »Du bist so ein Glückspilz, Brontë. Ich kann nur hoffen, dass ich eines Tages auch einen Mann kennenlerne, der so großartig ist wie Logan.«

»›Die Hoffnung ist der Traum des Wachenden‹«, meinte Brontë mit leisem Lächeln. »Aristoteles.«

Gretchen schnaubte und fing sich sofort einen bösen Blick ihrer Schwester ein.

»Es ist so lieb von dir, dass du alles bezahlst, damit wir bei dir sein können, Brontë«, säuselte Maylee und trat vor, um sich neben die anderen Brautjungfern zu stellen. »Schaut uns doch nur an. Sehen wir nicht alle hinreißend aus?« Sie legte Marjorie freundschaftlich einen Arm um die Taille und strahlte sie an. »Wie Rosen bei einer Parade.«

»Werden die nicht auf dicken Wagen rumgekarrt?«, bemerkte Gretchen trocken. »Aber jetzt, wo du es erwähnst ...«

Marjorie kicherte und schaffte es nicht, das Geräusch hinter vorgehaltener Hand zu unterdrücken.

»Wer fehlt denn noch?«, fragte Audrey und zählte die Anwesenden durch. »Soweit ich weiß, sind Jonathan und Cade auch Trauzeugen, richtig? Das macht fünf aufseiten des Bräutigams, ich sehe hier aber nur vier Brautjungfern. Was ist mit Jonathans Freundin? Wie heißt sie doch gleich?«

»Violet«, antwortete Brontë. »Und ich habe sie gefragt, ob sie meine Brautjungfer sein möchte, doch sie hat abgelehnt, da wir uns eigentlich kaum kennen. Logan wollte, dass sie zu meinen Brautjungfern gehört, weil sich Jonathan darüber freuen würde, aber sie möchte lieber als ganz normaler Gast an der Hochzeit teilnehmen.« Sie trat vor und rückte das Spitzenband unter Marjories Busen zurecht. »Sieht das nicht irgendwie schief aus? Wie dem auch sei. Angie kommt auch, aber ihr Kind hat heute eine Zahn-OP, daher kann sie erst morgen in den Flieger steigen.«

Marjorie lächelte Brontë gequält an. Ihr würde es gleich viel besser gehen, wenn Angie da war. Die drei Frauen hatten zusammen im Diner gekellnert (ebenso wie Sharon, aber die konnte keiner leiden). Angie war Mitte vierzig, sehr mütterlich und immer herzlich. Sie gingen häufig gemeinsam zum Bingo.

Gretchen stieß Marjorie an. »Und, hast du jemanden, der dich auf die Hochzeit begleitet? Bringst du einen Mann mit in der Hoffnung, dass er das Strumpfband fängt?«

»Ja, ich habe einen Begleiter«, erwiderte Marjorie. »Er heißt Dewey, und wir haben uns beim Shuffleboard-Spielen kennengelernt.«

»Dewey? Das klingt ja nach einem alten Knacker.«

»Ich glaube, er ist über achtzig«, erklärte Marjorie grinsend. »Aber er ist wirklich süß.«

»Ah, verstehe.« Gretchen zwinkerte Marjorie verschwörerisch zu. »Ein Sugardaddy, was?«

»Was? Nein! Dewey ist einfach nur ein netter Kerl. Er macht hier Urlaub, weil seine Frau vor Kurzem gestorben ist und er sich ablenken will. Er war mir gleich so sympathisch, dass ich ihn eingeladen habe, mich auf die Hochzeit zu begleiten. Mehr steckt nicht dahinter, er ist einfach nur ein netter Mann.«

»Lass sie in Ruhe, Gretchen«, schaltete sich Brontë ein. »Marjorie findet immer einen süßen alten Herrn, an dem sie einen Narren fressen kann.« Brontë musterte sie nachdenklich. »Mir fällt gerade auf, dass ich sie noch nie in Begleitung eines Mannes gesehen habe, der jünger als siebzig ist.«

Brontë kannte sie wirklich sehr gut, und Marjorie musste bei ihrer Bemerkung lächeln. »Da hast du mich wohl durchschaut. Ich ... ach, du weißt schon. Ich habe mehr mit Menschen wie Dewey gemeinsam als mit anderen Leuten.«

So war es wirklich. Sie hatte keine Beziehung mit älteren Männern, sondern verbrachte nur ihre Zeit damit, Bingo und

Shuffleboard mit Freunden zu spielen, zu Strickkränzchen zu gehen und freiwillig im Altersheim zu arbeiten, wenn sie Zeit dafür fand. Ihre Eltern waren schon seit so langer Zeit tot, dass sich Marjorie gar nicht mehr daran erinnern konnte, wie sie aussahen, und sie war bei ihren Großeltern aufgewachsen. Aus diesem Grund konnte sie auch Quilts anfertigen, war eine Expertin für das Einkochen von Lebensmitteln, hatte unglaublich viele Folgen von *Der Preis ist heiß* gesehen und war meist von Menschen umgeben gewesen, die viermal so alt waren wie sie. Irgendwie hatte sich das nie wieder geändert. Selbst jetzt mit vierundzwanzig fühlte sie sich in der Gesellschaft von über Achtzigjährigen wohler als in der von Altersgenossen. Menschen in ihrem Alter saßen nie entspannt samstagmorgens mit einer Tasse Kaffee und einem Kreuzworträtsel in der Küche. Sie machten es sich auch nicht an einem Tisch gemütlich und unterhielten sich. Stattdessen schossen sie Selfies, betranken sich sinnlos und feierten die Nächte durch.

Doch das alles war nichts für Marjorie. Sie war da altmodisch und besaß zwar den Körper einer (ziemlich großen) Vierundzwanzigjährigen, aber die Seele eines betagten Menschen.

Auch ihre Größe war einer der Punkte, auf die es in der Gegenwart älterer Menschen nicht ankam – und Marjorie war sehr groß. Mit ihren ein Meter fünfundachtzig war sie größer als fast alle Frauen und viele Männer. Kein Mann wollte mit einer so großen Frau ausgehen, und die meisten Frauen schienen sie als einen Freak zu betrachten. Bei ihren Großeltern hatte sie sich jedoch trotz ihrer Größe immer wunderschön gefühlt.

Daher sah es nun einmal so aus, dass Marjories Freunde mit Ausnahme von Brontë in Altersheimen lebten.

»Tja, ich denke, die Anprobe hätten wir damit geschafft«, verkündete Brontë, als die Schneiderinnen bei allen Maß genommen hatten. »Zieht eure Kleider wieder aus und genießt den Rest des Tages. Wir sehen uns dann heute Abend beim Junggesellinnenabschied!«

Maylee kicherte, und Gretchen schlug mit allen ab. Audrey tätschelte ihren runden Bauch. »Dann fällt mir wohl die Rolle der Fahrerin zu.«

Vorsichtig stiegen sie wieder aus den Kleidern und zogen sich um. Marjorie hatte ihr Badezeug mitgebracht, schlüpfte jetzt in ihren rot-weiß gepunkteten Badeanzug, wickelte sich einen Sarong um die Hüften und stopfte ihre restlichen Kleidungsstücke in eine Tasche.

Es war ein wunderbarer Tag, und sie wollte noch einen Strandspaziergang machen, bevor in einigen Stunden die nachmittägliche Shuffleboard-Partie begann.

## 2

Hey! Augen auf! *Titten oder Abflug?*« Die Frau, die im Wasser neben Robert Cannons Floß herumtollte, zog ihr Top hoch und präsentierte ihm ihre falschen Brüste.

Er prostete ihr zu, auch wenn er sich eigentlich wünschte, dass sie Leine zog und ihre Freundin gleich mitnahm. Dann legte er einen Finger an sein Bluetooth-Headset, um ihr so mitzuteilen, dass er an einer Konferenzschaltung teilnahm, auch wenn er sich in Strandnähe und mit einem Cocktail in der Hand auf einem Floß aufhielt. Momentan war er einige Meter vom Ufer entfernt, und wann immer Menschen zu nah herankamen, steckte er eine Hand ins Wasser und steuerte sein Floß weiter aufs Meer hinaus, damit er sich auf das Gespräch konzentrieren konnte. »Was soll das heißen, dass die Quoten gefallen sind?«

»Es heißt genau das«, sagte sein Assistent, dessen Stimme blechern aus dem Headset drang. »Laut der aktuellen Umfragen sind die Quoten des Männerkanals trotz der neuen Serien um zwei Prozentpunkte gesunken.«

Rob fluchte und nahm einen Schluck von seinem Drink. In der Nähe seines Floßes nahm eines der Beachbunnys ein anderes gebräuntes Mädchen in den Arm. Nachdem sie sich vergewissert hatten, dass er auch zusah, küssten sie sich, um ihn auf sich aufmerksam zu machen.

Doch er ignorierte sie und paddelte noch ein Stück weiter weg. Das war ja mal wieder typisch.

»Was ist mit der neuen Show?«, fragte Rob. Verdammt,

wenn er trotzdem um zwei Punkte gesunken war, dann brauchte er einen stärkeren Drink. Der jetzige konnte seinen Schwips nicht aufrechterhalten.

»*FKK-Party?* Tja, trotz der intensiven Werbemaßnahmen scheinen wir die angepeilte Zielgruppe zwischen achtzehn und vierzig nicht zu erreichen. Ich habe nicht die geringste Ahnung, woran das liegt.«

Rob fluchte erneut. »Und was sagen die Werbekunden?«

»Die sind schon jetzt nicht gerade glücklich.«

Na super! Das hatte ihm gerade noch gefehlt. Er leerte das Glas in einem Zug und winkte einer der Frauen im Wasser zu. Wie aufs Stichwort nahm sie das Glas und eilte zum Ufer, um ihm einen neuen Drink zu bringen, wobei ihre Brüste in dem knappen Bikini wild hüpften. »Ich werde ein paar Anrufe machen, wenn ich wieder zurück bin, okay? Halten Sie einfach diese Woche die Stellung, solange ich mich hier um alles kümmere.«

»Hatten Sie bei Hawkings schon Glück?«

»Noch nicht, aber ich hoffe, dass ich bald Fortschritte machen kann«, erwiderte Rob abwesend und sah den beiden Frauen zu. Sie küssten sich erneut und vergewisserten sich danach, ob er auch zugesehen hatte. Eine von ihnen kam mit seinem Drink in der Hand auf sein Floß zu. Rob schüttelte den Kopf. Sie benahmen sich wirklich lächerlich. Er hatte schon vor langer Zeit das Interesse an anderen Menschen verloren, und diese beiden konnten daran ganz bestimmt nichts ändern. Also setzte er sich auf seinem Floß um und rückte sein Headset zurecht. »Ich halte Sie auf dem Laufenden. In der Zwischenzeit möchte ich einen vollständigen Bericht über die Einschaltquoten und einen Vergleich der Werbeeinnahmen. Schicken Sie mir alles bis morgen früh zu.«

»Wird erledigt.«

»Und finden Sie heraus, wann genau die Quoten eingebrochen sind. Welche Show ist durchgefallen? Rufen Sie mich zurück.«

»Mach ich.«

Er beendete das Gespräch und legte den Kopf in den Nacken, sodass die Sonne auf seine Bugatti-Sonnenbrille fiel. Verdammte Scheiße! Wenn die Einschaltquoten in den Keller gingen, würde es ihm noch viel schwerer fallen, Logan Hawkings davon zu überzeugen, in einen neu aufzubauenden Kabelkanal zu investieren, der sich an einflussreiche Geschäftsleute und Führungskräfte richtete.

Natürlich konnte Rob das Ganze im Notfall auch allein finanzieren. Die Milliarden auf seinem Bankkonto ermöglichten ihm das problemlos. Aber er wollte Hawkings mit an Bord haben, weil der jeden in New York kannte und weitaus mehr Einfluss hatte als Rob. Die Leute respektierten Logan Hawkings und sein Unternehmen.

Bei Rob sah die Sache jedoch ganz anders aus, selbst wenn er noch so viel Geld verdiente.

Die meiste Zeit war ihm das völlig egal. Sein schlechter Ruf hatte durchaus dazu beigetragen, dass er so wohlhabend geworden war. Und wenn er sein Vermögen damit machte, dass er Kapital aus Kabel- und Radiosendern schlug, die für Otto Normalverbraucher bestimmt waren, dann war das umso besser. Gut, einige der Sendungen waren nicht gerade das Gelbe vom Ei – na und? *Titten oder Abflug* war noch immer beliebt. Solange es Frauen mit geringem Selbstwertgefühl gab, die vor die Kamera wollten, würden sie auch weiterhin ordentlich Kohle scheffeln.

Er hatte nicht vor, sich deswegen schlecht zu fühlen.

Sein Privatleben war zwar nicht mehr vorhanden, aber dann würde er einfach in ein Kissen aus Geldscheinen weinen.

Jede Frau, die auch nur halbwegs an ihm interessiert war, wollte entweder sein Geld oder in eine seiner Shows. Die Einzigen, die ihn offenbar überhaupt anziehend fanden, waren Hohlbirnen wie die beiden, die momentan vor ihm im Wasser aneinander herumfummelten und sich küssten, nur um seine Aufmerksamkeit zu erregen. Und darauf konnte er wirklich verzichten.

Rob nahm den Drink entgegen, den ihm Blondchen Nummer eins reichte, und kostete ihn. Er war stark, so wie er ihn mochte. »Danke, Süße.«

»So«, meinte sie und wackelte ein bisschen mit den Brüsten, damit er auch ja nicht den Blick abwandte. »Glaubst du, ich hätte, was man braucht, um in einer deiner Shows aufzutreten?«

»Kann schon sein«, murmelte er geistesabwesend und trank noch einen größeren Schluck. Himmel, der Cocktail war *wirklich* stark. Er kippte gleich noch etwas hinterher, und warum auch nicht? Er musste sich ordentlich betrinken. Zwei gottverdammte Prozentpunkte. Großer Gott!

Das andere Mädchen schwamm näher an das Floß heran. »Ich habe gehört, Sie haben in Cannes Kokain von Tiffany Wests Bauch geschnupft«, sagte sie mit verführerischem Lächeln.

»Haben Sie das? Wie nett«, erwiderte er mit ausdrucksloser Stimme. Er wusste nicht mal, wer Tiffany West war, und er nahm ganz bestimmt keine Drogen. Bei Alkohol sah das schon anders aus. Drogen sorgten jedoch nur dafür, dass man im Knast landete und fiesen Gangstern gefällig sein musste. Wieder trank er von seinem Drink und stellte erfreut fest, dass sich der Alkohol langsam bemerkbar machte. Er hatte bereits drei dieser Cocktails geleert, und der vierte würde ihm wohl den Rest geben. Was nur gut war, wenn die Einschaltquoten wirklich fielen.

Die drallen Blondinen wollten einfach nicht verschwinden. Eine schwamm auf die Seite seines Floßes und zog es noch weiter vom Ufer weg. Sie lächelte ihn an. »Möchtest du Kokain von meinem Bauch schnupfen?«

»Ich bin beschäftigt.« Er rechnete jede Minute mit dem nächsten Anruf.

»Ich kann das gute Zeug für später aufheben, falls du dann feiern willst.«

Scheiß drauf. Er würde hier und jetzt ganz allein auf dem Floß eine Party feiern. Schon stürzte er den Rest seines Drinks hinunter, genoss das Brennen, das der Alkohol in seinem Mund hinterließ, und reichte einem der Mädchen, die ihn erwartungsvoll anstarrten, das leere Glas. Als sie noch immer nicht verschwanden, sah er sie erneut an. »Wie wäre es, wenn ihr beide«, er deutete nacheinander auf die beiden Frauen, »zusammen Koks schnupft und mich dafür in Ruhe lasst?«

Eine der Blondinen starrte ihn wütend an und stürmte von dannen. Die andere war nicht so nett. Sie schnaufte laut, wobei ihre falschen Brüste wackelten, und dann gab sie seinem Floß einen heftigen Stoß.

Rob stürzte hinunter und fiel so ins Wasser, dass er komplett unterging.

Das konnte doch nicht wahr sein! Um ihn drehte sich alles, und er tauchte gerade lange genug auf, um den Frauen hinterherzustarren, die bereits zum Ufer strebten. Eine der beiden würde ihm ein neues Bluetooth-Headset kaufen, oder er...

Plötzlich bekam er einen Krampf im linken Bein, und seine Muskeln zogen sich schmerzhaft zusammen. Rob tauchte erneut unter und schlug um sich. Es fühlte sich an, als wäre sein Bein wie erstarrt. Dazu war er auch noch völlig benommen und wusste nicht mehr, wo oben und wo unten war. Er schlug um sich, bekam aber nur noch mehr Salzwasser in den

Mund und wurde noch verwirrter. Die Strömung zerrte an ihm und war stärker als vermutet. Obwohl er sich dagegenstemmte, gelangte er einfach nicht wieder an die Wasseroberfläche, und jetzt wurde er immer weiter vom Ufer weggetrieben. Hm. Er hatte immer geglaubt, dass man weiter auf dem Meer sein müsste, um die Strömung derart zu spüren. Schon schmerzte seine Lunge, und er versuchte, den Kopf über die Wasseroberfläche zu bekommen, aber es wollte ihm trotz aller Bemühungen nicht gelingen.

Verdammt noch mal, würde er jetzt etwa direkt vor dem Strand von Seaturtle Cay sterben? Ganz im Ernst?

Aber er bekam einfach keine Luft. Reflexartig arbeitete seine Kehle, und Salzwasser füllte seine Lunge, seinen Mund und seine Nase. Er würgte, und um ihn herum wurde alles schwarz. Er würde wirklich und wahrhaftig sterben. Sein letzter Gedanke war, dass er bestimmt für eine kleine Ewigkeit die Schlagzeilen dominieren würde, wenn er im flachen Wasser und nur wenige Meter vom Strand entfernt ertrank.

Wieder sah er nichts als Schwarz, doch dann war da auf einmal Rot ... mit weißen Punkten.

Rot mit weißen Punkten?

Ein kräftiger Arm packte ihn, und auf einmal wurde Robs Gesicht gegen zwei weiche Brüste gedrückt. Richtige Brüste. Er hatte kaum Zeit, diese Erkenntnis zu verarbeiten, als ihn erneut Dunkelheit umfing und er dabei war, das Bewusstsein zu verlieren.

»Atmen Sie!«, brüllte ihm eine Stimme ins Ohr, und dann spürte er Lippen auf seinem Mund. Luft wurde in seine Lunge gepresst – und verdammt, das tat höllisch weh –, und auf einmal drang ihm das Wasser aus Mund und Nase. Er drehte den Kopf zur Seite und spie es aus. Sein Kopf tat höllisch weh, und die weißen Punkte tauchten erneut in seinem Blickfeld auf.

Aber dann hatte er Sand unter dem Rücken und konnte nach und nach verschwommen seine Umgebung wieder wahrnehmen.

Ein Engel beugte sich am Strand über ihn. Ein Engel mit hellen Sommersprossen rings um die Nase, mit einem kräftigen Kiefer und zerzaustem, nassen blonden Haar, der den hässlichsten roten Badeanzug mit weißen Punkten trug, den er je gesehen hatte. Und dieser Engel blickte lächelnd auf ihn herab.

Sie hatte ihn gerettet. Und ihr Blick war gleichzeitig scheu und stolz, sodass sein Herz förmlich aufging.

Rob war verliebt.

\* \* \*

Oh, großer Gott, dieser Mann war einfach umwerfend. Marjorie presste den Mund auf die Lippen des Bewusstlosen und beatmete ihn, während sie versuchte, sich an all das zu erinnern, was sie in der fünften Klasse im Erste-Hilfe-Kurs gelernt und seitdem nie gebraucht hatte. Sie konnte nur hoffen, dass er kein Problem damit hatte, dass ihm eine Frau half, aber andererseits war es ihrer Meinung nach zu wichtig, jemandem das Leben zu retten, als dass man noch die gegenseitige Anziehungskraft berücksichtigen müsste.

Daher drückte sie auf seine Brust und stieß ihm Luft in den Mund, und nach der zweiten Runde drang Salzwasser aus seinem Mund in ihren, und sie rückte von ihm ab und spuckte aus, während sie ihn gleichzeitig auf die Seite drehte, damit er sich übergeben konnte.

Kurz darauf drehte er sich wieder auf den Rücken und sah sie benommen und verwirrt an.

Unwillkürlich lächelte sie auf ihn herab. Was für ein süßer Kerl. Er hatte dunkles Haar, grüne Augen mit interessanten bernsteinfarbenen Flecken und eine großartige markante Nase. Außerdem hatte er nach Alkohol geschmeckt, als sich ihre Lippen berührt hatten – was eigentlich gar nicht Marjs Geschmack war –, aber dies war nun mal ein Urlaubsort, an dem viele Leute Cocktails schlürften.

Er machte den Mund auf und gab ein ersticktes Geräusch von sich. Vermutlich versuchte er, sich zu bedanken.

Marjorie tätschelte seine Schulter. »Sie sind bald wieder auf den Beinen, Mister. Holen Sie nur noch ein paar Mal tief Luft und trinken Sie beim Schwimmen lieber keinen Tequila mehr.«

Er zog die Augenbrauen zusammen und nahm ihre Hand, was Marjorie überraschte. Seine Lippen bewegten sich, während er zu ihr aufblickte, aber dann hustete er wieder, drückte aber weiterhin ihre Hand, als wollte er sie nicht loslassen. Schatten fielen von oben herab, als die Schaulustigen herbeieilten, um zu sehen, was sich hier abspielte. Das war keine Überraschung – sie hatten wahrscheinlich schon alle hergestarrt, als eine Bohnenstange wie Marjorie einen Mann aus dem Wasser gezogen hatte.

Sie war nun mal groß und daher nicht gerade unauffällig.

Der Mann hustete noch immer und drückte weiter ihre Hand. Sie drückte zurück und fragte sich, was er ihr wohl damit sagen wollte. Ihm war eine nasse dunkle Haarlocke ins Gesicht gefallen, und es juckte ihr in den Fingern, sie aus seiner Stirn zu streichen. Da war etwas in seinem Gesicht, das sie sehr ansprach, und er hatte auch nicht zurückgezuckt, wie es andere Männer normalerweise taten, wenn sie sie überragte. Aber er hatte bestimmt noch gar nicht gemerkt, wie groß sie war, da sie neben ihm im Sand hockte.

»Sie...«, begann er, doch seine Stimme versagte schon wieder.

»Macht Platz!«, rief eine Stimme, und ein Mann in der roten Kluft der Rettungsschwimmer kam mit einer roten Schwimmboje im Arm angelaufen. »Lasst ihn doch erst einmal Luft holen.«

Widerstrebend drückte Marjorie die Hand des Mannes ein letztes Mal und stand auf. »Ich glaube, es geht ihm schon wieder ganz gut...«

»Zurück, sagte ich«, wiederholte der Rettungsschwimmer, streckte einen Arm aus und schob die Leute zur Seite, die sich rings um den liegenden Mann drängten. »Lasst mich doch bitte meine Arbeit machen.«

Betreten wischte sich Marjorie den Sand von den Knien und machte ebenfalls einige Schritte nach hinten. Sie hätte zu gern noch einen Blick auf den gut aussehenden Mann geworfen, der da im Sand lag, aber das wäre töricht gewesen, nicht wahr? Mit leisem Seufzen hob sie ihren Sarong auf, den sie fallen gelassen hatte, band ihn sich wieder um die Hüften und machte sich auf den Weg zum Shuffleboard-Spiel mit ihrer Freundin Agnes. Aus irgendeinem Grund war sie auf einmal ein bisschen niedergeschlagen. Es war ziemlich egoistisch, aber sie wollte zu gern mit dem Mann reden, den sie gerettet hatte, und wenn auch nur um seine Stimme zu hören und nicht nur das beständige Husten.

Doch dafür war vermutlich ihre Eitelkeit verantwortlich. Was wollte sie denn von ihm hören? Sollte er sich dafür bedanken, dass sie ihm das Leben gerettet hatte? Sie dachte darüber nach, während sie am Strand entlang zurück zum Hotel ging. Das Wetter auf Seaturtle Cay war einfach wunderbar, daher hielt ihre trübe Stimmung auch nicht lange an. Als sie im Shuffleboard-Bereich angekommen war, hatte sie wieder gute Laune, wie es eigentlich typisch für sie war.

Agnes winkte ihr vom anderen Ende des Platzes aus zu. Sie

hatte einen weißen, breitkrempigen Strohhut auf und einen ebenso weißen Streifen Zinksalbe auf der Adlernase, außerdem trug sie lockere, geblümte Kleidung, wie sie so viele ältere Menschen zu bevorzugen schienen. »Da bist du ja, Schätzchen«, sagte Agnes, als Marjorie näher kam. »Wir haben uns schon gefragt, ob du uns versetzt hast.«

Agnes' Freundin Edna, die neben ihr stand, trug eine riesige rote Sonnenbrille und ein ähnliches Outfit. »Nicht dass ich es dir verdenken könnte«, meinte Edna und kicherte. »Hier laufen wirklich viele gut aussehende Burschen herum.«

»Ach, das ist doch albern«, erwiderte Marjorie und griff nach einem Shuffleboard-Schläger. »Ich würde euch doch nicht im Stich lassen. Ihr seid meine Freunde, und ich habe sehr viel Spaß mit euch.«

»Wärst du nicht lieber mit Leuten in deinem Alter zusammen?«

»Ganz bestimmt nicht«, antwortete Marjorie und beugte sich dann vor. »Aber ich bin spät dran, weil ich am Strand einen Mann geküsst habe.«

Die beiden Frauen lachten schockiert auf. »Du hast was?«, hakte Agnes nach.

Marjorie hatte gewusst, dass die beiden alten Damen die Geschichte lieben würden. Breit grinsend erzählte sie ihnen daraufhin von der Rettungsaktion am Strand und erläuterte ausgiebig, wie attraktiv – und hilflos – der Mann gewesen war, den sie gerettet hatte. Ihre Freundinnen lachten die ganze Zeit, aber aufgrund des unspektakulären Endes waren sie beide enttäuscht. »Du hättest dem jungen Mann deine Telefonnummer geben sollen, damit ihr euch später treffen könnt«, sagte Edna, die wenigstens fünfundneunzig Jahre alt sein musste. »So eine Gelegenheit darfst du dir nicht entgehen lassen.«

Marjorie errötete und schüttelte den Kopf. »Ich kann euch versichern, dass ich ganz bestimmt nicht sein Typ bin.« Ein so attraktiver Mann hatte sich vermutlich längst eines der vollbusigen Strandhäschen geangelt, die überall in ihren knappen Bikinis herumliefen. »Wollen wir jetzt alle einzeln spielen, oder bildet ihr ein Team? Ihr wisst, dass ich euch in diesem Spiel auch einhändig haushoch besiegen kann.«

»Das wollen wir ja mal sehen«, entgegnete Agnes mit kämpferischem Glitzern in den Augen.

※ ※ ※

»Ich sagte doch, dass es mir gut geht. Lassen Sie mich gefälligst in Ruhe.« Rob schob den Rettungssanitäter gereizt weg, der versuchte, seinen Blutdruck zu messen. »Wollen Sie wissen, wie hoch mein Blutdruck ist? Der geht durch die gottverdammte Decke, wenn Sie versuchen, mir diese Manschette anzulegen.«

»Wir haben Vorschriften, die wir befolgen müssen, Sir«, teilte ihm der übereifrige Rettungsschwimmer mit. Sie waren vom Strand in eine nahe gelegene Erstversorgungshütte umgezogen, um etwas mehr Privatsphäre zu haben. Dummerweise schienen die Ersthelfer ihn aber nicht in Ruhe lassen zu wollen, sondern scharwenzelten nun noch eifriger um ihn herum als die Schaulustigen am Strand. Diese verdammten Rettungsschwimmer. Wieder machte der, der offenbar bei diesem nutzlosen Haufen das Sagen hatte, den Mund auf. »Sobald Sie vom medizinischen Team für gesund erklärt worden sind, müssen Sie mit mir mitkommen, damit wir einen Bericht schreiben können. Wir nehmen solche Vorfälle hier in Seaturtle Cay sehr ernst und ...«

Rob schnitt ihm mit einem eiskalten Blick das Wort ab. Er

entriss dem Mann, der tatsächlich versuchte, ihm die Manschette des Blutdruckgeräts anzulegen, seinen Arm. »Wie viel muss ich Ihnen bezahlen, damit Sie mich in Ruhe lassen? Ich versichere Ihnen, dass es mir gut geht. Ich habe zu viel getrunken, bin ins Wasser gefallen, und eine Frau hat mich gerettet. Wenn Sie mir wirklich helfen wollen, dann besorgen Sie mir ihren Namen und ihre Telefonnummer, damit ich mich bei ihr bedanken kann.«

»Ich weiß nicht, wen Sie meinen, Sir«, sagte der Rettungsschwimmer und runzelte die Stirn.

»Natürlich wissen Sie das nicht«, fauchte Rob. »Weil Sie sie ja schließlich vertrieben haben.«

Dieser Nachmittag wurde ja immer schlimmer. Erst mussten diese dämlichen Weiber versuchen, ihn zu ertränken. Er hatte sein Bluetooth-Headset verloren, und sein Handy war vermutlich in der Sandburg irgendeines Kindes am Strand gelandet. Dann war er von einer wunderschönen Nymphe mit Sommersprossen aus dem Wasser gerettet worden. Und, Himmel noch mal, das war das erste Mal, dass er den Anblick von Sommersprossen erregend gefunden hatte. Aber sobald der Rettungsschwimmer auf den Plan getreten war, hatte sie sich offenbar in Luft aufgelöst.

Und das machte ihn stinksauer. Er wollte mehr über sie wissen. Er musste erfahren, wie sie hieß, wer sie war, ob sie Single war, ob sie über seine versauten Witze lachen konnte, ohne ihn für ein Schwein zu halten, ob sie ihn auch auf diese sanfte, süße, bewundernde Weise ansah, wenn sie ihn küsste, ob sie auf den Oberschenkeln Sommersprossen hatte ...

Aber diese Gelegenheit hatte er dank dieser inkompetenten Trottel vom Resort nicht bekommen. Wieder entzog er dem Sanitäter seinen Arm. »Lassen Sie mich endlich in Ruhe, und zwar allesamt, sonst werde ich Sie verklagen.«

Diese Drohung erzielte stets ihre Wirkung. Der Rettungssanitäter murmelte etwas davon, dass er Papierkram zu erledigen hätte, den er ihm später zum Unterschreiben zuschicken würde, und ging hinaus.

Na endlich!

Rob spannte den Arm an und stand auf. Ihm tat alles weh, und er hatte Kopfschmerzen. Seine Kehle fühlte sich furchtbar an, und er sehnte sich nach einem Drink. Aber vor allem wollte er seine Retterin wiederfinden. Das Mädchen mit dem gepunkteten Badeanzug. Er war wie besessen von ihr. Und wenn Rob Cannon von irgendetwas besessen war, dann verbiss er sich darin wie ein Hund in einen Knochen, bis er sein Ziel erreicht hatte.

Und er erreichte seine Ziele immer.

\* \* \*

Am Nachmittag hatte Rob alle seine drei Assistenten von der Arbeit an den Einschaltquoten abgezogen und ließ sie stattdessen an verschiedenen Standorten innerhalb des Resorts nach der Frau, die er ihnen, so gut es ging, beschrieben hatte, Ausschau halten. Einer war am Strand postiert, ein zweiter an der Bar und die dritte am Pool. Aber keiner hatte sie gesehen, und das machte ihn stinksauer. Entweder waren seine Leute alle inkompetent, oder die Frau war schlichtweg vom Erdboden verschwunden. Er weigerte sich jedoch, Letzteres zu akzeptieren. Sie würden sie finden. Er bekam immer, was er haben wollte, und jetzt wollte er sie.

Aber als sie den ganzen Nachmittag über nirgendwo aufgetaucht war, beschloss Rob frustriert, an die Hotelbar zu gehen und dort die ganze Nacht sitzen zu bleiben. Irgendwann musste sie ja mal was trinken gehen, oder nicht? Die meisten

Frauen hier nutzten die Bar hier im All-exclusive-Resort als Ausrede, um sich jede Nacht zu betrinken, da würde auch seine geheimnisvolle Schöne irgendwann mal einen Mai Tai oder eine Piña Colada trinken, oder nicht? Wenn sie das tat, konnte er sich endlich dafür bedanken, dass sie ihm das Leben gerettet hatte, herausfinden, was er tun musste, um sie in sein Bett zu bekommen, und sie danach wieder vergessen, damit er sich mit klarem Kopf und befriedigtem Körper wieder auf die Arbeit konzentrieren konnte.

Daher saß er nun an der perfekten Stelle an der Bar, trank den x-ten Scotch und wurde immer ärgerlicher. Wo steckte diese Frau nur? Er hatte sie sich doch nicht nur eingebildet. Falls dem so gewesen wäre, hätte sie Riesentitten gehabt und ganz bestimmt keinen gepunkteten Badeanzug getragen.

Rob war derart in seine Gedanken über die geheimnisvolle Frau versunken, dass er erst gar nicht mitbekam, wie der große Mann in dem teuren Anzug an die Bar trat, sich umschaute und dann in seine Richtung marschierte. Schau einer an. Rob stürzte seinen Scotch hinunter, stand auf und streckte die Hand aus. »Wenn das mal nicht Logan Hawkings ist. Freut mich, Sie hier zu sehen.«

Logan musterte die Hand nur, die Rob ihm reichte, und schenkte ihm einen vernichtenden Blick.

Tja, wenn das kein verdammt schlechter Einstieg war, dann wusste er es auch nicht. Aber er lächelte tapfer weiter und ließ die Hand wieder sinken. Er blieb cool, auch wenn er am liebsten um sich geschlagen hätte. Er brauchte Logan, ob es ihm nun gefiel oder nicht. »Genau der Mann, den ich sehen wollte.«

Der Mann in dem Geschäftsanzug musterte kühl Robs Hawaiihemd, die Cargohose und den Drink in seiner Hand. »Die Security hat mir mitgeteilt, dass Sie hier sind.«

»Man muss diese Jungs einfach lieben.« Er hob sein Glas zu einem spöttischen Toast.

»Ich schätze, Sie haben nicht vor, mir zu verraten, aus welchem Grund Sie in dieser Woche auf meiner Insel herumlungern?« In Robs Ohren klang es fast so, als wäre Logan sauer auf ihn.

Ich lungere herum? Was soll der Quatsch, Mann? »Ein kleines Vögelchen in New York hat mir gezwitschert, dass Sie hier sein würden, und ich dachte, ich schaue mal vorbei und sage Hallo, da Sie ja einfach nicht zurückrufen.«

»Dafür gibt es einen guten Grund.« Logan behielt die Hände in den Hosentaschen und weiterhin eine unfreundliche Miene.

Das schreckte Rob jedoch nicht ab. Er war an solch eisiges Benehmen gewöhnt, schließlich war er nun mal der, der er war, und produzierte derartige Sendungen, aber, gottverdammt, dafür gab es schließlich einen Markt, und er wäre doch ein Idiot, wenn er diese Gelegenheit nicht nutzen würde. Was machte es denn schon, dass sein »Männerkanal« voller lächerlicher Spielshows und Titten war? Das war es doch, was Männer sehen wollten, und die Einschaltquoten bewiesen es. Der Männerkanal war jetzt seit fünf Jahren auf Sendung, hatte drei weitere Nebenkanäle, einige On-Demand-Kanäle sowie eine solide Onlineabteilung mit mehreren verbundenen Seiten. Das Geschäft brummte. Er verdiente Milliarden damit, den richtigen Leuten das richtige Produkt zu verkaufen.

Aber jetzt, wo er Geld und Erfolg hatte, wollte er auch respektiert werden. Aber das konnte er nicht ohne Hilfe schaffen, und aus genau diesem Grund brauchte er Logan Hawkings. Die Leute respektierten ihn. Über ihn gab es Artikel in *Time*, *Forbes*, *Newsweek* und zahllosen anderen Magazinen, und er war ein Geschäftsmann, den man im Auge behalten musste.

Rob hingegen fand nur in den Klatschzeitungen Erwähnung. Dort liebte man es, Geschichten darüber zu schreiben, mit welcher abgehalfterten, dem Alkohol verfallenen Schauspielerin er ins Bett ging (was nie stimmte), welche Orgie, auf der massenhaft Kokain genommen wurde, er gerade verließ (er nahm keine Drogen) oder was sie sich sonst so ausdachten. Normalerweise ignorierte er das alles einfach, denn selbst schlechte Publicity war besser als gar keine.

Aber jetzt, wo er Investoren für ein neues Projekt suchte, bekam er die Auswirkungen zu spüren.

»Ich hatte es Ihnen doch bereits gesagt«, meinte Rob betont entspannt. Er ließ sich die Frustration, die er wegen Logan empfand, nicht anmerken. »Ich möchte Ihnen einen geschäftlichen Vorschlag machen, mit dem wir beide richtig viel Geld verdienen könnten, aber dafür müssten Sie mir schon ein paar Minuten Ihrer Zeit opfern.«

»Und ich lasse Sie wissen«, erwiderte Logan mit eiskalter Stimme, »dass mir Ihre Anwesenheit hier in dieser Woche überhaupt nicht passt. Wo Sie sind, können auch die Paparazzi nicht weit sein.«

Wow, so langsam reichte es Rob aber. »Machen Sie sich keine Sorgen, Ihr Arsch ist für die im Allgemeinen viel zu langweilig.«

Der Blick, den Logan ihm daraufhin zuwarf, war nur als vernichtend zu bezeichnen. Er trat näher an Rob heran, und seine Stimme wurde zu einem wütenden Zischen. »Ich heirate diese Woche, und das Letzte, was ich jetzt gebrauchen kann, ist ein Haufen Paparazzi, der alles ruiniert. Meine Braut hat sich sehr angestrengt, damit die Hochzeit genau so abläuft, wie sie es geplant hat, und ich will verdammt sein, wenn ich zulasse, dass Sie da auftauchen und ihr diesen Traum ruinieren. Haben Sie mich verstanden?«

Er heiratete? Das erklärte sein Verhalten natürlich. Rob setzte sein charmantestes Lächeln auf. »Herzlichen Glückwunsch. Darf ich Ihnen zur Feier des Tages einen ausgeben?«

»Sie dürfen abreisen.«

»Ach, das wäre aber ungünstig. Dann müsste ich den Paparazzi verraten, warum ich meinen Aufenthalt abbreche, und ich könnte mir vorstellen, dass sie das nur zu gern erfahren würden.« Rob lächelte weiter, sogar während er diese Drohung aussprach. »Und ich würde ihnen nur ungern einen Grund dafür geben, sich noch länger hier aufzuhalten.«

Logans Blick wurde noch eisiger.

»Aber ich gratuliere, dass Sie heiraten. Ich würde der Feier zu gern beiwohnen.«

»Sie sind nicht eingeladen.«

»Zu schade. Dann muss ich mich wohl mit einer geschäftlichen Besprechung mit Ihnen zufriedengeben. Es dauert nur eine halbe Stunde, und ich kann Ihnen versprechen, dass es sich für Sie lohnen wird.«

»Ich treffe während dieser Woche keine geschäftlichen Entscheidungen, und auf diese Weise werden Sie mich auch bestimmt nicht umstimmen.« Logan beugte sich vor. »Und wenn Sie meine Hochzeit ruinieren, dann kann ich Ihnen versprechen, dass ich Ihnen Ihr Leben zur Hölle machen werde.«

Was wurde der Mann denn gleich so aggressiv? Er war anscheinend wirklich verliebt. Rob zwang sich zu einem angespannten Lächeln. »Man sieht sich.«

## 3

Nachdem er in der Abgeschiedenheit seiner Suite mehrere ernüchternde Berichte über die Einschaltquoten gelesen hatte, war Robs Stimmung erst recht im Keller. Das vermasselte Treffen mit Logan hatte ihm die Laune verdorben, und um drei Uhr früh hatte er die Nase voll von Seaturtle Cay, von Arschlöchern, die ihn einfach links liegen ließen, und auch noch von vielen anderen Dingen. Da er sowieso nicht schlafen konnte, rief er seine Assistenten an und forderte sie auf, zu packen und in einer Stunde in der Lobby zu sein. Es ging zurück nach Kalifornien.

Schließlich war es sinnlos, noch länger in der Karibik herumzuhängen, wo er doch nichts mehr ausrichten konnte, wenn er ebenso nach Kalifornien zurückfliegen und dort nichts auf die Reihe kriegen konnte. Schließlich hatte er sowieso nicht vor, noch einmal an den Strand zu gehen. Nicht nachdem er beinahe ertrunken wäre. Von jetzt an war sein Bedarf an verdammten Wellen gestillt.

Um vier Uhr standen zwei seiner Assistenten – die Frau und einer der beiden Männer – gähnend in der Lobby, doch der dritte war nirgendwo zu finden. Ungeduldig sah Rob erneut auf die Uhr und reichte dem Pagen seine Koffer, der sofort davonhuschte. Alle standen einfach nur in sich zusammengesunken da und warteten auf weitere Anweisungen.

»Rufen Sie uns ein Taxi«, verlangte Rob von dem männlichen Assistenten. »Ich ertrage diesen Ort nicht länger.«

»Ja, Sir«, erwiderte der picklige Jüngling. »Wird sofort erledigt.«

»Gut.« Er sah den jungen Mann an. Zwar wusste er, dass er für ihn arbeitete, doch er konnte sich beim besten Willen nicht an seinen Namen erinnern. »Welcher sind Sie?«

»Cresson, Sir.«

»Okay, Cresson. Sie behalten Ihren Job, weil Sie wissen, wie man Befehle befolgt.« Als der Junge ihn erleichtert ansah, verdrehte Rob innerlich die Augen. Gutes Personal war so schwer zu bekommen. Er zog sein Handy aus der Tasche und schickte dem verschwundenen Assistenten noch eine SMS: *Sie haben 3 Minuten, um hier aufzutauchen, oder Sie sind gefeuert.*

Während er auf das Display starrte, wurde er von jemandem angerempelt, sodass ihm das Handy aus der Hand fiel.

Wütend drehte er sich zu der Person um, die ihn angestoßen hatte. »Was zum Henker soll denn das?«

Es war eine betrunkene Rothaarige, die einer Brünetten den Arm um die Schultern gelegt hatte. Sie trugen beide etwas, das aussah wie eine Mardi-Gras-Perlenkette, an der lauter Penisse hingen.

»Oh«, nuschelte die Rothaarige. »Ups. Entschuldigung. Wir haben Sie nicht gesehen.« Sie starrte ihn an.

Na super, das hatte ihm gerade noch gefehlt! »Laufen denn hier nur Betrunkene rum?« Er entfernte sich von den Frauen, hob sein Handy auf und begutachtete das Display. Es war nicht zerbrochen. Gott sei Dank. »Sie haben Glück, dass es heil geblieben ist, sonst hätten Sie es mir ersetzen müssen.«

Die Brünette runzelte die Stirn und sah aus, als wollte sie protestieren, aber die Rothaarige stürmte auf ihn zu und wackelte mit einem Finger vor seinem Gesicht herum. »Seien Sie nicht so ein Arschloch, Sir. Davon hatten wir heute Abend wirklich schon genug, und sie stehen uns bis zum Hals.«

Die Brünette fing an zu lachen.

»Nehmen Sie den Finger aus meinem Gesicht«, fauchte er die unausstehliche Rothaarige an und schaute dann zur Rezeption hinüber. »Und wo bleibt mein verdammtes Taxi? Diese Scheißinsel ist doch nun wirklich nicht so groß.«

»Wir sind gerade aus einem ausgestiegen«, erklärte die Rothaarige, die den Finger immer noch nicht weggenommen hatte. »Aber das können Sie nicht haaaaaben ...«

Was wusste sie denn schon? Er drängte sich an den beiden betrunkenen Frauen vorbei und kam gerade rechtzeitig auf dem Bürgersteig an, um zu sehen, wie drei weitere Frauen aus einem Taxi ausstiegen: eine hübsche Blondine mit einer völlig zerzausten Frisur, die betrunken am Arm einer Schwangeren hing, sowie eine schlanke Frau, die ihm den Rücken zuwandte, durch das Fenster auf der Beifahrerseite sah und den Fahrer bezahlte. Gut.

Rob stürzte vor und tippte die große Blondine auf die Schulter. »Wenn Sie und Ihre betrunkenen Freundinnen damit fertig sind, allen auf die Nerven zu gehen, hätte ich gern Ihr Taxi ...«

Als sich die Frau umdrehte, fielen Rob gleichzeitig zwei Dinge auf.

Erstens: Es war die Frau, die ihn am Strand gerettet hatte.

Zweitens: Sie war verdammt groß.

# 4

Die Frau riss überrascht die Augen auf, ebenso wie er.
»Oh, Sie sind es«, hauchte sie und lächelte dann. »Mein Schwimmer. Schön, Sie wiederzusehen. Geht es Ihnen jetzt besser?«

Rob starrte sie einfach nur an. Er musterte sie von oben bis unten, da er jetzt endlich die Gelegenheit hatte, sie gründlich in Augenschein zu nehmen.

Sie war verdammt groß, das stand fest. Er selbst war einen Meter zweiundachtzig groß, und sie musste noch zwei oder drei Zentimeter größer sein. Außerdem trug sie noch hochhackige Schuhe, sodass sie ihn deutlich überragte. Trotz ihrer Größe war ihr Körper schmal; sie hatte attraktive, kleine, hoch sitzende Brüste, ein beeindruckend geschwungenes Becken sowie unendlich lange Beine, die unter ihrem hausbackenen Rock herausragten.

Dann war sie also groß. Na und? Es hätte ihn selbst dann nicht interessiert, wenn sie zwei Meter zehn groß gewesen wäre. Sie war ebenso wunderschön wie in seiner Erinnerung.

Dabei entsprach sie allerdings nicht dem typischen Hollywoodklischee von »schön«. Rings um ihre Nase zeichneten sich zahlreiche Sommersprossen ab, und das Haar fiel ihr in wilden Strähnen auf die Schultern. Ihre Lippen waren nicht mit Kollagen aufgespritzt, und ihr Unterkiefer war etwas zu kräftig. Aber sie hatte wunderschöne Augen, und ihr Gesicht wirkte so aufrichtig, dass er sie am liebsten einfach an sich gezogen und all das genossen hätte.

Was überaus seltsam war – doch so empfand er nun einmal.

Er streckte die Hand aus. »Wir sind gestern gar nicht dazu gekommen, uns einander vorzustellen. Ich bin Rob.«

Sie biss sich auf die Unterlippe – Himmel, sah das niedlich aus! – und nahm dann seine Hand, hielt sie erstaunlich fest und schüttelte sie. »Ich bin Marjorie.«

»Seht nur! Marj reißt jetzt schon auf der Straße Männer auf!«, rief eine Frauenstimme, die sehr betrunken klang. Vermutlich war es die Rothaarige.

Marjorie errötete und drehte sich zu ihren Freundinnen um. »Gehen sie Ihnen auf die Nerven, Mister? Das tut mir sehr leid. Wir kommen gerade von einem Junggesellinnenabschied zurück.« Der Wind wehte ihr eine Haarsträhne ins Gesicht, die sie sich geistesabwesend hinter das rechte Ohr schob. »Eigentlich war es sogar nur der Test für den Junggesellinnenabschied, da nur die Brautjungfern anwesend waren. Die richtige Party ist erst in ein paar Tagen. Aber wir haben es mit dem Spaß wohl ein wenig übertrieben.«

»Das ist schon okay«, meinte er gelassen, auch wenn er vor dreißig Sekunden genau das Gegenteil gefunden hatte. »Und sagen Sie doch Rob und nicht Mister.«

»Rob«, wiederholte sie schüchtern und schlang die Arme um ihren Oberkörper.

»Aber wenn Sie gerade von der Party zurückkommen, wo sind dann Ihre Perlen?« Er konnte nicht anders, streckte den Arm aus und berührte die Kette um ihren Hals, die gleichzeitig klassisch und billig aussah. Das Schmuckstück sah eher aus wie etwas, das seine Großmutter getragen hätte. Eigentlich hätte ihre gesamte Kleidung, von der geblümten Stehkragenbluse bis hin zu dem hässlichen Hippierock, aus dem Kleiderschrank seiner Großmutter stammen können –

mit Ausnahme der hochhackigen nudefarbenen Fick-mich-Pumps.

Die gefielen ihm. Sehr sogar.

Sie legte sofort eine Hand an ihre Halskette auf die Stelle, an der er sie berührt hatte, als wäre sie schockiert. Dann schüttelte sie den Kopf und schaute verlegen zur Seite. »Was? Nein, das ist nichts für mich.«

»Das kann ich nicht nachvollziehen«, entgegnete er. »Sie sind doch die Schönste in der ganzen Gruppe.«

Sie sah ihn schockiert an und wurde dann auf hinreißende Weise puterrot. Himmel, hatte er etwa eine Erektion? Es sah ganz danach aus. Diese Frau wirkte wie Katzenminze auf seine angespannten Sinne.

»Das ist sehr nett von Ihnen«, erwiderte sie und war offensichtlich sehr geschmeichelt. »Aber, ähm ...«

»Jetzt habe ich Sie in Verlegenheit gebracht«, meinte er und übernahm die Führung. Sie sah aus, als würde sie am liebsten weglaufen, und das wollte er um jeden Preis verhindern. Also trat er einen Schritt vor und reichte ihr die Hand mit der Handfläche nach oben.

Sie zögerte kurz und legte ihre Hand dann wieder in seine, als wäre sie fasziniert.

Er hob ihre Hand an seinen Mund und strich mit den Lippen über ihre Fingerknöchel. Ihre Brüste hoben und senkten sich, und ihm wurde klar, dass sie vor Aufregung schneller atmete. Ihre Empfindungen zeichneten sich deutlich auf ihrem Gesicht ab, und das gefiel ihm sehr. Ihm wurde klar, dass sie keine Spielchen spielte. Sie wäre dazu auch gar nicht in der Lage und würde auch nicht versuchen, ihm etwas vorzumachen oder vorzuspielen, nur um seine Aufmerksamkeit zu erregen. Sie war durch und durch echt, von den Spitzen ihrer zerzausten Haare bis hinunter zu den scharfen, hochhackigen Schuhen.

Und das gefiel ihm. Es gefiel ihm sogar sehr.

Daher küsste er erneut ihre Fingerknöchel und blickte dabei zu ihr auf. »Ich möchte mich noch einmal dafür bedanken, dass Sie mir das Leben gerettet haben.«

»Oh«, murmelte sie und war augenscheinlich völlig durcheinander. Sie zuckte und schien ihm die Hand entziehen zu wollen, aber er hielt sie fest. »Das ist wirklich nicht nötig ...«

»Doch, das ist es«, beharrte er entschieden. »Ich muss darauf bestehen. Lassen Sie sich von mir wenigstens zum Essen einladen. Das ist das Mindeste, was ich tun kann, um mich für Ihre unglaublichen lebensrettenden Fähigkeiten zu bedanken.«

»Meine lebensrettenden Fähigkeiten ...«, wiederholte sie und lachte dann. »Sie sind doch verrückt. Das war bloß Erste Hilfe. Das kann doch jeder.«

»Ich kann das nicht«, erklärte er grinsend und strich mit dem Daumen über ihre Finger. »Wollen Sie es mir mal zeigen? Mir würden da spontan einige Körperteile einfallen, an denen wir üben könnten.«

Sie riss die Augen auf und klappte den Mund mehrmals auf und zu, doch dann nickte sie. »Äh, okay.« Ihm entging nicht, dass ihr Blick kurz auf seinen Lippen verharrte.

Das gefiel ihm. Er hätte zu gern gewusst, was sie dachte ...

»Mr Cannon«, schaltete sich sein wertloser Assistent im ungünstigsten Moment ein. »Ich habe Ihnen ein Taxi gerufen, und Mr Gortham ist inzwischen ebenfalls in der Lobby ...«

»Nicht jetzt«, fiel ihm Rob ins Wort und wandte den Blick nicht von Marjories gerötetem Gesicht ab. Er wollte es sich genau einprägen. Himmel, sie war einfach umwerfend. Noch nie zuvor war er derart spontan für eine Frau entflammt, aber diese hier brachte sein Blut definitiv in Wallung. Normalerweise langweilten ihn Frauen, weil sie doch alle gleich waren, aber er hatte den leisen Verdacht, dass er Marjorie und ihre Offenheit nie leid werden würde.

»Aber ...«, murmelte der Assistent und war offenkundig verwirrt. »Sie haben uns doch aufgetragen ...«

Rob knirschte mit den Zähnen und drehte sich widerwillig um. Da standen der Page mit dem Wagen, auf den er Robs Gepäck aufgeladen hatte, sowie seine anderen beiden Assistenten, die ihre Taschen unter die Arme geklemmt hatten und noch immer gähnten. Assistent Nummer drei hielt sich ein wenig im Hintergrund und wusste anscheinend nicht, was er tun sollte. Alle warteten auf Robs Anweisungen.

Er spürte, dass ihm Marjorie ihre Hand entziehen wollte. »Reisen Sie ab?«, erkundigte sie sich.

»Nein«, log er.

»Aber Mr Cannon ...«, begann der Assistent erneut, der anscheinend den dringenden Wunsch verspürte, gefeuert zu werden.

»Ich habe Nein gesagt«, wiederholte Rob. »Hat man Ihnen das in der Schule nicht beigebracht? Nein bedeutet Nein.« Er bemühte sich, einen freundlichen Tonfall beizubehalten, und sah erneut zu der wartenden Gruppe hinüber. »Gehen Sie ruhig wieder auf Ihre Zimmer. Das war nur ein Missverständnis.«

»Ich sollte wirklich gehen«, sagte Marjorie und wollte ihm die Hand entziehen. »Meine Freundinnen warten bestimmt schon in der Lobby auf mich.«

»Noch nicht«, erwiderte Rob und hielt ihre Hand fest. »Bitte.« Er würde sie vermutlich erschrecken, wenn er ihre Hand nicht bald freigab, aber er wollte sie einfach nicht gehen lassen. Nicht bevor er ihre Zimmernummer und ihren Nachnamen kannte.

Sie zögerte, schien hin- und hergerissen zu sein und musterte seine Assistenten. »Ich halte Sie auch wirklich nicht auf?«

»Ganz und gar nicht.« Er blickte seine Assistenten an. »Gehen Sie wieder ins Bett.«

Die zwei Männer und die Frau zogen sich langsam und leise vor sich hin murmelnd in die Lobby zurück. Dabei hätten sie sich seiner Meinung nach zwar etwas mehr beeilen können, aber immerhin bewegten sie sich. Als sich hinter ihm jemand räusperte, drehte er sich um und stellte fest, dass der Taxifahrer noch immer wartete. Marjorie stand auf dem Bürgersteig und sah Rob fragend an. Genau. Diesen Mann musste er auch schnellstmöglich loswerden.

Er wollte Marjorie ganz für sich allein haben.

Daher ließ Rob widerstrebend ihre Hand los und holte sein Portemonnaie aus der Hosentasche. Er nahm ein paar Hunderter heraus und reichte sie dem Fahrer. »Hier. Danke, dass Sie gewartet haben, aber wir brauchen Sie jetzt doch nicht mehr.«

Der Fahrer nahm die Geldscheine und steckte sie wortlos ein. Jetzt konnte Rob Marjorie endlich seine ganze Aufmerksamkeit widmen und schenkte ihr sein charmantestes Lächeln. »Wo waren wir stehen geblieben? Ach ja: Abendessen?«

»Ich dachte, ich soll Ihnen zeigen, wie die Erste Hilfe funktioniert?« Ihre Lippen zuckten amüsiert. Sie war so süß! Ihr niedliches Lächeln würde ihn noch wochenlang beim Masturbieren beschäftigen.

»Ich habe meine Meinung geändert. Abendessen. Morgen Abend. Nur wir beide.«

Sie schüttelte den Kopf. »Sie müssen mich wirklich nicht zum Essen einladen, nur um mir zu danken.«

»Das tue ich auch gar nicht.« Rob trat vor, legte ihr die

Hände auf die Schultern und umarmte sie, bevor sie auch nur protestieren konnte. Sie stieß ein leises Kreischen aus, sagte ansonsten aber keinen Ton, und er zog sich schnell wieder zurück. »Das war mein Dank dafür, dass Sie mir das Leben gerettet haben. Aber ich lade Sie zum Essen ein, weil ich gern mit Ihnen essen gehen möchte.«

Marjorie blinzelte mehrmals schnell hintereinander und stand nach der Umarmung noch immer ein wenig steif da. Er vermutete, dass sie normalerweise nicht so freigiebig mit Körperkontakt war. Es schien sie verlegen zu machen.

Aber das war egal. Er würde sie schon dazu bringen, sich an sein dreistes Benehmen zu gewöhnen. Sie sollte sich an ihn gewöhnen. »Wie wäre es mit ... neunzehn Uhr? Essen Sie gern Meeresfrüchte?«

»Ja«, antwortete sie.

»Ziehen Sie ein Kleid an.«

»Okay.«

»Gut.« Er grinste und hätte sie am liebsten noch einmal umarmt, drehte sich jedoch um und ging weg. Doch dann blieb er noch einmal stehen und warf ihr über die Schulter hinweg einen Blick zu. »Geben Sie mir noch Ihren Nachnamen und Ihre Zimmernummer.«

»Okay«, sagte sie mit ebenso emotionsloser Stimme. War sie müde? Überrascht? Rob war sich nicht sicher. Aber es war auch egal. Er würde am kommenden Abend mit Marjorie zusammen essen und danach mit ihr ins Bett gehen. Wenn sie ein paar Mal miteinander geschlafen hatten, konnte er sie wieder aus seinen Gedanken vertreiben und sich an die Arbeit machen, ohne an eine Frau mit unglaublich langen Beinen, Sommersprossen rings um die Nase und einem zu ernsten Lächeln zu denken.

Da sie nichts mehr sagte, hakte er nach. »Wie ist denn nun

Ihre Zimmernummer? Nur für den Fall, dass ich Sie anrufen muss.«

»Drei null eins«, antwortete sie. »Ivarsson.«

Er holte sein Handy aus der Hosentasche und fing an zu tippen. »Sie wohnen in der Ivarsson-Suite?«

»Nein, mein Nachname ist Ivarsson. Marjorie Ivarsson.«

Er nickte. »Es war mir ein großes Vergnügen, Sie endlich kennenzulernen, Marjorie Ivarsson. Ich freue mich darauf, morgen Abend mit Ihnen essen zu gehen. Wollen wir uns an der Bar treffen?«

Sie nickte ein weiteres Mal und reichte ihm die Hand.

Er griff amüsiert danach und führte sie erneut an seine Lippen. »Dann bis morgen.« Wieder wurde sie rot, drehte sich um und ging ein wenig steif und gehetzt ins Hotel.

Rob sah ihr nach, und ihre unfassbar langen Beine schienen förmlich zu tanzen, als sie die drei Stufen zur Lobby hinaufstieg. Er konnte es kaum erwarten, dass sie diese Beine um seine Taille schlang. Verdammt noch mal! Als sie gegangen war, fiel ihm auf, dass sie ihn gar nicht nach seinem Nachnamen gefragt hatte. Er hatte ihn absichtlich nicht genannt, da er gespannt darauf war, ob sie sich danach erkundigen würde. Die meisten Frauen erkannten den Namen, wenn sie auch sein Gesicht gesehen hatten, und er wusste, dass sie ihn bei der erstbesten Gelegenheit googelten. Aber Marjorie hatte nur höflich gelächelt, ihm erneut die Hand gereicht und war gegangen.

Anscheinend war sie naiver, als er ursprünglich angenommen hatte. Und sie war vertrauensselig. Sie würde ganz bestimmt nicht den Rest der Nacht vor dem Computer sitzen und versuchen, alles über ihn herauszufinden.

Das war ihm nur recht. Mit naiven Frauen kam er gut zurecht. Die hielten ihn nie lange auf.

Aber noch während er das dachte, runzelte er die Stirn. Marjorie war anders. Sie war gut, ehrlich, rein und süß. Er wollte ihr nicht die Reinheit nehmen, indem er sie in sein Bett schleifte. Die anderen Frauen, mit denen er ausgegangen war, hatte er danach gedankenlos fallen lassen, aber er wusste instinktiv, dass Marjorie anders war, und kam sich vor wie ein Schwein, weil er so an sie dachte.

Vielleicht stellte er sie aber auch nur auf ein Podest, weil sie ihm das Leben gerettet hatte. Er wusste es nicht, und es war ihm eigentlich auch egal.

Aber als Rob pfeifend zurück in seine Suite ging, wurde ihm bewusst, dass er mehr über Marjorie Ivarsson herausfinden musste. Weil er sie begehrte. Und der beste Weg, um das zu bekommen, was man wollte, war, sich ebenso darum zu kümmern, wie er auch bei geschäftlichen Belangen vorging: Er würde einen Schlachtplan ausarbeiten, in die Offensive gehen und am Ende gewinnen.

# 5

Der erste Punkt auf seiner To-do-Liste bestand darin herauszufinden, wen er da eigentlich verführen wollte.

Um sieben Uhr früh rief er einen seiner Assistenten an. Alle drei mussten rund um die Uhr einsatzbereit sein, da Rob sehr ungewöhnliche Arbeitszeiten hatte und schon im Bestfall als ein an Schlaflosigkeit leidender Workaholic einzustufen war. Er wusste, dass sie sich mit der Telefonbereitschaft abwechselten, damit immer jemand für ihn ansprechbar war. Nach dem ersten Klingeln meldete sich eine Frauenstimme. »Wer ist da?«, fragte Rob. Er hatte eine Assistentin, aber, verdammt noch mal, ihr Name wollte ihm einfach nicht einfallen. Irgendwie wechselten seine Mitarbeiter einfach viel zu häufig.

»Hier ist Smith, Sir.« Sie klang nicht einmal so, als ob er sie geweckt hätte. »Wie kann ich Ihnen helfen?«

»Ich habe heute Abend eine Verabredung«, teilte er ihr mit und legte sich eine Hand hinter den Kopf, da er noch entspannt im Bett herumlungerte. Während er die Decke anstarrte, sah er vor seinem inneren Auge Marjories Gesicht vor sich. »Sie heißt Marjorie Ivarsson und wohnt in Zimmer drei null eins. Ich möchte in zwei Stunden alles wissen, was Sie bis dahin über sie in Erfahrung bringen können. Damit meine ich nicht, dass Sie jetzt fünf Minuten googeln. Ich rede davon, dass ich erstklassige Informationen will, wie sie mir ein Privatdetektiv beschaffen würde, bis ich sogar weiß, welche Farbe ihre Höschen haben. Habe ich mich deutlich ausgedrückt?«

»Ja.« Smiths Stimme klang kühl und pragmatisch. »Gibt es eine Preisobergrenze für diese Informationen?«

»Nein, nur eine zeitliche Einschränkung. Zwei Stunden. Kümmern Sie sich darum.« Er legte auf, ging unter die Dusche und masturbierte, wobei er an honigblondes Haar, endlos lange Beine und Sommersprossen dachte.

Nach dem Anziehen setzte sich Rob an seinen Laptop und verlor sich in seinen E-Mails und unzähligen Tabellen und PowerPoint-Präsentationen mit Einschaltquoten, bis sein Telefon genau zwei Stunden später klingelte. Das war noch etwas, das für Smith sprach: Sie war pünktlich. Ein weiterer Vorteil gegenüber dem verdammten Gortham. Er würde den Kerl feuern, wenn sie wieder zurück waren, nahm er sich fest vor.

Er steckte sich sein Bluetooth-Headset ins Ohr und nahm den Anruf an. »Schießen Sie los.«

»Marjorie Ingrid Ivarsson«, begann Smith. »Alter: vierundzwanzig. Laut ihrem Führerschein ist sie einen Meter fünfundachtzig groß und wiegt etwa siebzig Kilo. Blutgruppe Null positiv. Organspenderin. Geburtsdatum ist der zehnte Juli. Sternzeichen Krebs. Krebse sind von Natur aus fürsorglich, liebevoll und sehr häuslich. Ihre Eltern waren George und Rita Ivarsson. Sie starben beide bei einem Autounfall, als Marjorie gerade mal zwei war. Sie wuchs danach bei ihren Großeltern John und Ingrid Ivarsson auf. Einserschülerin in der Highschool. Ging ein Jahr aufs College, brach dann jedoch ab, als John starb und Ingrid einen Herzinfarkt hatte. Ihre Großmutter starb ein Jahr später. Marjorie war Testamentsvollstreckerin und musste die Schulden der Familie begleichen. Sie arbeitet im Rise-and-Shine-Diner, einem Diner im 50er-Jahre Stil in Kansas City. Der Diner gehörte früher einer Privatperson und wurde Anfang des Jahres vom Hawkings-Konglomerat erworben.«

»Halt«, meinte Rob. »Das muss ich erst einmal verdauen.«

Smith schwieg, während Rob über die Informationen nachdachte, die sie ihm genannt hatte. Sein Gehirn hatte bei der Nennung des Namens Hawkings ausgesetzt. Sein guter alter Freund Logan war also der Besitzer des Diners, in dem Marjorie arbeitete? Das konnte doch kein Zufall sein. Außerdem hatte Marjorie erwähnt, dass sie Brautjungfer war, und Logan war hier, weil er heiratete, und …

Ach verdammt! Sie gehörte zur Hochzeitsgesellschaft. Das war entweder eine glückliche Fügung oder aber ein gottverdammter Albtraum.

Doch eigentlich war es ohne Belang, da er Marjorie Ivarsson so oder so begehrte.

»Okay«, sagte er nach einem Augenblick. »Fahren Sie fort.«

»Gut«, erwiderte Smith. »Im letzten Jahr hatte Miss Ivarsson laut ihres Steuerbescheids ein Einkommen von einundzwanzigtausendneunhundertundzweiundneunzig Dollar aus dem Diner. Auf ihrem Bankkonto befinden sich momentan zweitausendundacht Dollar. Ihr Kreditrahmen beträgt siebenhundertundzwanzig Dollar und ihr …«

»Ihre verdammte Kreditkarte ist mir scheißegal«, fiel Rob seiner Assistentin genervt ins Wort. »Das interessiert mich nicht die Bohne. Erzählen Sie mir etwas über ihr Privatleben. Hat sie einen Freund oder sich vor Kurzem getrennt?«

Durch die Leitung konnte er Papier rascheln hören. »In ihren Finanzdokumenten steht nichts über einen Mitbewohner oder Bevollmächtigten, Sir.«

»Dann können Sie mir im Grunde genommen nur erzählen, dass sie eine kreditwürdige Kellnerin ist?«, stieß er mit sarkastischem Unterton hervor. »Das ist nicht besonders hilfreich.«

Smith nahm seine schlechte Laune gelassen hin. »Ich habe mit einer Frau an der Rezeption geplaudert, und sie hat verlauten lassen, dass heute Nachmittag noch eine weitere Brautjungfer, eine Angie Stewart, eintreffen wird. Angie ist außerdem Marjories Kollegin. Ich kann mit ihr reden und Ihnen weitere persönliche Informationen besorgen, Sir.«

Er war fasziniert. »Und wie wollen Sie das anstellen?«

»Indem ich sie anlüge, Sir.« Dieses Mal klang Smith richtiggehend gerissen. »Ich gebe vor, ich müsste mit ihr ein paar Dinge für die Hochzeit besprechen, wenn das für Sie in Ordnung geht.«

»Tun Sie das. Melden Sie sich danach wieder. Und das war gute Arbeit.« Die letzten Worte sprach er fast schon widerwillig aus, aber er nahm sich vor, ihr mit dem nächsten Lohn einen Bonus auszuzahlen. Irgendwie war es schon witzig, dass er drei Assistenten hatte, von denen nur die Frau zu gebrauchen war. Er schaltete das Headset aus und machte sich wieder an die Arbeit. Schließlich standen noch einige Besprechungen an, und die E-Mails trafen schneller ein, als er sie beantworten konnte, aber zumindest konnte er sich auf diese Weise beschäftigen. Außerdem fand er es sehr angenehm, auf dem Zimmer zu bleiben. Auch wenn das Wetter wieder einmal großartig war, wollte er auf gar keinen Fall am Strand arbeiten. Der Strand und die Strömung konnten ihm gestohlen bleiben. Allein bei der Erinnerung daran erschauderte er.

Rob war derart in seine Arbeit vertieft, dass er richtiggehend hochschreckte, als es um Punkt vierzehn Uhr an seiner Tür klopfte. Sein Magen knurrte, da er das Mittagessen wie üblich hatte ausfallen lassen, aber er ignorierte es einfach und ging zur Tür.

Davor stand Smith in einem grauen Hosenanzug. Sie trug

eine Brille und hatte ihre Haare zu einem unscheinbaren Dutt hochgesteckt. »Guten Tag, Sir«, sagte sie und reichte ihm ein kleines elektronisches Gerät.

»Was ist das?« Er nahm das Ding entgegen und musterte es. Es sah aus wie eine Art Rekorder.

»Ich habe mich mit Miss Stewart getroffen und dachte, Sie möchten sich die Unterhaltung bestimmt gern anhören. Kann ich sonst noch etwas für Sie tun?«

Cleveres Mädchen. Er rieb sich das Kinn. »Sagen Sie den anderen Holzköpfen, dass ich Hunger habe. Sie können sich den Rest des Tages freinehmen.«

Sie neigte kaum merklich den Kopf. »Danke.«

Er schloss die Tür und schaltete den Rekorder ein. Sofort waren zwei Frauenstimmen zu hören. Es war illegal, jemanden ohne sein Wissen aufzuzeichnen, und er fragte sich, ob Smith das wusste oder ob es ihr einfach egal war. Eigentlich interessierte ihn das auch nicht weiter.

»Worum geht es hier gleich noch mal?« Die Frau, die die Frage stellte, war offensichtlich Raucherin und schon älter. Ihre Stimme klang ein wenig heiser, was er sofort erkannte. Er konnte das Menthol fast schon riechen.

Smiths effiziente Stimme erwiderte: »Es geht um eine Überraschung für die Braut. Wir reden mit allen aus der Hochzeitsgesellschaft und bitten sie, ein wenig über die anderen zu erzählen.«

»Ich kann mit Ihnen höchstens über Brontë und Marjorie sprechen. Die anderen kenne ich nicht.«

»Das ist kein Problem«, versicherte Smith ihr. »Fangen wir mit Marjorie an.«

Rob setzte sich gerade hin und sperrte die Ohren auf.

Die Frau lachte, und Rob wurde sofort wütend. Wie konnte sie über Marjorie lachen? Diese widerliche Schlampe.

Aber ihre nächsten Worte beruhigten ihn wieder ein wenig. »Ich liebe Marjorie. Wie könnte man sie auch nicht lieben? Wer sie hasst, kann vermutlich auch keine Welpen, Blumen oder anderen schönen Dinge ausstehen. Sie ist so ein liebes Mädchen.«

Rob lehnte sich in seinem Sessel zurück und hörte weiter aufmerksam zu.

»Arbeiten Sie schon lange mit Marjorie zusammen?«

»Seit ein paar Jahren. Sie ist bei allen Gästen sehr beliebt.« Die Frau lachte wieder. »Vor allem bei Menschen über achtzig. Die vergöttern sie. Ich glaube, sie sehen in ihr die Enkelin, die sie nie hatten. Sie hat sehr viele Stammgäste, und wenn ich mich recht erinnere, sind das alles Rentner, aber Marj merkt sich ihre Namen und Geburtstage und sorgt dafür, dass sie sich wie etwas Besonderes fühlen. Man merkt ja, ob einem etwas vorgemacht wird, und bei Marj merken sie, dass sie es ernst meint. Die liebt die alten Leutchen wirklich.«

Das musste sich Rob merken. Okay, seine Marjorie bevorzugte die Gesellschaft älterer Menschen. Daran war nichts auszusetzen, auch wenn er sich nicht daran erinnern konnte, wann er das letzte Mal mit jemandem gesprochen hatte, der älter als sechzig war. Hm. Sie verkehrten ganz offensichtlich in sehr verschiedenen Kreisen.

Nachdem sie einmal begonnen hatte, konnte Angie anscheinend gar nicht mehr aufhören, über Marjorie zu sprechen. »Ja, das Mädchen ist schon irgendwie komisch. Das meine ich nicht auf schlimme Weise. Es ist nur so, dass ... Na ja, sie geht zu Stricktreffen und Antiquitätenausstellungen. Sie fertigt Quilts an. Ich meine, wer macht denn heutzutage noch Quilts? Ich kenne außer Marjorie niemanden, der das tut. Jedenfalls bezweifle ich, dass sie dieselben Hobbys hat wie andere Mädchen in ihrem Alter. Sie geht nicht tanzen und hat keinen Freund, dafür macht sie Kreuzworträtsel und arbeitet freiwillig in einem Altenheim.«

»Dann ist sie eine alte Dame, die im Körper einer jungen Frau gefangen ist?«, schlug Smith hilfsbereit vor.

»Genau das ist sie«, bestätigte Angie. »Eine alte Dame. Man kann wirklich nicht umhin, sie zu lieben, wie ich gesagt habe. Sie ist ein süßes Mädchen. Mit Storchenbeinen, aber süß. Und man erkennt auf den ersten Blick, dass sie einsam ist.«

»Sie ist einsam?«, hakte Smith leise nach.

»Ja. Ich glaube, sie ist bei ihren Großeltern aufgewachsen, verstehen Sie? Also war sie eigentlich nie so wie ›normale‹ Kinder. Wenn man auch noch ihre Größe bedenkt, kann ich mir schon vorstellen, wie sich das auf ihr Selbstbewusstsein ausgewirkt hat. Sie hat, wie gesagt, keine Freunde – abgesehen von den Kolleginnen aus dem Diner –, die jünger als achtzig sind. Und sie scheint auch nie auszugehen.«

»Nicht?«

»Nein. Wenn ich darauf wetten müsste, würde ich vermuten, dass sie noch Jungfrau ist. Ich schätze wirklich, dass sie noch nicht einmal einen Penis in der Hand gehabt hat, aber ich kann es natürlich nicht mit Gewissheit sagen.«

Die Frauen lachten beide, und Rob umklammerte den Rekorder. Wenn er dieser Angie jemals begegnete, dann würde er ihr ordentlich die Meinung sagen.

»Dann lassen Sie mich Ihnen jetzt auch noch etwas über Brontë erzählen«, fuhr Angie fort. »Sie ist ein richtiger Glückspilz, schließlich heiratet sie jetzt einen Milliardär.«

Er spulte die restliche Unterhaltung größtenteils vor, da sie sich nur noch um Brontë und nicht mehr um Marjorie zu drehen schien. Dann legte er den Rekorder angewidert auf den Tisch und trommelte mit den Fingern auf der Tischplatte herum, während er nachdachte.

Gut, jetzt wusste er eine Menge über seine Marjorie. Sie war altmodisch, ein nettes Mädchen und höchstwahrscheinlich Jungfrau.

Der letzte Punkt verwirrte ihn sehr. Rob ging nicht mit Jungfrauen aus. Sie waren einfach nicht sein Typ. Möglicherweise irrte sich ihre Freundin ja ... aber er war sich da nicht so sicher. Frauen sprachen untereinander über solche Themen, oder nicht? Und Marjorie war von einer Aura der Unschuld umgeben, die ihn faszinierte ... und ihm auch sagte, dass sie anders war.

Daher musste er wohl oder übel davon ausgehen, dass sie Jungfrau war. Ach verdammt!

Er hatte nicht die geringste Ahnung, wie er bei einer Jungfrau vorzugehen hatte. Er wusste ja noch nicht einmal, wie er anfangen sollte. Aber er wollte Marjorie. Er begehrte diese Frau mit jeder Faser seines Wesens, er verzehrte sich auf unerklärliche Weise nach ihr. Rob war ein Mann, der immer auf sein Bauchgefühl hörte, und im Moment sagte es ihm, dass Marjorie die Richtige für ihn war.

Aber er war sich auch ziemlich sicher, dass er nicht ihr Typ war. Er trank. Er fluchte. Er hatte One-Night-Stands. Er bezahlte Frauen, damit sie im Fernsehen ihre Brüste zeigten. Er war ungehobelt, unanständig und ein Großmaul. All diese guten Gründe, aus denen sich Logan Hawkings nicht mit ihm abgeben wollte, würden auch in Marjorie Ivarssons Fall gegen ihn sprechen.

Was nun? Rob rieb sich das Kinn. Er würde ihr einfach zeigen, dass er die Art von Mann sein konnte, die sie brauchte. Er konnte sich benehmen ... wenn er das wollte.

Und für Marjorie wollte er das auf jeden Fall tun.

# 6

Zum zehnten Mal an diesem Tag bereute Marjorie es, dass sie nicht mehr Kleidung eingepackt hatte. Sie betrachtete ihr Kleid im Spiegel und runzelte die Stirn. »Ich weiß nicht. Es ist so ... keine Ahnung. Geblümt?«

Ihre Freundin Angie, die auf dem Bett saß, blätterte in einer Zeitschrift herum und schaute nicht einmal auf. »Hat er gesagt, dass du dich schick machen sollst, oder dich nur gebeten, ein Kleid anzuziehen?«

»Ich ... ich weiß es nicht. Meine Erinnerung ist ein wenig verschwommen«, gestand Marjorie. Ihr hatte sich mehr als nur ein bisschen der Kopf gedreht, sie hatte vielmehr das Gefühl gehabt, Karussell zu fahren. Außerdem war sie aufgrund der späten Stunde müde gewesen, als sie von dem Vorabjunggesellinnenabschied ins Hotel zurückgekehrt war, und auch wenn sie nichts getrunken hatte, war sie allein von dem Unsinn, den Brontë, Gretchen, Maylee und die neu hinzugekommene Violet getrieben hatten, ganz erschöpft gewesen. Sie waren mit einer Fähre zu einer anderen Insel gefahren, wobei die arme schwangere Audrey seekrank geworden war, wovon sie sich den ganzen Abend nicht mehr erholt hatte. Daher hatte es die verantwortungsbewusste Marjorie übernommen, den weiteren Verlauf des Abends in die Hand zu nehmen. Sie hatte die angetrunkenen Frauen (und die Schwangere mit der Magenverstimmung) vom Abendessen in einen Nachtklub und weiter in eine Stripbar geschleift, wo sie ihr ganzes Geld loswurden. Audrey hatte auch dort über Übelkeit geklagt, und Marjorie hatte den Rest des Abends damit verbracht, ihr einen feuchtes Tuch auf die Stirn zu pressen, während die anderen munter feierten.

Dennoch hatte Brontë sehr viel Spaß gehabt, und das war doch das Wichtigste. Marjorie hatte ihr Bestes gegeben, um dafür zu sorgen, dass die Braut sich bei ihrem Vorabjunggesellinnenabend gut amüsierte, da Gretchen (die Trauzeugin) offenbar beschlossen hatte, sich zu betrinken und sich zu amüsieren, anstatt sich um irgendwas zu kümmern. Damit hatte Marjorie allerdings kein Problem, die den anderen auch gern dabei zusah, wie sie ihren Spaß hatten.

Doch als das Taxi schließlich vor dem Hotel vorfuhr, war sie ziemlich erschöpft gewesen und dann auch außerordentlich verblüfft, dass der Mann, der durch ihre Tagträume geisterte, auf einmal neben ihr stand.

Er sah genauso gut aus wie in ihrer Erinnerung. Attraktiv, mit dunklem Haar, dem markanten Unterkiefer und den wunderschönen Augen, in denen sie stundenlang versinken könnte.

Außerdem war er kleiner, als sie gedacht hatte. Das war schon eine Enttäuschung gewesen. Zwar hatte sie an diesem Abend hochhackige Schuhe getragen, da sie ja nur mit Frauen unterwegs gewesen war, aber als sie voreinander auf dem Bürgersteig standen, hatte sie ihn überragt. Wenn sie in solchen Schuhen vor einem Mann stand, zogen die meisten schnell den Schwanz ein. Kein Mann wollte mit einer Bohnenstange ausgehen; das hatte sie schon unzählige Male zu hören bekommen. Aber ihr Traummann hatte keinen Ton zu ihrer Größe gesagt. Vielmehr hatte er ihre Hand geküsst, sie mit seinem Charme bezirzt und sie zum Abendessen eingeladen.

Und jetzt hatte sie gerade mal vier Stunden geschlafen, da sie zusammen mit Brontë, Gretchen und den anderen Brautjungfern zu einer weiteren Anprobe und Schuhänderung gemusst hatte (Audreys Füße waren angeschwollen und passten nicht in die Louboutins, die Brontë für alle Frauen ausgesucht hatte). Für ihre Verabredung war sie schon ziemlich spät dran.

Für ihre Verabredung.

Allein die Vorstellung, dass sie sich mit einem Mann treffen würde, ließ Marjorie schneller atmen. Auf der Highschool war sie ganze zwei Mal mit einem Jungen ausgegangen, und während ihrer Collegezeit hatte sie mal mit einem Typen geflirtet, dem ihre Größe nichts auszumachen schien... zumindest nicht bis zum nächsten Tag, als er wieder ausgenüchtert war. Dann war er zu seinen Freunden gegangen und hatte sich mit ihnen darüber amüsiert, dass er betrunken genug gewesen war, um mit »dem Flaggenmast« zu knutschen.

Aber das war auch schon alles. Mehr Erfahrung hatte sie in dieser Beziehung nicht. Wenn sie sich wirklich mal für einen Mann interessierte, war sie viel zu eingeschüchtert, um ihn zu fragen, ob er mit ihr ausgehen wollte, und sie wurde nie um ein Date gebeten. Abgesehen von diesem einen Abend auf der Party hatte sie noch nicht einmal mit einem Mann herumgeknutscht. Weiter als bis zum Fummeln war sie nie gegangen.

Das war doch wirklich peinlich. Sie kam sich vor wie eine Idiotin.

Daher war es eine Untertreibung zu behaupten, sie wäre nervös, weil sie an diesem Abend ein Date hatte und auch noch größer war als der Mann, mit dem sie verabredet war. Außerdem hatte sie nicht die geringste Ahnung, was sie anziehen sollte. Normalerweise wäre sie mit diesem Problem zu Brontë gegangen, die immer sehr süß und freundlich war und ihr einen Tipp geben konnte. Momentan hatte Brontë mit den

Hochzeitsvorbereitungen jedoch schon mehr als genug zu tun, daher wollte Marjorie sie nicht auch noch mit ihren Problemen belästigen.

Und so hatte sie Angie gefragt. Angie hatte die letzten Jahre mit Brontë und Marjorie zusammen im Diner gearbeitet und war eigentlich sehr nett. Sie war Mutter, dreimal geschieden und eine hübsche Südstaatenschönheit mit zarter Figur und wild toupiertem Haar. Angie war immer sehr freundlich, aber in ihrer Gegenwart kam sich Marjorie meist noch unbeholfener und ungelenker vor.

Aber sie wusste auch, dass Angie oft mit Männern ausging, und sie kannte sie weitaus besser als die anderen Frauen, die nur entfernte Bekannte waren. Marjorie war sich nicht sicher, ob sie es aushalten konnte, von den anderen wegen ihrer mangelnden Erfahrung aufgezogen zu werden, während Angie sie so behandelte, wie sie es immer tat. Selbst wenn sie etwas sagte, was wehtat, wusste Marjorie doch, dass sie es eigentlich gar nicht so meinte.

Daher war ihre Wahl auf Angie gefallen.

Marjorie hatte sie in ihr Zimmer gebeten und war ihre Kleidung durchgegangen auf der Suche nach etwas, das sie bei der Verabredung anziehen konnte. Eigentlich hatte sie sich ausgemalt, dass sie die kommenden beiden Wochen auf der Insel damit verbringen würde, entweder Shuffleboard zu spielen oder an Hochzeitsvorbereitungen teilzunehmen, und aus diesem Grund hatte sie eher bequeme als schicke Kleidung eingepackt. Ihr Schrank war voller Shorts, geblümter Tanktops und dünner Sommerkleidchen mit bunten Mustern.

Kurz gesagt: Es war nichts dabei, was sich für eine Verabredung eignete.

Doch es brachte auch nichts, sich deswegen graue Haare wachsen zu lassen. Sie hielten sich schließlich auf einer Urlaubsinsel auf, da würde er doch auch erwarten, dass sie ... na ja, »inselhaft« aussah, oder nicht? Sie zog ein anderes Kleid aus dem Schrank und hielt es sich an. »Was ist mit diesem?«

»Es ist schrecklich«, verkündete Angie. »Ich sage es nur ungern, Süße, aber darin sehen deine Schultern knochig aus. Du bestehst doch ohnehin nur aus Ecken und Kanten. Für einen Mann möchtest du aber sanft und verletzlich aussehen.«

Marjorie schluckte schwer und schämte sich ein wenig für ihre Schultern. »Und was ist, wenn ich ein Schultertuch dazu trage?«

»Dann siehst du aus wie ein Flamingo im Pullover«, entgegnete Angie und ließ die Zeitung sinken. »Du bist doch so groß wie ein Model, dann trag doch auch etwas, das ein Model anziehen würde. Die sehen immer perfekt aus. Mir ist völlig schleierhaft, wieso du es nicht genauso machst.«

Marjorie drehte sich wieder zu ihrem Schrank um und schob verzweifelt Kleiderbügel hin und her. »Aber Models bringt man bei, wie man sich anzieht, oder jemand anders kauft gleich die Kleider für sie.«

»Da hast du auch wieder recht«, gab Angie zu. »Dann müssen wir wohl mit dem auskommen, was wir haben.« Sie musterte Marjorie von oben bis unten. »Selbst wenn es sich dabei vor allem um sehr viel Frau handelt.«

Sofort verspürte Marjorie wieder den Drang, die Schultern einzuziehen, um kleiner zu wirken, aber sie unterdrückte ihn.

»Ich würde dir ja etwas von mir leihen, aber ich bezweifle, dass ich etwas besitze, das lang genug ist«, meinte Angie und begutachtete Marjories Hüften mit kritischem Blick. »An den Sachen ist einfach nicht genug Stoff.«

»Ich weiß. Aber es muss doch in meinem Schrank irgendwas Passendes geben, meinst du nicht auch? Lass uns einfach mit dem arbeiten, was wir haben.«

»Was für ein Mann ist er denn?«

Während sich Marjorie das nächste Kleid anhielt, umspielte ein verträumtes Lächeln ihre Lippen. »Er sieht gut aus. Richtig gut. Und er ist sehr freundlich.«

Angie winkte ab. »Nein, nein, ich meinte, wie er so ist. Ist er jemand, den man nach dem Kirchgang seiner Mutter vorstellen würde, oder eher ein Kerl, mit dem man in einer dunklen Ecke in einem Klub herumknutscht?«

»Oh.« Marjorie blinzelte und dachte nach. »Ich vermute, eher Letzteres.«

»Dann geht das schon mal gar nicht, Süße«, erklärte Angie und nahm ihr das Kleid aus der Hand. »Möchtest du nur ein freundschaftliches Essen mit diesem Mann, oder soll er dich mit romantischen Absichten ansehen?«

Marjorie errötete. »Letzteres natürlich.« Großer Gott, wenn er das nicht tat, dann wäre sie am Boden zerstört. Sie wäre so enttäuscht, nachdem sie sich so viele Hoffnungen gemacht hatte.

»Und du glaubst wirklich, wenn du ein Kleid anziehst, das du zur Sonntagsschule tragen könntest, kannst du sein Interesse wecken?«

Zerknirscht musterte Marjorie das fragliche Kleid. Es war ein in gedämpftem Orangerot gehaltenes Sommerkleid mit langem Rock, rundem Ausschnitt und kurzen Ärmeln. »Vermutlich nicht. Was soll ich denn dann anziehen?«

»Etwas mit einem tiefen Ausschnitt, Dummerchen. Du hast doch einen ansehnlichen Vorbau, also zeig ihn auch.«

Hatte sie das wirklich? Erneut betrachtete Marjorie den Inhalt ihres Kleiderschranks.

»Was ist mit dem hier?« Angie zog ein Teil aus knallroter

Seide aus dem Schrank. »Das ist doch ganz niedlich. Und es bringt deine Beine gut zur Geltung.«

»Okay«, stimmte Marjorie ihr zu. »Dann suche ich fix das Tanktop, das ich darunter anziehe, und die Leggings.«

»Augenblick mal? Was redest du da von einem Tanktop und Leggings? Zieh das Ding so an.« Angie drückte es ihr in die Arme. »Zeig ein bisschen Haut, wenn du deinen Mann überzeugen willst.«

»Er ist nicht mein Mann«, protestierte Marjorie und wurde rot.

»Und mit diesen Klamotten wird er es auch nie werden«, konterte die praktisch veranlagte Angie. »Willst du jetzt etwas anziehen, bei dem man auf den ersten Blick sieht, dass du noch Jungfrau bist, oder möchtest du eher wie eine selbstsichere, erwachsene Frau wirken?«

Tja, wenn sie das so ausdrückte, dann musste Marjorie nicht lange darüber nachdenken. Sie griff nach dem Kleiderbügel, ging ins Badezimmer, um sich umzuziehen, und kam kurz darauf unsicher wieder heraus und zupfte an dem seidenen Stoff herum. »Ich weiß nicht, ob das eine so gute Idee ist.«

»Warum nicht? Komm her und lass dich ansehen. Was stimmt denn nicht damit?« Angie deutete auf den Ganzkörperspiegel an der gegenüberliegenden Wand. »Stell dich hierher.«

Marjorie tat es und fühlte sich ausgesprochen unwohl. Das leichte, lockere Kleid hatte einen tiefen Ausschnitt und sollte ganz offensichtlich mit einem Tanktop darunter getragen werden. So fiel der Stoff bis zwischen ihre Brüste, und man konnte ihren schlichten weißen BH erkennen. Noch schlimmer wurde das Ganze dadurch, dass man eigentlich Leggings dazu anziehen sollte, denn der »Rock« reichte Marjorie gerade mal bis zur Mitte der Oberschenkel. Sie zerrte daran und hatte das Gefühl, dass man ihren Hintern sehen konnte.

»Das geht so nicht, da muss ich was drunterziehen.«

Angie gab ihr einen Klaps auf den Arm. »So ein Blödsinn, du bist nur prüde!«

»Man kann meinen BH sehen!«

»Da hast du recht.« Angie wedelte mit einer Hand in der Luft herum. »Zieh den BH aus, dann sehen wir weiter.«

»Was? Nein!«

»Wie du willst«, erwiderte Angie und hob kapitulierend die Hände. »Du kannst gern diesen schönen Sack anziehen und mir hinterher erzählen, dass er dich nicht um ein zweites Date gebeten hat.«

Marjorie schluckte schwer und starrte ihr Spiegelbild an. Rob war großspurig und welterfahren. Eigentlich war es ganz offensichtlich, dass er nicht ihr Typ war. Verdammt, sie hatte so abgeschieden gelebt, dass sie noch nicht einmal wusste, auf welchen Typ Mann sie eigentlich abfuhr ... und das war wirklich deprimierend. Wäre es denn wirklich so schlimm, zu einer Verabredung ein kurzes Kleid zu tragen? Außer dem Mann, den sie beeindrucken wollte, würde sie doch niemand sehen. Sie musterte das Kleid, das Angie jetzt hochhielt – und das zugegebenermaßen sehr langweilig aussah. Seufzend griff Marj in den Ausschnitt und zog ihren BH aus. Sie warf ihn auf den Boden, und die beiden Frauen blickten erneut kritisch in den Spiegel.

Ohne den BH war der Ausschnitt noch tiefer ... er reichte ihr bis zum Bauchnabel! Sie stöhnte unglücklich, aber Angie klatschte in die Hände. »Perfekt!«

»Wirklich?«

»Ja. Jetzt zeig mir deine Schuhe.«

Die Auswahl der richtigen Schuhe war ein Kapitel für sich.

Da Marjorie der Ansicht war, ihre Größe könnte ohnehin durch nichts verschleiert werden, war ihr die Höhe ihrer Absätze völlig egal, und sie liebte schöne Schuhe. Sie waren ihre größte Schwäche, so wie es bei Angie der Modeschmuck war, aber als es darum ging, die richtigen Schuhe zu ihrem Kleid auszuwählen, wurden sie sich einfach nicht einig.

Marj besaß noch immer die nudefarbenen Louboutins, die sie nicht mehr zur Hochzeit anziehen würde und die die Frauen auf Brontës Beharren hin trotzdem behalten mussten. Marj liebte diese Schuhe, doch Angie hatte nach einem Blick auf die Stilettoabsätze unglücklich geseufzt, daher hatte Marjorie sie wieder weggestellt. »Was ist mit diesen hier?« Marjorie hielt ein paar Riemchensandalen mit Holzabsatz hoch. »Die passen dazu.«

»Großer Gott, bloß nicht«, rief Angie entsetzt. »Das sind ja zwölf Zentimeter hohe Absätze. Damit überragst du den armen Mann ja. Du musst doch deine Fehler nicht auch noch betonen.« Sie griff nach dem einzigen flachen Schuhpaar, das Marjorie mitgenommen hatte. »Die musst du anziehen. Vertrau mir. Kein Mann will mit Goliath ausgehen, erst recht keiner, der richtig heiß ist.«

Na super! Jetzt war sie schon Goliath. Und noch dazu mit Fehlern behaftet. In diesem Augenblick kam sie sich sehr schlicht vor, auch wenn sie hier eigentlich versuchten, sie für das Date herauszuputzen. »Dann eben flache Schuhe. Danke, Angie.«

»Gerne doch.« Angie beugte sich vor und gab Marjorie einen Kuss auf die Wange. »Ich habe meinem Sohn versprochen, dass ich einige Zeit am Pool verbringe und mich entspanne. Bekommst du das Make-up und deine Frisur ohne meine Hilfe hin?«

Marjorie beäugte Angies toupierte Haare und den dicken

Eyeliner. »Mir wird schon etwas einfallen. Geh du dich amüsieren.«

Angie strahlte sie an und winkte. »Viel Glück bei deiner Verabredung. Du musst mir hinterher alles erzählen.«

»Geht klar.«

Ihre Freundin strahlte sie an und ging.

Marjorie sah seufzend in den Spiegel. Wo sie auch hinsah, da war nichts als blasse Haut. Ihre Brüste wackelten, wenn sie sich bewegte, und sobald sie sich auch nur ein wenig vorbeugte, rutschte ihr Rock über den Hintern nach oben. Besorgt sah sie sich ihre anderen Kleider an, aber Angie hatte recht – sie sahen wirklich alle altbacken und schäbig aus. Sie musste sexy sein, wenn sie jemanden wie Rob beeindrucken wollte. Aber es fiel ihr ziemlich schwer, sich in den schlichten, flachen, schwarzen Schuhen sexy zu fühlen, wo sie doch hohe Absätze gewöhnt war. In den flachen Schuhen kam sie sich unbeholfen vor, und sie begann, ihr Haar zu einem Knoten aufzuwickeln, schüttelte dann jedoch den Kopf. Mit einem Knoten wirkte sie noch größer, und das war gar nicht gut. Sie kämmte ihr Haar und band es im Nacken zu einem lockeren Pferdeschwanz, um sich danach zu schminken.

Dabei hatte sie die ganze Zeit ein nervöses Gefühl in der Magengrube. Vergangene Nacht war es spät und dunkel gewesen. Vielleicht... vielleicht war Rob gar nicht aufgefallen, wie groß sie war? Eigentlich konnte man das ja nicht übersehen, aber wer weiß? Was war, wenn er sie sah und es bereute, sie zum Essen eingeladen zu haben?

Sie starrte ihr Spiegelbild an und ging prüfend leicht in die Knie. Nein, das war zu offensichtlich. Gegen ihre Größe konnte sie nun einmal nichts unternehmen. Seufzend richtete sich Marjorie auf und nahm ihre Handtasche vom Tisch.

Es war Zeit für ihre Verabredung. Innerlich schickte sie ein Stoßgebet zum Himmel, dass er nicht bei ihrem Anblick sofort die Flucht ergriff ... und dass draußen kein starker Wind wehte, sodass die ganze Welt ihr Höschen sehen konnte.

# 7

Robs Date war in der Lobby unmöglich zu übersehen.

Sie war einen ganzen Kopf größer als jede andere anwesende Frau und ganz offensichtlich auch die, die sich am unwohlsten fühlte. Ihre hohen Wangenknochen waren derart rot, dass es unmöglich Rouge sein konnte, und sie fummelte immer wieder an dem unglaublich tiefen Ausschnitt ihres kurzen Flatterkleides herum. Das Ding war knallrot und ging ihr gerade über den Hintern, und man konnte auf den ersten Blick erkennen, dass sich Marjorie darin überhaupt nicht wohlfühlte.

Es überraschte ihn, sie in einem solchen Kleidungsstück zu sehen. Schließlich hatte sie eher schüchtern gewirkt, und er hatte aus den Worten ihrer Freundin geschlossen, dass Marjorie ein eher altmodischer Mensch war. Die Frau in dem knallroten Kleid sah jedoch ganz und gar nicht altmodisch aus, sondern eher so, als wollte sie unbedingt einen Kerl aufreißen.

Das ergab doch keinen Sinn. Er blinzelte, als sie auf ihn zukam und ihre Brüste wogten und sich unter ihrem dünnen Kleid abzeichneten, da sie keinen BH trug. Für das, was er mit ihr vorhatte, war sie nicht gerade angemessen gekleidet, und an den Füßen trug sie hässliche schwarze Ballerinas, in denen ihre Füße riesig wirkten.

Aber er sagte nichts dazu. Bei der Panik, die sich in Marjories Miene abzeichnete, reichte vermutlich schon ein Wort zu ihrem Aussehen, damit sie die Flucht ergriff und er sie nie wiedersah. Das würde jedoch den Plan vereiteln, der erreichen sollte, dass sie aus seinen Gedanken verschwand.

Er hob eine Hand, damit sie ihn sah, und richtete dann seine Manschettenknöpfe, während sie auf ihn zukam und immer wieder an ihrer Kleidung zupfte. Als sie seinen schwarzen Anzug sah, riss sie die Augen noch weiter auf und umklammerte ihre Abendhandtasche fast schon panisch.

»Oh«, hauchte sie, als sie vor ihm stand. »Oh, ich wusste ja nicht, dass wir etwas so Förmliches machen.« Ihr Blick wanderte über seinen Zweireiher. »Soll ich mich lieber umziehen?«

»Sie sehen hinreißend aus«, erwiderte er und reichte ihr seinen Arm.

Wieder kaute sie auf diese niedliche Art auf ihrer Unterlippe herum und nahm schüchtern seinen Arm, als hätte er ihr ein Geschenk angeboten. »Vielen Dank.«

Aus irgendeinem Grund fühlte er sich auf einmal wie ein König, weil sie sich derart über diese kleine Geste freute. Er tätschelte ihre Hand. »Sie sehen wirklich unglaublich aus«, sagte er. »Ich bin sehr froh, dass Sie gekommen sind.«

Ihre Augen strahlten, und wieder einmal stellte Rob fest, dass er verliebt war. Diese seltsame, süße Amazone hatte ihn ganz schön aus den Socken gehauen.

»Und ich bin froh, hier zu sein«, erwiderte sie leise. »Wo gehen wir denn hin?«

»In ein kleines Restaurant namens Le Poisson. Es ist auf einer Nachbarinsel.« Er führte sie zur wartenden Limousine und hielt ihr die Tür auf.

»Und wie kommen wir dahin?«

»Ich habe ein Boot gemietet, das uns hinbringt. Lassen Sie uns fahren. Unsere Reservierung verfällt, wenn wir zu spät kommen.«

※ ※ ※

Während der Bootsfahrt machten sie nur ein paar Kommentare über das Wetter und schwiegen ansonsten. Rob konnte eindeutig erkennen, dass Marjorie nervös war. Das war ihm nur recht. Wenn er ihr im Restaurant ein paar Drinks ausgab, würde sie schon auftauen. Ihr Schweigen erlaubte es ihm außerdem, sie genauer zu betrachten.

Am Strand hatte sie so glücklich und sorgenfrei gewirkt, genau wie vergangene Nacht. Jetzt kam sie ihm allerdings vor wie ein anderer Mensch, und sie zupfte ständig an ihrem Kleid herum, wenn es vom Wind und der Bewegung des Bootes verrutschte. Aber sie hatte ein wunderschönes Profil, und er stellte fest, dass er sie einfach nur fasziniert anstarren wollte. Als sie sich zu ihm umdrehte und bemerkte, dass er sie ansah, strahlte sie. »Ist das nicht ein herrliches Wetter?«

»Das haben Sie in den letzten fünfzehn Minuten jetzt schon zum dritten Mal gesagt.«

»Wirklich?« Sie machte ein betretenes Gesicht. »Entschuldigung.«

»Dafür müssen Sie sich doch nicht entschuldigen.« Er beobachtete, wie eine Locke aus ihrem Pferdeschwanz rutschte und über ihre Wange tanzte. Am liebsten hätte er sie berührt, aber damit hätte er Marjorie vermutlich erschreckt. »Sie müssen in meiner Gegenwart nicht nervös sein.«

Sie sah ihn an und lachte, und er hatte einen Augenblick lang das unangenehme Gefühl, dass sie gleich sagen würde: »Aber Sie sind Robert Cannon, Milliardär und Fernsehmogul und mein Ticket in eine bessere Zukunft. Natürlich bin ich nervös.« Doch stattdessen beichtete sie ihm: »Ist Ihnen eigentlich klar, dass ich seit zwei Jahren kein Date mehr gehabt habe?«

Er musste unwillkürlich lächeln. Natürlich spielte ihm Marjorie nichts vor. Er hatte sich völlig grundlos Sorgen gemacht. »Wirklich?«

Sie beugte sich vor und schlang die Arme um ihren Oberkörper. »Ob Sie es glauben oder nicht, es kommt nur selten vor, dass ein Mann mit mir ausgehen will.«

»Sie müssen mir zugestehen, dass ich das nicht glaube«, erwiderte Rob und freute sich insgeheim darüber.

»Es ist aber leider wahr«, beharrte sie und seufzte laut. »Sie sind der erste Mann, der seit langer Zeit den Mut gefunden hat, sich mit mir zu verabreden.«

Er schnaubte und genoss die Unterhaltung. »Es erfordert nun wirklich keinen Mut, ein hübsches Mädchen um ein Date zu bitten.«

»Doch, das tut es, wenn das Mädchen Sie beim Basketball schlagen kann.«

»Es fällt mir schwer, das zu glauben«, erklärte er. Warum stellte sie ihr Licht derart unter den Scheffel? Gut, sie war groß, aber er ging ständig mit Models aus, und die waren alle groß. Vielleicht nicht ganz so groß wie sie, aber wen interessierte das schon? Ihn jedenfalls nicht. »Ich bin ein verdammt guter Basketballspieler.«

»Sind Sie das?« Sie musterte ihn interessiert. »Ich habe in der Highschool gespielt, bis einige der Eltern protestiert haben. Unsere Schule war nicht besonders groß, daher gab es kein Frauenteam und ich habe bei den Jungs mitgespielt. Ich war allerdings ziemlich gut, zumindest seit dem Moment, in dem ich meinen geheimen Vorteil entdeckt hatte.«

»Und der wäre?«

»Meine Brüste. Einige der Jungs hatten Angst, gegen mich zu verteidigen, sobald ich Brüste hatte.«

Er warf den Kopf in den Nacken und lachte schallend.

Sie lächelte und schien sich ein wenig zu entspannen. »Es ist wirklich wahr. Sie wussten nicht, wie sie mich festhalten sollten, und so konnte ich den Platz in Nullkommanichts überqueren. Was glauben Sie wohl, warum sich so viele Eltern beschwert haben?«

»Weil sie Arsch... äh, keine netten Leute waren?« Verdammt. Es war vermutlich unklug, in ihrer Gegenwart zu fluchen. Sie war schließlich eine behütete Jungfrau, nicht wahr? Daher war seine normale Ausdrucksweise nicht angebracht. Er warf einen Blick in ihren Ausschnitt, den sie verzweifelt zuzuhalten versuchte. Der Wind war recht kühl, und ihre Brustwarzen zeichneten sich unter dem dünnen Stoff ab.

Wenn er sich allerdings wie ein Gentleman benehmen wollte, dann durfte er sie nicht anstarren, gottverdammt! Auch wenn er sie noch so gerne einfach berühren wollte.

»Das vermutlich auch«, meinte Marjorie und zwang ihn, sich wieder auf die Unterhaltung zu konzentrieren. Er sah ihr in die Augen und hatte mit einem Mal vergessen, worüber sie gerade gesprochen hatten. Sie schaute sich um, während das Boot über das dunkle Wasser schoss, beugte sich ein wenig vor und legte die Arme schützend vor ihre Brüste.

»Ist Ihnen kalt?« Er konnte sein Jackett ausziehen und ihr geben.

»Mir ist nicht kalt.«

Wieder musterte er sie und versuchte, ihre verlockenden und viel zu gut sichtbaren Brüste nicht anzustarren. »Sind Sie sicher? Es kommt mir so vor, als würden Sie sich unwohl fühlen.«

Sie schenkte ihm ein schüchternes Lächeln. »Ich bin nur für ein formelles Essen nicht angemessen gekleidet. Ganz im Gegensatz zu Ihnen.« Während sie sich nervös die Lippen leckte, begutachtete sie seinen Anzug, und er verzehrte sich danach, ihre Zunge zu kosten. »Ich habe keine schicken Kleider mit auf die Insel gebracht.«

»Sie sehen doch gut aus. Machen Sie sich deswegen keine

Sorgen.« Eigentlich war er es doch, der unangemessen gekleidet war. Er trug einen gottverdammten Anzug. Mit gottverdammten Manschettenknöpfen! Aber er hatte sich für seine Verabredung mit Marjorie herausputzen wollen, da er davon ausgegangen war, dass sie nicht mit einem Kerl, der normalerweise schäbige T-Shirts und Jeans trug, in ein Vier-Sterne-Restaurant gehen wollte. Aus diesem Grund kam er sich gerade irgendwie vor wie ein Zirkuspferd. Was eigentlich paradox war, da Marjorie doch beinahe die Brüste aus dem Kleid rutschten.

Nicht dass er sich deswegen beschweren wollte. Es kam ihm nur wenig ... jungfräulich vor, das war alles.

Doch er musste zugeben, dass er eigentlich so gut wie noch nie einer Jungfrau begegnet war. Möglicherweise kleideten die sich ja neuerdings alle so.

Marjorie schaute sich um, als wüsste sie nicht, worüber sie reden sollte, und sah ihn dann wieder an. Ihr Gesicht wirkte amüsiert. »Es kann nicht gerade billig gewesen sein, dieses Boot für nur zwei Leute zu mieten.«

»Kann schon sein.« Er hatte keine Ahnung, was es gekostet hatte, da ihn Preise schon lange nicht mehr interessierten.

»Sie hätten das nicht tun müssen, um mich zu beeindrucken. Ich wäre auch mit einem Essen in einem der Restaurants auf der Insel zufrieden gewesen.«

Er allerdings nicht. Bei seinem Glück wäre Logan da aufgetaucht, und er wollte um jeden Preis verhindern, dass er diese süße blonde Amazone nicht den ganzen Abend für sich allein hatte. *Erzähl mir nicht, dass du mit wenig zufrieden gewesen wärst, sonst bin ich letzten Endes nur enttäuscht, wenn dieser Abend nicht damit endet, dass ich das Gesicht in deinem Schoß vergrabe.*

Der normale Rob hätte das vielleicht gesagt, der nette Rob

entschied sich jedoch für: »Seien Sie nicht albern. Ich wollte Sie eben verwöhnen.«

Mann, der nette Rob war wirklich ein langweiliger Schleimer. Er konnte nur hoffen, dass Marjorie ihn dennoch zu schätzen wusste.

Aber sie lächelte und beugte sich so weit vor, dass ihre Brüste schon fast aus dem dünnen Kleid hüpften. Großer Gott! Rob musste seine ganze Willenskraft aufbringen, um den Blickkontakt nicht abzubrechen. »Und, gehen Sie oft aus, Rob?«

Das hätte wie eine schüchterne Frage klingen können, aber Marjories weit aufgerissene Augen verrieten ihm, dass sie das wirklich interessierte … und dass ihr die Antwort wahrscheinlich nicht gefallen würde. Es lag ihm schon auf der Zunge, ihr zu antworten, dass er nur mit den Fingern schnippen musste, um mehr Frauen ins Bett zu bekommen, als sich jeder normale Mann nur erträumen konnte.

Aber sie sah ihn mit ernster Miene an, und auf einmal wurde Rob bewusst, dass er ebenso eingerostet war wie sie. Die Frauen, mit denen er sich normalerweise »verabredete« kamen auf ihn zu und machten ihm Avancen, und er ließ einige von ihnen in sein Bett und hinterher im Fernsehen auftreten oder an einer exklusiven Party teilnehmen. Aber das waren keine echten Dates. Bei einer richtigen Verabredung verbrachte man Zeit mit jemandem, den man näher kennenlernen wollte. Über diese Parade an austauschbaren Titten und Ärschen, die jederzeit verfügbar waren, wollte er jedoch nichts weiter wissen.

»Tja, ich schätze, ich bin auch ein wenig außer Übung«, antwortete er daher.

Sie beugte sich vor, und er konnte erneut einen Blick auf ihre schönen Schultern und in ihren Ausschnitt werfen. »Das kann ich Ihnen wohl kaum vorwerfen.«

Rob lächelte nur und erwiderte: »Da bin ich aber froh«, während sein Verstand mit ganz andern, schmutzigen Gedanken beschäftigt war.

## 8

Die Bootsfahrt endete viel zu schnell, und sie erreichten das Le Poisson, ein schickes kleines Restaurant in der Nähe des Hafens auf einer Nachbarinsel. Chinesische Papierlaternen säumten den Kai, und mit weißen Tüchern gedeckte Tische standen auf der Veranda, auf die leise Livemusik nach draußen drang.

Als sie das Restaurant betraten, bemerkte er, wie sich Marjorie sichtbar verspannte und mit den Händen ihren kurzen, weiten Rock nach unten zupfte. Er hatte gewusst, dass das kommen würde. Das Le Poisson war ein piekfeines Restaurant, und sie war definitiv nicht angemessen gekleidet. Wenn es ihr allerdings gelang, selbstbewusst aufzutreten, würde ihr das niemand übel nehmen. Doch wenn er ihre zusammengesunkene Statur und ihre unglückliche Miene betrachtete, machte er sich da keine großen Hoffnungen.

Er legte ihr mitfühlend eine Hand auf den Rücken und führte sie hinein. »Machen Sie mir jetzt keinen Rückzieher.«

Marjorie sah ihn erschrocken an. »Oh nein, so etwas tue ich nicht. Das wäre sehr unhöflich. Und ich möchte hier bei Ihnen sein.« Sie strahlte ihn an, und er fragte sich, ob das Marjories Art des Flirtens darstellte. Jedenfalls zeigte sie dabei ihre Zähne. Hatte sie diese Verabredung nur nicht abgebrochen, weil das unhöflich wäre? Verdammt. Sein Ego hatte soeben einen heftigen Dämpfer bekommen.

Im Eingangsbereich des Restaurants standen bereits viele wartende Gäste, aber Rob Cannon wartete nie. Während er die Hand fest gegen Marjories Rücken drückte, ging er entschlossen weiter. Sobald der Maître ihn sah, nickte er und griff nach zwei Speisekarten. Sie wurden in eine kleine, etwas abgeschirmte Ecke des Restaurants geführt, und auf dem mit einem weißen Tischtuch bedeckten Tisch stand eine antike Glaslaterne. In der Nähe waren mehrere Paare auf einer Tanzfläche zu sehen.

Als sich alle nach ihnen umdrehten, spürte Rob, wie Marjorie noch weiter in sich zusammensank. Er fragte sich, ob sie auch nur die geringste Ahnung hatte, mit wem sie da ausging, oder ob sie aufgrund der schnellen Reaktion des Maîtres, der den Umgang mit Prominenten gewöhnt war, zumindest etwas vermutete.

Nein. Vermutlich glaubte sie, ihr Kleid wäre der Grund dafür, dass sie alle anstarrten. Allerdings hatte sie damit möglicherweise nicht ganz unrecht. Rob konnte einen Blick auf Marjories schwarzes Höschen werfen, als sie sich auf den Stuhl setzte, den er für sie zurechtrückte. Der Maître reichte ihnen die Speisekarten, nannte den Namen ihres Kellners und spulte die Tageskarte herunter, aber Rob hörte ihm überhaupt nicht zu. Stattdessen beobachtete er Marjorie. Sie starrte gebannt zu dem Mann hinauf, als würde er ihnen ein Gedicht vortragen und nicht nur die Fischgerichte aufzählen. Als der Mann endlich ging, schaute Marjorie zu Rob hinüber, lächelte ihm zögerlich zu und klappte ihre Speisekarte auf.

Dann riss sie die Augen auf und schlug die Karte wieder zu.

»Stimmt was nicht?«, wollte Rob wissen.

Sie beugte sich vor und drückte sich die Speisekarte auf sehr anregende Weise gegen die Brüste. »Haben Sie die Preise gesehen?«

»Nein.« Er klappte die Speisekarte auf und überflog sie,

konnte aber nichts Ungewöhnliches entdecken. »Was stimmt denn nicht damit?«

»Hier nimmt man fünfzehn Dollar für einen ganz normalen Salat.« Sie sah entsetzt aus.

Er musste kichern. »Warten Sie, bis Sie die Weinkarte sehen.«

Aber dieses Mal lächelte sie nicht, sondern wirkte eher schockiert.

Ein Kellner näherte sich und stellte zwei Wassergläser aus Kristall auf den Tisch. »Willkommen im Le Poisson. Mein Name ist Aubrey, und ich werde Sie heute Abend bedienen. Möchten Sie mit einem schönen Wein beginnen? Ich empfehle Ihnen einen 2008er Didier Dagueneau Silex Sauvignon Blanc mit einem köstlichen Grapefruitaroma, der hervorragend zu Meeresfrüchten passt.«

Rob vermutete, dass es sich dabei um den teuersten Wein handelte, der momentan im Angebot war, schließlich saßen sie ja auch im VIP-Bereich. Er zuckte mit den Achseln. Eigentlich trank er lieber härtere Sachen, aber Wein schien ihm jetzt ganz passend zu sein. »Hätten Sie gern ein Glas Wein?«, fragte er Marjorie.

Sie zögerte einen Moment und dachte nach. Er konnte ihr praktisch ansehen, wie sie überlegte, und rechnete schon damit, dass sie ablehnen würde. Vielleicht trank sie ja keinen Alkohol. Aber schließlich nickte sie mit großen Augen. »Wein klingt gut.«

»Bringen Sie uns eine Flasche«, sagte Rob zum Kellner.

»Sehr schön«, erwiderte Aubrey und verschwand.

Rob nippte an seinem Wasser – das war mal etwas Neues für ihn – und beobachtete, wie Marjorie erneut die Speisekarte aufschlug und schweigend die Seiten überflog. »Sie suchen doch nicht etwa nach dem günstigsten Gericht, oder?«

Sie sah erschrocken auf und warf ihm einen geknickten Blick zu. »Ist das so offensichtlich?«

»Ich bezahle, und Sie können bestellen, was immer Sie möchten. Auch das Filet Mignon.« Er hob neckend die Augenbrauen.

Zu seiner Überraschung wurde sie rot und leckte sich nervös die Lippen. »Rob ... ich ...«

Ach verdammt! Hatte er den dreisten Rob etwa wieder durchschimmern lassen? »Das war doch nur Spaß. Tut mir sehr leid, wenn ich Sie erschreckt habe.« Himmel, jetzt entschuldigte er sich schon dafür, dass er Witze machte? Hatte man ihm etwa die Eier abgeklemmt? Doch sie wirkte weiterhin derart beklommen, dass er hinzufügte: »Ich kann Ihnen versichern, dass ich nichts von dieser Verabredung erwarte ... mit Ausnahme eines zweiten Dates vielleicht.«

Jetzt lächelte sie doch. »Das klingt sehr beruhigend.«

Er legte eine Hand mit der Handfläche nach oben auf den Tisch und hoffte, dass sie ihre Hand hineinlegen würde. »Sie können mir vertrauen.«

Marjorie schenkte ihm ein schüchternes Lächeln und legte ihre Hand in seine. »Ich vertraue Ihnen.«

Das waren zugegebenermaßen Worte, die er nur selten hörte. Jemanden, der Rob Cannon vertraute, hätte er normalerweise schallend ausgelacht. Aber diese Frau mit ihren großen Augen, dem herrlichen Körper und den Brüsten, die praktisch aus ihrem lächerlichen Kleid herausfielen, sollte ihm vertrauen. Rob drückte ihre Hand, streichelte mit dem Daumen ihre Handfläche und genoss es, dass sie leicht zusammenzuckte. »Das freut mich sehr, Marjorie.«

»Nennen Sie mich doch Marj. Das machen alle so.«

Großer Gott. Er ging mit einer Marj aus. Das war ja furchtbar. »Muss ich das tun?« Bei dem Spitznamen musste er an

Zigaretten und Rückensalbe denken. »Für mich sind Sie weiterhin Marjorie, und ich finde Ihren Namen wunderschön.«

Sie zappelte vor Freude ein wenig auf ihrem Stuhl herum, wobei ihre Brüste wackelten ... und, großer Gott, es fiel ihm so unglaublich schwer, ihr weiter in die Augen zu sehen, da ihre Titten doch um seine Aufmerksamkeit bettelten. Aber irgendwie gelang es ihm, auch wenn es fast an ein Wunder grenzte. Himmel, es war so grottenlangweilig, der öde Rob zu sein. Andererseits lächelte ihn Marjorie an, was die Sache schon wieder wert war. »In Ordnung ... Robert.«

Er zuckte zusammen. Robert Cannon war sein »Geschäftsname«, und er hatte angefangen, es zu hassen, wenn die zweite Silbe seines Vornamens genannt wurde. »Rob ist mir lieber. So werde ich von meinen engen Freunden genannt.«

»Okay.« Ihr Lächeln wurde breiter, und sie drückte seine Finger, als er sie wieder mit dem Daumen streichelte. Dabei erschauerte sie jedes Mal auf herrliche Weise, daher beschloss er, einfach nicht mehr damit aufzuhören. »Wie heißen Sie eigentlich mit Nachnamen?«

Er zögerte kurz. Wollte sie das wissen, damit sie ihn googeln konnte? Oder war das nichts als eine unschuldige Frage? Er wusste es nicht, aber er beschloss, einfach aufs Ganze zu gehen. »Cannon.«

Sie sah ihn nachdenklich an. »Der Name passt zu Ihnen.«

»Wirklich?« War das eine sexuelle Anspielung? Er hatte das alles schon so oft gehört und fand es meist nur furchtbar. *Rob die Kanone. Feuer deine Ladung ab, Rob. Dein Kanonenrohr ist so hart.* Aber so etwas war noch nie mit so unschuldiger Miene ausgesprochen worden.

»Ich finde schon. Es klingt so stark und unerschütterlich.«

»Aha.« Himmel, sie hatte wirklich keine Ahnung, wer er war, oder? Warum wirkte ihre Unschuld nur so unglaublich hinreißend auf ihn? »Wie war Ihr Nachname doch gleich noch mal?«

»Ivarsson. Wir haben norwegische Vorfahren, darum bin ich auch so groß.« Sie schnitt eine Grimasse.

»Daran ist doch nichts Schlimmes.«

Sie sah nicht wirklich überzeugt aus, aber er bemerkte, wie sie taktvoll das Thema wechselte. »Also ... Ihre Freunde nennen Sie Rob?«

»Süße, ich habe nicht viele Freunde.«

»Ich bin nicht Ihre Süße.«

Oh, Rückgrat hatte sie also auch. Er mochte es, wenn eine Frau Feuer im Hintern hatte. »Da haben Sie recht. Entschuldigung.«

Sie nickte. »Sie müssen sich nicht entschuldigen ... Schnuckelchen. Machen Sie es nur nicht wieder.«

Er lachte.

Sie entzog ihm ihre Hand, was ihn ein wenig enttäuschte. Marjorie griff erneut nach der Speisekarte und blätterte darin herum, wobei sie sich sichtlich entspannte. »Es ist Ihnen bestimmt nicht recht, wenn ich mir nur eine schöne Suppe bestelle, nicht wahr?«

»Nein. Die schmeckt doch sch... ähm, gar nicht zu dem guten Wein.«

Sie verzog geknickt das Gesicht. »Kann ich dann wenigstens mein Essen selbst bezahlen?«

»Mache ich auf Sie etwa den Eindruck eines besch... äh, eines Geizhalses?« Himmel, war das schwer, nicht zu fluchen.

Sie zog eine Augenbraue hoch, aber ihre ernste Miene wurde von einem albernen Grinsen ruiniert, und er stellte fest, dass er ebenfalls lächeln musste.

»Das sollte ich vielleicht lieber nicht fragen.«

»Vermutlich nicht«, neckte sie ihn.

Als der Kellner an ihren Tisch zurückkehrte, bestellte Rob für sie beide ein Surf-and-Turf-Gericht, weil er hoffte, dass sie den Preis noch halbwegs akzeptabel fand. Sie sah dennoch ein wenig verstimmt aus bei dem Gedanken, dass er so viel Geld ausgab, sagte jedoch nichts. Nachdem der Kellner gegangen war, beugte sie sich wieder vor. »Mr Cannon ...«

»Rob«, fiel er ihr warnend ins Wort.

»Rob«, korrigierte sie sich. »Sind Sie auch zu der Hochzeit eingeladen, oder machen Sie hier Urlaub?«

Sie hatte wirklich keine Ahnung, wer er war. Das gefiel ihm, ebenso wie die Vorstellung, dass er eine Frau wie Marjorie kennenlernen konnte, ohne dass sie die Nase rümpfte, sobald sie herausfand, womit er sein Geld verdiente. Damit stand jedoch auch fest, dass sie verdammt weltfremd sein musste. Er ...

Sie wurden erneut unterbrochen, als der Kellner zurückkehrte und ihnen mit einer übertriebenen Geste die Weinflasche präsentierte. Rob beachtete den Mann kaum und sah lieber Marjorie an, die dem Mann gespannt lauschte, während er einen Vortrag über den Jahrgang und den Geschmack hielt, ihr etwas Wein einschenkte und ihn schwenkte, bevor er ihr das Glas reichte.

Zu seiner Überraschung stürzte Marjorie den Wein hinunter. Sofort begann sie zu husten, schlug sich eine Hand vor den Mund und presste dann ihre Serviette an die Lippen.

»Ist alles in Ordnung?«, erkundigte sich Rob.

Sie hustete weiter und winkte mit einer Hand ab. »Ich habe mich verschluckt.«

Er nippte an seinem Wein und nickte dem Kellner dann zu. »Danke. Sie können gehen.«

Der Mann sah ihn besorgt an, nickte dann aber und entfernte sich. Rob vermutete, dass er sich gleich darüber kaputtlachen würde, wie Marjorie die Kostprobe getrunken hatte. Rob goss ihr noch ein wenig Wein ein. »Trinken Sie gern Wein, Marjorie?«

»Oh ja, ich trinke ständig Wein«, erwiderte sie.

»Ach, Sie sind Weinkennerin? Welchen trinken Sie am liebsten?«

Sie blinzelte und deutete dann mit tränenden Augen auf ihr Glas. »Diesen hier.«

Ja, klar. Irgendwie zweifelte er daran.

Sie lächelte ihn an, griff erneut nach ihrem Glas und trank einen großen Schluck, als müsste sie ihre Worte untermauern. Dabei verschluckte sie sich nur ein wenig. Das Ganze war schon sehr lächerlich, aber auch niedlich, daher sagte Rob nichts weiter.

Eine Minute später war der Kellner wieder da, brachte ihren Salat und ging wieder. Nachdem er gegangen war, nahm Rob sein Besteck und versuchte, die Unterhaltung wieder in Gang zu bringen. »Was denn für eine Hochzeit?«, fragte er unschuldig.

»Die von Brontë und Logan. Aber wenn ich Ihnen das erzählen muss, dann sind Sie anscheinend nicht eingeladen.« Sie verzog bedauernd den Mund und nippte an ihrem Wein.

»Ich bin nicht wegen der Hochzeit hier«, gab er wahrheitsgetreu zu. »Und Sie?«

»Vor Ihnen sitzt Brautjungfer vier von fünf.«

Wie er es vermutet hatte. Am liebsten hätte Rob vor Frustration laut gestöhnt. Wenn Logan erfuhr, dass er mit einer der Brautjungfern ausging, und das auch noch nach ihrem unangenehmen Zusammentreffen gestern, dann würde Logan das Schlimmste vermuten.

Und Rob konnte es ihm nicht einmal verdenken. Schließlich hatte er dem Mann ja indirekt angedroht, ihn erpressen zu wollen. Daher musste er auf jeden Fall dafür sorgen, dass Logan nichts von seiner Beziehung zu Marjorie erfuhr.

Denn er hatte definitiv vor, eine Beziehung mit ihr zu führen.

»Sie sind also Brautjungfer? Das klingt nach Spaß«, flunkerte er.

»Es ist eigentlich ganz schrecklich«, gab sie zu und brachte ihn damit erneut zum Lachen. »Ich stehe nur ungern im Rampenlicht, und Brontës Hochzeit wird eine ziemlich große Sache. Man hat mir erzählt, dass darüber sogar in den Klatschzeitungen berichtet wird.« Sie erschauderte. »Dazu kommt noch, dass ich in dem Brautjungfernkleid noch größer wirke, sodass es die reinste Hölle zu werden verspricht.«

»Warum sagen Sie der Braut nicht einfach, sie soll sich verp... äh, Sie haben keine Lust dazu?«

Sie musterte ihn verächtlich. »Weil sie meine Freundin ist und mich darum gebeten hat. Ich konnte mich einfach nicht weigern. Bei der Hochzeit geht es ja sowieso nicht um mich, sondern um sie. Und es ist eigentlich nicht wirklich schlimm. Ich habe ein paar Wochen freibekommen und einen Urlaub, der mich nichts kostet. Und Brontë ist wunderbar. Sie ist wirklich einer der besten Menschen, die mir je begegnet sind.« Ihr Gesicht wirkte fast schon bewundernd. »Ich vergöttere sie.«

Er knurrte leise und spießte ein Salatblatt auf. Bei den Lobeshymnen auf Logans heilige Braut wurde ihm immer klarer, dass Logan ihn vermutlich hochkant rauswerfen würde, sobald er erfuhr, dass Rob nicht längst abgereist war.

Das würde den Paparazzi vielleicht gefallen. Er konnte die Schlagzeile schon förmlich vor Augen sehen: »Titten oder Abflug? Männerkanal-Milliardär hat nicht zugehört!«

Ach verdammt! »Hören Sie, Marjorie, ich ...« Er hielt inne und starrte sie an.

Sie schaute jedoch links neben ihn, und ihre Hand mit der Gabel war auf halbem Weg zu ihren hübschen rosa geschminkten Lippen erstarrt, die sie bereits leicht öffnete. Dabei blinzelte sie mehrmals und machte ein ungläubiges Gesicht.

Er musste wohl oder übel nachsehen, was sie da anstarrte.

Am Nachbartisch saßen zwei Frauen und starrten zu ihrem Tisch herüber. Es war offensichtlich, dass sie ihn erkannt hatten, da sie ihn mit lasziven Blicken bedachten. Sobald er sich umgedreht hatte, schnappte sich die Brünette ihre blonde Freundin, und sie begannen, einander zu küssen und zu befummeln. Bei ihren tiefen Zungenküssen verschmierten sie ihren Lippenstift, und sie sahen ihn beide weiterhin an. Eine spielte sogar an dem Spaghettiträger ihres Tops herum, als wollte sie andeuten, dass sie es ausziehen würde, wenn er sie nur darum bat.

Das passierte ihm ständig. *Titten oder Abflug* war ihre größte Show und schon eine richtiggehende Legende. In dieser Spielshow tauchten sie irgendwo an einem öffentlichen Ort auf und boten einer Frau Geld an, damit sie ihre Brüste entblößte. Entweder zeigte sie ihre Titten, oder sie machte einen Abflug. Es gab jede Menge Frauen, die nur zu gern das Geld nahmen. So viele, dass sie bisher noch kein einziges Mal Wiederholungen hatten zeigen müssen. Wo immer er auch hinging, stets versuchten Frauen, seine Aufmerksamkeit zu erregen, und die, die gern flirteten, wussten, dass man einen Mann am besten auf sich aufmerksam machte, indem man mit einer Freundin herumknutschte.

Schließlich standen alle Kerle auf so was.

Rob verdrehte die Augen, als sie ihre Show abzogen, und

musterte dann seine Begleiterin. Marjories Schreck nach zu urteilen, hatte sie keine Ahnung, was die beiden Frauen dazu verleitet hatte, und er versuchte schnell, sie abzulenken. »Die Frauen hier auf der Insel sind sehr offen, was?«

Sie schaute ihn an und klappte den Mund zu. Dann nickte sie und legte die Gabel auf den Teller. »Das kann man wohl sagen. Du liebe Güte.« Ihre Wangen waren gerötet, und sie griff nach ihrem Weinglas und stürzte den Inhalt hinunter.

Er wollte Marjorie schon damit aufziehen, dass ihr empörter Ausruf wie etwas klang, das seine Großmutter sagen würde, als jemand an ihren Tisch trat. Ach verdammt! Rob blickte genervt auf und stellte fest, dass die Brünette auf einmal neben ihm stand. Ihr roter Lippenstift war rings um ihren feuchten Mund verschmiert, und aus der Nähe sahen ihre Lippen prall aus, als hätte man zu viel Silikon injiziert.

»Ich wollte nur eben was vorbeibringen«, säuselte sie und drückte ihm ein Stück Papier mit ihrer Telefonnummer (oder Zimmernummer, falls sie noch direkter war) in die Hand. Dann zwinkerte sie ihm zu. »Man sieht sich ... hoffe ich.« Schon verschwand sie mit wiegenden Hüften wieder.

Gottverdammt! Konnte er denn nicht mal in Ruhe was essen? Er kaute wütend auf seinem Salat herum und ignorierte Marjories schockierten Blick.

»Kennen Sie sie?«, wollte sie wissen. Sie nuschelte bereits ein wenig. War sie etwa schon von einem Glas Wein betrunken?

»Nein, ich kann mit Fug und Recht behaupten, dass wir uns noch nie über den Weg gelaufen sind.« Aber ich kenne Hunderte andere, die so sind wie sie.

»Ist das ihre Telefonnummer?«, fragte Marjorie leise und klang verletzt. Er sah mit an, wie sie noch einen Schluck Wein trank, doch ein Tropfen ging daneben und landete in ihrem Ausschnitt.

Während er die glitzernde Flüssigkeit anstarrte, fluchte er innerlich. Verdammt! Dieses Date war ja die reinste Katastrophe. Er musste es irgendwie retten. Die Frau, die gerade an ihren Tisch gekommen war, interessierte ihn nicht – Frauen wie sie konnte er dutzendweise haben. Er wollte die, die ihm gegenübersaß und der es nicht im Geringsten gelang, ihre Gefühle zu verbergen. Die, die sich gerade mit teurem Wein betrank, weil sie so nervös war. Daher nahm er seine Serviette und öffnete den Deckel der Laterne auf dem Tisch, um den Zettel mit der Telefonnummer der Frau in die Flamme zu halten und zu verbrennen.

Marjorie lächelte ihn zögerlich und verwirrt an. »Junge, die sind wirklich direkt, was?«

»Allerdings.«

*\*\**

Als sie beim Nachtisch waren, ließ sich nicht mehr übersehen, dass Marjorie betrunken war. Sie hatte die halbe Flasche Wein geleert und starrte ihn jetzt aus trüben, glasigen Augen an, während ihr Kinn auf ihren Fäusten ruhte. Dabei hatte sie die Arme so angewinkelt, dass ihre kleinen Brüste direkt auf der Tischplatte ruhten und beinahe aus ihrem tiefen Ausschnitt herausquollen.

Trotzdem schaute Rob nicht hin. Mann, war das schwer, den Gentleman zu spielen! Er starrte sogar ihren Kellner wütend an, als er zu lange neben Marjorie herumstand, und drohte ihm innerlich, sie ja nicht falsch anzusehen, da er sonst auf sein Trinkgeld pfeifen konnte.

»Was denken Sie, Marjorie?«

Ihr albernes Grinsen wurde noch breiter. »Dass Sie sehr gut aussehen.«

Er lächelte zurück. »Tue ich das?«

»Ja«, murmelte sie verträumt und starrte ihn an. »Ich bin noch nie mit einem so hübschen Mann ausgegangen.«

Rob wollte eigentlich erwidern, dass Männer im Allgemeinen nicht hübsch waren, doch ihm wurde noch rechtzeitig klar, dass sich das Gespräch in eine interessante Richtung bewegte. »Gehen Sie denn oft aus?«, erkundigte er sich.

»Ständig«, antwortete sie und schüttelte gleichzeitig den Kopf, als wollte sie ihre Worte Lügen strafen.

Er runzelte die Stirn. Es war für ihn durchaus nachvollziehbar, dass ein Mädchen bei einem Date leicht angetrunken war, vor allem, wenn es wie Marjorie zu Nervosität neigte. Aber sie war weit über diesen Zustand hinaus und regelrecht betrunken. »Möchten Sie vielleicht noch ein Stück Brot oder etwas anderes essen?«

»Nein, vielen Dank.« Sie wollte schon erneut nach ihrem Weinglas greifen.

Sofort tauschte Rob es gegen ihr Wasserglas aus.

\* \* \*

Der restliche Abend war nach Robs Meinung eine ziemliche Katastrophe. Sie plauderten und lachten über einfache, unverfängliche Themen wie das Wetter, die Insel und die Größe der Portionen des übertauerten, aber köstlichen Essens. Manchmal war Marjorie einfach nur niedlich. Sie lachte über jeden seiner Witze, konterte manchmal mit ein paar eigenen ... und ruinierte die Stimmung dann wieder, indem sie noch mehr Wein trank. Rob war völlig verwirrt. Außerdem war es frustrierend, weil ihr Date in einigen Augenblicken einfach großartig war, nur um dann durch ein betrunkenes Kichern oder einen benommenen Blick wieder ins Gegenteil umzukippen.

Rob hatte bei der Arbeit schon mit genug Betrunkenen zu tun und wollte ganz bestimmt nicht, dass sich die Frau, mit der er ausging, auch so benahm. Daher drängte er zur Eile und hoffte, sie dadurch von einem noch intensiveren Weinkonsum abzuhalten. Er schnappte sich die Rechnung, sobald der Kellner sie zum Tisch brachte.

Marjorie griff ebenfalls danach. »Wir sollten halbe-halbe machen.«

»Ich bin kein Scheißknauserich.«

Sie sah ihn pikiert an und kicherte dann in ihr Glas. »Ich kann mein Essen selbst bezahlen.«

Ja, klar. Er wusste genau, wie viel sie pro Jahr verdiente. »Ich sagte bereits, dass ich bezahle.«

»Ist ja schon gut«, meinte sie und grinste zufrieden, da ihr Glas noch nicht leer war. »Aber tun Sie mir einen Gefallen und geben Sie ihm ein gutes Trinkgeld. Er hat gute Arbeit geleistet, dabei sind sie heute unterbesetzt.«

Diese Beobachtung überraschte ihn. »Woher wissen Sie das?«

Sie deutete mit dem Kinn auf den Kellner, der mit einer Wasserkaraffe in der Hand an ihnen vorbeieilte. »Er hat zwei Abschnitte, um die er sich kümmern muss, und der andere Kellner ist auf der anderen Seite des Restaurants. Da er sich ständig abhetzt, gehe ich davon aus, dass einer seiner Kollegen ausgefallen ist.« Sie lächelte ihn schüchtern an. »Ich habe Ihnen doch erzählt, dass ich Kellnerin bin, oder nicht?«

»Nein, das haben Sie nicht.« Auch wenn er das längst von seiner Assistentin wusste.

»Tja, allerdings nicht in so einem schicken Lokal.« Sie

zuckte mit den Achseln. »Eigentlich wollte ich wieder aufs College, aber nachdem ich ein Urlaubssemester genommen hatte, bin ich irgendwie nicht wieder reingekommen.«

Rob musterte die dreißig Dollar, die er als Trinkgeld notiert hatte, schrieb noch eine Zwei davor und zeigte Marjorie den Betrag. »Ist das okay?«

Er erwartete schon, dass sie protestieren würde, nachdem sie sich bei den Preisen derart angestellt hatte, doch stattdessen leuchteten ihre Augen, und sie strahlte ihn an, als wäre er ein gottverdammter Held. »Das ist so wunderbar, Rob. Jetzt hat sich der Abend erst recht gelohnt.«

»Wenn Sie mich dafür schon so ansehen, dann sollte ich vielleicht noch eine Ziffer davorschreiben«, sagte er und griff nach dem Beleg.

Sie schlug ihm lachend auf die Hand. »Lassen Sie das.«

Er deutete auf die Tanzfläche nebenan. »Jetzt, da wir gegessen haben, könnten wir ja ein wenig tanzen. Was meinen Sie?«

Zu seiner Überraschung war ihre Miene auf einmal wie versteinert, und sie schüttelte den Kopf.

»Warum nicht?« Sie hatte während des Essens immer wieder verstohlen zur Tanzfläche hinübergesehen, und er war immer davon ausgegangen, dass alle Frauen gern tanzten. »Ich bin nicht ganz sch... äh, schlecht. Ich bin kein schlechter Tänzer.«

Sie lächelte ihn an. »Es geht nicht um Sie, sondern um mich.« Sie schob ein Bein vor. »Ich bin größer als Sie. Die Leute werden uns anstarren.«

Das war alles? »Dann sollen sie starren.« Aber als sie erneut den Kopf schüttelte und die Arme vor der Brust verschränkte, fragte er sich, ob sie aus diesem Grund die hässlichen Schuhe trug. An dem Abend, als sie mit ihren Freundinnen aus dem

Taxi gestiegen war, hatte sie klassische hochhackige Schuhe getragen, doch heute Abend – in seiner Gegenwart – trug sie schaurige schwarze Ballerinas. »Haben Sie deshalb diese Schuhe an? Damit Sie nicht so groß sind?«

Sie leckte sich die Lippen und sagte nichts.

»Dann sind Sie eben groß! Wen interessiert das schon, verdammt noch mal?«

Sie riss die Augen auf.

Er fluchte innerlich, dass er doch geflucht hatte. »Was ich damit sagen wollte, ist, dass das nun wirklich keine große Sache ist.«

»Ich bin größer als die meisten Männer.«

»Und ich bin schlauer als die meisten Männer. Lasse ich mich davon unterkriegen?«

Sie musterte ihn verwirrt.

»Sie sind eine Amazone«, stimmte er ihr zu. »Das lässt sich nicht leugnen.«

Jetzt sah sie verletzt aus, und er kam sich vor, als hätte er gerade ein kleines Hündchen getreten.

»Lassen Sie mich Ihnen eines sagen«, meinte er und beugte sich vor. »Wenn die Leute ein Problem damit haben, dass Sie größer sind als ich, dann ist das ihr Problem und nicht Ihres. Sie haben wunderschöne Beine und sehen in hochhackigen Schuhen umwerfend aus, und ich bin egoistisch genug, darauf zu bestehen, dass sie etwas tragen, in dem Sie gut aussehen. Und was macht es denn schon, dass Sie größer sind als ich? Ich bin mir meiner Männlichkeit bewusst genug, sodass es mir sch...« Verdammt, ihm wollte kein Begriff einfallen, der nicht vulgär war. Scheißegal ging definitiv nicht. Aber was dann?

»Dass es Ihnen schnurz ist?«, schlug sie vor.

»Ja, genau, es ist mir schnurz.« Er grinste sie an. »Würden Sie jetzt bitte mit mir tanzen?« Es war ja nicht so, als würde er wahnsinnig gern tanzen. Himmel, er war ein Kerl und hasste das Tanzen. Aber so hätte er die Gelegenheit, Marjorie in den Armen zu halten und zu sehen, wie sie sich in diesem kurzen Rock bewegte, und aus genau diesem Grund wollte er unbedingt tanzen.

»Na gut«, erwiderte sie glücklich. »Tanzen wir.« Sie stand auf und hätte dabei beinahe den Tisch umgeworfen, sodass Rob ihr schnell zu Hilfe eilte.

»Ist alles in Ordnung?«

»Alles bestens«, versicherte sie ihm mit hochrotem Gesicht.

Er war sich da nicht so sicher, aber sie gingen zur Tanzfläche, und Rob hatte einen Arm um Marjories Taille gelegt. In ihren flachen Schuhen war sie ungefähr so groß wie er, und das gefiel ihm. Die Musik veränderte sich, und es kam ein langsamer Song. Marjorie legte ihm die Arme um den Hals und drückte ihre Brüste gegen seine Brust. Mit einem Mal hatte Rob vergessen, dass er sie nicht anstarren wollte, denn ihre Brüste waren so klein und süß, wie sie sich an ihn schmiegten, wie konnte er da nicht hinsehen?

»Amüsieren Sie sich?«, murmelte er, als sie sich im Takt der Musik bewegten.

»Sehr sogar«, antwortete sie leise und leicht nuschelnd. Sie starrte seine Lippen an und beugte sich ein wenig vor. »Wollen wir uns küssen?«

Auch wenn er das eigentlich gern getan hätte, schüttelte er den Kopf. »Sie sind ziemlich betrunken, Marjorie.«

Sie schüttelte heftig den Kopf. »Bin ich nicht!« Dann gaben ihre Knie nach. »Wow, ich glaube, der Boden hat sich gerade bewegt.«

Rob stöhnte und drückte sie an sich. »Bleiben Sie aufrecht stehen, Marjorie. Sie sind betrunken.«

Sie kicherte, klammerte sich an ihn und geriet ins Taumeln. »Es ist ziemlich windig hier!«

Die anderen Gäste starrten sie an, und Rob überprüfte ihr Kleid. Das Oberteil saß noch korrekt, aber der Rock war hochgerutscht. Na, das war ja großartig! Er zog ihn wieder runter und hielt nach einem Stuhl Ausschau, auf den er sie setzen konnte, da sie anscheinend nicht mehr aus eigener Kraft aufrecht stehen konnte. Die Bar war nicht weit entfernt, daher ging er mit ihr dorthin und drückte sie auf einen Stuhl. »Bleiben Sie hier sitzen«, forderte er sie auf. »Ich hole Ihre Handtasche.«

Marjorie kicherte und deutete übertrieben auf ihren Stuhl. »Ich bleibe genau hier sitzen.« Bei der Bewegung rutschte ihr Oberteil zur Seite, und man konnte beinahe ihre rechte Brust sehen.

Er rückte ihre Kleidung zurecht und versuchte, sich seine Verzweiflung nicht anmerken zu lassen. Der Abend wurde ja immer schlimmer. »Bleiben Sie einfach hier, okay? Ich bin in zwei Minuten wieder da.« Er eilte durch das Restaurant zurück zu ihrem Tisch. Dummerweise war der bereits abgeräumt worden, und er konnte Marjories Handtasche nirgendwo entdecken. Daher machte er sich auf die Suche nach dem Kellner.

Aber auch der schien vom Erdboden verschluckt zu sein. Rob wartete einige Minuten und wurde immer ungeduldiger, und als der Mann noch immer nicht aufgetaucht war, wandte er sich an einen anderen Kellner. »Ich suche die Handtasche meiner Begleiterin«, sagte er zu dem Mann. »Wo steckt mein gottverdammter Kellner?«

Der Mann sah ihn erschrocken an. »An welchem Tisch haben Sie gesessen?« Als Rob es ihm zeigte, nickte er. »Ihr Kellner hat gerade Pause.«

»Dann holen Sie ihn gefälligst her«, stieß Rob zwischen zusammengebissenen Zähnen hervor. »Und zwar auf der Stelle, verdammt noch mal!«

»Aber natürlich.« Der Kellner verschwand, und schließlich tauchte ihr Kellner wieder auf, und Rob erhielt die Handtasche. Er hastete zurück zur Bar und hoffte inständig, dass Marjorie nicht inzwischen eingeschlafen war.

Tatsächlich war sie wach. Sie lehnte sich fast bei einem anderen Mann an, der ihr tief in den Ausschnitt sah, und trank kichernd einen Schnaps.

Wütend stürmte Rob näher. »Was machen Sie denn, Marjorie?«

Sie drehte sich auf dem Barhocker um und strahlte ihn an, wobei ihm auffiel, dass ihr Ausschnitt verdammt tief war. »Ich trinke etwas mit diesem netten Gentleman!« Sie tätschelte den Arm des Mannes. »Er war so nett, mir einen auszugeben.«

»Sie sollten keinen Alkohol mehr trinken«, ermahnte Rob sie. »Nicht nach dem ganzen Wein.«

»Verzieh dich, Mann«, knurrte der Mann und schob ihr noch ein Glas zu. »Sie amüsiert sich nur ein bisschen.«

»Jimmy«, sagte sie. »Das ist mein Begleiter Rob. Ist er nicht hübsch?«

Jimmy musterte ihn von oben bis unten. »Nein. Du bist eher mein Typ, Schätzchen.«

»Ich bin nicht dein Schätzchen«, erwiderte sie fröhlich und leerte das Schnapsglas, um dann laut zu husten. »Örks, der war aber heftig. Was war denn das?«

»Tequila«, antwortete Jimmy.

»Komm schon, Marjorie«, schaltete sich Rob ein. Verdammt noch mal! Wo kam denn diese verantwortliche Ader her? Aber die Art, wie Jimmy Marjorie beäugte, gefiel ihm nicht. Am liebsten wollte er dem Wichser die Lichter auspusten, und Marjorie war viel zu beschwipst, um noch zu begreifen, dass es keine gute Idee war, sich von Fremden einen ausgeben zu lassen. »Sie sollten wirklich nichts mehr trinken.«

»Das ist schon okay«, murmelte sie. »Schnaps auf Bier, das rate ich dir.«

»Das heißt eigentlich anders«, korrigierte Rob sie und legte ihr besitzergreifend eine Hand auf den Rücken. »Und Sie haben ohnehin schon viel zu viel getrunken. Wir sollten zurückfahren.«

Jimmy stand auf, baute sich mit seinen ein Meter sechzig vor Rob auf und schnaubte ihn an. »Die Lady kann tun, was sie möchte, mein Freund. Sie ist nicht mit Ihnen verheiratet.«

»Wollen Sie sich etwa mit mir prügeln?«, fragte Rob und sah dem kleineren Mann ins Gesicht. Oh ja, dazu war er jetzt in genau der richtigen Stimmung. Bei Kneipenschlägereien hatte er schon immer auftrumpfen können.

Ein lautes »Örp« ließ die beiden Männer verharren. Rob drehte sich zu Marjorie um, die sich mit beiden Händen am Holzrand der Bar festklammerte. Sie war kreidebleich geworden und starrte Rob blinzelnd an. »Mir ... geht es nicht so gut.«

Dann erbrach sie sich vor seine Füße.

# 9

Die Rückfahrt mit dem Boot glich einem Höllenritt.

Marjorie erbrach sich den ganzen Weg vom Restaurant zum Boot. Auch die gesamte Fahrt nach Seaturtle Cay hing sie mit dem Kopf über der Reling, da ihr speiübel war. Als sie endlich auf der Insel angekommen waren, hatte sie sich derart verausgabt, dass sie sich auf dem Rücksitz des Taxis zusammenkrümmte, weiter trocken würgte und den Kopf in Robs Schoß legte. Sogar Rob, der nicht gerade zu Empathie neigte, hatte Mitleid mit ihr. Er strich ihr über das Haar, während sie weinte und würgte und sich gar nicht mehr zu beruhigen schien.

Irgendwann kamen sie völlig erschöpft vor der Lobby des Seaturtle Cay Resorts an, und da Marjorie eingeschlafen war, trug Rob sie hinein. Sie war trotz ihrer Größe recht leicht, daher fiel es ihm nicht schwer, mit ihr auf den Armen die Stufen hinaufzusteigen. Zuerst musste er an der Rezeption die Schlüsselkarte zu Marjories Zimmer bekommen. Er kannte zwar die Zimmernummer, aber sie schlief so fest, und er befürchtete, das sie sich erneut übergeben musste, wenn er sie weckte, um die Schlüsselkarte entgegenzunehmen, und das wollte er lieber vermeiden. Im Moment wirkte sie ganz friedlich, drückte die Nase an seinen Hals und atmete ruhig.

Also nichts wie ab zur Rezeption.

Doch sobald sie das Hotel betraten, stellte er fest, dass ihm das Glück nicht hold war. Vor der Rezeption stand die schreckliche Rothaarige, die er schon einmal getroffen hatte. Sie gehörte zweifellos ebenfalls zur Hochzeitsgesellschaft und würde direkt zu Logan rennen, wenn sie sah, wie Rob die schlafende und völlig betrunkene Marjorie hereintrug.

Daher änderte er spontan seinen Plan. Sie würden auf sein Zimmer gehen. Rob drehte in die andere Richtung ab, entfernte sich von der Rezeption und lief in Richtung der Fahrstühle. Er hielt den Atem an, bis die Türen aufgingen, und hämmerte auf die Knöpfe, sobald er darin war. *Geht wieder zu, verdammt!*

Zur Abwechslung hatte er mal Glück. Die Türen schlossen sich, und die Kabine setzte sich in Bewegung. Rob verlagerte die schlafende Marjorie auf seinen Armen, während er die Karte über das Lesegerät zog, und betrat dann seine Suite.

Während seiner Abwesenheit war jemand hier gewesen und hatte aufgeräumt. Das war gut. Wenn Marjorie inmitten von Snackverpackungen und leeren Bierdosen aufgewacht wäre, hätte sie vermutlich Panik bekommen. Stattdessen sah die Suite wieder einmal perfekt aus. Das Bett war frisch gemacht, und seine schmutzige Kleidung lag nicht mehr auf dem Boden. Sein Schreibtisch war von sämtlichem Müll befreit worden, und sein Laptop war geschlossen.

Er ging zum Bett und legte sie sanft auf eine der Decken, um sie dann vorsichtig zuzudecken. Ihr Kleid war verrutscht, und er war sich ziemlich sicher, dass ihre linke Brust komplett entblößt war, aber Marjorie schlief und war betrunken, daher erregte ihn das nicht im Geringsten. Er deckte sie zu, und als sie murmelte und sich umdrehte, holte er den Eiseimer und stellte ihn vorsichtshalber direkt neben das Bett.

Danach holte er eine weitere Decke aus dem Schrank, ging zum Sofa im Wohnzimmer seiner Suite und zog sich die mit Erbrochenem besudelte Kleidung aus.

Der Abend war eine einzige Katastrophe gewesen. Nächte wie diese erinnerten ihn daran, warum er keine Dates mehr hatte.

\* \* \*

Marjorie hatte das Gefühl, sie läge im Sterben.

Anders ließ sich nicht erklären, wie sie sich fühlte. Das musste der Todeskampf sein. Vermutlich ihr eigener, auch wenn sich ihr Mund so anfühlte, als wäre etwas hineingekrochen und darin verendet. Sie leckte sich die trockenen Lippen, und sofort protestierte ihr Magen.

Oh. Oh nein.

Sie setzte sich ruckartig auf und rannte zur nächsten Tür, die sie gerade noch erreichte, bevor ihr Mageninhalt auch schon wieder herauskam. Dann erbrach sie sich eine gefühlte Ewigkeit lang, hockte neben der Toilette und wimmerte leise, als nichts mehr herauskommen wollte. Himmel, das war ja schrecklich. Einfach furchtbar. Ihr Kopf fühlte sich an, als hätte ihn jemand gespalten, und ihr ganzer Körper tat weh. Irgendwie war um sie herum alles vage und verschwommen. War sie krank? Was war denn nur los mit ihr?

Aber das Porzellan der Toilettenschüssel an ihrer Wange fühlte sich gut an. Sie drückte das Gesicht noch einen Augenblick länger dagegen und starrte dann die schwarzen Kleidungsstücke auf dem Boden an, die sie jetzt erst bemerkte.

Männerschuhe. Ein Gürtel. Eine Hose. Ein Jackett.

Oh…

Oh Gott!

Mit vor Schreck weit aufgerissenen Augen sah sich Marjorie

im Badezimmer um. Das ... das war nicht ihres. Ihr Zimmer war sehr schön, aber dieses Bad war sehr viel größer als ihres, und jemand hatte in den letzten Stunden die luxuriöse Wasserfalldusche benutzt und die Handtücher auf den Boden geworfen, was sie nie tat.

Wo war sie nur?

Sie stand taumelnd auf und starrte die Ablagefläche über dem Waschbecken an. Rasierzeug. Rasierzeug?! Ein Blick in den Spiegel, und sie stöhnte entsetzt auf. Ihr Augen-Make-up befand sich jetzt unter den Augen, ihre Frisur war eine Katastrophe, und ihre Haut war fahl. Ihr Kleid war verrutscht, sodass ihre rechte Brust heraushing, und die andere schien demnächst dasselbe tun zu wollen. Rasch brachte sie ihre Kleidung wieder in Ordnung. Rings um ihren Mund klebten getrocknete Bröckchen, und sie wusch sich rasch das Gesicht und glättete ihr Haar.

Dann erbrach sie sich erneut, weil ihr Magen die vielen Bewegungen einfach nicht verkraftete.

Während sie sich ein weiteres Mal an die Toilette klammerte, versuchte sie, sich an das zu erinnern, was vergangenen Abend passiert war. Doch irgendwie war alles verschwommen. Sie erinnerte sich daran, mit Rob ausgegangen zu sein – wohin auch immer. Und sie hatte sehr viel Wein getrunken, um vor ihm welterfahren zu wirken. Und da war auch eine Tanzfläche gewesen.

Und sie hatte sich übergeben. Nicht nur einmal.

Okay. Okay. Sie atmete tief durch, um ihren Magen zu beruhigen, und versuchte, auch ihre chaotischen Gedanken zu sortieren. Sie hatte sich ganz offensichtlich betrunken. Und jetzt war sie in seinem Zimmer. Es musste einen logischen Grund dafür geben. Hatte sie etwa mit ihm geschlafen? War sie keine Jungfrau mehr? Großer Gott, hatte sie

Sex gehabt und konnte sich nicht einmal mehr daran erinnern?

Sie griff sich unter den Rock und stellte fest, dass sie ihr Höschen noch anhatte. Der Zwickel war nicht einmal feucht. Sie trug auch immer noch ihre Schuhe. Na gut. Dann hatten sie wohl doch nicht miteinander geschlafen. Wahrscheinlich war es ihr dafür nicht gut genug gegangen. Die Panik ließ ein wenig nach, und sie hockte noch einige Minuten lang vor der Toilette, bevor sich ihr Magen anfühlte, als könnte sie wieder aufstehen.

Sie musste zurück auf ihr Zimmer, und zwar schnell!.

Auf Zehenspitzen schlich Marjorie aus dem Bad, rieb sich die Augen und sah sich in der Suite um. Sie war luxuriös, und allein dieser Raum schien größer zu sein als ihre ganze Wohnung. Der dicke Teppich dämpfte ihre Schritte, und sie machte das Bett, so gut sie konnte, nahm den Eiseimer – für den Fall, dass ihr erneut übel wurde – und betrat das Wohnzimmer der Suite.

Nachdem sie die Tür geöffnet hatte, entdeckte sie einen großen Männerkörper auf der Couch, der eine Decke über der Hüfte liegen hatte. Rob schlief tief und fest und lag mit zerzaustem Haar und nacktem Oberkörper da.

Himmel, er sah so gut aus.

Marjorie konnte nicht anders, sie musste einfach näher herangehen und ihn weiter anstarren. Das hätte jede Frau getan. Rob hatte einen großartigen Oberkörper voller harter Muskeln. Seine Brustmuskeln waren mit dunklerem Haar bedeckt, das sich über seinen Bauchnabel nach unten weiterzog und unter der Decke verschwand. Robs Gesicht wirkte im Schlaf entspannt, und auf seinem Unterkiefer zeichnete sich ein erster Bartschatten ab. Und sein Mund – großer Gott! Seine Lippen bildeten einen sanft geschwungenen Bogen, der aussah, als wäre er perfekt zum Küssen geeignet.

Sie fragte sich, ob er sie letzte Nacht geküsst hatte. Ihr Atem ließ sie vermuten, dass das nicht passiert war, aber vielleicht hatte er es ja getan, bevor ... alles den Bach runtergegangen war. Auch wenn sie sich nicht mehr genau daran erinnern konnte.

Marjorie starrte weiter den Haarflaum an, der unter der Decke verschwand.

Rob schlief weiterhin tief und fest, hatte einen Arm auf der Brust liegen und den anderen über dem Kopf ausgestreckt. Er hielt die Decke nicht fest. Nein, sie lag locker auf ihm. Und Marjorie kam ein schrecklich ungezogener Gedanke.

Sie biss sich auf die Unterlippe und umklammerte den Eiseimer mit einem Arm. Mit der anderen Hand griff sie vorsichtig nach der Decke. Er trug kein T-Shirt, und unter der Decke ragten seine nackten Füße hervor. Schlief er etwa völlig unbekleidet?

Ihre Neugier siegte, und sie beugte sich über ihn, um zu prüfen, ob er davon wach wurde. Aber er schlief weiterhin, daher hob sie die Decke an.

Rob war darunter nackt.

Und ... du liebe Güte! Wow! Das war der erste Penis, den sie im wahren Leben sah und nicht nur im Fernsehen oder im Internet. Und er war schon ziemlich beeindruckend. Sein Glied lag prall und steif auf seinem rechten Oberschenkel, und sie ließ den Blick über die lockigen Schamhaare und seine Hoden wandern.

Hm.

Eine gute Minute lang starrte sie ihn an und nahm mental Maß. Sollte ein Penis eine bestimmte Länge haben? Sie hatte vergessen, wie der Durchschnittswert aussah, aber Robs Glied war länger als ihre Hand, es sei denn, sie verschätzte sich. Sie überlegte, ob sie die Hand neben seinen Penis legen sollte, um einen besseren Vergleich zu haben, aber sie wollte ihn auch nicht wecken. Widerstrebend ließ sie die Decke los und schlich auf Zehenspitzen aus dem Raum.

*** 

Sieh mal einer an.

Rob zwang sich, ganz still liegen zu bleiben und so ruhig wie möglich zu atmen, als Marjorie sich aus seiner Suite schlich. Er war schon wach, seitdem sie aus dem Bett gestiegen war, aber er hatte sie nicht erschrecken wollen und daher lieber so getan, als würde er noch schlafen. Sie hatte nicht einmal geahnt, dass er wach war. Und sie hatte ihn angestarrt.

Was noch viel interessanter war: Sie hatte seinen Penis angestarrt.

Sobald die Tür ins Schloss fiel, schlug er die Augen auf und grinste. Er schaute selbst unter die Decke und stellte fest, dass er eine Erektion hatte, die jetzt sogar noch praller wurde – sodass jede andere Frau sofort gemerkt hätte, dass er wach war. Aber nicht seine Jungfrau. Sie hatte ihn nur ausgiebig betrachtet und war dann gegangen.

Er fragte sich, was sie von dem hielt, was sie gesehen hatte.

Pfeifend legte sich Rob beide Hände hinter den Kopf und entspannte sich, da er mit dieser plötzlichen Wendung der Ereignisse sehr zufrieden war. Nach der katastrophalen letzten Nacht hatte er sich schon gefragt, ob es ein Fehler wäre, weiter mit dieser Frau auszugehen. So sehr er sie auch begehrte, so fiel es ihm doch nicht leicht, sich davon zu erholen, dass sie sich auf ihn erbrochen hatte.

Trotzdem machte ihn das, was an diesem Morgen geschehen war, glücklich.

Er würde Marjorie ein paar Stunden Zeit geben, um die schlimmsten Auswirkungen ihres Katers zu verdauen und ein wenig zu schlafen, und dann würde er sie anrufen und um ein weiteres Date bitten. Allerdings beschloss er, mit ihr nur irgendwo hinzugehen, wo kein Alkohol ausgeschenkt wurde.

## 10

Rob wartete bis kurz nach zwölf Uhr, dann schickte er Marjorie eine SMS.

*Sind Sie tot?*

Ihre Antwort kam wenige Minuten später: *Es fühlt sich zumindest so an.*

Er musste lachen. Er konnte einfach nicht anders. Sie tat nicht einmal so, als würde es ihr gut gehen, was schon wieder bewundernswert war. Daher beschloss er, keine SMS mehr zu schicken, sondern sie anzurufen.

»Hmmmallo?« Marjories Stimme klang heiser und verschlafen.

»Schön, dass Sie die letzte Nacht überlebt haben.« Verdammt, er klang ja richtig fröhlich. Fast wie ein widerlicher Sonnenschein.

»Überleben ist relativ«, erwiderte sie. »Mein Kopf fühlt sich an, als wollte er sich vom Rest meines Körpers trennen.«

»Tja, so etwas passiert nun einmal, wenn man Wein und dann noch das harte Zeug trinkt.«

»Nie wieder«, stieß sie stöhnend aus. »Nie, nie wieder!«

»Essen Sie ein paar Cracker und trinken Sie viel Wasser«, riet er ihr. »Ich würde Ihnen ja zum Konterbier raten, aber ich bin mir nicht sicher, ob Ihr Magen das verkraften würde.«

»Cracker. Verstanden.« Sie seufzte schwer. »Jetzt muss ich nur noch irgendwie an Cracker kommen.«

»Ich rufe an der Rezeption an und lasse Ihnen welche bringen.« Oder er bat einen seiner Assistenten darum. »Stehen Sie nicht auf. Ruhen Sie sich lieber aus.«

»Sie sind ein Engel«, murmelte sie leise. »Das mit letztem Abend tut mir so unendlich leid. Ich weiß gar nicht, was über mich gekommen ist.«

»Machen Sie sich deswegen keine Sorgen. Ich habe mich trotzdem amüsiert.« Allerdings vor allem an diesem Morgen, als sie seinen Schwanz angestarrt hatte. »Sie waren sehr unterhaltsam«, neckte er sie.

»Ich kann mich an nichts erinnern.«

Nicht? Dann konnte er seiner Fantasie ja freien Lauf lassen. »Ich fand es besonders lustig, wie Sie dem Barkeeper Ihre Brüste gezeigt haben, damit er Ihnen einen Drink aufs Haus gibt.«

Sie schwieg.

»Marjorie?«

»Ja?«, fragte sie ganz leise.

»Das war ein Witz.«

Sie stöhnte erleichtert, kicherte dann ... und stöhnte wieder. »Bitte bringen Sie mich nicht zum Lachen. Das tut weh.«

Er schnaubte. »Gehen Sie trotzdem noch einmal mit mir aus?«

»Sind Sie sicher, dass Sie das wirklich wollen?« Sie klang überrascht.

»Ja, bin ich.« Was ihn eigentlich ebenfalls überraschen sollte. Aber er musste nur immer wieder an ihre Neugier an diesem Morgen denken. Diese kleine Dreistigkeit war es wert, über das Kotzen hinwegzusehen. »Wir gehen an einen ganz zwanglosen Ort. Ziehen Sie sich eine Jeans an, und ich verspreche Ihnen, dass es keinen Alkohol geben wird.«

»Das klingt gut«, erwiderte sie. »Wenn Sie wirklich wollen...«

»Unbedingt«, versicherte er ihr amüsiert.

»Wo gehen wir denn hin?«

»Das ist eine Überraschung.« Er konnte es ihr nicht sagen, weil er es selbst noch nicht wusste.

»Na gut. Wir sehen uns in der Lobby. Sagen Sie mir nur, wann ich da sein soll.«

»Das mache ich.« Er legte auf und dachte nach. Wo sollte er mit ihr hingehen? Sie waren in einem Restaurant gewesen, und das hatte sich als keine gute Entscheidung herausgestellt. Auf keinen Fall wollte er mit ihr zum Strand. Er hatte noch immer Albträume wegen des Zwischenfalls. Es musste ein Ort sein, an dem sie keinem ihrer Freunde begegnen würden. Nur weil Marjorie nicht wusste, wer er war, hieß das noch lange nicht, dass das auch für die anderen galt. Diese Unterhaltung wollte er so lange wie möglich hinauszögern. Lange genug, um Marjorie zu beweisen, dass er ein guter und netter Mann war.

Oder diesen zumindest glaubhaft verkörpern konnte.

Der letzte Abend war ein Fehlschlag gewesen. Sie erinnerte sich nicht mehr an viel, daher musste er von vorn anfangen.

Sollte er mit ihr ins Kino gehen? Nein, das war zu klischeehaft.

Stunden später dachte er noch immer darüber nach, als die Nachmittagsbesprechung mit seinen Assistenten anstand. Zu seiner Suite gehörte noch ein Nebenraum mit einem großen Tisch, den er als Arbeitszimmer benutzte, und sie kamen mit Notizblöcken und Ordnern herein und waren bereit, über die Einschaltquoten des Vorabends und die anstehenden Projekte zu sprechen.

Aber Rob hatte an alldem kein Interesse. Die Dinge würden auch ein paar Tage lang ohne ihn ihren Gang nehmen. Nachdem sie sich gesetzt hatten, drehte er sich um und sah seine drei Assistenten nachdenklich an. »Wenn Sie mit jemandem ausgehen und an einen zwanglosen Ort gehen möchten, wohin würden Sie da gehen? Man soll sich dort amüsieren, aber ich will kein Kino. Ich möchte in der Lage sein, mich mit meiner Begleiterin verdammt noch mal zu unterhalten.«

Gortham klappte den Mund auf und dann wieder zu. Er sah völlig verwirrt aus und musterte Cresson irritiert.

»Eine Verabredung, Sir?«, fragte Cresson.

Himmel, wieso war er nur mit derart inkompetenten Assistenten gestraft? Rob rieb sich die Stirn. »Stottere ich etwa, verdammte Hacke? Eine Verabredung. Ein Date. Mit einer Frau. Ich will mit ihr ausgehen, und es muss ein Ort sein, an dem wir Hawkings unmöglich treffen können, weil ich nicht will, dass er mir die Tour vermasselt. Und jetzt raus mit Ihren Vorschlägen.«

Cresson runzelte die Stirn und tippte mit seinem Stift auf seinem Notizblock herum. »Ein schönes Restaurant?«

»Nein, das hat sich als Griff ins Klo erwiesen.«

»Tanzen gehen?«, schlug Gortham vor.

Der Kerl war kurz davor, gefeuert zu werden. »Ich will nicht tanzen gehen, verdammt! Etwas anderes.«

Smith sah ihn mit ihren hellen Augen an. Rob nickte ihr zu. »Ist Ihnen was eingefallen?«

»Bingo, Sir?«

»Bingo?«

Smith nickte. »Hier gibt es jeden Abend eine Bingoveranstaltung in einem der Speisesäle. Hawkings wird in der Woche vor seiner Hochzeit ganz bestimmt nicht Bingo spielen, daher sollten Sie dort vor ihm sicher sein. Und wenn Miss Ivarsson im Allgemeinen viel Zeit mit älteren Menschen verbringt, dann hat sie bestimmt auch großen Spaß an Bingo.«

»Bingo«, wiederholte Rob.

»Meine Mutter spielt Bingo«, sagte Smith. »Und sie strickt gern.«

»Bingo klingt gut«, teilte er ihnen mit und deutete auf Smith. »Erinnern Sie mich daran, Ihnen eine Gehaltserhöhung zu geben, sobald wir wieder zu Hause sind.«

Sie lächelte erfreut. »Das werde ich nicht vergessen, Sir.«

»Okay«, murmelte Rob und rieb sich die Hände. »Jetzt muss ich nur noch herausfinden, was ich zum Bingo anziehen sollte.«

## 11

»Wie ist deine Verabredung gelaufen, Liebes?«, erkundigte sich Agnes, als sie neben dem Pool in der Sonne lagen.

Marjorie zog ihren Sonnenhut tiefer in die Stirn. Selbst mit Hut und Sonnenbrille war es ihr noch viel zu hell. »Nicht so gut.«

»Oh nein. Was ist denn passiert?« Edna klang sehr enttäuscht.

Marjorie erzählte ihnen, an was sie sich von dem Abend noch erinnern konnte. Aber dass sie in seinem Zimmer aufgewacht war, ließ sie lieber aus. Manche Dinge blieben besser ungesagt.

Edna und Agnes musterten sie mitfühlend. »Ach, Schätzchen. Vielleicht solltest du in Zukunft bei einer ersten Verabredung keinen Alkohol trinken«, meinte Edna und tätschelte Marjories Hand. »Du möchtest ihn doch schließlich beeindrucken und nicht abschrecken.«

»Ich weiß«, murmelte Marjorie bedrückt. Der Eistee in ihrer Hand sorgte zwar dafür, dass sie genug Flüssigkeit zu sich nahm, aber er konnte nichts gegen die Kopfschmerzen ausrichten, die einfach nicht verschwinden wollten. »Ich habe gestern Abend wirklich Mist gebaut. Ich ... ich wollte einfach nur weltgewandt wirken, wisst ihr? Und das habe ich ruiniert, indem ich mich heftig übergeben musste.«

Mit Erniedrigung ließ sich das, was sie empfand, nicht einmal ansatzweise beschreiben. Trotz ihres Katers war die schreckliche, furchtbare Erkenntnis, dass sie sich – sogar mehrfach –

vor dem heißen Kerl übergeben hatte, den sie doch eigentlich beeindrucken wollte, der reinste Albtraum.

Aber sie hatte sich so unwohl gefühlt. Rob hatte in seinem dunklen Anzug sehr weltmännisch und gefährlich gewirkt, und sie hatte den Eindruck bekommen, dass er in einer völlig anderen Liga spielte. Dazu kam noch ihre Kleidung, die ständig verrutschte, und so hatte sie versucht, sich mit dem Wein Mut anzutrinken.

Um dann viel zu viel zu trinken, dachte sie und stöhnte. Himmel, sie würde nie wieder Alkohol trinken. Nie, nie wieder, auf gar keinen Fall!

»Nein, so beeindruckt man ganz bestimmt keinen Mann«, bestätigte Agnes und schniefte. »Ich habe mir im Laufe der Jahre eine ganze Menge Männer geangelt, aber niemals, indem ich mich betrunken habe.«

»Das stimmt«, sagte Edna. »Agnes kann ganz hervorragend flirten. Du kannst vielleicht noch etwas von ihr lernen.«

Marjorie starrte Agnes über ihr Glas hinweg an. »Wirklich? Ich war nie gut im Flirten. Ich weiß einfach nicht, was ich machen soll. Was machst du denn?«

Edna schüttelte den Kopf. »Wichtiger ist, was sie nicht macht.«

Agnes kicherte nur und tat so, als müsste sie sich Luft zufächeln.

Jetzt war Marjorie wirklich neugierig. »Na los, spuck es aus! Ich will es wissen.« Sie mochte Rob wirklich sehr und wollte, dass ihre nächste Verabredung besser lief. Sie wollte jemand sein, den er näher kennenlernen wollte, hatte jedoch irgendwie den Verdacht, dass es nicht reichen würde, einfach nur sie selbst zu sein, um einen derart erfahrenen Mann wie ihn zu fesseln. Da musste sie ihm schon mehr bieten können.

Falls Agnes da eine Methode kannte, wollte Marjorie unbedingt mehr darüber erfahren.

»Tja«, begann Agnes und wirkte ein wenig schüchtern. »Es fängt bei den Grundlagen an. Bereits deine Kleidung sollte ihm zu verstehen geben, dass du interessiert bist.«

Marjorie wurde blass. »Ich glaube, den Teil habe ich begriffen.« Schließlich hatte sie vergangene Nacht wirklich sehr eindeutige Kleidung getragen. »Was noch?«

»Du berührst seinen Arm, wenn ihr euch unterhaltet«, sagte Agnes nickend, beugte sich vor und legte eine Hand sacht auf Marjories Arm. »Dadurch entsteht eine gewisse Intimität.«

»Ooooh, das ist gut«, erwiderte Marjorie und riss die Augen auf. Seinen Arm berühren. Das bekam sie hin. »Erzähl mir mehr.«

»Männer haben gern das Bedürfnis, gebraucht zu werden, und sie fühlen sich gern bewundert«, meinte Agnes verschmitzt. »Wenn du ihn beeindrucken möchtest, dann lach über alles, was er sagt. Selbst wenn es nicht witzig ist. Tu so, als wäre er der amüsanteste, unterhaltsamste Mann, der dir je begegnet ist.« Sie nickte Edna zu. »Na los, lass es uns probieren.«

Edna räusperte sich und sagte dann mit sehr tiefer Stimme: »Du siehst heute sehr gut aus, Agnes.«

Agnes beugte sich vor, kicherte leise und berührte Ednas Arm. »Wie nett von dir, das zu sagen.« Es war erstaunlich, dass es ihr gelang, das sexy klingen zu lassen, obwohl sie eine heisere Raucherstimme hatte.

»Ist das Wetter heute nicht herrlich?«, fuhr Edna mit ihrer imitierten Männerstimme fort.

Erneut kicherte Agnes flirtend. »Was, bist du etwa nur mit mir ausgegangen, um über das Wetter zu reden?«

Marjorie riss die Augen auf. »Wow.«

»Siehst du«, meinte Agnes und nickte so heftig, dass ihr ganzer Hals wackelte. »Du hängst an seinen Lippen und tust so, als wäre jedes seiner Worte Gesetz. Er wird so verrückt nach dir sein, dass er gar nicht mehr weiß, wo ihm der Kopf steht.«

»Das kann ich mir vorstellen«, murmelte Marjorie. »Sollte ich mir das lieber aufschreiben?«

»Oh nein, auf gar keinen Fall. Es muss ganz natürlich wirken. Am besten übst du vor deiner nächsten Verabredung noch ein wenig.« Agnes schnippte mit den Fingern. »Oh, das Wichtigste hätte ich beinahe vergessen.«

»Und das wäre?« Marjorie beugte sich gespannt vor. Es konnte doch nicht noch mehr Tipps geben, oder? Sie hatte doch schon so viel gelernt, indem sie Agnes einfach zugesehen hatte.

»Tu so, als hättest du keine Ahnung von gar nichts.«

Marjorie runzelte die Stirn. »Ich verstehe nicht...?«

Aber Agnes sah sie nur mit aufgerissenen Augen an und zog vielsagend die schmalen Augenbrauen hoch. »Genau so. Wenn er über Autos redet, dann weißt du nicht das Geringste darüber.«

»Aber ich weiß wirklich gar nichts über Autos...«

»Und wenn er über das Wetter spricht, dann hast du keine Ahnung vom Wetter. Redet er darüber, wie man einen Diner führt oder über etwas anderes, von dem du etwas verstehst, dann spielst du dennoch die Ahnungslose. Hast du mich verstanden?«

»Ich... ich denke schon. Ich weiß nur nicht, warum...«

»Weil ein Mann, der die Kontrolle hat, glücklich ist«, unterbrach Agnes sie. »Das kannst du mir glauben.«

»Du solltest ihr wirklich glauben«, warf Edna ein. »Sie weiß, was sie tut. Schließlich hatte sie sechs Ehemänner.«

Wenn das kein Argument war, dann wusste Marjorie auch nicht mehr weiter ...

※ ※ ※

Rob schickte ihr um siebzehn Uhr eine SMS und bat sie, sich um 19.30 Uhr mit ihm in der Lobby zu treffen. Sie schrieb sofort zurück, dass sie da sein würde, und rannte zu ihrem Kleiderschrank, um sich etwas zum Anziehen herauszusuchen. Enge Kleidung, hatte Agnes ihr geraten. Marjorie schürzte die Lippen und betrachtete ihre begrenzte Auswahl. Sie hatte Kleidungsstücke mitgebracht, die sich für die Hochzeitsvorbereitungen eigneten, und eigentlich vorgehabt, tagsüber etwas für ihr nächstes Date zu kaufen, aber da hatte ihr ihr Kater einen Strich durch die Rechnung gemacht.

Schließlich entschied sie sich für eine enge Jeans unter einem blusenartigen weißen T-Shirt mit breiten Rüschenärmeln und einem tiefen Ausschnitt ... und sie zog ein Tanktop darunter an. Das war nicht gerade supersexy, aber sie steckte das Top in die Jeans und achtete darauf, sehr viel Dekolleté zu zeigen. Es könnte schlimmer sein, dachte sie. Zuerst überlegte sie, erneut ihre Ballerinas anzuziehen, aber da sie sich auch darauf erbrochen hatte, waren die Schuhe im Mülleimer gelandet. Ansonsten hatte sie nur hochhackige Schuhe dabei. Tja, was soll's? Damit musste sie jetzt wohl leben, nicht wahr? Wenn er sie am Vorabend überstanden hatte, dann mochte er sie vielleicht auch noch, wenn sie ihn überragte. Sie zog die nudefarbenen Louboutins an, da sie diese Schuhe momentan heiß und innig liebte und sich darin sexy fühlte.

Nachdem sie sich geschminkt und frisiert hatte, stopfte sie sich eine ganze Handvoll Pfefferminzbonbons in den Mund, zog ihren Lipgloss nach und holte tief Luft. Dann mal los. Die zweite Verabredung konnte ja wohl kaum schlimmer laufen als die erste, oder?

Sie klopfte noch einmal schnell auf Holz, um ein Unglück abzuwenden, und ging in die Lobby hinunter.

\* \* \*

Wieder einmal konnte Rob Marjorie schon von Weitem erkennen, als sie durch die Lobby ging.

Und erneut raubte sie ihm mit ihrer Schönheit den Atem. Wieso stach sie den anderen Männern nicht ins Auge? Wie hatte es passieren können, dass sie so lange Zeit abgeschirmt gelebt hatte und Jungfrau geblieben war? Das war ihm ein ausgemachtes Rätsel. Gut, sie war groß, aber was machte das schon? Sie war auch sehr attraktiv, und als sie auf ihn zukam, konnte er nicht anders, als ihre langen, schlanken Beine zu bewundern, die einfach perfekt waren, ebenso wie ihre scharfen hochhackigen Schuhe und ihre locker sitzende Bluse. Sie hatte sich das Haar zu einem hohen Knoten gebunden, aus dem kleine Locken hervorlugten, die sich an ihrer Stirn und an den Ohren ringelten.

Als sie ihn entdeckte, lächelte sie schüchtern und zog den Kopf ein, als würde sie sich schämen.

Er musste seine ganze Willenskraft aufbringen, um nicht ihre Hand zu nehmen, sie in sein Hotelzimmer zu zerren, dort aufs Bett zu werfen und bis zum Morgengrauen durchzuvögeln. Allein bei ihrem Anblick bekam er Appetit und eine Erektion.

Im Näherkommen streckte sie die Arme aus. »Ist das okay für das, wo wir heute hingehen?«

»Es ist perfekt«, antwortete Rob und ärgerte sich, dass

seine Stimme so heiser klang. Rasch räusperte er sich. »Sie sehen super aus, Marjorie.«

Zu seiner Überraschung beugte sie sich vor, berührte seinen Arm und kicherte laut. »Vielen Dank. Aber, äh, was sagen Sie zu diesem Wetter?«

Hä? »Es ist toll, würde ich sagen.«

Wieder lachte sie trällernd. »Oh, Rob, Sie sind so witzig. Erzählen Sie mir mehr über das Wetter.«

Er runzelte die Stirn. War sie vom Alkohol direkt zu LSD übergegangen? Sie benahm sich jedenfalls recht seltsam. »Es gibt Wolken. Und manchmal regnet es.«

Sie kicherte weiter, aber in ihren Augen schimmerte Nervosität. »Oh, ja, da haben Sie recht!«

»Ja.« Er strich sich über seinen Pullunder. Ja, er trug tatsächlich einen Pullunder. Wenn man ihn jetzt in den Büros des Männerkanals sehen könnte, würde man sich über ihn totlachen. Aber er hatte seine Assistenten gebeten, passende Kleidung für einen Bingoabend zu besorgen, und sie hatten sich für dieses Outfit entschieden. Er sah aus wie ein Volltrottel, aber Marjorie lächelte ihn an, daher schien sie das wohl anders zu sehen.

»Wie geht es Ihnen?«

Sie kicherte erneut, allerdings klang es dieses Mal sehr gekünstelt. »Könnte nicht besser sein.«

»Wirklich? Sie sehen ein bisschen blass aus.«

Marjorie fasste sich erschrocken an die rechte Wange. »Wirklich?«

Na großartig! Jetzt hatte er ihr gerade gesagt, dass sie scheiße aussah. *Gut gemacht, Rob!* Aber sie hatte ihn mit ihrem merkwürdigen Gerede über das Wetter ganz durcheinandergebracht. »Machen Sie sich deswegen keine Sorgen.«

»Und ... wo gehen wir hin?«

»Ich hoffe sehr, es wird Ihnen gefallen«, erwiderte er und reichte ihr seinen Arm. »Wir gehen zum Bingo.«

Sie stolperte mit ihren hohen Absätzen. »H... haben Sie wirklich Bingo gesagt?« Ihre Stimme klang fast schon schrill.

»Ja, ich dachte, das wird bestimmt lustig.« So lustig wie eine Wurzelbehandlung beim Zahnarzt. »Haben Sie schon mal Bingo gespielt?«

»Ich?« Sie riss die Augen auf. »Oh, ähm, nein, das habe ich nicht!« Schon wieder stieß sie dieses alberne Kichern aus und berührte wieder seinen Arm.

Was war denn nur los mit ihr?

Sie gingen zu dem Konferenzraum, in dem an diesem Abend das Spiel stattfinden sollte. Der Raum füllte sich nach und nach, und wie erwartet schien der Altersdurchschnitt bei mindestens fünfundfünfzig Jahren zu liegen. Er hätte schwören können, dass jemand Marjorie zugewunken hatte, aber sie nahm seinen Arm und führte ihn ganz nach vorn. »Lassen Sie uns hier sitzen, ja? Dann können wir das Spiel am besten lernen.«

»Äh, ich könnte mir vorstellen, dass es nicht weiter schwer ist«, entgegnete er und ließ sich von ihr zu einem Tisch ziehen. »Sie sagen eine Zahl, und man markiert sie.«

Marjorie lachte wieder gespielt auf, und in ihren aufgerissenen Augen zeichnete sich leichte Manie ab. »Sie sind so klug. Ich befürchte fast, Sie werden meine Karten mit übernehmen müssen. Ich bin in solchen Dingen einfach nicht gut.«

Rob war sich ziemlich sicher, dass er hinter ihnen jemanden laut schnauben hörte. »Ist das nicht Marj?«, fragte eine Stimme.

Bevor er sich umdrehen und den Mann zur Rede stellen konnte, berührte Marjorie erneut seinen Arm. »Könnten Sie mir bitte etwas zu trinken holen? Das wäre sehr nett von

Ihnen, denn diese ganze Bingosache hat mich sehr durstig gemacht.« Wie zur Demonstration fasste sie sich an die Kehle.

»Äh, wir haben zwar noch nicht einmal angefangen, aber ich hole Ihnen gern etwas zu trinken.« Er stand auf und ging zum Getränkestand im hinteren Teil des Raums. Als er über die Schulter blickte, bemerkte er, dass sich Marjorie mit den Menschen an den hinteren Tischen gestikulierend unterhielt.

Was zum Teufel war hier los? Er holte zwei Flaschen Limonade, und als er zurückkehrte, glättete Marjorie gerade die Karten, die vor ihr auf dem Tisch lagen. Als er ihr eine Flasche reichte, blickte sie auf und deutete auf eine der Karten. »Ich habe uns Karten gekauft, damit wir mitspielen können. Ich hoffe, das ist für Sie okay.«

»Klar.«

»Und auch einen Marker. Sie können den blauen nehmen, dann nehme ich den pinkfarbenen.« Sie gab ihm eine kleine blaue Flasche mit einem feuchten Schwamm an der Öffnung und berührte wieder seinen Arm.

So langsam machte ihn ihr Benehmen nervös.

Sie saßen in betretenem Schweigen da, während sich die Tische füllten und alle darauf warteten, dass der Spielansager sich setzte. Dies hätte eigentlich eine Zeit sein müssen, in der er eine tolle, witzige Unterhaltung mit Marjorie führte, aber er hatte einfach nur Angst, dass sie erneut dieses seltsame Kichern ausstieß und ihn auf diese merkwürdige Weise berührte. Dieser ganze Abend schien schon wieder zum Scheitern verdammt zu sein. War das nicht unfassbar deprimierend? Er hatte sich für diesen Scheiß hier sogar einen Pullunder angezogen. Alles umsonst. Seine Frustration wurde immer größer, und er war erleichtert, als sich der Spielansager endlich setzte.

»Das erste Spiel ist ein Blackout«, kündigte der Mann an.

»Sie müssen die ganze Karte ausgefüllt haben. Ich rufe jetzt die erste Zahl auf: B10.«

Marjorie markierte ein Feld auf ihrer Karte. Rob musterte seine, konnte die Zahl jedoch nirgends entdecken. Himmel, gab es etwas noch Langweiligeres als Bingo?

»O75.«

Welcher seiner Assistenten hatte Bingo vorgeschlagen? Das war definitiv ein Kündigungsgrund. Es wäre ja spannender, Wandfarbe beim Trocknen zuzusehen. Er bekleckste ein paar Zahlen auf seiner Karte und warf Marjorie einen Seitenblick zu. Sie war damit beschäftigt, die Zahlen auf ihrer Karte abzustreichen, drehte sich dann zu ihm um und lächelte ihm zögerlich zu. »Haben Sie Spaß?«

»Und wie«, erwiderte er mit emotionsloser Stimme.

Sie schien in sich zusammenzusacken, streckte dann den Arm aus und markierte eine Zahl auf seiner Karte. Als er sie überrascht ansah, deutete sie auf die Anzeige. »Die ist schon im Magazin.«

Magazin? Es gab eine Anzeige? »Ich dachte, Sie wissen nicht, wie man Bingo spielt?«

»Oh«, murmelte sie und riss in gespieltem Erstaunen die Augen auf. »Das tue ich auch nicht. Wie gewinnt man?«

Wollte sie die Dumme spielen? »Das ist ein Blackout, da ist doch klar, wie man gewinnt.«

Wieder lachte sie so irre auf. »Aber natürlich!« Sie berührte wieder seinen Arm, und plötzlich hatte er einen pinkfarbenen Fleck auf seinem grauen Ärmel. »Oje.«

So langsam bekam er Kopfschmerzen. »Könnten Sie vielleicht mal für fünf besch… Sekunden aufhören, mich anzufassen, bitte?«

Marjorie zuckte zurück, und er hatte das Gefühl, gerade ein Kätzchen getreten zu haben. »Ja, natürlich.«

»Und sehen Sie mich nicht so an«, fauchte er.

In ihren Augen glitzerte es verdächtig, und sie schaute mit gesenktem Kopf auf ihre Karte, während der Spielansager die nächste Zahl verkündete.

Er sollte sich entschuldigen. Das sollte er wirklich. Nicht dass er gut in so etwas war, aber er müsste es doch zumindest versuchen, oder nicht? Rob seufzte schwer, legte seinen Marker auf den Tisch und drehte sich zu Marjorie um. »Hören Sie, Marjorie, vielleicht sollten wir die Sache absagen. Ich habe heute Abend nicht die ...«

Sie sprang abrupt auf. »Ich muss auf die Toilette!« Ihre Markerflasche fiel auf den Boden, und Rob bückte sich automatisch, um sie aufzuheben.

Als er sich wieder aufrichtete, war Marjorie jedoch nicht auf dem Weg zur Toilette, sondern ging zum Ausgang. Nein, sie ging nicht, sie rannte.

Ach verdammt! Vielleicht hätte er seine Entschuldigung doch anders anfangen sollen. Rob rieb sich das Gesicht und stellte dann genervt fest, dass er blaue Farbe von seiner Flasche an der Hand hatte. Gottverdammt!

»Sie sind ein Arschloch«, sagte eine heisere Stimme hinter ihm.

»Was zum Teufel?« Er drehte sich um und starrte den alten Knacker hinter sich an, der ihn wütend musterte. Der Mann saß neben zwei alten Damen, die ebenso wütend aussahen. »Wer zum Henker sind denn Sie?«

»Jemand, der weiß, wie man mit einer Dame spricht«, erwiderte der alte Mann und reckte das Kinn in die Luft. »Anders als Sie. Arschloch.«

Die beiden Damen neben dem Mann warfen Rob missbilligende Blicke zu, wenn sie nicht gerade Zahlen auf ihren Karten abstrichen.

»Ich habe mich wirklich sehr angestrengt, um die Dame zufriedenzustellen«, begann Rob.

Aber der alte Mann schüttelte nur wütend seinen Bingomarker. »Das sah für mich aber nicht danach aus. Es machte eher den Anschein, als könnten Sie nichts anderes, als sie zum Weinen zu bringen.«

Ach verdammt! Rob stand auf. Jetzt kam er sich wirklich wie ein Arschloch vor. »Sie hat geweint?«

Der alte Mann zeigte ihm den Stinkefinger.

Okay, wie auch immer. Rob gab dem Alten seine Karte und die Flasche und ging durch die Tür, durch die auch Marjorie verschwunden war.

Das Resort war nicht gerade klein, aber es fiel ihm nicht besonders schwer, diese sehr große und aufgewühlte Frau zu finden. Nachdem er ein paar Leute gefragt hatte, wurde er auf den Strand verwiesen.

Es musste natürlich der gottverdammte Strand sein, was? Seufzend ging Rob nach draußen. Scheißwasser. Scheißinsel. Diese Reise war eine einzige Katastrophe, seitdem er aus dem Flieger gestiegen warf. Vielleicht sollte er der Sache einfach ein Ende machen und wieder nach Hause fliegen. Trotz seiner schlechten Laune ging er den Weg zum Strand hinunter und wanderte am Ufer entlang. In der Ferne entdeckte er eine kleine, zusammengesunkene Gestalt, die ganz allein im Sand saß. Rob lief schneller und stellte im Näherkommen fest, dass es tatsächlich Marjorie war. Sie umklammerte ihre Knie, hatte den Kopf daraufgelegt, und ihre Schultern bebten, weil sie so sehr weinte. Ihre hochhackigen Schuhe lagen neben ihr im Sand, und die Wellen schwappten nur wenige Zentimeter von ihren nackten Füßen entfernt auf den Strand.

Ach verdammt! Warum musste sie nur so gottverdammt empfindlich sein?

Rob starrte sie einige Sekunden lang an und wusste nicht, was er tun sollte. Sie hatte ihn noch nicht einmal bemerkt. Dann setzte er sich mit einem lautlosen Seufzer neben sie in den Sand und blickte auf das dunkle, trübe Wasser hinaus. Nachts wirkte es irgendwie ziemlich unheimlich. Kurz sah er vor seinem inneren Auge eine Vision, wie ihn Marjorie unter das Wasser drückte und ertränkte, weil er ihre Gefühle verletzt hatte.

Sie schaute auf und zuckte dann vor ihm zurück. »W... warum sind Sie hier?«

»Wenn ich das wüsste.« Rob blickte aufs Meer hinaus.

Marjorie wischte sich die Wangen ab, und er hörte sie laut schniefen, drehte sich aber nicht nach ihr um. Es war wohl besser, ihr ein wenig Zeit zu geben, damit sie die Fassung wiedergewinnen konnte. Er war ohnehin ein grottenschlechter Tröster. Die meisten Menschen, die in seiner Gegenwart weinten, wollten nur an sein Mitgefühl appellieren, das im Allgemeinen durch Abwesenheit glänzte. Aber wenn er die sonst immer lächelnde und glückliche Marjorie weinen sah, empfand er...

Was auch immer, aber es fühlte sich nicht gut an.

»Sie sollten wissen, dass ich Sie nicht kritisieren wollte«, begann er. »Ich bin nur...« Er seufzte. »Ach, ich weiß auch nicht. Ich hatte einfach gehofft, dass es besser laufen würde.«

Sie schniefte erneut. »Tut mir leid.«

Er drehte sich zu ihr um. »Warum entschuldigen Sie sich?«

Ihre Wangen glänzten im Mondlicht, und ihre Augen sahen geschwollen aus. Mann, das war ein furchtbarer Anblick. Sie wirkte so jämmerlich und geknickt, und er bekam noch schlechtere Laune und bereute es, hergekommen zu sein. Anscheinend waren Hündchen, gute Einschaltquoten und weinende Amazonen seine Schwachstellen. War das nicht entzückend?

»Ich bin nur ... Sie wissen schon. Eine Idiotin.« Sie wischte sich über das Gesicht. »Ich bin nicht gut darin, andere Menschen zu beeindrucken.«

Er schnaubte bei ihren Worten und musste unwillkürlich lächeln. »Wollten Sie mich etwa beeindrucken?«

Sie nickte und sah ihn reumütig an. »Das ist mir ziemlich misslungen, was?«

»Tja, gut waren Sie nicht«, stimmte er ihr zu. »Haben Sie deshalb ständig meinen Arm berührt und so viel gelacht?«

»War es so offensichtlich?«

»Ich war mir nicht sicher, was Sie da treiben. Zuerst dachte ich sogar, Sie wären auf Drogen.«

»Normalerweise trinke ich nicht einmal Alkohol.«

»Ach was.«

Sie schlug spielerisch nach seinem Arm, aber jetzt grinste sie auch. »Mann, Sie müssen mich für eine ausgemachte Idiotin halten.«

»Ach Quatsch«, erwiderte er lachend. »Okay, einiges war wirklich lächerlich.«

Sie warf mit einer Handvoll Sand nach ihm. »Sollten Sie mich nicht wiederaufbauen, nachdem ich Ihnen meine Sünden gebeichtet habe?«

»Dafür haben Sie sich den falschen Kerl ausgesucht«, erklärte er und wich dem Sand aus. »Aber ich bin heilfroh, dass Sie mich damit nur beeindrucken wollten. Sie sind eine verdammt schlechte Schauspielerin.«

Marjorie streckte ihm die Zunge raus.

»Passen Sie auf«, warnte er sie, »sonst beiße ich sie Ihnen noch ab.« Sie zog die Zunge sofort wieder ein, und er konnte nicht aufhören zu grinsen. Himmel, einfach nur mit ihr zu sitzen und zu reden war sehr viel besser als alles, was während der beiden Dates passiert war. »Da wir gerade so schön offen zueinander sind«, begann Rob und zupfte an seinem Pullunder, »das hier trage ich sonst nie. Eigentlich laufe ich immer in T-Shirts und Jeans rum und fluche wie ein gottverdammter Seemann.« Er zog sich den Pullunder über den Kopf und warf ihn ins Meer. »Dann haben wir wohl beide versucht, jemand zu sein, der wir nicht sind.«

»Und wir sind beide lächerlich«, stimmte Marjorie ihm zu.

»Ich weiß auch nicht das Geringste über Bingo.«

»Ich schon«, gestand sie ihm mit einem kecken Grinsen. »Sie sind nicht sehr gut darin und haben die Hälfte Ihrer Zahlen einfach übersehen.«

»Das lag nur daran, dass so eine Irre ständig an meinem Arm herumgefummelt hat«, konterte er.

Marjorie fing an zu lachen. Sie lachte so sehr, dass sie sich die Seiten hielt und im Sand herumrollte. »Oh mein Gott! Was für ein Albtraum. Ich kann es nicht fassen, dass Sie wirklich ein zweites Mal mit mir ausgegangen sind!«

Er schon, da ihn genau das, was er jetzt vor Augen hatte, so faszinierte. Dieses kurze Aufblitzen von Liebreiz und Ehrlichkeit. Die Marjorie, die sich vor Lachen kaum noch halten konnte, wenn sie etwas lustig fand, die ein schelmisches Grinsen hatte und nicht einmal mit der Wimper zuckte, wenn er herumfluchte. »Dann können wir jetzt auch gleich weiteraufzählen, wie ich mich lächerlich gemacht habe, oder?« Als sie lächelte, beugte er sich zu ihr hinüber. »Ich tanze auch nicht gern.«

Sie seufzte leise. »Ich auch nicht.«

Das überraschte ihn. »Was? Ich dachte, das macht Ihnen Spaß.«

Marjorie wackelte mit den sandigen Zehen. »Nein. Mich starren immer nur alle an, sobald ich aufstehe. Warum sollte ich dann auch noch vor ihnen herumhüpfen?« Sie deutete auf die hohen Absätze. »Der einzige Grund, warum ich heute diese Schuhe angezogen habe, ist der, dass ich die anderen wegwerfen musste.« Sie schnitt eine Grimasse und sah ihm ins Gesicht. »Ich bin wirklich völlig ungeeignet für Verabredungen.«

»Wollen Sie wissen, was ich denke?«

»Ich bin mir nicht sicher.« Sie lächelte zwar schwach, klang aber nervös.

»Ich denke«, begann Rob langsam, »dass Sie wunderschöne lange Beine haben. Und die sehen verdammt gut aus in hochhackigen Schuhen. Und wenn Sie sich in diesen Schuhen wohlfühlen, dann sollten Sie die auch tragen.«

»Aber dann überrage ich meinen Begleiter...«

»Ein Mann, der nicht selbstsicher genug ist, um mit einer schönen Frau gesehen zu werden, die zufälligerweise größer ist als er, hat diese Frau gar nicht erst verdient und kann dahin gehen, wo der Pfeffer wächst, verdammte Hacke.«

Sie riss die Augen auf, und ihr entwich ein schockiertes – aber nicht gespieltes – Kichern.

»Ich finde, Sie sollten die Schuhe mit den höchsten Absätzen tragen, die Sie finden können«, fuhr Rob fort, der erst so richtig in Fahrt kam. »Mir ist es scheißegal, ob Sie damit drei Meter groß sind, solange Sie sich darin wie eine gottverdammte Göttin fühlen. Denn ich weiß genau, dass Sie wie eine aussehen werden.«

»Ich weiß nicht so recht...«

»Ich schon«, fiel er ihr ins Wort. »Ich habe erotische Träume davon, wie Sie Ihre langen Beine mit diesen Fickmich-Schuhen über meine Schultern legen, und die Tatsache, dass nicht alle Männer darauf stehen, heißt noch lange nicht, dass ich es nicht tue.«

Marjorie riss im Mondlicht die Augen auf.

»War das zu direkt? Entschuldigen Sie. Ach nein, scheiß drauf. Es tut mir nicht leid. So bin ich nun mal.« Er trat gegen den Pullunder, der an seine Fußknöchel geschwemmt wurde. »Ich bin nicht dieser erbärmliche kleine Wichser, sondern nur ein Durchschnittstyp mit einem lockeren Mundwerk und versauten Tagträumen. Vermutlich habe ich Ihnen gerade das Bild, das Sie von mir hatten, völlig verdorben.«

»Nein«, erwiderte sie leise. »Das haben Sie nicht.«

Aha. »Dann mögen Sie es also, wenn ein Kerl so mit Ihnen redet?«

Sie schüttelte den Kopf. »Ich mag es, wenn ein Mann mir nichts vorspielt. Und wenn er Fehler hat. Dann kommen mir meine eigenen Unzulänglichkeiten nicht mehr so schlimm vor. Sie waren so durch und durch perfekt, dass ich das Gefühl hatte, ich könnte unmöglich gut genug für Sie sein.«

Er schnaubte. Perfekt? Er? »Sie haben eine seltsame Vorstellung von Perfektion, Süße.«

Sie stieß ihn mit der Schulter an. Wie kam es, dass sie auf einmal so dicht nebeneinandersaßen? Jetzt trennten sie nur noch wenige Zentimeter. »Ich bin nicht Ihre Süße«, rief sie ihm freundlich in Erinnerung.

»Noch nicht.«

Marjorie sog die Luft ein und sah ihn unter schweren Lidern an. Es war offensichtlich, dass ihr dieser Kommentar gefallen hatte. Ihr Blick fiel auf seine Lippen, und, verdammt noch mal, in diesem Augenblick wollte er sie unbedingt küssen.

*Sie ist noch Jungfrau*, rief ihm sein Gewissen in Erinnerung. *Drossel das Tempo, du elender Hurensohn, sonst läuft sie dir wirklich weg.*

Daher stieß er sie nur ebenfalls mit der Schulter an. »Ich mag Sie, weil Sie anders sind als die meisten Frauen. Vor allem gefällt mir, dass Sie nicht falsch wirken.«

Marjorie seufzte unglücklich und starrte wieder auf das Wasser hinaus. Der Zauber schien gebrochen zu sein. »Und dann verbringe ich zwei Abende damit, Ihnen etwas vorzuspielen.«

»Zuerst haben Sie sich betrunken«, rief er ihr ins Gedächtnis. »Aber das ist okay. Ich habe mich ja auch nicht gerade wie ein gottverdammter Märchenprinz benommen.«

Sie schenkte ihm ein schwaches Lächeln.

Da kam Rob eine Idee, und er sprang auf. »Lassen Sie uns noch mal neu anfangen.« Er machte zwei Schritte nach vorn und ließ sich ins Wasser fallen. Es reichte ihm zwar gerade mal bis zu den Fußknöcheln, aber er musste sich dennoch sehr zusammenreißen, damit er im Wasser liegend keine Panik bekam. Er tat so, als würde er einen Schneeengel machen, und schrie: »Hilfe! Hilfe! Ich glaube, ich ertrinke.«

Marjories perlendes Lachen klang wie Musik in seinen Ohren. »Sie sind ja verrückt«, rief sie ihm zu.

»Das mag sein, aber in einer Minute werde ich trotzdem ertrunken sein«, erwiderte er. Das Wasser war irrsinnig kalt, und sein Penis kroch beinahe in seine Bauchhöhle, aber das Ganze wäre die Sache wert, wenn sie den Köder schluckte und erneut eine Mund-zu-Mund-Beatmung bei ihm durchführte. »Wenn mich doch nur jemand retten würde.«

Ihr Lachen klang wirklich hinreißend, stellte er fest. Während er sich weiterhin zum Narren machte, kroch sie zu ihm hinüber – sie kroch tatsächlich, sodass er trotz des kalten Wassers eine Erektion bekam – und zerrte ihn etwa einen halben Meter zurück auf den Strand. »So. Jetzt sind Sie offiziell gerettet, Sir.«

Verdammt. Er wollte diesen Kuss. Aber wenn sie seine Signale übersah, dann musste er es vielleicht anders anstellen.

»Sie haben mich gerettet«, witzelte er. »Wie kann ich Ihnen das jemals vergelten?«

»Gehen Sie mit mir tanzen«, erwiderte sie fröhlich. »Ich verspreche, mich auf Ihre und meine Schuhe zu übergeben.«

Rob warf den Kopf in den Nacken und lachte. Ihr Sinn für Humor war einfach großartig. Das hier war Marjorie und nicht das jammernde Mädchen von eben. Dies war die Frau, die er vom ersten Augenblick an begehrt hatte. Alles, was sie sagte, überzeugte ihn davon, dass sie die Richtige für ihn war.

Sie stieß ihn an der Schulter an und grinste auf ihn herab. »Sie sollten vielleicht lieber aufstehen«, meinte sie. »Ich glaube, da kommt jemand.«

Er schaute den Strand hinunter, und sie hatte recht: Zwei Gestalten kamen in ihre Richtung. Es war ein Paar, das Händchen hielt, und als er die Augen zusammenkniff, konnte er gerade so erkennen, um wen es sich handelte.

Es waren der gottverdammte Logan Hawkings und seine Braut.

Ach Scheiße! Wenn sie ihn mit Marjorie am Strand sahen, wäre alles vorbei. Logans Leute würden einschreiten, Marjorie vor ihm verstecken, und Rob würde sie nie wiedersehen. Aber sie sollte nicht von ihnen erfahren, was für ein schrecklicher Mensch er war und dass es besser für sie wäre, sich von Abschaum wie ihm fernzuhalten.

Daher musste er sich schnell etwas einfallen lassen. Etwas, womit er das Paar vor sich ablenken konnte, damit es gar nicht erst näher kam. Außerdem musste er Marjorie auf andere Gedanken bringen, sonst bemerkte sie noch, wer das Paar war. Glücklicherweise beugte sie sich noch immer lächelnd über ihn und konzentrierte sich allein auf ihn und nicht auf das Paar. Er hatte nur noch Sekunden, um sich etwas einfallen zu lassen.

Daher tat er das Einzige, was ihm in den Sinn kam. »Ich bin mir ziemlich sicher, dass Sie bei der letzten Rettung noch etwas anderes gemacht haben«, murmelte er. »Wenn ich mich richtig erinnere, lief das etwa so ab.«

Dann packte er sie, zog sie an sich und presste die Lippen auf ihre.

Sie kreischte überrascht auf, als sich ihre Münder berührten, schwieg dann jedoch. Er spürte, wie sie sich versteifte, vermutete jedoch, dass sie nur erschrocken war, weil er sie so plötzlich küsste. Kaltes Wasser ergoss sich über sie, da die Flut näher kam, aber Rob löste sich nicht von Marjorie. Verdammt, sie küsste sogar wie eine Jungfrau. Er musste dafür sorgen, dass dieser Kuss lange genug dauerte, damit Logan und seine Braut auf sie aufmerksam wurden und sich hoffentlich einen anderen Weg suchten. Dann würden sie in der Dunkelheit vielleicht nicht bemerken, wer sich da gerade küsste.

Daher küsste Rob Marjorie weiter auf die festen, unbeweglichen Lippen. Er drückte sanfte Küsse auf ihre Lippen und saugte zärtlich an ihrer Unterlippe, um sie dazu zu bringen, den Mund zu öffnen. Ihre Lippen wurden weicher, und er fuhr mit der Zunge über den Zwischenraum, weil er gespannt war, wie sie darauf reagieren würde.

Zu seiner Überraschung öffnete sie die Lippen und kam ihm mit der Zunge zögerlich entgegen.

Auf einmal veränderte sich der Kuss und wurde von einer Tarnung zu einer richtigen Liebkosung. Rob schob seine mit Sand bedeckte Hand in Marjories Haar, presste sie an sich und vertiefte den Kuss, indem er mit der Zunge weiter ihren Mund erkundete. Sie erschauerte, entzog sich ihm jedoch nicht, und er spürte, wie sein Penis noch steifer wurde. Wieder berührte sie seine Zunge mit der ihren, eine zögerliche, scheue Liebkosung, und er streichelte sie, um sie zu mehr zu bewegen. Ihre zarten, unbeholfenen Berührungen erregten ihn mehr, als es die letzten zehn Frauen, mit denen er geschlafen hatte, getan hatten.

Als sie ein leises kehliges Geräusch ausstieß, verlor er fast die Kontrolle. Rob stöhnte ebenfalls, rollte sie beide auf dem Strand herum, und dann lag Marjorie unter ihm und mit dem Rücken im Sand, und er drückte sich auf sie. Instinktiv schob er ein Knie zwischen ihre Beine, spürte jedoch sofort, wie sie erstarrte, aber sie löste sich nicht von ihm und beendete auch nicht den Kuss.

Am liebsten hätte er sie überall berührt. Wenn es nach ihm gegangen wäre, hätte er sie in sein Hotelzimmer gebracht, aus der feuchten Kleidung geschält und mit der Zunge überall liebkost, bis sie wieder dieses hinreißende Stöhnen ausstieß. Was würde sie erst machen, wenn er ihre Scheide leckte? Er konnte es kaum erwarten, das herauszufinden.

Schon ließ er eine Hand weiter nach unten zum Saum ihrer Jeans wandern, um sie auf die Probe zu stellen, und im nächsten Moment legte sie auch schon eine Hand auf seine und hielt ihn auf.

Noch nicht. Okay. Das konnte er akzeptieren ... vorerst zumindest. Schließlich hielten sie sich auch noch am Strand auf.

Rob hob den Kopf und drückte ihr einen letzten Kuss auf die jetzt geschwollenen Lippen. Er sah sich um, doch der Strand schien jetzt verlassen zu sein. Logan und seine Braut hatten sie offenbar bemerkt und einen großen Bogen um sie gemacht – genau wie er es beabsichtigt hatte. Perfekt. Er beugte sich nach unten und küsste Marjorie erneut, wobei er sich ganz auf sie konzentrierte. »Komm mit mir auf mein Zimmer.«

Sie legte eine Hand auf seine Brust. »Rob.« Als sie sich die Lippen leckte, die dadurch noch feuchter glänzten, wurde ihm bewusst, dass sie ihn jetzt schmecken konnte, was seine Erregung noch mehr anfachte. »Ich ... ich habe nicht besonders viel Erfahrung.« Sie sagte das, als wäre es das Ende der Welt, als wäre es eine deprimierende Tatsache, die er erst verarbeiten musste. Aber er hatte schon viel schlimmere Dinge gehört. Dinge wie: *Du solltest wissen, dass ich Herpes habe* oder *Ich bin noch mit meinem Ex zusammen.* Solche Worte bewirkten, dass seine Erektion verschwand und er die Frau wegschickte. Aber Marjories Geständnis war nicht wirklich tragisch. »Das ist doch nicht schlimm«, erklärte er und wollte sie erneut küssen.

Wieder drückte sie ihn von sich weg. »Rob«, sagte sie leise. »Warte.«

Er wartete.

»Es wäre wirklich schön, wenn wir noch einmal von vorn anfangen könnten«, meinte sie leise. »Aber ich denke, du solltest die Wahrheit kennen. Die ganze Wahrheit. Ich bin noch Jungfrau, war erst mit zwei Jungs zusammen und bin mit ihnen nie über das Fummeln hinausgekommen.«

Sie nannte es noch immer Fummeln? Wie niedlich. »Ich bin nur zu gern bereit, dir alles beizubringen, was du wissen musst«, erwiderte er und gab ihr einen Kuss auf ihre hinreißende, mit Sommersprossen bedeckte Nase.

»Das mag sein, aber ...« Sie biss sich auf die Unterlippe. »Nachdem ich so lange gewartet habe, möchte ich es jetzt auch erst tun, wenn ich verliebt bin.«

»Das ist überhaupt kein Problem. Ich bringe dich einfach dazu, dich in mich zu verlieben.«

Sie riss die Augen auf und schlug ihm erneut auf den Arm. »So funktioniert das nicht!«

Rob grinste sie an. »Nicht? Du legst deine Grenzen fest, und das ist völlig in Ordnung für mich. Es ist mir lieber, du sagst mir von vornherein, wo bei dir Schluss ist, und nicht erst, wenn ich schon dabei bin, meinen Schwanz in dich reinzuschieben.« Ihr entsetztes Aufkeuchen verriet ihm, dass sie sich das gerade bildlich vorstellte. »Dann kommt jetzt mein Geständnis: Ich weiß nicht, ob ich jemanden lieben kann, Marjorie. Ich bin ein abgestumpfter Mistkerl, den man nicht leicht beeindrucken kann. Aber ich bin verrückt nach dir, und das schon seit dem Augenblick, in dem du mich aus dem Wasser gezogen und meine Lippen mit deinen berührt hast, und ich bin entschlossen, alles zu geben, damit du so verrückt nach mir wirst wie ich nach dir. Wenn das für dich in Ordnung ist, dann möchte ich dich sehr gern wiedersehen, und zwar die Marjorie, die du wirklich bist, und nicht die, die du glaubst, für mich sein zu müssen.«

Sie rutschte unter ihm herum und sah ihm leicht irritiert ins Gesicht. »Willst du mir damit sagen, dass du weiterhin mit mir ausgehen willst, weil du denkst, du könntest mich irgendwann davon überzeugen, mit dir zu schlafen?«

Er dachte darüber nach und zuckte dann mit den Achseln. »Im Grunde genommen schon.«

Marjorie lachte wieder. »Wow, das hier ist wirklich eine aufrichtige Unterhaltung.«

»Ich kann dir nichts versprechen«, sagte Rob und blickte auf sie herab. Sie hatte ein paar Sandkörner auf der rechten Wange, und er wischte sie weg, streichelte ihre Haut und spürte eine simple Freude darüber, dass er sie endlich berühren durfte. »Nach diesen beiden vermasselten Dates sowieso nicht. Aber ich mag dich, und ich will dich, daher denke ich, wir sollten es Tag für Tag angehen.«

Ihr Lächeln wurde etwas sanfter. »Das klingt gut.«

»Und ich friere mir hier an dem Scheißstrand die Eier ab.«

Wieder musste sie lachen. »Mir ist auch ziemlich kalt. Sollen wir für heute Schluss machen?«

»Nur wenn du mir versprichst, dass wir uns morgen wiedersehen«, entgegnete er.

»Morgen?« Sie schüttelte den Kopf. »Da stehen ein Mittagessen mit der Braut und eine weitere Anprobe auf dem Plan.«

»Wann genau findet diese Hochzeit eigentlich statt?«

»Genau heute in einer Woche. Wir sind alle nur so früh hergeflogen, um kostenlos Urlaub zu machen und Brontë bei den Vorbereitungen zu helfen. Ich vermute, wir sollen vor allem sicherstellen, dass sie keinen Nervenzusammenbruch wegen der Tischkarten oder anderer Probleme bekommt.« Marjorie fummelte an der Knopfleiste seines Hemds herum. »Sie ist wirklich ziemlich gestresst. Der Mann, den sie heiratet, ist unglaublich reich und sehr wichtig, und Brontë hat Angst, dass sie irgendetwas falsch macht.«

Das konnte ihr Rob nicht verdenken. Auf ihn hatte Logan wie ein echtes Arschloch gewirkt. »Die Anprobe wird doch nicht den ganzen Tag dauern. Ebenso wenig das Mittagessen. Irgendwann zwischendurch wirst du bestimmt ein bisschen Zeit haben.«

»Kann schon sein«, stimmte sie ein wenig atemlos zu. »Soll ich dir dann einfach eine SMS schicken?«

Sie wollte das Heft in die Hand nehmen? Warum nicht? »Okay. Aber wenn du dich bis fünfzehn Uhr nicht gemeldet hast, dann werde ich davon ausgehen müssen, dass du mich nicht sehen willst ...«

»Das wird nicht passieren!«

»Und dir Penisfotos schicken.«

Ihr Lachen hallte über den leeren Strand, und sie klang so

glücklich und sorgenfrei, dass er einfach mit einstimmen musste.

※ ※ ※

An diesem Abend ging Rob zurück auf sein Hotelzimmer, zog sich aus und stellte sich unter die Dusche, um zu masturbieren.

Sein Penis war nach dem kurzen, abgebrochenen Date mit Marjorie steinhart. Dabei war es anfangs gar nicht gut gelaufen. Doch das war jetzt egal. Wichtig waren nur ihre Unterhaltung später am Strand und der Kuss.

Großer Gott, was war das für ein Kuss gewesen.

Er musste immer wieder daran denken, an ihren sanften, benommenen Gesichtsausdruck, als er mit der Zunge in ihren Mund vorgedrungen war, an das Gefühl, ihren großen, schlanken Körper an sich zu pressen, und daran, wie sie sich danach die feuchten, geschwollenen Lippen geleckt hatte, die im Mondlicht geglänzt hatten.

Gottverdammt! Er drückte sich etwas Duschgel auf die Handfläche und bearbeitete seinen Penis, während er sich mit der anderen Hand an der Wand abstützte. Es war völlig unwichtig, dass sie ihm erklärt hatte, sie würde erst mit einem Mann schlafen, wenn sie auch in ihn verliebt war. Irgendwann würde er sie schon davon überzeugen, dass sie die Dinge so sah wie er. Und in der Zwischenzeit würde es weitere Küsse und Verabredungen geben.

Er hatte noch eine Woche, um Marjorie Ivarsson, die Jungfrau, zu bezirzen.

Sein Penis pulsierte, als er mit der Hand daran entlangstrich. Marjorie war Jungfrau, und sie war schüchtern, aber auch willig. Das hatte er schon an der Art gemerkt, wie sie sich die Lippen geleckt und ihn angesehen hatte. Sie wollte weitergehen. Er würde es ihr überlassen, das Tempo zu bestimmen – ihm blieb gar nichts anderes übrig –, und sich bis dahin mit seinen Händen zufriedengeben.

So stellte er sich jetzt vor, wie Marjorie in verschiedenen Situationen aussehen würde: Wenn sie hier mit ihm unter der Dusche stand und sich an seinen Rücken klammerte, während er in sie eindrang. Wenn sie unter ihm auf dem Bett lag und Schuhe mit hohen Absätzen trug, in denen ihre unfassbar langen Beine sogar noch länger wirkten. Marjories feuchte Lippen, die seinen Schwanz umfingen. Marjories Mund, der ...

In Rekordzeit schoss er seine Ladung ab. Aber es nützte nichts. Als er später ins Bett ging, bekam er bereits wieder eine Erektion, nur weil er an sie dachte.

Marjorie mochte in ihn vernarrt sein, aber Rob war ein abgebrühter Mistkerl, dem so etwas nicht passierte. Was er gerade für sie empfand? Er war verliebt. Rob hatte sich auf den ersten Blick in Marjorie verliebt. Wer hätte gedacht, dass ihm das jemals passieren würde?

Doch auf einmal erschienen ihm rot-weiß gepunktete Badeanzüge ausgesprochen sexy.

# 12

Am nächsten Tag war Rob im Großen und Ganzen sehr zufrieden mit sich. Die Verabredung war eine Katastrophe gewesen, aber danach ... oh ja. Danach war etwas Gutes passiert. Und an diesem Morgen fühlte er sich sogar noch besser. Die Situation hatte sich entscheidend verbessert. Er saß auf dem Balkon seiner Suite, genoss einen Tequila Sunrise und die kühle Brise, die vom Meer herüberwehte. Auf seinem Tisch stand ein köstliches Frühstück, aber er hatte keinen Hunger. Stattdessen saß er da wie eine Spinne in ihrem Netz und dachte über sein Opfer nach.

Ein Punkt von der gestrigen To-do-Liste war noch nicht abgearbeitet worden. Er schickte seinem Assistenten Gortham eine SMS, der ohnehin gerade auf Robs Abschussliste stand. Seine Unterhaltung mit Marjorie am Vorabend hatte ihn auf eine Idee gebracht, und dieses Mal ging es um Schuhe. Einer seiner Assistenten musste sich darum kümmern. *Haben Sie schon ein Zimmermädchen gefunden, das bestechlich ist?*

*@Frau @Z311?*, schrieb Gortham zurück. *Ich krieg das hin, k?*

Heilige Scheiße, was war das denn für eine Sprache? Rob wollte auf gar keinen Fall, dass ein pickliger Wichser, der den Job als sein Assistent nur angenommen hatte, weil er viel reisen und abkassieren konnte, alles vermasselte. Wütend schrieb er zurück: *Erstens: Es ist Zimmer 301. Und wenn Sie nicht anfangen, in ganzen Sätzen zu schreiben, sind Sie gefeuert, verstanden?*

*Verstanden.*

*Gut. Ich möchte eine Antwort wegen ZIMMER DREI NULL EINS in fünf Minuten.*

*Ja, Sir.*

Rob stürzte seinen Drink hinunter, während er ungeduldig auf die nächste SMS wartete. Als er schon kurz vor dem Durchdrehen war, summte endlich sein Handy.

*Zimmermädchen gefunden. Sie war drin und sagt, die Frau hat Schuhgröße 42.*

Rob rieb sich das unrasierte Kinn. Das konnte hinkommen. Eine Frau, die so groß war wie Marjorie, konnte keine kleinen Füße haben. Gut. *Okay,* schrieb er zurück. *Jetzt will ich, dass Sie einen Hubschrauber chartern und zum nächsten Designerschuhladen fliegen, um Stilettos in Größe 42 zu kaufen. Und zwar richtig hohe. Und scharfe. Und teure. Achten Sie darauf, dass alle drei Punkte zutreffen, und seien Sie um 16 Uhr wieder hier. Verstanden?*

*Bin schon unterwegs, Boss.*

*Gut.* Ein Problem wäre gelöst. Rob stellte sich vor seinem inneren Auge vor, wie Marjorie – die große, wundervolle Marjorie mit ihren ellenlangen Beinen – in hohen Riemchenpumps vor ihm stand, und hätte sich am liebsten schon wieder einen runtergeholt. Würden ihre Augen vor Freude strahlen, wenn sie die Schuhe sah? Sein von Lust benebelter Geist malte sich aus, wie er Marjorie hier auf seinem Bett fickte, wobei sich ihre Schuhe in seinen Hintern bohrten, und er rieb sich nachdenklich den Schritt. Es war schon paradox, dass er sich derart nach einer sommersprossigen Amazone verzehrte. Aber bei ihr empfand er Dinge, die ihm die ganzen Silikonbrüste in Hollywood nicht entlocken konnten.

Da er gerade an sie dachte ... konnte er ihr auch gleich eine SMS schicken. *Bist du schon wach?*

Die Antwort ließ eine Weile auf sich warten. *Ja.*

Wow, das war aber sparsam. Nicht einmal ein grinsender Smiley? *Hast du gut geschlafen?*, schickte er zurück.

*Ja.*

*Ich habe letzte Nacht an dich gedacht*, schrieb er dann. *Und mir dreimal einen runtergeholt.*

*Was??*

*Das war nur ein Witz.*

*Oh.*

Okay, so viel zu einem SMS-Flirt. *Du willst mir nicht vielleicht ein Selfie schicken, um mir den Tag zu verschönern?*

*Ich weiß nicht, wie man die Kamera an diesem Ding benutzt.*

Wie konnte sie nicht wissen, wie man mit dem Handy Fotos machte? Er hatte immer geglaubt, alle Frauen wüssten das. Jede Frau, mit der er bisher ausgegangen war, hatte ihm eine endlose Latte an Handyfotos von sich geschickt. Das war ja seltsam. Doch ihm wurde allmählich klar, dass bei Marjorie offenbar nichts so war wie bei anderen Frauen. Möglicherweise war das auch der Grund dafür, dass er sich so zu ihr hingezogen fühlte? Sie war eben einzigartig.

Daher schrieb er zurück: *Ich wollte dich nur ärgern und dafür sorgen, dass du rot wirst.*

*Es hat funktioniert*, kam die Antwort, begleitet von einem Smiley.

Ah, ein Königreich für einen Smiley! Es war schon seltsam, wie ein dämliches Emoticon seine Laune verbessern konnte. Grinsend streckte er seinen Arm aus. Einer seiner Assistenten nahm ihm das Glas ab und lief los, um ihm Nachschub zu besorgen, während er darüber nachdachte, was er der süßen, errötenden Marjorie noch schreiben konnte. Er wollte sie noch vor Ende der Woche in seinem Bett haben. Und das war für ihn wirklich eine verdammt lange Zeit. Normalerweise schlief er bereits nach dem ersten Date mit seinen Eroberungen. Vielleicht nach dem zweiten, wenn sie sich zierte. Allerdings wurden sie danach schnell uninteressant für ihn. Was brachten denn weitere Verabredungen, wenn man schon wusste, was die Kleine zu bieten hatte?

Das war eigentlich ziemlich mies von ihm, aber im Allgemeinen waren Rob die Gefühle anderer Menschen völlig gleichgültig. Verdammt, wenn dem nicht so wäre, hätte er wohl kaum eine Show, die *Titten oder Abflug* hieß, und auch der Großteil des restlichen Programms des Männerkanals würde vermutlich nicht existieren.

Und Rob mochte Geld. Ihm war Geld wichtiger als die meisten Menschen.

Der Assistent – Cresson – kehrte mit Robs Drink zurück. Rob nippte daran, schnitt eine Grimasse, weil sehr viel Alkohol darin war, trank ihn aber trotzdem. »Hat sich Logan Hawkings schon gemeldet?«

»Nein, Sir«, antwortete Cresson. »Soll ich an der Rezeption anrufen und erneut nachfragen?«

»Tun Sie das.« Rob hatte über seine ungünstige Begegnung mit Logan vor ein paar Tagen in der Bar nachgedacht und war zu dem Schluss gekommen, dass nur Feiglinge den Schwanz einzogen und er ein Volltrottel wäre, wenn er nicht erneut versuchte, mit Logan zu sprechen. Daher hatte er seinen Assistenten aufgetragen, einen riesigen Geschenkkorb zu besorgen und Logan und seiner Braut zu schicken, zusammen mit der Bitte an Logan, ihm ein paar Minuten seiner Zeit zu opfern. Das war früh an diesem Morgen gewesen, aber jetzt war es beinahe Mittag, da musste doch bald mal eine Antwort kommen.

Rob sah erneut auf sein Handy, aber Marjorie hatte sich nicht noch einmal gemeldet. Entweder war sie sehr beschäftigt oder schrieb nicht gern SMS. Er würde sie heute Abend danach fragen müssen, wenn sie sich sahen. Apropos ...

*Wie sieht es mit heute Abend aus? Sehen wir uns?*, schrieb er.

*Ja*, antwortete sie einige Minuten später. *Wir treffen uns um 5.*

Tja, sie war keine eifrige SMS-Schreiberin, schrieb aber wenigstens vollständige Sätze. Damit konnte er etwas anfangen.

Die Glastüren, durch die man auf den Balkon kam, wurden geöffnet, und Cresson trat mit betretener Miene heraus. Das war nie ein gutes Zeichen.

»Was ist?«, wollte Rob wissen.

»Mr Hawkings hat an der Rezeption eine Nachricht für Sie hinterlegt«, erwiderte Cresson und reichte ihm ein zweimal gefaltetes Blatt Papier.

Rob nahm es ihm ab, klappte es auseinander und las die Nachricht.

*Mr Cannon,*
*ich bin leider viel zu beschäftigt, um geschäftliche Angelegenheiten mit Ihnen zu besprechen. Bitte beachten Sie, dass ich mir die Freiheit genommen habe, an der Rezeption Bescheid zu sagen, dass Sie heute abreisen werden. Ihre Suite ist bereits vollständig bezahlt als kleiner Dank für das nette Geschenk.*
*Mit freundlichen Grüßen*
*Logan Hawkings*

»Scheiße!« Rob wedelte mit dem Stück Papier in der Luft herum und schleuderte es dann vom Balkon. »Dieser beschissene, verkackte Schwanzlutscher!«

»Was ist denn los?«, fragte Cresson und machte einen Schritt nach hinten.

»Man hat uns aus dem Hotel geworfen, verdammte Scheiße noch mal!« Rob schnaubte. »Er schmeißt uns raus und tut auch noch so, als würde er mir einen Gefallen tun.«

»Dann reisen wir heute ab?«

Rob trommelte wütend mit den Fingern auf seinen Lippen herum. Er würde auf gar keinen Fall heute abreisen. Nicht, wo er später noch mit Marjorie verabredet war. Nicht, wenn er noch nicht das bekommen hatte, weswegen er überhaupt hier war. Logan war ganz offensichtlich nicht empfänglich für nette Gesten. Dann musste er es eben auf die harte Tour versuchen. »Wir reisen nicht ab«, erklärte er nach einigen Sekunden. »Gehen Sie nach unten und checken Sie uns aus der Suite aus. Dann sagen Sie Gortham, dass er mir unter einem anderen Namen eine andere Suite mieten soll, sobald er wieder zurück ist. Es ist mir egal, welchen Namen er dafür nimmt, solange Hawkings nicht mitkriegt, dass ich noch immer hier bin. Und holen Sie meine Assistentin.« Er schnippte mit den Fingern und zermarterte sich das Gehirn. »Wie war doch gleich ihr Name ...«

»Smith«, warf Cresson hilfsbereit ein.

Er deutete auf den Mann. »Smith. Genau. Sagen Sie Smith, sie soll die Leute von *Titten oder Abflug* anrufen und in den ersten Flieger hierher setzen.« Sein Lächeln wirkte gemein. »Wenn Logan glaubt, ich könnte ihm durch meine bloße Anwesenheit seine Hochzeit ruinieren, dann hat er nicht die geringste Ahnung, was ich noch alles kann.«

Es wurde Zeit, sich mal so richtig danebenzubenehmen.

## 13

Marjorie befand sich noch immer in einem benebelten, traumähnlichen Zustand und schwebte am nächsten Morgen vom Frühstück zum Shuffleboard und weiter zu einem späten Mittagessen mit Brontë. Ihr Körper war anwesend, aber im Geist hielt sie sich noch immer an dem vom Mond erhellten Strand von gestern Abend auf, wo Rob sie küsste und ihr sagte, dass er sie begehrte. Zwar hatte er es mit deutlich drastischeren Worten ausgedrückt, aber das war ihr egal. Er konnte so viel fluchen, wie er wollte, solange er sie weiterhin so küsste und dafür sorgte, dass sie sich wunderschön fühlte.

So etwas hatte sie noch nie zuvor erlebt.

Und Rob mochte sie noch immer, sogar nachdem sie sich auf ihn erbrochen und bei der ersten Verabredung so dermaßen danebenbenommen hatte, um gleich beim zweiten Date noch einen draufzusetzen. Trotzdem wollte er sie wiedersehen. Sie hatte die beiden Verabredungen gründlich vermasselt, aber er hatte trotzdem nicht genug von ihr.

Bei diesem Gedanken glaubte Marjorie beinahe, dass ihr Herz gleich platzen würde. Zwar hatte Rob auch gesagt, dass er nicht zur Liebe fähig war, was sie sehr schade fand, da sie auf dem besten Weg war, sich in ihn zu verlieben. Er mochte sich selbst nicht als gütigen Mann ansehen, aber sein Verhalten ihr gegenüber sprach eine andere Sprache. Er mochte eine harte Schale haben und viel herumfluchen, aber darunter schlug ein weiches Herz.

Sie schwebte noch immer auf Wolke sieben, als sie den Grünen Speisesaal betrat. Brontë hatte sich dort und nicht im Seaturtle Cay Café mit ihr treffen wollen, und Marjorie sah sich in dem leeren Raum nach ihrer Freundin um. Brontë saß an einem der hinteren Tische, eine kleine Gestalt, vor der ein Berg cremefarbener Umschläge aufragte.

»Bron?«, rief Marjorie und trat näher.

Hinter den Umschlägen tauchte ein Kopf auf. Brontë hatte ihre Locken zu einem Knoten gebunden und dunkle Ringe unter den Augen. Sie winkte Marjorie zu sich und lächelte sie an. »Hey, Marj! Danke, dass wir uns hier treffen können. Ich hoffe, du hast kein Problem damit, dass wir uns etwas zu essen hierherbringen lassen, anstatt in ein Restaurant zu gehen?«

»Nein, das ist in Ordnung«, entgegnete Marjorie und setzte sich neugierig zu Brontë an einen der runden Tische. Auf dem Tisch lagen stapelweise dicke Pergamentumschläge. Brontë kritzelte etwas auf eine Karte, steckte sie in einen Umschlag und versiegelte ihn mit einem Wachssiegel. »Was ist das alles?«

»Oh!« Brontë blickte auf und warf den Umschlag auf den kleinen Stapel mit den bereits erledigten Karten. Dann sah sie sich um. »Dieser Stapel ist für die Hotelangestellten. Logan möchte ihnen als Dank dafür, dass sie uns bei der Hochzeit aushelfen, einen Bonus auszahlen. Der andere Stapel ist für Gäste, die für die Hochzeit hergeflogen sind und bei denen wir uns bedanken möchten.« Sie deutete auf einen weiteren Stapel. »Der hier ist für Firmen, die Hochzeitsgeschenke geschickt haben und denen wir mit einer Dankeskarte mitteilen möchten, dass wir das Geschenk erhalten haben. Und dieser Stapel ist für all jene, die an der Hochzeit teilnehmen und uns etwas schenken, obwohl wir darum gebeten haben, auf Geschenke zu verzichten. Und der Stapel hier«, sie deutete auf einen weiteren

Berg von Karten, »ist für Leute, die zur Hochzeit eingeladen waren, aber nicht kommen können und ein Geschenk geschickt haben.« Sie rieb sich die Stirn. »Ich ertrinke in Dankeskarten und weiß noch nicht einmal, ob ich auch an alle gedacht habe.«

Marjorie rückte ihren Stuhl neben den von Brontë. »Brauchst du Hilfe? Ich kann die Karten, nachdem du sie unterschrieben hast, in Umschläge stecken und versiegeln.«

Die Braut warf ihr einen dankbaren Blick zu. »Das wäre großartig. Wie Cicero gesagt hat: ›Ein Freund ist ein zweites Ich.‹ Ich kann ein weiteres Paar Hände gut gebrauchen.«

Eine Zeit lang arbeiteten sie schweigend. Brontë unterschrieb die Karten mit dem Namen, den sie nach der Hochzeit tragen würde, und fügte eine kurze Nachricht hinzu, und Marjorie steckte die Karten vorsichtig in die Umschläge, versiegelte sie und legte sie auf den entsprechenden Stapeln ab. Es gelang ihnen, Brontës Arbeitstempo deutlich zu steigern, sodass ihre angespannte, besorgte Miene langsam verschwand. »So«, meinte Brontë, während sie weiterschrieb. »Erzähl mir doch mal, was du diese Woche schon so erlebt hast. Amüsierst du dich?«

Augenblicklich musste Marjorie an Rob denken und bekam rote Wangen. »Ich genieße es hier sehr. Aber ich muss zugeben, dass ich mir noch immer dekadent vorkomme, weil ich so viel Freizeit und noch dazu bezahlten Urlaub habe.« Da Logan der Diner gehörte und Brontë die meisten Kellnerinnen zu ihrer wochenlangen Reise eingeladen hatte, hatte ihr stinkreicher Bräutigam dafür gesorgt, dass sich während dieser Zeit Aushilfskräfte um den Diner kümmerten, während die anderen verreisten und im Resort die Sonne genossen. Für Marjorie glich das einem unvorstellbaren Aufwand, aber vielleicht lebten Milliardäre nun einmal so. »Es ist wirklich wunderbar hier. Aber du siehst müde aus.«

Brontë verzog die Lippen zu einem erschöpften Lächeln. »Ich hätte nie gedacht, dass eine Hochzeit so viel Arbeit macht. Jedenfalls bin ich heilfroh, wenn alles vorbei ist und ich mich zu Hause mit Logan auf die Couch kuscheln kann.«

Marjorie fiel es schwer, sich den unnahbaren Logan Hawkings bei etwas so Normalem wie dem Herumlungern auf dem Sofa mit seiner Frau vorzustellen. Aber vermutlich kannte Brontë eine andere Seite von ihm. »Tja, wenn ich dir irgendwie helfen kann, sag einfach Bescheid. Ich kann dir gar nicht genug dafür danken, dass du mich hierher eingeladen hast.«

»Aber es war doch selbstverständlich, dass ich dich einlade! Du bist eine meiner besten Freundinnen.« Brontë legte die Karte hin, die sie gerade hochgehoben hatte, und drückte Marjories Hand. »Und ich bin so froh, dass du hier bist. Und es tut mir leid, dass ich so viele andere Dinge um die Ohren habe. Es scheint vor der Hochzeit noch unendliche viele Probleme zu geben, die gelöst werden müssen, und ich komme irgendwie kaum hinterher. Amüsierst du dich denn wenigstens trotzdem gut, auch wenn ich dich vernachlässige?«

»Ach, ich fühle mich überhaupt nicht vernachlässigt«, erwiderte Marjorie. »Ich habe eine sehr schöne Zeit.« Ihre Wangen schienen jetzt dauerhaft rot bleiben zu wollen. »Ich habe Shuffleboard gespielt, war beim Bingo, lag in der Sonne und habe alles gemacht, was einem hier angeboten wird.«

»Shuffleboard?« Brontë kicherte. »Ich kann mir lebhaft vorstellen, wie du da jedes Spiel gewinnst und all die grauhaarigen Damen auf die Palme bringst.«

»Hey, ich kann es doch nicht ändern, dass ich so gut darin bin. Ich habe eben lange Arme.«

»Du scharst also alle älteren Leute aus dem Resort um dich und sorgst dafür, dass sie sich amüsieren?« Brontë lächelte wissend.

Verlegten starrte Marjorie den Umschlag an, den sie gerade versiegelte. Sollte sie es Brontë gegenüber erwähnen? Aber die ganze Aufregung einer sich anbahnenden Beziehung – auf die sie wirklich sehr lange gewartet hatte – musste sich irgendwie entladen. »Ich hatte auch ein Date.«

Brontë sog scharf die Luft ein und fasste nach Marjories linkem Arm. »Ist nicht wahr? Wirklich, Marj? Das ist ja kaum zu glauben! Mit wem?«

»Ach, mit einem Mann, den ich kennengelernt habe«, antwortete sie. »Ich möchte eigentlich nicht zu viel erzählen, das bringt womöglich Unglück. Aber ich mag ihn sehr.« Sie biss sich auf die Unterlippe und dachte an den letzten Abend, der sich von einem Albtraum in etwas fast schon Magisches verwandelt hatte. Rob war so süß und so direkt gewesen. Auch unverblümt, aber das gefiel ihr ... und sie mochte ihn sehr.

Sie hatte sogar einen Haufen alberner SMS von ihm, mit denen er sie an ihre Verabredung später an diesem Tag erinnerte. Als ob sie das vergessen könnte! Er schrieb ihr stündlich, als würde er kurz innehalten und an sie denken. Das war ein wunderbares Gefühl.

Ihre Freunde Edna, Agnes und Dewey waren nicht gerade erbaut darüber, dass sie noch einmal mit ihm ausgehen wollte. Sie hatten ihren tränenerfüllten Abflug aus dem Bingosaal mit angesehen, und sie hatte sich beim Frühstück schon anstrengen müssen, um ihre Freunde wieder zu beruhigen.

Es war zwar schön, dass sie sich Sorgen machten, aber sie waren auch nicht dabei gewesen, als sich der Abend komplett gewandelt hatte. Sie wussten nicht, dass sich Marjorie große Mühe gegeben hatte, jemand zu sein, der sie nicht war ... und dass Rob dasselbe getan hatte.

»Eine Verabredung? Wirklich?«, quietschte Brontë und wedelte aufgeregt mit den Händen. »Das freut mich ja so für dich! Du musst mir alles darüber erzählen, wenn du bereit dazu bist. Glaubst du, dass ihr euch auch wiedersehen werdet, wenn ihr wieder zu Hause seid, oder ist das nur ein Inselflirt? Du weißt ja, dass Logan und ich uns so kennengelernt haben, und noch dazu hier auf dieser Insel.«

»Ich habe keine Ahnung, ob wir uns danach wiedersehen werden«, erwiderte Marjorie und strich mit den Fingern über den dicken Rand eines Umschlags. »Wir denken nicht so weit voraus.«

»Das ist der beste Weg, um so etwas anzugehen«, erklärte Brontë. »Epikur hat gesagt: ›Verdirb dir nicht die Freude an dem, was du hast, indem du dich nach etwas sehnst, das du nicht hast.‹«

Marj grinste. Brontë konnte sich so viele Dinge merken und hatte immer das passende Zitat eines Philosophen parat. »Deine schlauen Zitate haben mir gefehlt.«

»Logan möchte, dass ich meine Lieblingszitate auf Glücksbringer für unsere Gäste gravieren lasse, aber ich konnte mich nicht entscheiden, welche mir am wichtigsten sind, daher haben wir uns für klassische entschieden.« Sie verdrehte die Augen.

»Wie geht es Logan?«, wollte Marjorie wissen, als Brontë ihr den nächsten Kartenstapel zuschob. Sie war Brontës Zukünftigem einige Male begegnet, und er lächelte so gut wie nie. Marjorie fühlte sich in seiner Gegenwart eher eingeschüchtert, aber um die besitzergreifende und gierige Art, wie er seine Braut ansah, beneidete sie Brontë. Sie sehnte sich danach, dass ein Mann sie selbst so ansah. Dann musste sie wieder an Rob denken und errötete erneut. Rob hatte sie so angesehen. Als wäre sie mit seinem Lieblingseis bedeckt, das er ablecken wollte. Als sie sich das bildlich ausmalte, wurde ihre Röte noch intensiver.

»Logan ist genauso gestresst wie ich. Vielleicht sollte ich lieber sagen, dass er gestresst ist, weil ich es bin. Wäre es nach ihm gegangen, dann wären wir in einen Hubschrauber gestiegen, zum nächsten Friedensrichter geflogen und hätten dort geheiratet, aber inzwischen sind schon viel zu viele Leute an den Vorbereitungen beteiligt.« Sie schnitt eine Grimasse und schrieb eine Dankesnachricht auf die nächste Karte. »Außerdem ist da noch so ein Idiot hier auf der Insel, der ihn in den Wahnsinn treibt.«

»Wie das?«

Brontë schüttelte geistesabwesend den Kopf und blickte nicht auf. »Ein zwielichtiger Geschäftsmann, der unbedingt mit Logan Kontakt aufnehmen will und deshalb hier im Hotel herumlungert. Logan ist deswegen stinksauer, weil er möchte, dass diese Woche für mich perfekt wird, und jetzt droht dieser Kerl, ihm einen Strich durch die Rechnung zu machen.«

»Er ist extra hierhergereist, um Logan auf sich aufmerksam zu machen? Das ist ja verrückt.« Marjorie schüttelte den Kopf. »Und eine Hochzeit zu stören ist ganz schön unverschämt.«

»Ja, aber Logan wirft den Kerl raus, bevor die Klatschzeitungen Wind davon bekommen können, dass er hier ist. Anscheinend ist er bei denen sehr beliebt. Er ist einer dieser Partylöwen, die ständig mit Prostituierten und Drogen fotografiert werden.«

Marjorie wurde kreidebleich. »Das ist ja furchtbar.«

»Nicht wahr?« Brontë erschauderte und reichte Marj die nächste Karte. »Aber genug davon. Erzähl mir, wie es in letzter Zeit im Diner gelaufen ist. Benimmt sich Sharon noch immer wie eine Diva?«

»Das kannst du laut sagen.« Marjorie versiegelte kopfschüttelnd den nächsten Umschlag. Sie kamen gut voran, und der Stapel mit den fertigen Dabnkschreiben wurde immer größer. Dank Marjories Hilfe wurde Brontë viel schneller fertig, und Marjorie half ihrer Freundin nur zu gern. »Wir mussten den Schichtplan immer wieder umschmeißen, weil sich Sharon entweder krankmeldet, zu spät kommt oder einen bestimmten Tag freihaben muss, an dem sie ›beschäftigt‹ ist.«

Brontë stöhnte genervt. »Himmel, diese Frau ist so schrecklich. Soll ich Logan bitten, sie zu feuern?«

»Oh nein«, erwiderte Marjorie sofort. »Sie braucht den Job. Und sie macht ihn gar nicht so schlecht. Sie ist nur ... sehr anstrengend. Aber ich kann dir etwas über Angies neuen Freund erzählen: Er fährt eine Harley! Mit einem Lenker, der so hoch ist, dass er erst über seinem Kopf endet.«

Brontë riss die Augen auf. »Was? Ist nicht wahr. Sie hat schon wieder einen Neuen? Was ist denn aus Bob geworden?«

»Bob ist Schnee von gestern.« Marjorie erzählte Brontë den ganzen Klatsch und Tratsch aus dem Diner und über ihre ehemaligen Kollegen. Sie versuchte, all die witzigen Episoden zu erwähnen, über die sich Brontë amüsieren würde, ohne einzelne Personen zu sehr hervorzuheben. Allein der Vorschlag, Sharon zu feuern, hatte sie daran erinnert, dass Brontë ihren Boss heiratete, und Marjorie wollte nicht dafür verantwortlich sein, dass irgendjemand seinen Job verlor.

Als sie das Privatleben der Dinerangestellten und ihrer Lieblingskunden durchgekaut hatten, waren die Stapel so gut wie abgearbeitet, und sie hatten ihr Mittagessen ganz vergessen.

Brontë griff nach der letzten Karte und unterschrieb sie äußerst schwungvoll. »Das war die letzte! Ich kann es nicht fassen, wie schnell das gegangen ist. Du warst mir eine

Riesenhilfe, Marj. Weißt du eigentlich, wie viel Zeit du mir gespart hast?«

»Aber das war doch selbstverständlich«, erklärte Marjorie lächelnd. »Das ist doch das Mindeste, was ich tun kann.«

»Weißt du«, meinte Brontë und klopfte nachdenklich mit den Fingerspitzen auf den Tisch. »Ich habe nachgedacht. Wie sehr hängst du eigentlich an Kansas City?«

Das war eine merkwürdige Frage. Marjorie zuckte mit den Achseln. »Es war immer meine Heimat, weil meine Familie da gelebt hat. Und seitdem ich allein bin, hat es noch keinen Grund gegeben, von dort wegzuziehen.« Es schnürte ihr die Kehle zu, als sie an ihre geliebten Großeltern denken musste. Sie vermisste sie noch immer jeden Tag. Und sie war einsam, wie sie sich selbst eingestehen musste. Brontë war im Restaurant ihre beste Freundin gewesen, und seitdem sie weggezogen war, kam sich Marjorie noch viel mehr wie eine Ausgestoßene vor. Sie verbrachte die meisten Abende im Altenheim, las den Bewohnern etwas vor oder spielte mit ihnen, um wenigstens diesen das Leben schöner zu machen und sich ein bisschen gebraucht zu fühlen.

»Könntest du dir vorstellen, nach New York zu ziehen?«

»Nach New York?« Marjorie riss die Augen auf. Darüber hatte sie noch nie nachgedacht. Sie hatte immer geglaubt, falls sie jemals umziehen sollte, dann eher in den Süden nach Dallas oder Oklahoma City, aber doch nicht in eine Stadt wie New York. »Wirklich?«

»Ich habe eine Stiftung gegründet«, berichtete Brontë mit Enthusiasmus. »Wir bringen allen, die lesen möchten, die Klassiker der Literaturgeschichte näher. Einige unserer Gruppen bestehen aus Schulkindern, andere aus Rentnern. Es gibt wöchentliche Diskussionsgruppen, und wir organisieren Events und Treffen. Es ist wirklich wunderbar und sehr aufregend. Logan hat mir bei der Gründung geholfen.« Sie strahlte vor Stolz.

»Das klingt ja wirklich wundervoll, Brontë. Und es passt perfekt zu dir.«

»Das Problem ist nur, dass ich neben all dem auch noch die Hochzeitsvorbereitungen stemmen musste.« Brontë schnitt eine Grimasse. »Und so langsam bin ich am Ende. Logan sagt schon seit einer Weile, dass ich mir eine Assistentin suchen soll, aber bisher hatte ich keine Zeit dafür. Und du kannst so gut mit Menschen umgehen, vor allem mit älteren. Ich hätte sehr gern jemanden wie dich an meiner Seite.«

»Du willst mich als deine Assistentin?« Oh, wow. »Aber ich bin bloß eine Kellnerin.«

»Das bin ich doch auch«, erwiderte Brontë grinsend. »Aber du bist klug und engagiert, und wir kommen gut miteinander aus.« Sie deutete auf den Stapel mit den fertigen Umschlägen. »Und ich würde dich gut bezahlen. Das wäre eine gewaltige Umstellung, aber wir würden uns öfter sehen, und, na ja, es ist New York. Da ist immer etwas los.«

»Ich hätte mir nie träumen lassen...«, murmelte Marjorie. New York. Wow.

»Sag bitte, dass du darüber nachdenken wirst. Ich muss das erst noch mit Logan besprechen, aber er hat bestimmt nichts dagegen. Er...«

»Was musst du mit Logan besprechen?«, mischte sich eine Männerstimme in die Unterhaltung ein. Die beiden Frauen blickten auf, als ein Mann im steifen Geschäftsanzug den grünen Speisesaal betrat und zwischen den ungenutzten Tischen hindurchging. In den Händen trug er ein großes Tablett mit mehreren Tellern und zwei Gläsern.

»Hey, Baby«, sagte Brontë. »Was machst du denn hier?«

»Mir wurde gesagt, dass man meine Verlobte zuletzt in

einem leeren Speisesaal mit einem Riesenhaufen von Briefumschlägen gesehen hat, die sie während der Mittagszeit bearbeiten wollte. Und da dachte ich mir, dass du bestimmt wieder vergessen hast, etwas zu essen.« Er blickte mit gerunzelter Stirn und ernster Miene in ihr lächelndes Gesicht hinab. »Und wie ich sehe, hatte ich recht.«

Sie winkte nur ab, stand auf, nahm ihm das Tablett aus den Händen und ließ sich von ihm küssen. Dann stellte sie das Tablett auf den Tisch. »Ich habe Marjorie gerade vorgeschlagen, nach New York zu ziehen und als Assistentin für die Stiftung zu arbeiten. Was hältst du davon?«

»Mir ist das nur recht.« Er schaute Marjorie an. »Brontë halst sich immer viel zu viel Arbeit auf. Wenn du den Job übernimmst, dann bezahle ich dir zweihunderttausend pro Jahr.«

Marjorie starrte ihn mit offenem Mund an.

Brontë stieß Logan in die Rippen. »Ich wollte noch mit ihr über das Gehalt sprechen.«

»Nein, Liebling, du wirst dich jetzt hinsetzen und etwas essen, und danach gehen wir nach oben, damit du ein Nickerchen machen kannst. Du bist sehr erschöpft.« Sein Blick wurde zärtlich, als er Brontë zu ihrem Stuhl geleitete und sich neben sie setzte. »Es ist irgendwie widersinnig, eine Hochzeit zu feiern, wenn die Braut hinterher Urlaub von ihrer Traumhochzeit braucht.«

Brontë schüttelte nur den Kopf. »Hatte ich dir erzählt, dass er ein Tyrann ist, Marj?«

»Ich meine, mich zu erinnern, dass du gesagt hast, er wäre wunderbar«, neckte Marjorie sie.

»Das auch«, bestätigte die Braut. Als sie ihren Verlobten anlächelte, drückte er ihr ein Sandwich in die Hand.

✻ ✻ ✻

Marjorie blieb noch eine weitere Stunde mit Logan und Brontë im Speisesaal sitzen, und sie unterhielten sich über New York, die Hochzeit und vor allem die Stiftung. Es stellte sich heraus, dass Logan ihr wirklich ein derart großzügiges Gehalt zahlen wollte. Er stimmte ihr zwar zu, dass es weitaus mehr war, als eine Assistentin sonst bekam, aber er wollte, dass Brontë bestens unterstützt wurde, und seinen Worten zufolge ließ sich ihr Glück nun einmal nicht mit Geld aufwiegen.

Und Brontë hatte ihren Verlobten glücklich angestrahlt.

Marjorie nahm den Job schließlich an, obwohl sie noch nicht einmal alle Einzelheiten kannte. Aber wie sollte sie sich diese Gelegenheit entgehen lassen? Ihr Job als Kellnerin machte zwar Spaß, war jedoch nicht gut bezahlt. Zweihunderttausend im Jahr und in einer großartigen, lebhaften Stadt zu leben und mit ihrer besten Freundin an einer Sache zu arbeiten, die ihr am Herzen lag – das klang wie ein Traum, der in Erfüllung ging.

Irgendjemand würde sie sehr bald kneifen müssen, da ihr Leben gerade schlagartig besser wurde.

Sie schwebte noch immer auf einer Wolke der Glückseligkeit, als sie auf ihr Zimmer zurückkehrte. Es war geputzt und aufgeräumt worden, und die Bettdecke sah so festgezurrt aus, dass sie vermutlich davon abprallen würde, wenn sie sich aufs Bett warf. Auf dem Nachttisch neben dem Bett stand eine Schachtel mit einer großen roten Schleife. Marjorie ließ sich neugierig aufs Bett sinken und starrte das Paket an. Wer hatte ihr denn ein Geschenk geschickt?

Ihr Handy summte und kündigte eine SMS an, und sie griff danach.

*Hast du das Paket schon bekommen?*
*Rob.*

Sie starrte die Schachtel mit der Schleife an und griff nach der winzigen Karte, die unter dem Band steckte.

*Zieh die hier heute Abend an. Ich hoffe, darin bist du zwei Meter zehn groß, denn dann bist du eine zwei Meter zehn große wunderbare Frau, und ich bin manns genug, um jeden Zentimeter davon zu genießen.*

*R*

Das Blut stieg ihr in die Wangen, und zur Abkühlung presste sie einen Handrücken an ihre Stirn. Himmel, er schaffte es immer wieder, sie erröten zu lassen. Sie nahm den Deckel der Schachtel ab ... und ihr stockte der Atem, als sie die Schuhe darin sah. Es waren silberne Peep-Toe-Pumps mit einem fast fünfzehn Zentimeter hohen Absatz, die über und über mit winzigen Kristallen besetzt waren und glitzerten wie Cinderellas Schuhe aus dem Märchen. Staunend nahm sie einen davon in die Hand.

Sie war sowieso schon groß und würde darin wie eine Riesin aussehen. Die Dinger waren auffällig, unpraktisch und hatten einen gigantischen Absatz.

Aber sie funkelten auch, waren traumhaft und einfach wunderschön.

Marjorie drehte den Schuh um und überprüfte die Größe. Sie müssten passen. Woher hatte er das gewusst...? Sie strich mit einem Finger über den Jimmy-Choo-Stempel auf der Schuhsohle. Die Schuhe mussten ein Vermögen gekostet haben. Jimmy-Choo-Schuhe waren sehr teuer. Sie sollte das Geschenk zurückgeben und Rob eine Dankeskarte schreiben.

Doch dann stellte sie sich seine Reaktion vor. Er würde fluchend vor ihrer Zimmertür auftauchen und darauf bestehen, dass sie die Schuhe annahm.

Außerdem ... gefielen sie ihr sehr. Sie entsprach eben doch dem Klischee einer Frau, die Schuhe liebte. Na und? Wie oft lernte sie schon einen Mann kennen, der keine Angst vor ihrer Größe hatte und sie nicht darum bat, flache Schuhe zu tragen? Rob gefiel es, dass sie so groß war. Und es waren tolle Schuhe.

Sie zog sie an und stellte begeistert fest, dass sie perfekt saßen. Das Leder schien ihre Füße förmlich zu umschmeicheln. Aus einer Laune heraus machte sie ein Foto von ihren Füßen in den Schuhen und schickte es ihm per SMS.

*Perfekt*, schrieb er einen Augenblick später zurück.

*Gehören die auch zu deinem Plan, mich zu verführen?*, wollte sie wissen.

*Kann schon sein. Ich bin ziemlich gut darin, was?*

Sie musste zugeben, dass er mit dieser Taktik tatsächlich Erfolg bei ihr hatte. Und sie freute sich jetzt noch viel mehr auf ihre Verabredung an diesem Abend.

*Wann sehe ich dich endlich wieder?*, fragte er.

Sie starrte die wundervollen, unpraktischen Schuhe an und schrieb impulsiv zurück: *Wie wäre es mit jetzt gleich?*

# 14

Rob wollte sie nur zu gern noch am Nachmittag sehen, aber er schlug als Treffpunkt einen Pavillon im Garten des Resorts vor. Das war definitiv romantischer als die Lobby, dachte Marjorie lächelnd, und stimmte zu, in einer halben Stunde dort zu sein. Leise vor sich hin summend zog sie sich für ihr Date um und schlüpfte in ein dunkelblaues Trägerkleid, das sie normalerweise mit einer Strickjacke und Leggings trug, um dazu ihre funkelnden neuen Schuhe anzuziehen. Sie fühlte sich richtig hübsch und konnte nur hoffen, dass Rob derselben Meinung sein würde.

Der Weg in den Garten führte an der anderen Seite des Turtle-Pools und der Lounge entlang. Zum Resort gehörten mehrere Pools, aber dieser war vor allem bei Paaren und nicht wie viele andere bei Familien beliebt, weil es mehrere Whirlpools gab. Sie sah sich im Vorbeigehen ein wenig um und schrak dann zusammen, als ein Mann mit einem Mikrofon und zwei Kerle mit Kameras förmlich aus den Büschen auf sie zustürzten.

»Hey, Süße«, sagte der Mann mit dem Mikrofon. »Sag uns deinen Namen, Schnecke!«

Marjorie zögerte und war sofort alarmiert. »Ich bin weder deine Süße noch deine Schnecke«, erwiderte sie und versuchte, um die Männer herumzugehen.

»Du siehst heute echt heiß aus«, fuhr der Mann mit dem Mikrofon fort und stellte sich ihr in den Weg. »Willst du dir vielleicht etwas dazuverdienen?«

Ihr fiel die Kinnlade herunter. »W... wie bitte?«

»Du hast richtig gehört, Baby! *Titten oder Abflug!*« Er wedelte mit einer Hand voll Geldscheinen vor ihrer Nase herum. »Zeig uns, was du hast, und wir belohnen dich dafür.«

Sie starrte erst den Mann und danach die Kameras erschrocken an. Schließlich nahm sie keuchend die Beine in die Hand. So schnell es ihre hohen Absätze erlaubten, lief sie auf den Garten und den Pavillon zu.

»Sie hat wohl kein Interesse«, meinte der Mann mit dem Mikrofon. »Dein Pech, Süße!«

Diesen schrecklichen Männern ihre Brüste zeigen? Das konnte doch nicht ihr Ernst sein! Vor Entsetzen rannte sie sehr schnell den Weg entlang, und ihre Füße protestierten. Am liebsten wäre sie zurück ins Hotel gegangen und hätte sich versteckt, aber die Männer versperrten ihr den Weg. Sie glaubte sogar, sie lachen zu hören. Vor Erniedrigung zog sich ihr Brustkorb zusammen, und als sie den Pavillon endlich entdeckte, war sie kurz davor, in Tränen auszubrechen. Dort stand ein Mann in einem schwarzen Oberhemd und Jeans, der eine Sonnenbrille trug. Das musste Rob sein. Sie taumelte, als sie auf ihn zulief, verdrehte sich den Fußknöchel und fiel ihm praktisch in die Arme.

»Marjorie?«, fragte Rob. »Ist alles in Ordnung? Was ist passiert?«

Sie lehnte sich einen Augenblick lang an ihn, erleichtert, endlich bei ihm zu sein. Ihr Knöchel schmerzte. »Ich ... ich ...«

»Setz dich doch erst einmal«, sagte er, führte sie vorsichtig zu den Stufen des Pavillons und half ihr, sich darauf niederzulassen. »Ist alles okay? Du siehst sehr aufgewühlt aus. Und du solltest in diesen Schuhen wirklich nicht rennen.« Der Anflug eines Lächelns umspielte seine Lippen. »Wenn du mir gesagt hättest, dass du joggen willst, hätte ich dir andere Schuhe geschickt.«

Sie konnte noch nicht einmal über seinen Witz lachen, sondern verspürte vielmehr den verrückten Drang, in Tränen auszubrechen. Marjorie krallte die Hände in das Oberteil ihres Kleides, schüttelte den Kopf und bekam keinen Ton heraus.

»Marjorie?« Jetzt klang Rob besorgt. Er setzte sich neben sie, nahm ihre Hand und drückte sie. »Du musst mir sagen, was dich bedrückt, Süße. Das gefällt mir gar nicht.«

Der Kosename, der ihm über die Lippen kam, erinnerte sie nur wieder an den schrecklichen Mann mit dem Mikrofon, und sie erschauderte. »Da war ein Mann. Mit einem Mikrofon. Und er ... er wollte, dass ich mein Oberteil ausziehe. Er wollte mir Geld dafür geben! Und das vor Kameras. Als ich Nein gesagt habe, haben sie ... mich ausgelacht.«

Rob schwieg.

Als er nichts erwiderte, fühlte sie sich noch schlechter. »Tut mir leid«, murmelte sie. »Vielleicht reagiere ich auch übertrieben. Aber ich fühle mich ... belästigt. Das ist alles. Es war, als würden sie glauben, sie müssten mich nur genug unter Druck setzen, damit ich mein Oberteil ausziehe. Es war schrecklich.«

Er drückte ihre Hand. »Du musst dich nicht entschuldigen«, versicherte er ihr mit fester, zorniger Stimme. »Ich bin nicht wütend auf dich, sondern sauer wegen der ganzen Situation. Ich kann es nicht fassen, dass diese Schweine dich angesprochen haben.«

Sie schüttelte den Kopf und hielt seine Hand noch fester. »Ich werde mich schon wieder beruhigen. Es ist nur ...«

»Nein«, sagte er und stand auf. »Du wartest hier. Ich werde mal ein Wörtchen mit denen reden.«

»Nein, Rob ...«

»Ich kümmere mich darum, Marjorie.« Er drückte ihr einen Kuss auf den Scheitel und ging den Weg entlang, wobei man ihm seine Wut förmlich ansehen konnte.

Marjorie blinzelte überrascht, als er verschwand, und ihr Entsetzen wich einer seltsamen Freude. Fühlte es sich so an, von einem Mann verteidigt zu werden? Beschützte er sie jetzt? Himmel, das war ein himmlisches Gefühl. Daran könnte sie sich gewöhnen. Sie rieb sich die Arme, umklammerte ihre Knie und wartete auf Robs Rückkehr.

Etwa fünf Minuten später war er wieder da und kam mit einem genervten Gesichtsausdruck auf sie zu. Er setzte sich die Sonnenbrille wieder auf. »Ich habe mich darum gekümmert. Diese verdammten Wichser werden dich nie wieder belästigen.«

»Hast du es der Hotelverwaltung gemeldet?«

»Nein, ich habe mich mit ihnen unterhalten. Sie haben mir zugehört und werden dich nicht mehr belästigen.« Er mahlte mit dem Kiefer. »Diese Arschlöcher.«

»Das muss der Kerl sein, über den sich Logan so aufgeregt hat«, meinte Marjorie. »Brontë hat mir beim Mittagessen erzählt, dass so ein komischer Kauz, der ständig in den Klatschspalten auftaucht, versucht, Logans Aufmerksamkeit zu erregen, indem er droht, die Hochzeit zu ruinieren. Wir sollten ihm davon erzählen.«

»Der Kerl da eben soll in den Klatschspalten sein?« Er deutete in Richtung der Büsche. »Das ist doch nur ein Handlanger. Ich habe die Sache geregelt, wie ich bereits sagte.«

»Das mag sein, aber Logan wird wissen wollen, dass ich ihm begegnet bin. Stell dir nur mal vor, er überfällt noch andere Frauen so wie mich, vielleicht sogar jede, der er begegnet. Logan wird sich sehr darüber aufregen ...«

»Ich habe mich darum gekümmert, Marjorie«, fiel ihr Rob entschieden ins Wort. Er streckte die Hände nach ihr aus. »Und jetzt komm. Ich möchte keine Sekunde länger an den Kerl denken, solange ich mit dir zusammen bin. Jetzt zählen nur du und ich.«

Sie nahm seine Hände und ließ sich von ihm aufhelfen, zuckte jedoch zusammen, sobald sie stand.

»Was ist?«

Sie schüttelte den Kopf. »Es sind nur meine Knöchel, sie tun ein bisschen weh. Das habe ich jetzt davon, dass ich in diesen Schuhen gerannt bin.« Sie verzog betreten das Gesicht. »Sie sind im Übrigen wunderschön und waren viel zu teuer.«

»Ach was«, erwiderte er. »Und jetzt setz dich wieder, damit ich mir deine Knöchel ansehen kann.«

»Es ist nicht so schlimm«, versicherte sie ihm, aber als er sie ernst anschaute, setzte sie sich prompt wieder auf die Stufen und glättete ihr Kleid über den Knien.

»Gib mir deinen rechten Fuß«, verlangte er und deutete mit einer Hand darauf.

Widerstrebend hob sie ihr langes Bein und streckte ihm ihren Fuß hin. Er nahm ihn in die Hand und hielt ihr Bein dabei so hoch, dass sie den Rock schnell um das Bein herum festhalten musste, um nicht mehr von sich preiszugeben, als sie wollte. Rob zog ihr den Schuh aus, stellte ihn auf den Boden und rieb ihren Fuß mit den Händen, wobei er den Knochen und die Muskeln überprüfte.

»Wie fühlt sich das an?«, wollte er wissen.

»Es kitzelt«, gab sie zu und wand sich ein wenig, als er mit dem Daumen auf die Fußsohle drückte. »Aber da tut es auch nicht weh, sondern am Knöchel.«

»Dazu komme ich gleich noch«, versicherte er ihr, und

seine Stimme klang wieder wie sonst. »Du kannst einem Mann doch nicht verdenken, dass er die Füße einer schönen Frau anfassen möchte.«

Sie wurde knallrot und ganz verlegen.

Er massierte und betastete ihren Fuß weiter und ließ die Finger langsam zum Knöchel wandern. Als er sie dort berührte, war Marjorie schon ganz erhitzt ... und nervös. Das war ihr sehr peinlich, vor allem, da ihre Brustwarzen ebenfalls reagierten.

»Fühlst du dich jetzt besser?«, erkundigte er sich.

»Ja, danke«, antwortete sie leise.

Als sie jedoch die Hand nach ihrem Schuh ausstreckte, deutete er auf den anderen Fuß. »Jetzt den linken.« Und so blieb sie weiter dort sitzen und ertrug noch mehr dieser ebenso peinlichen wie erregenden Berührungen, während Rob ihren linken Fuß und Knöchel massierte. Sie war erleichtert – und zugegebenermaßen auch ein wenig enttäuscht –, als er ihren Fuß endlich losließ, die funkelnden Schuhe aufhob und ihr reichte.

»Danke.«

»Hör schon auf, dich ständig zu bedanken. Mir gefällt die Vorstellung gar nicht, dass du hierhergerannt bist, weil du Angst hattest.« Wieder wirkte er sehr wütend.

»Lass uns den Vorfall doch einfach vergessen«, schlug Marjorie vor, stand auf und testete ihre Knöchel. Alles fühlte sich wieder gut an, mit Ausnahme der Tatsache, dass sie sich nach der Fußmassage weich und sehr zufrieden fühlte. Als sie sich zu voller Größe aufrichtete, war sie mit den hochhackigen Schuhen gute fünfzehn Zentimeter größer als Rob und kam sich dabei sofort komisch vor. »Möchtest du wirklich, dass ich die Schuhe anbehalte?«

»Du siehst einfach wunderschön aus«, erklärte Rob. »Und

ich finde, die Schuhe stehen dir ausgezeichnet. Vielleicht kaufe ich dir für jedes unserer Dates ein neues Paar Stilettos.«

»Die werde ich nicht annehmen«, drohte sie ihm. »Und du kannst mich nicht dazu zwingen.«

»Wetten doch.« Er hob neckisch die Augenbrauen. »Ich wette, ich kann die heißesten, höchsten, wundervollsten Schuhe finden, die es gibt, und sie würden dir so gut gefallen, dass du sie trotz der Umstände unbedingt behalten möchtest.«

»Nein, bestimmt nicht!« Ihr Protest klang selbst in ihren Ohren wenig überzeugend. Hohe, heiße Schuhe? Himmel, sie war so schwach.

»Was ist deine Lieblingsfarbe? Ich könnte mir vorstellen, dass du trotz dieses grottenlangweiligen Kleides helle Farben magst. Ein knallrotes Paar Fick-mich-Stilettos würde an deinen Füßen einfach umwerfend aussehen, meinst du nicht auch?« Er schob ihre rechte Hand in seine Armbeuge, und sie schlenderten durch den Garten.

»Nein, die würden mir gar nicht gefallen«, log sie. Dabei sehnte sie sich sehr nach solchen Schuhen. »Die würde ich niemals anziehen.«

»Du bist eine schlechte Lügnerin«, teilte er ihr amüsiert mit. »Und das ist hinreißend.«

Sie strich sich eine Haarsträhne hinter ein Ohr und fühlte sich ein wenig bedrängt. »Jetzt mal im Ernst, Rob. Ich könnte mir nicht schon wieder Schuhe von dir schenken lassen. Selbst dieses Paar ist eigentlich schon zu viel. Vermutlich haben sie locker sechshundert Dollar gekostet...«

»Ich glaube, mein Assistent sagte etwas von drei Riesen.«

Marjorie bekam weiche Knie. »Drei... Riesen?« Dafür musste sie einen ganzen Monat arbeiten. »Rob... Ich kann das nicht annehmen... Bitte, gib sie zurück.« Sie blieb stehen und zog die Schuhe aus.

»Nein«, beharrte er, nahm den linken Schuh und schob ihren Fuß wieder hinein. Einen Augenblick lang glaubte sie schon fast, sie würden miteinander ringen, ob er ihr den Schuh nun wieder anziehen durfte oder nicht, und dann fand sie die Vorstellung derart albern, dass sie kichern musste.
»Der Schuh bleibt an deinem Fuß, und er gehört dir«, erklärte er. »Die Schuhe sind ein Geschenk.«

»Ein sehr teures Geschenk«, protestierte sie.

»Nicht für mich.«

Oh. Oh nein. Sie krallte die Finger in seinen Ärmel. »Ähm ... Ich habe dich noch gar nicht gefragt, womit du deinen Lebensunterhalt verdienst.«

»Ich bin Geschäftsmann. Warum?« Er musterte sie misstrauisch.

»Bist du geschäftlich hier?«

»Nein, ich will mich hier einfach nur entspannen.«

»Zusammen mit deinen Assistenten?«

»Die können auch ein wenig Urlaub gebrauchen.«

Sie zupfte an ihrem Kleid herum und fühlte sich sichtlich unwohl. »Rob, ich möchte nicht, dass du denkst, ich würde nur wegen deinem Geld mit dir ausgehen...« Sie verstummte, als er den Kopf in den Nacken warf und lachte. Sie spürte Ärger in sich aufsteigen. »Was ist daran so witzig?«

»Du bist witzig«, erwiderte er und musterte sie mit derart breitem Grinsen, dass sie weiche Knie bekam. »Süße, ich weiß, dass du nicht aus diesem Grund mit mir ausgehst.«

»Ich bin nicht deine Süße«, rief sie ihm ins Gedächtnis.

»Noch nicht«, stimmte er ihr fröhlich zu. »Aber der Abend ist ja noch lang.«

\* \* \*

Marjorie konnte den Rest des Abends nur als magisch bezeichnen. Sie verließen erneut die Insel, was sie überraschte, aber Rob erklärte ihr, dass ihm der Sinn nach Privatsphäre stand. Daher ließen sie sich von einem gecharterten Boot auf eine Nachbarinsel bringen, wo sie Eis essen gingen. Mit ihren beiden Eiskugeln in der Waffel setzten sie sich an einen kleinen Tisch im hinteren Teil des Eiscafés, unterhielten sich und ließen einander kosten. Dann redeten sie stundenlang miteinander, was Marjorie überraschte. Sie hatte geglaubt, sie würden schnell feststellen, dass sie nicht das Geringste gemeinsam hatten ... doch es gab zwar sehr viele Unterschiede, aber auch jede Menge Gemeinsamkeiten. Rob war wie sie Einzelkind. Er war ohne Eltern aufgewachsen, genau wie sie. Während sie jedoch von ihren liebevollen Großeltern großgezogen worden war, hatte er seine Kindheit in einem staatlichen Heim verbracht. Sie hatten beide ein Faible für Süßigkeiten, mochten Johnny Cash und lieber Hunde als Katzen.

Auch abgesehen von ihren gemeinsamen Interessen fand Marjorie Rob sehr faszinierend. Sie hörte ihm gern zu und lauschte gespannt den Geschichten aus seiner Kindheit, wie er über berühmte Personen sprach, denen er begegnet war, und wie er sich bei der Army mal mit einem Drill-Sergeant angelegt hatte, der die Männer ständig anschrie, sodass sie ihm während der gesamten Grundausbildung ständig Streiche spielten. Und sie stellte fest, dass sie offen mit ihm über ihre Vergangenheit, ihre Freunde und ihre Träume sprach. Sie erzählte ihm sogar von dem Job, den ihr Brontë angeboten hatte, auch wenn sie das selbst noch immer kaum glauben konnte, und sie feierten es, indem sie sich ein Root Beer mit Vanilleeis teilten. Als sie nach dem Strohhalm griff, bekam sie Sahne an den Finger, und Rob nahm ihre Hand und leckte sie ab, wobei Marjorie ganz nervös und aufgeregt wurde.

Als sich das Date seinem Ende näherte und sie unmöglich noch mehr Eis essen konnten, nahm Marjorie Robs Hand. »Warum gehen wir nicht an den Strand und sehen uns das nächtliche Meer an?«

Rob, der dreiste, selbstsichere Rob, erschauderte sichtlich. »Wenn du nichts dagegen hast, dann wäre es mir lieber, wenn ich das Meer nie mehr sehen müsste.«

»Was? Warum denn?«

»Du weißt, warum«, erwiderte er grinsend. »Eine Klassefrau musste mich aus den Fluten retten, und es wäre mir lieber, wenn ich das kein zweites Mal erleben muss.«

»Das wird schon nicht passieren.«

»Ich möchte lieber kein Risiko eingehen.«

»Warum bleibst du dann noch auf der Insel?«, fragte sie kopfschüttelnd.

»Es gibt hier etwas, das es wert ist, deswegen zu bleiben«, erklärte Rob, legte eine Hand auf ihre und streichelte ihr mit dem Daumen den Handrücken.

Marjorie wurde vor Verlegenheit rot.

Sie fuhren Händchen haltend zurück auf ihre Insel, und Rob brachte Marjorie zu ihrem Zimmer, da es schon spät war. Dort standen sie vor der Tür und unterhielten sich leise weiter, und als Marjorie Rob widerstrebend gestand, dass sie am nächsten Morgen früh aufstehen musste, kamen sie zum Gutenachtkuss. Rob legte ihr die Hände in den Nacken und zog sie an sich, und sie küssten sich lang und innig. Als sie sich schließlich voneinander lösten, drückte sie die Brüste an seine Brust, hatte die Arme um seinen Hals gelegt und war ganz erhitzt und außer Atem.

»Gute Nacht, Süße«, sagte er mit heiserer Stimme.

»Ich bin nicht deine Süße«, korrigierte sie ihn automatisch.

»Noch nicht«, stimmte er ihr zu. Sie küssten sich noch einmal, und dann verließ er sie, und sie ging auf ihr Zimmer, ließ sich aufs Bett fallen und berührte ihre Lippen mit den Fingerspitzen.

Sie hatten sich nur geküsst. Rob war der perfekte Gentleman gewesen.

Warum war das gleichzeitig so unglaublich aufregend und enttäuschend? Warum wollte sie so viel mehr? War sie nicht entschlossen gewesen zu warten, bis sie verliebt war? Wollte sie wirklich nur aus Lust mit einem Mann schlafen? Sie hatte so lange gewartet, da machten ein paar weitere Verabredungen doch auch nichts mehr aus, oder?

Aber ... irgendwie wollte sie wissen, ob Rob auch daran interessiert war, mit ihr weiterzugehen. Marjorie drückte sich das Kopfkissen an die Brust und dachte an ihr nächstes Date.

Sie wollte mehr als nur einen Kuss. Aber wie sollte sie das bekommen?

# 15

Nachdem er Marjorie zu ihrem Zimmer gebracht hatte, rückte Rob seinen schmerzenden Penis zurecht und stieg in den Fahrstuhl, um zu seinem neuen Zimmer zu fahren, das er unter dem Namen Ron Glasscock gemietet hatte. Seine Zeit mit Marjorie war eine angenehme Idylle gewesen, nur unterbrochen von seinem Verlangen, wenn sie lachte, sich die Lippen leckte oder ihn berührte. Er begehrte sie mit einer Intensität, die ihn fast schon in den Wahnsinn trieb.

Aber er hatte vorsichtig agiert, schließlich war sie noch Jungfrau. Er wollte sie nicht verschrecken. Daher ging er die Sache ganz langsam an, selbst wenn ihn das fast umbrachte.

Als er in seinem Zimmer ankam, schmerzte sein Penis sogar noch mehr. Es war Zeit für seine allabendliche Masturbationssitzung, bei der er immer an Marjorie dachte. Aber zuerst musste er noch telefonieren.

Seine Assistentin nahm den Hörer ab. »Ja, Sir?«

»Die *Titten*-Crew filmt jetzt hier, richtig?«

»Ich denke schon, Sir.«

»Einer von ihnen hat Marjorie angesprochen. *Meine* Marjorie.«

»Dann gehe ich davon aus, dass sie sich nicht geschmeichelt gefühlt hat?«

»Nein. Ganz und gar nicht. Sie war völlig verstört. Sagen Sie diesen Arschlöchern, wenn sie ihr noch einmal zu nahe kommen, ramme ich ihnen ihre gottverdammten Kameras in den Arsch, haben Sie verstanden?«

»Verstanden, Sir.« Smiths Stimme blieb gelassen. »Wie soll ich ihnen die Person beschreiben, die sie ignorieren müssen?«

»Sie ist gottverdammte eins fünfundachtzig groß. Sagen Sie ihnen, sie sollen einfach allen Frauen aus dem Weg gehen, die größer sind als sie. Heilige Scheiße noch mal!« Er beendete den Anruf, und da er das Gefühl hatte, dass er noch mehr Dampf ablassen musste, ging er zum Zimmertelefon und knallte den Hörer wieder und wieder auf die Gabel.

Seine eigene Kameracrew. Seine eigene gottverdammte Kameracrew sorgte dafür, dass die Frau, die er mochte, sich belästigt fühlte. So eine Scheiße!

Wie sollte er ihr jetzt jemals sagen, womit er seinen Lebensunterhalt verdiente?

Rob stöhnte und rieb sich das Gesicht. Seine Erektion hatte sich inzwischen verflüchtigt.

✳ ✳ ✳

»Wie bringe ich einen Mann dazu, mich zu bemerken?«, fragte Marjorie beim Brautjungfernfrühstück vier Tage später und stocherte mit der Gabel in ihrem Rührei herum. An dem langen Tisch im privaten Speisesaal saßen Brontës Brautjungfern ... abgesehen von Angie, die hier im Resort einen neuen Freund gefunden hatte, mit dem sie die Zeit jetzt lieber verbrachte als mit den anderen Brautjungfern. Auf ihrem Platz saß nun Violet DeWitt, die mit einem der Trauzeugen zusammen war und mehr und mehr zu einer engen Freundin von Brontë wurde.

Alle Frauen drehten sich um und starrten Marjorie an, und auf einmal war es still am Tisch. Innerlich verfluchte sie sich dafür, überhaupt den Mund aufgemacht zu haben, aber dann stellte sie die Frage noch einmal. »Ich möchte, dass mich ein Mann bemerkt, aber ich weiß nicht, wie ich es anstellen soll.«

»Titten«, sagte Gretchen, die den Mund voller Obst hatte. »Kerle mögen Titten.«

Audrey verdrehte die Augen und brach ein Stück von ihrer trockenen Toastscheibe ab. »Du musst meiner Schwester verzeihen, Marj. Sie glaubt nicht an solche Dinge wie Höflichkeit und durch die Blume sprechen.«

»Oh doch, das tue ich«, erwiderte Gretchen. »Aber noch mehr glaube ich an Ehrlichkeit.« Sie deutete mit ihrer Gabel auf Marjorie. »Titten sind das Mittel der Wahl. In der Sache kannst du mir vertrauen.«

»Oder Beine«, warf Violet von der anderen Tischseite ein. »Einige Männer stehen auf Beine, und ich könnte mir vorstellen, dass deiner dazugehört, Marjorie.«

»Das ist nicht gerade hilfreich«, meinte Audrey, die allerdings lächelte.

»Ein guter Blowjob«, schlug Maylee vor.

Sofort drehten sich alle um und starrten die engelsgleiche Blondine an.

»Was ist denn?«, fragte sie mit frechem Grinsen. »Wollt ihr mir etwa erzählen, dass ihr im Norden so etwas nicht macht?«

»Ich sehe den steifen Griffin plötzlich in einem ganz anderen Licht«, murmelte Gretchen.

»Lass es lieber, denn er gehört mir«, erklärte Maylee grinsend. »Und du kannst ihn nicht haben.«

»Ich will ihn auch gar nicht. Schließlich bin ich sehr zufrieden mit Hunter und gebe ihn für nichts auf der Welt wieder her.« Gretchens Miene wirkte auf einmal verträumt. Dann sah sie Marjorie an. »Dein Kerl, ist er Jungfrau? Denn ich kann dir aus Erfahrung versichern, dass es die Hölle ist, die ins Bett zu kriegen.«

»Ist er nicht«, antwortete Marjorie und bekam rote Wangen. »Ich möchte einfach nur, dass er ... ihr wisst schon ... weitergeht. Was nicht unbedingt heißt, dass wir im Bett landen müssen.« Seit dem Eisessen vor vier Tagen hatten sie nahezu jede wache Minute zusammen verbracht. Sie hatten Brettspiele gespielt, waren beim Bingo gewesen, hatten zusammen gegessen und einfach die Gesellschaft des anderen genossen. Es war schön. Wirklich schön.

Aber weiter als bis zu einem Gutenachtkuss ging er nie.

So langsam war sie die Sache leid. Außerdem wurden ihre Zweifel immer größer. War Rob doch nicht so sehr an ihr interessiert? Die Hochzeit fand in drei Tagen statt, und es wurde langsam kritisch. Sie hatte immer mehr um die Ohren und würde zwei Tage nach der Hochzeit wieder nach Hause fliegen. So viel Zeit, die sie mit Rob verbringen konnte, blieb da nicht mehr.

Aber sie wollte es gern. Sie wollte es wirklich. Doch sie hatte nicht die geringste Ahnung, was er für sie empfand. Er hielt ihre Hand und küsste sie ... und das war alles.

Wollte er mehr? Sie schon.

»Ich begreife nicht, warum wir nicht einfach den nächsten Schritt machen können«, sagte Gretchen. »Was soll daran falsch sein? Ich stehe auf Sex.«

»Ignoriere meine Schwester einfach«, meinte Audrey beschwichtigend. »Du musst nicht mit einem Mann schlafen, um die Beziehung voranzubringen.«

»Das sagt die Richtige, Miss ›Ups, ich bin schwanger, weil wir das Kondom vergessen haben‹«, konterte Gretchen.

Audrey wurde puterrot. »Ein Mal. Ein einziges Mal!«

»Das ist doch verrückt«, stellte Violet fest. »Aber hast du diesem Mann denn schon gesagt, dass du ihn magst und den nächsten Schritt machen willst? Denn ich habe festgestellt, dass es Wunder wirken kann, wenn man einen Kerl am Schlafittchen packt und ihm sagt, was man empfindet.«

»›Ohne Mut wird man in dieser Welt nichts erreichen‹«, warf Brontë ein. »Aristoteles.«

»Ich wusste, dass da noch was kommen musste«, murmelte Gretchen.

»Tut es doch immer«, stimmte ihr Audrey zu.

Das war ja ebenso schlimm, als hätte sie Edna und Agnes um Rat gefragt. »Danke«, sagte Marjorie höflich. »Jetzt habe ich einiges, worüber ich nachdenken kann.«

Maylee strahlte sie vom anderen Tischende aus an. »Im Zweifelsfall Blowjobs.«

Alle kicherten und glucksten, und Marjorie hatte das Gefühl, als wäre sie die Einzige, die den Witz nicht verstand. Sie würde sich Rob ganz bestimmt nicht schnappen und ihm einen blasen ...

Oder doch? Das schien ihr doch irgendwie zu weit zu gehen. Viel zu weit. Sie wollte doch erst einmal sehen, wie der nächste Schritt aussah.

Und vielleicht auch der übernächste.

Oh ja, den konnte sie kaum noch erwarten.

## 16

Die Sache mit Marjorie lief verdammt gut, dachte Rob, als er sie über den Tisch hinweg ansah. Sie wirkte sehr angeregt, als sie ihm eine weitere Geschichte von der letzten Anprobe erzählte und berichtete, dass ihr Kleid fast dreißig Zentimeter zu kurz gewesen war. Die Braut war in Panik geraten und in Tränen ausgebrochen, eine andere Brautjungfer hatte die Schneiderin angeschrien. Eine andere hatte dermaßen zugenommen, dass die Nähte ihres Kleides geplatzt waren. Marjories Gesicht spiegelte eine Mischung aus Belustigung und Mitgefühl für die gestresste Braut wider, aber er musste zugeben, dass er weniger auf ihre Geschichte achtete, sondern eher ihre Bewegungen beobachtete. Die Art, wie sie sich ihr Haar über die Schultern strich, wenn sie lebhaft erzählte. Wie ihre Augen leuchteten, wenn sie über ihre Freunde sprach. Ihren anmutig geschwungenen Hals. Verdammt, er war sogar fasziniert davon, wie ihre Kehle arbeitete, wenn sie etwas trank.

Noch nie zuvor hatte es ihn bei einer Frau dermaßen erwischt. Noch nie!

Daher war die Tatsache, dass er kein Problem mit ihrer Jungfräulichkeit hatte, fast schon eine gottverdammte Ironie. Er hatte es von Anfang an gewusst und geglaubt, er müsse sie nur bei genug Wein und einem guten Essen umgarnen, um sie ins Bett zu bekommen, um sie danach vergessen zu können. Aber je mehr Zeit er mit Marjorie verbrachte ... desto gleichgültiger wurde ihm das. Es war ihm viel wichtiger, dass sie sich in seiner Nähe wohlfühlte und lachte, und ihr herzliches Lächeln bedeutete ihm so viel mehr als sein Bedürfnis, mit ihr zu schlafen, nur um seinen Spaß zu haben.

Nicht dass er keinen Spaß haben wollte. Das wollte er durchaus. Es war nur so, dass ... Marjorie war ihm einfach wichtiger. Da konnte er auch einen Monat warten – oder zwei oder drei. Wie lange es auch immer dauerte, bis sie bereit war.

Marjorie gehörte ihm. Er wusste, dass sie nicht mehr sehr lange auf der Insel bleiben würde, und er arbeitete bereits an einem Plan, wie er sie später wiedersehen konnte.

Er musste nur noch einen Weg finden, ihr zu erklären, wer er war und womit er seinen Lebensunterhalt verdiente.

Rob wunderte sich noch immer darüber, dass sie sich jetzt schon seit einer Woche kannten und sie ihn nicht einmal gegoogelt hatte, um mehr über ihn herauszufinden. Sie ... vertraute ihm. Das machte ihn gleichzeitig demütig und panisch.

Außerdem war er aus diesem Grund umso entschlossener, die Beziehung nicht zu vermasseln, indem er sich wie immer verhielt.

»Rob? Hörst du mir überhaupt zu?« Ihr strahlendes Lächeln verblasste ein wenig.

»Ja«, log er, nahm ihre Hand und küsste ihre Fingerknöchel. »Ich war nur ein bisschen abgelenkt, weil ich dich beobachtet habe.«

Ihre Wangen röteten sich. »Du hast mich beobachtet?«

»Das ist mein neues Lieblingshobby. Ich stehe so unglaublich darauf, dich anzusehen.«

Sie verdrehte die Augen, lächelte jedoch.

»Und ... wann genau ist die Hochzeit denn nun?«, fragte er. »Es kann doch nicht mehr lange dauern, oder?« Schließlich hatte seine Crew in dieser Woche bereits genug Material für zwei ganze Folgen von *Titten oder Abflug* aufgenommen, und Logan Hawkings wusste bisher nicht einmal, dass sie hier waren. So langsam gingen Rob die Gelegenheiten aus.

Irgendwie war es seltsam, dass er sich jetzt schuldig fühlte, wenn er daran dachte, warum er ursprünglich nach Seaturtle Cay gekommen war. Marjorie würde ihn hassen, wenn sie die Wahrheit erfuhr. Er hätte ihr nicht verschweigen dürfen, wer er war, aber er hatte sich in die Ecke gedrängt gefühlt und geglaubt, keine andere Wahl zu haben. Wie sehr sie ihn verabscheuen würde, sobald sie Wind davon bekam ... Daher hielt er den Mund und tat so, als wäre er ein stinknormaler Geschäftsmann, der sich hier ein wenig entspannen wollte.

Und Marjorie war so vertrauensselig, dass sie ihm jedes Wort glaubte.

»Die Hochzeit?« Ihre Miene wurde etwas ernster. »Die ist in drei Tagen.«

Er rieb ihr mit dem Daumen über den Handrücken und genoss es, sie auf diese Weise berühren zu können. »Du scheinst dich nicht darauf zu freuen.«

»Das ist es nicht. Tatsächlich bin ich sogar bereit, nach New York zu ziehen und mein neues Leben anzufangen. Ich freue mich auch sehr für Brontë und Logan.« Sie lächelte wieder, allerdings nicht mehr so strahlend. »Aber ... na ja. Ich möchte eigentlich nicht, dass meine Zeit hier schon zu Ende geht.«

»Mir geht es genauso.« Großer Gott. Ihr neuer Job in New York machte ihm irgendwie einen Strich durch die Rechnung. Es war schon schlimm genug, dass er in Kalifornien lebte und nur aus geschäftlichen Gründen nach New York reiste. Aber wie sollte er eine Beziehung mit Marjorie führen, wenn sie ständig in Brontës Nähe war und als ihre Assistentin arbeitete? Da würde man ihr doch nur ständig damit in den Ohren liegen, was für ein schrecklicher Mensch er war.

Er überlegte kurz, ob er den Job, den ihr Brontë angeboten hatte, sabotieren sollte ... aber dann verwarf er diesen Gedanken wieder. Selbst er war kein derart ausgemachtes Arschloch. Es wäre egoistisch, Marjories Leben zu ruinieren, nur weil er sie noch etwas länger für sich haben wollte.

Auf einmal sah sie ihn schelmisch an und stand auf. »Komm mit.«

»Wo gehen wir denn hin?«

»Das wirst du schon sehen«, antwortete sie und zog ihn mit sich.

Er warf ein paar Geldscheine auf den Tisch, um die Rechnung zu begleichen, und ließ sich von ihr aus dem romantischen Restaurant zerren. Er war gespannt darauf, was sie mit ihm vorhatte.

Doch einige Minuten später protestierte er, als Marjorie ihre hochhackigen Schuhe auszog und über den Strand auf das Wasser zustrebte. »Ach, komm schon. Du weißt, wie sehr ich das Wasser hasse.«

Sie sah ihn nur über die Schulter hinweg schelmisch an und lief weiter über den Strand, wobei sie verlockend die Hüften wiegte.

Sodass er ihr dennoch folgte. »Wollen wir einen Strandspaziergang machen? Damit kann ich leben, aber ich gehe ganz bestimmt nicht ins Wasser.«

Marjorie lachte nur, und als sie am Ufer ankam, zog sie ihr Kleid aus. Zuerst war er erschrocken, bis ihm auffiel, dass sie darunter einen Bikini anhatte.

Und ... verdammt! Wann hatte sich seine schüchterne Marjorie einen Bikini gekauft? Er starrte die schmale Schnur auf ihrem Rücken und das knapp gestreifte Höschen, das ihren herrlichen Hintern kaum bedeckte, lüstern an.

»Möchtest du mit mir schwimmen gehen?«, fragte sie und ging langsam ins Wasser. Ihre langen Beine sahen im Mondlicht einfach wunderschön aus.

Er war froh, dass der Strand ansonsten leer war, da seine Hose im Schritt plötzlich unangenehm eng wurde. »Ziehst du dich wieder an, wenn ich Nein sage?«

Sie sah ihn lächelnd an und strich mit den Fingern über die Wasseroberfläche. »Du möchtest doch zu mir hier reinkommen. Ich weiß, dass du das willst.«

»Dieser Teil von mir schon«, gestand er und deutete auf seinen Penis. »Aber dieser Teil ist sich nicht so sicher.« Bei diesen Worten zeigte er auf seinen Kopf.

Ihr Lachen übertönte das Tosen der Wellen. »Das Wasser ist noch warm. Du wirst es lieben, versprochen.«

»Das letzte Mal, als ich in mehr als knöcheltiefem Wasser war, wäre ich beinahe als Fischfutter geendet«, rief Rob, zog aber dennoch die Schuhe und die Socken aus. Wie ein Volltrottel.

»Ich werde dich festhalten«, bot sie ihm an und ging noch weiter ins Wasser, sodass es ihr bis zu den Brüsten reichte. »Komm her zu mir«, rief sie dann.

Rob seufzte. Er stemmte die Hände in die Hüften und sah sich am Strand um. Es war fast Mitternacht, und die Flut kam heran. Der Mond schien auf das dunkle Wasser des Ozeans herab, und die Wellen rollten rhythmisch ans Ufer. Der tagsüber so belebte Strand war um diese Uhrzeit menschenleer. Hier gab es nur ihn und Marjorie.

Er zögerte noch einen Augenblick länger. »Ich habe keine Badehose an.«

»Trägst du Boxershorts oder Slips?«, rief sie und spritzte Wasser in seine Richtung.

»Würde es dich stören, wenn ich sage, weder noch? Ich trage normalerweise nichts drunter. Habe ich noch nie gern getan.«

Ihr schockiertes Kichern hallte durch die Nachtluft und ließ seinen Penis sogar noch steifer werden. »Wirklich?«

»Wirklich. Möchtest du immer noch schwimmen?«

»Oh ja«, erwiderte sie. »Ich verspreche auch, dass ich nicht hinsehe.« Bei diesen Worten wandte sie ihm den Rücken zu.

Ach verdammt, dabei wollte er doch, dass sie hinsah! *Sie ist noch Jungfrau*, rief er sich ins Gedächtnis. Seufzend sah er sich um und ließ die Hose in den Sand fallen. Das war ein saublöder Fehler, davon war er überzeugt. Aber die fröhliche Marjorie im Bikini zog ihn an wie das Licht die Motten.

Das Wasser war eiskalt, und er schrie auf, als es seine nackten Hoden berührte. »Himmel, du bist ja eine schamlose Lügnerin«, brüllte er. »Das Wasser ist schweinekalt!«

Sie kicherte nur und bewegte die Hände im Wasser, während sie weiterhin aufs Meer hinausblickte und wie versprochen nicht hinsah, während er näher kam. Doch er wünschte sich so sehr, dass sie hinsehen würde. Er wollte, dass sie ihn staunend anschaute und sein Glied so musterte, wie sie es an jenem Morgen im Hotel getan hatte.

Aber da sein Penis in der Kälte vermutlich winzig klein geworden war, war es vielleicht doch besser, dass sie den Blick abwandte – vorerst zumindest.

»Du bist eine schreckliche, elende kleine Nervensäge«, knurrte er leise und watete weiter auf sie zu. Das Wasser reichte ihm jetzt schon bis zur Hüfte, und die Strömung schien an seinen Beinen zu zerren, sodass erneut Panik in ihm aufstieg. »Komm wieder her«, verlangte er. »Geh bloß nicht so weit raus.«

»Das ist doch nicht weit«, erwiderte sie gelassen und tänzelte noch weiter von ihm weg. »Das Wasser reicht mir bloß bis zur Brust.«

»Mag sein, aber ich bin kleiner als du«, erwiderte er. »Wenn ich so weit rausgehe, könnte ich ertrinken.«

Sie drehte sich um und bespritzte ihn mit Wasser.

Er hob die Hände und wehrte das Wasser lachend ab. »Immerhin eine Reaktion.«

»Du bist ein grausamer Mann«, sagte sie in einem Ton, der andeutete, dass genau das Gegenteil der Fall war. Verdammt, allein ihre kecke Stimme bewirkte bereits, dass sein Penis trotz des eiskalten Wassers wieder steif wurde.

»Wenn hier einer grausam ist, dann wohl du, schließlich willst du anscheinend, dass ich hier ertrinke.« Er bewegte eine Hand über das Wasser. »Sind Haie nachtaktiv? Müssen wir uns deswegen Sorgen machen? Und was ist mit der Strömung, zieht sie uns nicht aufs Meer hinaus?«

»Uns wird nichts passieren«, beruhigte sie ihn. »Keine Sorge. Ich bin bei dir.«

»Ich hasse das Scheißwasser«, knurrte er. »Ich hasse es abgrundtief. Es ist unfassbar, dass du es geschafft hast, mich hier reinzukriegen.«

»Es ist doch gar nicht so schlimm, oder?« Sie kam ein Stück auf ihn zu und war jetzt nah genug, dass er ihre amüsiert funkelnden Augen sehen konnte und das Wasser, das ihr direkt unter den Brüsten in diesem knappen Bikini gegen die Brust schwappte. Sein Blick wäre beinahe weiter nach unten gewandert, aber er zwang sich, höflich zu sein und ihr in die Augen zu sehen.

Wenn das so weiterging, hätte er sich bald eine Medaille als Heiliger verdient.

Etwas stieß gegen seinen Fuß, und er sprang auf und prallte im Wasser gegen Marjorie. »Was zum Henker war das?«

Sie kicherte wieder. »Das war mein Fuß.«

»Himmel, mach das ja nicht noch mal.« Ihm schlug das Herz bis zum Hals.

»Du hast wirklich Angst, was?«

»Ich glaube, ich leide unter einer posttraumatischen Belastungsstörung, seitdem ich letzte Woche beinahe ertrunken bin. Das macht sich allerdings erst bemerkbar, wenn ich mehr als knöcheltief im Wasser stehe. Scheiße, ich mag nicht einmal mehr baden, sondern nur noch duschen.«

»Du armes Baby«, säuselte sie mit neckender Stimme und legte ihm die Arme um den Hals. »Ich bin doch da. Du kannst dich an mich anlehnen, wenn du möchtest.«

»Ach ja?« Er legte ihr die Hände direkt über dem Bikinihöschen an die Taille. Zwar hatte er nicht die geringste Ahnung, woher diese verspielte Seite von Marjorie plötzlich kam, aber sie gefiel ihm sehr. Er zog sie an sich und bewegte die Lippen auf ihre zu. »Wenn du etwas spürst, das dich in den Bauch sticht – das ist nicht das Monster von Loch Ness, sondern nur mein Schwanz.«

Sie schnaubte vor Lachen, doch dann drückte er den Mund auf ihren und küsste sie.

Während der letzten Woche hatte Rob etwas sehr Interessantes über Marjorie gelernt: Jeder Kuss schien besser als der letzte zu sein. Möglicherweise hatte sie zuvor nicht so viel Übung gehabt, aber wenn sich ihre Lippen jetzt trafen, dann war sie ebenso begierig wie er. Sie schob ihm die Zunge in den Mund, ohne dass er sie dazu auffordern musste, und bewegte sie sinnlich, während sie einander auf diese Weise liebkosten. Ihr Mund schmeckte süß, ihre Zunge neckte ihn, und er versank ganz in ihrem Geschmack. Marjorie zu küssen war eine wunderbare Folter. Es war wunderbar, weil er die Küsse mehr genoss, als er es je für möglich gehalten hatte –

und ebenso eine Folter, da er wusste, dass er nicht weitergehen durfte.

Doch seinen Penis interessierte das herzlich wenig. Der schien trotz allem optimistisch zu sein, und so bekam er eine pralle Erektion, die er im Wasser gegen Marjories weichen Bauch presste. Vorsichtshalber neigte er das Becken ein wenig nach hinten, um sie nicht zu sehr zu erschrecken.

Aber als sie sich jetzt küssten, nahm sie die Hände von seinem Hals und streichelte mit ihren langen Fingern die Haut an seinen Schultern. Rob erschauerte unter ihrer leichten, erkundenden Berührung. »Gottverdammt, es fühlt sich so gut an, wenn du mich berührst, Marjorie«, murmelte er an ihren Lippen.

»Ich fasse dich gern an«, gestand sie ihm schüchtern und gab ihm immer wieder schnelle Küsse. Sie umfing seinen Bizeps mit den Händen und drückte zu, als wollte sie den Muskel prüfen.

Er stöhnte und stellte sich unwillkürlich vor, wie sie dasselbe mit seinem Penis machte. Inzwischen war er fast verrückt vor Verlangen, und ihre sanften Berührungen machten alles noch schlimmer.

»Rob«, sagte sie leise und drückte die Lippen auf seine Unterlippe und dann auf seine Mundwinkel.

»Hmm?« Er musste sich stark konzentrieren, um sie nicht zu packen, ihre Hüften gegen seinen Penis zu pressen und einfach in sie einzudringen. Man sollte ihn wirklich heiligsprechen.

»Wie kommt es, dass wir nie mehr tun, als uns zu küssen?«

Ach verdammt! »Das liegt daran, dass du noch Jungfrau bist, Süße, und ich möchte dich auf gar keinen Fall unter Druck setzen oder überfordern.«

Sie strich ihm mit den Händen über die Seiten und quälte

ihn mit ihrer sanften Berührung. »Und was ist ... wenn ich die Sache in die Hand nehme?«

Er erstarrte und musste sich sehr zusammenreißen. »Was ... genau schwebt dir denn vor?«

»Ich möchte dich berühren«, murmelte sie an seinem Mund. »Und ich möchte, dass du mich berührst. Könnten wir einfach etwas mehr machen?«

»Süße, wir können alles tun, was du möchtest. Aber du musst mir genau sagen, was du unter ›etwas mehr‹ verstehst.« Es war schon viel zu lange her, dass er nicht aufs Ganze gegangen war. »Und wenn du damit auf anal anspielst, dann kann ich dir versichern, dass meine Antwort definitiv Ja lautet.«

Sie keuchte. »Nein, das habe ich damit nicht gemeint!«

»Verdammt. Was dann?« Er fuhr ihr mit den Händen ins Haar, löste ihren Pferdeschwanz und ließ ihr die Haare locker auf die Schultern fallen. Seine Marjorie war so weich und wunderschön.

»Ich meine damit ... du weißt schon. Petting. Alles oberhalb der Gürtellinie.«

Er konnte fast schon sehen, wie sie rot wurde. »Ach ja? Aber du streichelst mich da doch schon längst.« Ihre Hände wanderten noch immer über seine Seiten, während er seine still hielt.

»Rob«, murmelte sie flehentlich und vergrub das Gesicht an seinem Hals. »Du weißt genau, worum ich dich bitte.«

»Du bittest mich darum, dich zu streicheln?« Heilige Scheiße, war denn etwa schon Weihnachten?

Sie nickte, wobei sie mit der Nase über seine Haut rieb und das Gesicht weiter an seine Schulter drückte. Wenn sie sich noch wenige Zentimeter weiter bewegte, würde sein Penis in ihren Bauch drücken.

»Ich werde dich berühren«, versprach er ihr und ließ die

Hände über ihren Rücken gleiten. »Aber du musst mir sofort sagen, wenn dir etwas nicht gefällt oder zu weit geht, denn das möchte ich auf gar keinen Fall.«

»Okay.« Ihre Stimme war beinahe unhörbar.

»Du hast gesagt, dass du das schon einmal gemacht hast?«

»Ein Mal«, gab sie zu. Dann legte sie die Arme um ihn, und er spürte ihre Hände an seinem Rücken, wo sie seine Bewegungen nachmachte. »Ich habe dir doch mal von dieser Party erzählt, oder? Ich war betrunken, und er auch. Am nächsten Tag ist ihm erst richtig bewusst geworden, wie groß ich bin, und er hat sich bei all seinen Freunden beschwert, dass ihm die vielen Biere wohl das Gehirn vernebelt hätten.«

»Dieses kleine Arschloch.« Er ballte die Fäuste. »An deiner Größe ist nicht das Geringste auszusetzen. Dadurch sind deine Beine so wunderbar lang, und ich finde deine Beine einfach umwerfend.«

»Da bist du wohl der Einzige«, murmelte sie und kuschelte sich an ihn, bevor er sie warnen konnte. Auf einmal drückte sie ihren warmen Körper gegen seinen Penis und schnappte nach Luft. Aber sie rückte nicht von ihm ab. »Ist das ...?«

»Ja.« Er ließ die Finger über ihre Wirbelsäule gleiten. »Ich habe versucht, auf Abstand zu bleiben, aber das ist mir irgendwie nicht gelungen. Soll ich die Jeans lieber wieder anziehen?«

»Ich ... nein«, hauchte sie und drückte sich fester an ihn. »Es gefällt mir.«

Großer Gott! Sie drückte das Becken gegen ihn. Es war, als hätte sie seine schmutzigen Gedanken gelesen. »Himmel. Du bist perfekt, weißt du das?«

»Ich mag es, wenn du so was sagst«, erwiderte sie leise und drückte die Lippen auf seinen Hals.

Er konnte spüren, wie sein Penis als Reaktion darauf zuckte, und schaffte es nur mit Mühe, ruhig weiterzuatmen. Wenn Marjorie wirklich so unerfahren war, wie sie behauptete, dann musste er ganz langsam vorgehen, um ihr keine Angst einzujagen. »Ich werde meine Hände jetzt über deinen Rücken bewegen«, kündigte er leise an. »Nur um dich zu erkunden.«

Als Antwort küsste sie wieder seinen Hals, und er spürte ihre Zunge auf seiner Haut. Großer Gott, seine Jungfrau hatte die Bedeutung von »langsam« wohl nicht verstanden, was? Er bewegte die Hände an ihrem Rücken auf und ab, aber ließ dabei die Finger von den Trägern ihres Bikinioberteils. Ihre Haut fühlte sich im kalten Wasser herrlich warm an, und als sie den Mund erneut auf seinen Hals presste und ihn dort küsste, vergaß er, dass er langsam und vorsichtig vorgehen wollte, umfing ihre Pobacken und drückte das Becken nach vorn, sodass sie seinen Penis noch deutlicher zu spüren bekam.

Sie keuchte laut auf und sog dann zittrig die Luft ein.

»War das zu viel?«, fragte er leise. Wenn er den Kopf drehte, würde er mit den Lippen ihr Ohr berühren. Sie war ihm so nah und dennoch nicht nah genug. Verdammt noch mal, er wollte sie unter sich spüren, während sie ihm die Beine um die Taille legte und seinen Namen schrie.

»Das fühlt sich gut an.«

»Verdammt, du bist meine Lieblingsjungfrau, Süße.« Ihm fiel auf, dass sie nicht protestierte, als er diesen Kosenamen benutzte. Nicht mehr. Plötzlich fühlte er sich ... ganz großartig. Fast so gut wie sein Penis, den er gerade in ihren Schritt drückte. Sie war so groß, dass sich ihre Körper an genau den richtigen Stellen berührten, und wo er einer Frau normalerweise den Penis in den Bauch drückte, lag er bei Marjorie genau da, wo er hinmusste.

Er beschloss, von jetzt an nur noch mit großen Frauen ins Bett zu gehen.

Scheiß drauf. Er wollte keine andere mehr als Marjorie.

Ihre Hände wanderten über seinen Rücken und berührten dann seine Pobacken. Ebenso schnell, wie sie dorthin gekommen waren, verschwanden sie auch wieder, und Marjorie keuchte schockiert. »Ich hatte ganz vergessen, dass du keine Unterwäsche trägst.«

»Hat dich die viele Haut erschreckt?« Er kicherte. »Ich fand es schön, deine Hände da zu spüren. Du kannst mich gern jederzeit befummeln.« Vielleicht wurde sie ja mutig genug, ihn auch mal vorn anzufassen. Ein Mann durfte ja schließlich noch träumen ...

Marjorie zögerte und berührte dann erneut seinen Hintern. Sie küssten sich leidenschaftlich und hielten einander lange Zeit umfangen, während der Kuss endlos zu dauern schien. Sie kosteten einander, ihre Zungen liebkosten sich, und ihre Hände lagen am Hintern des jeweils anderen.

Rob begann, Marjories runde Pobacken langsam zu kneten, und konnte nur hoffen, dass er damit nicht zu weit ging. Sie folgte seinem Beispiel und machte seine Bewegungen nach. Ihre Hände umfingen seine Pobacken, und sie rieb seine Haut, und – heilige Scheiße! – das fühlte sich so gut an, dass er seine Ladung beinahe im Wasser abschoss. Da er einen Augenblick brauchte, um sich zusammenzureißen, unterbrach er den Kuss und ignorierte ihren leise wimmernden Protest.

»Wie fühlst du dich, Marjorie?« Vor Verlangen klang er ganz heiser. Er legte ihr eine Hand an die Wange und strich mit dem Daumen über das winzige Ohrläppchen. Hatte sie empfindliche Ohren? Er nahm sich vor, das herauszufinden.

»Gut«, antwortete sie atemlos. »Können wir ... können wir weitermachen?«

Er hatte nicht vor aufzuhören, bevor sie es von ihm verlangte. »Auf jeden Fall.«

»Hast du noch immer Angst, weil wir im Wasser sind? Sollen wir vielleicht lieber rausgehen?«

»Ich kann dir versichern, dass ich das Wasser völlig vergessen habe.«

Ihr Lächeln wurde breiter, und er sah, dass ihre Lippen vom Küssen geschwollen waren. »Das war der Plan.«

»Hexe«, murmelte er und kniff ihr in den Hintern. Sie kreischte und zuckte überrascht zusammen, wobei sich ihr Körper an seinem rieb. Und, verdammt, ihre steifen Brustwarzen waren über seine Haut geglitten, was sie beide deutlich gespürt hatten.

Marjorie sog erneut die Luft ein, und dann drückte sie die Brüste wieder an ihn. Sie nahm die rechte Hand von seiner Haut, fummelte irgendwo herum, und einen Moment später spürte er die Träger ihres Bikinioberteils an seinen Händen und begriff, dass sie es auszog.

Stöhnend zog er sie an sich, um sie noch leidenschaftlicher zu küssen, bis der Stoff heruntergefallen war und sie die nackten Brüste gegen seine Brust presste. Und, Scheiße, das waren verdammt schöne Brüste. Echte Brüste. Sie waren klein und fest, wie Äpfel mit winzigen harten Spitzen. Nicht hart und steinartig und mit schief stehenden Brustwarzen, weil sich unter der Haut so viel Silikon befand. »Großer Gott, Marjorie. Ich liebe deine Brüste.«

»W... wirklich?« Sie atmete schneller, und er begriff, dass sie nervös war. Himmel, sie zitterte ja praktisch in seinen Armen. »Ich... ich bin nicht...«

»Durch und durch perfekt?«, fiel er ihr ins Wort. »Doch, für mich bist du es.«

Sie sah ihn im Mondlicht blinzelnd an und wirkte, als müsste sie über sein Kompliment erst nachdenken. Dann nahm sie seine linke Hand und legte sie auf ihre rechte Brust.

Rob schnappte zur selben Zeit wie sie nach Luft. Es war sehr lange her, dass er ein derartiges Staunen und solche Ehrfurcht gespürt hatte, wenn er Brüste berührte, aber bei Marjorie tat er es. Denn sie zu berühren war anders als alles, was er kannte. Ihre Brust lag klein in seiner Hand und fühlte sich warm an, obwohl er spüren konnte, dass sie eine Gänsehaut hatte. Entweder fror sie, oder sie hatte Angst – oder beides. Seine süße Marjorie. Er strich mit den Fingern über ihre Brust, fuhr die Rundung mit den Fingern nach und sah ihr dabei ins Gesicht, da er jede ihrer Regungen mitbekommen wollte. Ihre Augen wirkten leicht glasig, als er sie streichelte, ihre Miene wurde sanfter, und als er sie an der Unterseite ihrer Brust streichelte, erschauerte sie am ganzen Körper.

»Hat das gekitzelt?«, erkundigte er sich.

»Ein bisschen«, gestand sie und klang dabei verdammt schüchtern. Wie hatte sie es nur geschafft, so lange Jungfrau zu bleiben? Das war ihm ein Rätsel. Sie war wundervoll, offen, begierig, wunderschön und ganz die Seine. Plötzlich verspürte er einen ungemeinen Besitzanspruch, und er widerstand dem Drang, sie erneut an sich zu pressen. Es gefiel ihr, wenn er ihre Brüste streichelte, daher wollte er auch nicht damit aufhören. Er konnte es kaum abwarten, ihre Reaktion zu sehen, wenn er eine ihrer winzigen, harten Brustwarzen erst einmal in den Mund nahm.

»Soll ich aufhören?«

»Nein.« Sie klang atemlos. »Ich möchte, dass du weitermachst.«

»Mann, es ist so heiß, wenn du das sagst.« Er strich mit dem Daumen über ihre Brustwarze.

Wieder erschauerte sie am ganzen Körper.

Es war ein himmlischer Anblick. »Gefällt es dir, wenn ich dich so berühre, Marjorie?« Er glitt mit dem Daumen erneut über ihre Brustwarze und schnippte mit dem Daumennagel dagegen. Zufrieden stellte er fest, dass sie noch härter wurde.

Marjorie nickte und formte den Mund zu einem kleinen O, als er auch ihre andere Brust umfing. Er streichelte sie beide und genoss es, ihre weiche Haut und ihre Reaktionen zu spüren. In ihrem Gesicht spiegelten sich unzählige Emotionen wider: Scheu, Staunen und Erregung, und das alles gleichzeitig.

»Streichelst du deine Brüste, wenn du masturbierst?«, fragte er sie und wollte sie küssen.

Sie sah ihn schockiert an. »Das kannst du mich doch nicht fragen!«

Er grinste. Wenn sie nicht so herrlich entrüstet reagieren würde, hätte er ihr diese Frage nie gestellt. »Warum nicht?«

»Weil ... weil ich darauf nicht antworten werde.« Ihre Stimme zitterte, als er mit den Daumen ihre Brustwarzen streichelte, und sie wirkte benommen. »Das tue ich nicht.«

»Nicht?« Robs Stimme klang rau, als er sich vorbeugte und seinen Mund auf ihre geöffneten Lippen drückte. »Es wäre schön zu wissen, dass du es tust. Denn ich stelle mit gerade vor, wie du deine süßen kleinen Brüste streichelst und dir in die Brustwarzen kneifst, während du masturbierst.«

Marjories Aufkeuchen klang seiner Meinung nach sehr erregt. Und sie entzog sich ihm nicht. Stattdessen bewegte sie die Hände über seine Arme und seinen Bauch, als müsste sie ihn überall berühren.

*Tiefer*, flehte er sie innerlich an. *Fass mich weiter unten an.* Aber er sprach es nicht laut aus. Wenn er von seiner kleinen Jungfrau zu viel auf einmal verlangte, drehte sie vielleicht noch durch.

Daher streichelte er ihre süßen Brustwarzen und küsste sie, und er stellte erfreut fest, dass ihre Zunge an seiner immer zu stocken schien, wenn er mit den Daumen ihre empfindliche Haut berührte. Als ihr Seufzen und Keuchen zu einem Stöhnen wurde, leckte er ihr über die Lippen und wagte den nächsten Schritt. »Darf ich deine Haut küssen, Süße?«

Ihre Zustimmung bestand in einem sanften Stöhnen und einem heftigen Nicken.

Rob legte ihr die Hände in den Nacken, liebkoste ihren Hals und freute sich über ihre leisen Protestgeräusche, als er ihre Brüste nicht länger streichelte. Er drückte heiße Küsse auf ihre Kehle, ging dann zu ihrem Ohr über und knabberte an ihrem Ohrläppchen. Sie klammerte sich dabei an ihn, und er stellte fest, dass sie ganz offensichtlich empfindsame Ohrläppchen hatte. Vermutlich war seine Jungfrau an sehr vielen interessanten Stellen empfindlich, und wieder pulsierte sein Penis vor Verlangen.

Dann wanderte er mit dem Mund weiter nach unten, küsste ihre zarten Schlüsselbeine und ihr Brustbein, bis sie in seinen Armen fast schon bebte, weil sie es kaum noch ertragen konnte. Er umfing ihre linke Brust mit der Hand und ließ die Lippen über die Brustwarze gleiten.

Das Geräusch, das sie ausstieß, klang fast wie »Guh«.

Er musste unwillkürlich kichern.

Sie krallte die Hände in seine Schultern. »Das ist nicht witzig.«

»Es ist auch nicht witzig. Es ist verdammt hinreißend.«

»Rob«, beschwerte sie sich und drückte ihn von sich weg. »Mach dich nicht lustig über mich.«

»Das tue ich doch gar nicht«, versicherte er ihr und küsste ihre Brustwarze erneut. »Ich liebe es, wie du reagierst, Süße. Du bist wirklich verdammt unglaublich.«

Sie drückte sich fester an ihn, und er verstand den Hinweis und nahm ihre Brustwarze in den Mund, während er ihr den linken Arm um den Rücken legte, um sie festzuhalten. Mit der rechten Hand griff er nach seinem Penis und streichelte ihn langsam, wobei er nur hoffen konnte, dass sie nicht bemerkte, was er da tat.

Aber Marjorie war längst in einem Zustand, in dem sie alles um sich herum vergessen hatte. Sie stöhnte laut, schob die Hände in sein Haar und hielt seinen Kopf an ihrer Brust fest.

Heilige Scheiße, war das sexy! Er bearbeitete seinen Penis heftiger, während er ihre Brustwarze leckte und versuchte herauszufinden, was ihr gefiel. Er biss sanft hinein, leckte mal fester und mal sanfter und war gespannt darauf, womit er die heftigste Reaktion hervorlocken konnte. Die ganze Zeit über stöhnte sie und klammerte sich an ihn, als hätte sie so etwas wie das, was er in ihr hervorrief, noch nie zuvor gespürt.

Verdammt, vermutlich hatte sie das auch nicht. Bei diesem Gedanken wurde sein Glied noch steifer. Er umklammerte seinen Penis noch einmal fest und kam heftig. Als er sein Sperma ins Wasser spritzte, hoffte er, dass sie es nicht mitbekam.

»Deine Zunge«, stieß sie stöhnend aus. »Oh, Rob, das fühlt sich so unglaublich gut an.«

»Ich würde dich überall lecken, wenn du mich lassen würdest«, murmelte er mit heiserer Stimme und wechselte zu ihrer anderen Brust. Nachdem er sich Erleichterung verschafft hatte, konnte er sich endlich so auf sie konzentrieren, wie sie es verdiente. »Von Kopf bis Fuß. Und ich würde deine Muschi stundenlang lecken, nur um zu sehen, wie du reagierst, wenn du es nicht mehr aushalten kannst.«

Sie erbebte an ihm, und ihre steife kleine Brustwarze zuckte an seinen Lippen. »Ich ... ich ...«

»Was ist, Süße?« Er leckte über ihre Brustwarze und sah ihr dann in ihr liebreizendes Gesicht.

Eine Welle schwappte ihm ins Gesicht, und er schluckte Salzwasser.

Er spuckte, und sie kicherte, und damit war die Stimmung des Augenblicks dahin.

»Ist alles in Ordnung?«, wollte sie wissen.

Bevor er ihr antworten konnte, traf ihn die nächste Welle, und er hustete, richtete sich auf und wischte sich das Wasser aus den Augen. »Ich glaube, der Strand ist nicht der richtige Ort für mich, um deinen Brüsten die gebührende Aufmerksamkeit zu zollen, so leid es mir auch tut. Aber hier laufe ich Gefahr zu ertrinken.«

»Na gut«, erwiderte sie. »Dann sollte ich wohl mal mein Oberteil suchen.«

Dass sie es wiederfanden, war reines Glück, da es in einigen Metern Entfernung auf dem Wasser schwamm. Marjorie zog es sich wieder an, und Rob beobachtete, wie ihre Brüste dabei wippten. Dann war sie bereit, reichte ihm eine Hand, und sie gingen gemeinsam zurück zum Ufer, wo Rob sich wieder anzog, bevor Marjorie aus dem Wasser kam. Er vermutete, dass sie noch nicht bereit dazu war, ihn nackt zu sehen.

Das war schon okay.

Vorerst zumindest.

# 17

Auch an diesem Abend brachte Rob Marjorie zu ihrer Zimmertür, und ihr Gutenachtkuss schien ewig zu dauern. Er wünschte sich – sehr sogar –, dass sie ihn hineinbitten würde, aber sie lächelte ihn nur scheu an, und das war's. Eigentlich ging das auch in Ordnung. Er wollte, dass sie es aus freiem Willen tat, und möglicherweise hatte er sie im Meer bereits zu mehr gedrängt, als sie zu geben bereit war. Vielleicht hatte sie auch bemerkt, dass er gekommen war, als er an ihren Brüsten gesaugt hatte, und das hatte sie verschreckt. Noch wusste er nicht, wo ihre Grenzen waren – was vor allem daran lag, dass sie es selbst auch nicht wusste.

Leicht unbefriedigt, aber trotzdem zufrieden ging Rob zurück in seine Suite, zog sich aus, duschte, masturbierte und ging dann direkt ins Bett, anstatt noch einmal den Computer anzuwerfen und zu arbeiten.

Er war gerade eingenickt, als ihn ein Geräusch wieder weckte.

Rob sah sich benommen in seinem dunklen Hotelzimmer um. Es war fast Mitternacht, und er hatte sich vor einer Stunde von Marjorie getrennt. Lange konnte er nicht geschlafen haben. Was hatte ihn nur geweckt?

Es klopfte zögerlich an seiner Tür. Das musste ihn aus dem Schlaf gerissen haben. Er schwang die Beine aus dem Bett, stand auf, stellte fest, dass er nackt war, und wickelte sich ein Laken um die Taille, bevor er zur Tür ging.

Als er durch das Guckloch sah, stellte er fest, dass Marjorie mit zerzaustem Haar auf dem Flur stand und nervös aussah. Sie trug einen rosafarbenen Flanellschlafanzug.

Ach verdammt! Er öffnete die Tür. »Was ist denn los?«

Sie stürmte in seine Suite. Bevor er sie erneut fragen konnte, ob es ein Problem gab, küsste sie ihn wild. Benommen reagierte Rob anfangs nicht, aber dann knallte er die Tür zu, ließ das Laken fallen und zog Marjorie an sich.

Sie küssten sich wild, sodass ihre Zähne aneinanderschlugen und ihre Zungen miteinander verschmolzen, bis er sie an den Hüften packte, sie an sich zog und seinen Penis gegen sie drückte, so wie er es im Wasser getan hatte. Sie schrak zusammen, beendete den Kuss und sah ihn mit geröteten Wangen an. »Hi«, hauchte sie.

»Hey.« Er küsste sie wieder, dieses Mal jedoch sanfter, da ihre Lippen schon ein wenig mitgenommen aussahen. »Warum bist du hier?«

»Ich ... ich ...« Ihr Gesicht wurde noch röter, und sie wirkte betreten. Dann schaute sie auf ihre Hände und zwang sich, ihm erneut ins Gesicht zu sehen. »Ähm ... du bist nackt.«

»Ich schlafe nackt«, erklärte er amüsiert. Es erstaunte ihn immer wieder, dass ihr derart alltägliche Dinge peinlich waren. Sie kam in seine Suite, küsste ihn wie eine Wilde und konnte dann seinen erigierten Penis nicht ansehen? Außerdem hatte sie ihn doch schon längst gesehen. »Weißt du nicht mehr, dass du mich bereits angeguckt hast, als ich auf der Couch gelegen habe?«

Sie keuchte. »Da warst du wach?«

»Oh ja«, antwortete er und zog sie wieder an sich. Er legte ihr eine Hand an die Wange und wollte sie erneut küssen. »Was verschafft mir denn die Ehre, dich um diese Zeit hier zu sehen, Süße?«

Ihr Atem, der ihm gegen die Wange wehte, ging vor Erregung ganz schnell. »Ich ... all diese Dinge, die du mir im Wasser gesagt hast. Ich musste immer wieder daran denken.«

»Was denn für Dinge?« Er hatte ziemlich viel gesagt.

»Als du mich gefragt hast, ob ich masturbiere.« Ihre Hände zitterten, und dann legte sie sie auf seine Schultern, presste die Stirn an seine und schloss die Augen. »Und ich ... ich wollte es heute Abend wieder tun, aber dann wurde mir bewusst ... Ich wollte, dass du es tust.« Ihre Worte kamen hastig über ihre Lippen.

Sie wollte, dass er sie zum Orgasmus brachte? Rob stöhnte. »Ist nicht wahr.«

»Doch«, flüsterte sie. »Aber ... können wir ... das denn nicht?«

Verdammt noch mal, ja, und ob sie das tun konnten! Rob nahm ihre Hand und führte sie in den hinteren Teil der Suite, in dem das Bett stand. Ihre Hand zitterte, und ihre Fingerspitzen waren kalt, aber seine Marjorie hatte ihren ganzen Mut zusammengenommen und war hierhergekommen, und er würde sie dafür belohnen. Sie würde die beste Masturbation bekommen, die er ihr bieten konnte.

»Sei nicht nervös, Süße«, meinte er, als sie neben dem Bett standen.

»Du hast gut reden.«

»Was denn, denkst du etwa, ich wäre nicht nervös?« Als sie ihn ungläubig anschaute, fügte er hinzu: »Ich möchte, dass das für dich ein unglaublich schönes Erlebnis wird. Eines, das du jederzeit mit mir wiederholen möchtest. Und ich hatte noch nie eine Jungfrau im Bett, daher werde ich mich gut um dich kümmern, aber das bedeutet noch lange nicht, dass ich nicht auch besorgt bin, irgendwelche Fehler zu machen.«

Sie trat auf ihn zu und küsste ihn.

Tja, das war die Antwort, die er hatte hören wollen. Er legte die Arme um sie, zog sie neben sich auf das Bett und küsste ihren süßen Mund, bis sie beide nebeneinander auf der Bettkante saßen. Sein Penis stand auf obszöne Weise ab, und Marjorie saß stocksteif neben ihm. Er küsste sie trotzdem weiter und hoffte, sie damit auf andere Gedanken zu bringen, damit sie sich entspannte. Ihre Hände wanderten flatternd über seine Brust und verschwanden wieder.

Aha. Seine Nacktheit könnte also ein Problem darstellen. Er beendete den Kuss und fragte: »Wäre es dir lieber, wenn ich mir was überziehe?«

Sie leckte sich die Lippen, blinzelte und schüttelte den Kopf. »Das musst du nicht.«

»Du bist nervös.« Er fuhr ihr mit den Fingern zwischen den Brüsten hindurch und spürte, wie schnell ihr Herz schlug. »Würdest du dich wohler fühlen, wenn du meinen Körper erst einmal in Ruhe erkundest?«

Sie riss die Augen auf und schüttelte den Kopf. »Ich glaube, das würde mich noch nervöser machen.«

Er lachte leise. »Wenn du meinst.« Dann nahm er ihre Hände und küsste die Handrücken. »Dann sieh es doch einfach als lustvolle Erkundung, okay? Unser einziges Ziel ist, etwas zu tun, das sich gut anfühlt, und alles ist erlaubt. Hast du verstanden? Wenn du deine Meinung änderst und mich nicht mehr berühren willst oder dir irgendetwas anderes nicht gefällt, dann sag es einfach und wir hören sofort auf.«

Sie nickte und lächelte ihn wieder schüchtern an.

Himmel. Er durfte auf gar keinen Fall Mist bauen. Wieder küsste er ihre Hand, drehte sie um und küsste ihre Fingerspitzen, um danach sanft daran zu knabbern. Als er bei ihrem Daumen angekommen war, schaute sie ihm erregt dabei zu.

Er ließ ihre Hand los und griff nach dem obersten Knopf

ihres Schlafanzugoberteils. »Darf ich deine Brüste sehen, Süße?«

Wieder nickte sie, und dann knöpfte sie das Oberteil langsam auf. Die Sekunden verstrichen, während sie die Knöpfe mit zitternden Fingern durch die Knopflöcher schob. Sie konnte ihn dabei nicht ansehen, und er wusste, dass sie viel zu nervös dazu war. Nachdem sie den letzten Knopf geöffnet hatte, übernahm er erneut die Führung, schob den Stoff zur Seite und entblößte ihre kleinen, hohen Brüste.

»Heilige Scheiße, es ist ein Traum, dich anzusehen, Marjorie.«

Sie setzte sich etwas gerader hin und drückte die Brüste weiter heraus. Danach zog sie sich das Oberteil aus und warf es auf den Boden.

Ihre Brüste bebten, weil sie so schwer atmete. Rob konnte der Versuchung nicht widerstehen und musste sie einfach berühren. Er streichelte die rechte Brustwarze und krümmte die Finger darunter. »So wunderschön und weich. Ich liebe deine kleinen Titten einfach. Sie passen perfekt in meine Hand, und diese kleinen Nippel flehen förmlich danach, dass ich sie in den Mund nehme.« Er rieb eine Brustwarze mit dem Daumen und beobachtete zufrieden, wie sie noch steifer wurde.

Marjorie stöhnte, und als sie jetzt nach ihm griff, nahm sie die Hände nicht mehr weg. »Berühr mich, Rob. Bitte. Ich habe keine Angst.«

»Das weiß ich, Süße. Du musst echt Eier aus Stahl haben, dass du hierherkommst und mich darum bittest«, sagte er und küsste sie sanft auf den Unterkiefer. »Und ich finde es großartig, dass du das getan hat. Da wird mein Schwanz steinhart.« Er zog sie an sich und küsste sie wieder leidenschaftlich, und sie drückte sich an ihn. Nach und nach ließ er sich rückwärts auf das Bett sinken, bis sie nebeneinander und mit verschmolzenen Mündern darauf lagen.

Rob rollte sich auf sie und schob mit den Knien ihre Beine auseinander.

Marjorie riss die Augen auf, als er den Penis in ihren Schritt drückte. Der Stoff ihrer Schlafanzughose war zwar noch dazwischen, aber er konnte ihre Hitze dennoch spüren. »Keine Sorge, Süße«, besänftigte er sie. »Die Hose bleibt an. Versprochen.«

Sie entspannte sich ein wenig und sah mit einem sanften, fast schon bewundernden Gesichtsausdruck zu ihm auf. Er fühlte sich wie ein gottverdammter König. »Danke.«

Er lachte. »Du musst dich doch nicht bedanken, verdammt noch mal. Es ist dein Körper. Du triffst die Entscheidungen und nicht ich. Es ist meine Aufgabe, dafür zu sorgen, dass du dich gut fühlst.«

Sie strich über seine Brust und ließ die Hand über seinem Herzen verharren. »Dann fühlst du dich bei mir gut?«

»Marjorie«, sagte er leise, drückte das Becken nach unten und presste seinen Penis der Länge nach auf ihren Venushügel. »Spürst du meinen Ständer denn nicht? Ich fühle mich unglaublich gut. Wenn ich dafür sorge, dass du dich gut fühlst, werde ich heftiger kommen, als du es dir vorstellen kannst.«

Sie errötete noch intensiver. »Und was ist, wenn ich dich anfassen möchte?«

»Dann kannst du das nach Lust und Laune tun. Aber tu es nicht, weil du das Gefühl hast, mir etwas schuldig zu sein. Du schuldest mir gar nichts. Hast du verstanden?«

Sie nickte und lächelte schwach. »Verstanden.«

»Gut.« Er beugte sich über ihre Brüste, bewunderte ihre Kurven und leckte über den Warzenhof. »Ich finde es großartig, dass du heute Nacht zu mir gekommen bist, auch wenn ich zugeben muss, dass es mich überrascht.« Er saugte leicht an einer Brustwarze und merkte, wie sie unter ihm erschauerte und den Bauch einzog. »Aber ich vermute, das bedeutet, dass dir das, was wir im Wasser gemacht haben, gefallen hat.«

Sie murmelte etwas Zustimmendes, schob die Finger in sein Haar und spielte mit einigen Strähnen herum. Dann legte sie die Hände auf seine Schultern.

»Ich könnte mir vorstellen, dass du erregt warst, als du in dein Zimmer gekommen bist und angefangen hast zu masturbieren.« Sie schnappte nach Luft, was ihm bestätigte, dass er mit seiner Vermutung richtig lag. »Aber deine Hände haben sich nicht so gut angefühlt wie mein Mund, darum bist du zu mir gekommen. Habe ich recht?«

Sie schwieg.

Rob blickte auf, und als er bemerkte, wie peinlich ihr dieses Gespräch war, küsste er ihre Brustwarze. »Ich habe recht«, sagte er. »Und das ist unglaublich heiß, Marjorie. Die Vorstellung, dass du masturbieren wolltest, nachdem wir uns verabschiedet hatten, macht mich unglaublich an. Es gefällt mir sehr, dass du so erregt warst.« Er leckte wieder über ihre Brustwarze. »Du weißt, dass ich dasselbe getan habe?«

»Was? Wirklich?«

»Das mache ich jeden Abend, sobald ich auf meinem Zimmer bin«, berichtete er, kniff sanft in ihre Brustwarze und genoss es, dass sie eine Gänsehaut bekam. »Wenn ich bei dir bin, werde ich so unglaublich heiß, dass ich die Sache später in die Hand nehmen muss. Ich kriege schon einen Ständer, wenn ich nur an dich denke.« Er hob den Kopf und sah ihr in die Augen. »Möchtest du fühlen, wie hart du mich machst?«

Sie riss die Augen auf, biss sich auf die Unterlippe und nickte.

Er drehte sich auf die Seite und legte sich neben sie. Sein

Penis lag wie eine Eisenstange an seinem Oberschenkel, und die Eichel war mit Präejakulat benetzt. Er fragte sich, ob sie davor zurückschrecken würde, ihn zu berühren, aber Marjorie streckte sofort die Hand aus und streichelte vorsichtig seine Eichel.

»Er ist so weich«, murmelte sie staunend.

»Scheiße, so was darfst du einem Mann doch nicht sagen. Mein Schwanz ist eigentlich so hart, dass er schon wehtut.«

Sie kicherte. »Nein. Nicht dein ... Penis.« Sie hatte Schwierigkeiten, das Wort über die Lippen zu bekommen. »Die Haut darauf.« Ihre Finger glitten über die Eichel und trieben ihn beinahe in den Wahnsinn. »Sie ist so weich. Wie Seide, die man über Stahl gezogen hat. Und er ist so groß.«

»Das gefällt mir schon besser.« Mann, ihre ungelenken Berührungen stellten ganz ungeahnte Dinge mit ihm an. Immer wenn sie neugierig die Finger über die Eichel bewegte und das Präejakulat verteilte, war er versucht, ihr die Hose vom Leib zu reißen und in sie einzudringen.

Da er jedoch drauf und dran war, zu einem Heiligen zu mutieren, schloss er die Augen und ließ sich von ihr erkunden.

Sie streichelte ihn, fuhr die dicke Ader entlang, die an seinem Glied verlief, und berührte seine Hoden, die bereits angespannt waren und schmerzten. Ihre Finger fühlten sich so unglaublich gut auf seiner Haut an.

»Ist dein Penis groß?«, wollte sie wissen. »Ich meine ... im Vergleich zu anderen Männern.«

»Er ist groß genug, Süße«, versicherte er ihr mit vor Lust heiserer Stimme. Während sie ihn weiterstreichelte und erkundete, umfing er ihre kleinen Brüste, da er sie unbedingt auch berühren musste. »Vermutlich ist er größer als der Durchschnitt, aber ich laufe nicht rum und vergleiche meinen Schwanz ständig mit denen anderer Männer.«

Sie kicherte, und dieses Geräusch ließ ihn vor Lust beinahe durchdrehen. »Mir kommt er sehr groß vor.«

»Hast du schon viele Schwänze gesehen?«

Marjorie schüttelte den Kopf. »Nur im Internet. Ich habe mir ein paar Pornos angesehen, aber die kamen mir so ...«, sie rümpfte die Nase, »seelenlos vor.«

Er stöhnte. Die meisten Männer hätten ihr da wahrscheinlich widersprochen, aber eine Träumerin wie Marjorie konnte solche Filme wohl nicht als ansprechend empfinden.

Wieder fuhr sie mit den Fingern über die Ader an der Unterseite seines Glieds, und er musste sich sehr zusammenreißen, um ihre Hand nicht zur Faust zu ballen und es sich damit zu besorgen.

»Marjorie, Süße«, begann er mit angespannter Stimme und versuchte, sich irgendwie zu lockern. »Wenn du so weitermachst, dann komme ich auf deine hübschen Finger.«

Sie riss die Augen auf und schien einen Augenblick nachzudenken. Doch anstatt die Hand wegzunehmen, streichelte sie ihn weiter. »Darf ich ... dabei zusehen?«

Rob stöhnte. Wieso hatte ihn denn keiner vor Jungfrauen gewarnt? Warum war alles, was ihr über die Lippen kam, so unglaublich heiß und erregend? Er würde in wenigen Augenblicken kommen, und dann würde sie ihn für einen unreifen Schuljungen halten.

Aber, Scheiß drauf. »Ich werde es dir zeigen«, meinte er. Er nahm ihre Hand und rieb mit der Handfläche über die Eichel, die immer feuchter wurde, weil er so erregt war. Während sie ihn fasziniert beobachtete, benetzte er ihre Handfläche mit seinem Präejakulat. Danach legte er ihre Hand um sein Glied, legte seine Hand auf ihre und führte sie, um ihr zu zeigen, wie sie ihn streicheln musste. »So ist es richtig.«

Ihre Handfläche glitt über seinen Penis. Eigentlich war sie

noch nicht feucht genug, doch das war ihm in diesem Augenblick völlig egal. Ihre aufgerissenen Augen und geöffneten Lippen und die leisen Geräusche, die sie ausstieß, als sie ihn streichelte, machten ihn ganz verrückt. Er stieß stöhnend ihren Namen aus und kam früher als gewollt zum Höhepunkt. Sein heißes Sperma spritzte in ihre Hand.

Marjorie hob sofort die Hand und betrachtete sein Sperma staunend. »Es ist so dick.« Zu seinem Erstaunen – und seiner Freude – hob sie die Hand an den Mund und leckte daran.

Und verzog das Gesicht.

Er musste lachen. »An den Geschmack muss man sich erst gewöhnen.«

»Das kannst du laut sagen«, erwiderte sie und starrte ihre Hand hilflos an.

»Ich hole dir ein Handtuch, Süße.«

Rob stand auf und lief ins Badezimmer. Er nahm das erste Handtuch, das er finden konnte, und wischte sich damit die Hand und den Penis ab. Dann griff er nach einem sauberen für Marjorie. Als er zum Bett zurückkehrte, saß sie dort und musterte das klebrige Sperma auf ihren Fingern mit einem unergründlichen Gesichtsausdruck.

Auf einmal kam er sich vor wie ein Arschloch. Sie war zu ihm gekommen, weil sie befriedigt werden wollte, und er hatte ihr seinen Penis mehr oder weniger in die Hand gedrückt und sie dazu gebracht, es ihm zu besorgen. Das war nicht gerade gentlemanlike und erst recht nicht das, was ein Mann tun sollte, der eine Jungfrau dazu bewegen wollte, mit ihm zu schlafen.

Ach verdammt!

Er ging zum Bett, nahm ihre Hand und wischte sie mit dem Handtuch ab. »Es tut mir leid. Ich schätze, das war nicht so, wie du erwartet hast.«

»Es ist okay. Mir hat es gefallen.« Ihr Lächeln wirkte zögerlich und scheu. »Es war schön, dir dabei zuzusehen. Es kam mir sehr ... ungezügelt vor.«

»Das ist eine gute Art, es auszudrücken.«

»Ich mag das«, sagte sie leise, während er weiter ihre Hand säuberte. »Es ist anders als alles, was ich aus Erfahrung kenne ... und ich will mehr davon.« Sie sah ihn mit ihren großen, sanften Augen unter schweren Lidern an, und er sah ihr Verlangen und spürte, wie sich sein Penis erneut regte.

Verdammt. Diese Jungfrau würde ihn noch umbringen.

Rob warf das Handtuch beiseite und setzte sich neben Marjorie. Er zog sie auf seinen Schoß, legte sich ihre langen Beine über eine Hüfte und küsste sie zärtlich. Sie erwiderte seine Küsse gierig, und während sie sich küssten, umfing und liebkoste er ihre kleinen Brüste und drückte und drehte die Brustwarzen zwischen den Fingern, bis sie erneut an seinem Mund keuchte.

»Jetzt bist du an der Reihe«, murmelte er und schob eine Hand in ihre Schlafanzughose. Dann wartete er auf ihre Reaktion. Sie riss die Augen auf, aber es lag keine Furcht darin – nur Begierde. Die unfassbare, herrliche Marjorie. Er küsste sie wieder gierig und leidenschaftlich und ließ die Hand weiter nach unten wandern.

Als er ihre Schamlippen berührte, keuchte sie. Er hätte es beinahe auch getan, da der Stoff ihres Höschens von ihrer Erregung bereits durchnässt war und sich auch ihre Haut feucht anfühlte. Seine Jungfrau war erregt und wollte unbedingt kommen.

Und das war so unglaublich heiß. Er schob die Finger zwischen ihre Schamlippen und bewegte sie dazwischen auf und ab. Sie war so feucht, so unglaublich feucht, dass er am liebsten die Hand weggenommen und sie geleckt hätte, bis sie kam. Aber das musste er sich für ein anderes Mal aufheben, wenn sie die Zeit hatten, weitere neue Erfahrungen zu machen. Sie hatte an diesem Abend schon sehr viel erlebt, und er wollte sie nicht überfordern. Daher rieb er sie einfach sanft und küsste ihre weichen Lippen.

Sie klammerte sich an ihn und verankerte die Hände in seinem Nacken, während er sie liebkoste. Dabei spreizte sie die langen Beine ein wenig, sodass er mit der Hand weiter nach unten vordringen und ihre Öffnung ertasten konnte. Er drang jedoch nicht mit den Fingern in sie ein, sondern umkreiste den Eingang und ließ sie erahnen, was noch kommen konnte.

Marjorie stöhnte und hielt sich an ihm fest. Sie reagierte längst nicht mehr auf seine Küsse und war beinahe erschlafft, während er sie berührte. Das war für ihn in Ordnung, da es ihm gefiel, wie sie ihr wundervolles Gesicht vor Lust verzog. Er knabberte an ihren Lippen und streichelte sie – und bald spürte er eine unbändige Freude, als sie die Hüften bewegte und ihm entgegenkam.

»Fühlt sich das gut an?«, flüsterte er an ihren Lippen.

Sie stieß ein wortloses Wimmern aus, das durchaus Zustimmung sein konnte, und bewegte erneut das Becken.

Er suchte mit dem Daumen ihre Klitoris und rieb den kleinen Nervenknoten, der aufgrund ihrer Lust jetzt deutlich hervorstand. Als Reaktion darauf sprang ihm Marjorie beinahe vom Schoß. Sofort hielt er still und verharrte mit den Fingern vor ihrer Öffnung und mit dem Daumen auf der Klitoris. »War das zu viel? Soll ich aufhören?«

Sie bohrte die Fingernägel in seine Haut. »Nein«, stieß sie keuchend aus. Ihre Miene wirkte ganz benommen. »Hör nicht auf.«

»Gefällt es dir, wenn ich dich berühre? Wenn ich meine

Finger in deine feuchte Muschi schiebe und dich streichle?«
Er wanderte mit den Lippen über ihre Haut und berührte sie, wo er nur konnte. Sie war so weich, so anschmiegsam und so in das versunken, was er mit ihr machte. Dabei spielte sie ihm nicht etwa etwas vor, um seine Aufmerksamkeit zu erregen, sondern glich eher einer eifrigen Schülerin, die alles lernen wollte.

Und er wollte derjenige sein, der es ihr beibrachte und der sie in die Kunst des Liebesspiels einführte.

Als sie schwieg, küsste er wieder ihre geöffneten Lippen. »Stört es dich, wenn ich so etwas sage?«

Sie wand sich an seiner Hand und rieb ihre feuchte Scheide auf wundervolle Weise an seinen Fingern. Sie wollte mehr, das war offensichtlich. Anscheinend wusste sie nur nicht, wie sie ihn darum bitten sollte. »Rob«, hauchte sie.

»Erinnerst du dich daran, was ich vorhin gesagt habe?« Er drückte ihr einen Kuss auf die mit Sommersprossen übersäte Nase. »Zwischen uns gibt es nichts, das dir peinlich sein müsste. Hier geht es ganz allein um die Lust.«

»Es ist nur so ...«

»Direkt?«

Sie nickte.

»So bin ich nun mal«, gab er zu. »Das lässt sich nicht ändern.«

»Ich will auch gar nicht, dass du dich änderst. Aber es macht mich ... verlegen.« Wieder bewegte sie die Hüften. »Ich mag es, was du mit mir machst.«

»Und es gefällt dir, wenn ich schmutzige Dinge sage?«, mutmaßte er. »Du bist nur zu schüchtern, um so etwas auszusprechen?« Als sie nickte, küsste er sie erneut und belohnte sie, indem er die Fingerspitzen sanft in ihre Scheide drückte.

Sie sog die Luft ein, verdrehte vor Wonne die Augen, und er spürte, wie sie sich bewegte, als wollte sie ihn so dazu bringen, weiter in sie einzudringen.

Aber seine Marjorie wusste noch nicht, dass die Vorfreude der halbe Spaß war. Langsam rieb er mit dem Daumen über ihre Klitoris, und Marjorie atmete schwer, klammerte sich an seine Schultern und zuckte mit den Hüften. Ihre Klitoris war sehr empfindlich, wie es den Anschein machte, und vermutlich geschwollen. Wenn sie zuvor schon masturbiert hatte, bevor sie zu ihm gekommen war, dann war sie wahrscheinlich überreizt. Er musste es mit dem Mund machen, und das war ihm ohnehin viel lieber.

Nein, nicht dieses Mal, rief er sich zur Räson. Stattdessen bewegte er die Finger wieder zwischen den Schamlippen entlang und benetzte ihre Klitoris. Danach nahm er sie zwischen zwei Finger und rieb langsam an den Seiten entlang, während er Marjorie genau beobachtete.

Sie riss den Mund auf. Ihre Beine zitterten. Und sie klammerte sich so fest an ihn, als hätte sie Angst, von seinem Schoß zu fallen, obwohl er sie mit der anderen Hand an der Taille festhielt.

»Ich bin da«, murmelte er und liebkoste sie weiter sanft. »Du kannst jederzeit loslassen. Ich bin da.«

Sie löste die Hände von seinem Hals, und Rob erschrak, als sie sich trotz seines stützenden Arms rücklings aufs Bett fallen ließ.

Tja, das mit dem Loslassen hatte er anders gemeint.

Aber Marjorie schien es nicht zu stören, dass sie jetzt auf dem Rücken lag. Diese neue Position ermöglichte es ihr sogar, die Hüften besser zu bewegen, und sie bebte und zuckte an seiner Hand. Und, verdammt, das war echt heiß. Da er sie nicht mehr stützen musste, legte er die andere Hand auf eine ihrer wippenden Brüste und rieb die Brustwarze, während sie seine Hand ritt.

Dann schrie sie auf. Sie umklammerte seinen Arm, hielt ihn jedoch nicht auf. Vielmehr kniff sie die Augen zusammen und verzog das Gesicht. »Rob, ich ...«

»Ich weiß«, besänftigte er sie und streichelte sie weiter. »Lass los.«

»Oh.« Sie stöhnte und bewegte die Hüften immer schneller. Er kniff ihr in die Brustwarze und rieb ihre Klitoris weiter zwischen zwei Fingern. »Oh! Oh!«

Ihr Becken zuckte heftig, und dann versteifte sich ihr ganzer Körper und sie kam mit einem heftigen Zucken. Rob rieb immer weiter und war völlig fasziniert von ihrem Gesicht während ihres Höhepunkts. Sie war wunderschön. Erneut packte ihn eine Besitzgier, die nicht einmal verging, als sie die Hüften immer langsamer bewegte und ihr Orgasmus abklang. Schließlich atmete sie tief aus und legte den rechten Handrücken an die Stirn.

»Oh«, sagte sie leise und lächelte.

Himmel, sie war so schön. Widerstrebend nahm er die Finger aus ihrer Hose und widerstand dem Drang, sie abzulecken. Er wollte die Jungfrau nicht noch mehr schockieren, als er es ohnehin schon getan hatte. Daher wischte er sich die Hand an dem herumliegenden Handtuch ab, kam zum Bett zurück und zog Marjorie an sich.

»Ich ... ich sollte zurück auf mein Zimmer gehen«, murmelte sie leise.

»Später«, erwiderte er und drückte sich mit der Brust an ihren Rücken. In dieser Position konnte er einen Arm um ihre Taille legen und eine ihrer süßen Brüste, die er so sehr mochte, in die Hand nehmen.

»Gut, dann später«, stimmte sie ihm zu und kuschelte sich

an ihn. Wenige Augenblicke später schien sie auch schon eingeschlafen zu sein. Nachdenklich strich er mit dem Daumen über ihre Brustwarze und genoss es, dass sie selbst im Schlaf noch erschauerte.

Noch nie zuvor hatte er eine Frau die Nacht über bei sich behalten. Aber jetzt, wo er Marjorie in seinem Bett hatte, würde er sie so schnell nicht mehr gehen lassen.

Vielleicht niemals mehr.

# 18

Marjorie erwachte aus tiefem, geruhsamen Schlaf, weil sie etwas Hartes am Hintern spürte. Blinzelnd sah sie sich um. Ein großes Hotelzimmer. Unbekannte Bilder an den Wänden.

Ein warmer Körper, der sich an sie presste. Eine Hand auf ihrer nackten Brust. Eine Erektion an ihrem Po. Die Schlafanzughose noch am Leib, das Oberteil nicht.

Oh.

Die Erinnerungen an die letzte Nacht blitzten vor ihrem inneren Auge auf, und sie musste ein Stöhnen unterdrücken. Sofort war sie wieder erregt, und sie sah sehr lebhaft vor Augen, was sie mit ihm gemacht hatte ... und er mit ihr. Und, oh, das hatte Spaß gemacht. Mehr als das, es war unglaublich gewesen. Sie wollte mehr.

Doch dann sah sie auf den Wecker, der auf dem Nachttisch stand, und seufzte. Es war bereits acht Uhr. Sie musste in einer Stunde mit den anderen Brautjungfern beim Frühstück sein, und danach folgten die letzte Anprobe sowie ein Make-up-Test. Es blieb keine Zeit mehr, um im Bett liegen zu bleiben und zu kuscheln, so verlockend die Vorstellung auch sein mochte. Vorsichtig schlug sie die Decke zurück und wollte aufstehen.

»Oh nein«, murmelte Rob verschlafen und zog sie wieder an sich. »Bleib bei mir.«

»Ich kann nicht«, erwiderte sie, musste jedoch grinsen, als er ihre Brust drückte. Sofort jagten Schockwellen durch ihren Körper und erinnerten sie an letzte Nacht. Du liebe Güte, die vergangene Nacht war so wunderbar gewesen. »Mir ist übrigens aufgefallen, dass du das Zimmer gewechselt hast.«

»Stimmt«, murmelte er. »Im anderen ist die Dusche kaputtgegangen.«

»Oh.«

»In dieser Dusche gibt es aber eine kostenlose Rückenmassage, wenn du bleibst«, fuhr er fort und drückte ihre Brust gleich noch einmal.

»Ich wünschte, ich könnte bleiben, aber bei mir steht heute Vormittag viel auf dem Plan.«

»Melde dich krank.« Er rückte näher an sie heran und küsste ihre Schulter.

»Das geht nicht«, beharrte sie, und als er mit dem Daumen ihre Brustwarze umkreiste, musste sie seine Hand bedauerlicherweise wegnehmen. »Ich bin es Brontë schuldig, da aufzutauchen. Das ist die letzte Anprobe, und sie ist sowieso schon mit den Nerven am Ende.«

»Immer dieses Pflichtbewusstsein«, meinte er und gab ihr noch einen Kuss auf die Schulter. »Das ist sexy. Sagst du mir Bescheid, wenn du Zeit für mich hast?«

»Ja, das mache ich.«

»Schickst du mir eine SMS?«

»Klar.«

»Auch Bilder von deiner Muschi?«

Sie schnappte nach Luft und entwand sich seinen Armen. »Auf keinen Fall.«

Er gluckste, ließ die Augen geschlossen und zog die Decke enger um seinen Körper. »Ich musste es wenigstens versuchen.«

»Du Teufel.« Sie hob ihr Oberteil vom Boden auf und knöpfte es zu, um dann sehnsüchtig auf ihn herabzublicken. Rob war schon wieder eingeschlafen, daher schlich sie auf

Zehenspitzen aus dem Zimmer und schloss hinter sich leise die Tür.

* * *

Eine Stunde später hatte sie geduscht, sich umgezogen und eilte zu dem reservierten Speisesaal. Sie wollte auf keinen Fall zu spät kommen. Eine Minute vor der verabredeten Zeit war sie da, aber die Einzige, die bereits am Tisch saß, war Brontë. Die Braut hatte ihr Haar hochgesteckt, und ihre Augen strahlten. Sie sah glücklich und entspannt aus.

»Da bin ich«, verkündete Marjorie und setzte sich neben Brontë. Der Tisch war noch für fünf weitere Personen gedeckt – die Brautjungfern und Violet, die einfach mit dazugehörte –, aber noch waren die anderen nicht aufgetaucht. »Wo sind denn die anderen?«

»Ich glaube, wir sind heute Morgen alle spät dran. Mach dir keine Sorgen. Die kommen schon.«

»Du siehst entspannt aus«, stellte Marjorie lächelnd fest. »Läuft alles nach Plan?«

»Nein«, antwortete Brontë. »Der Kuchen wurde mit dem Flugzeug vom Festland hergebracht und ist auseinandergefallen, daher lässt Logan einen Bäcker einfliegen und zahlt Unsummen dafür, nur damit ich deswegen nicht weine. Die Blumen haben den falschen Rotton. Schon wieder. Und dieser schreckliche Mann, der Logan so auf die Nerven geht, hält sich noch immer auf der Insel auf.« Ihr Lächeln wurde breiter. »Aber es geht mir gut, weil mir Logan gestern eine dreistündige Massage spendiert hat.«

»Du siehst auch gut aus«, meinte Marjorie. »Sehr entspannt und glücklich.«

»Ich bin glücklich«, bestätigte Brontë. »Egal, wie verrückt

diese ganzen Hochzeitsvorbereitungen noch werden, eigentlich ist das alles unwichtig, da letzten Endes nur zählt, dass ich mit einem Mann zusammen bin, der alles Menschenmögliche tut, um mich glücklich zu machen. Und mehr kann man doch nicht verlangen, oder?« Sie beugte sich vor. »Da wir gerade dabei sind ... du siehst auch sehr gut aus. Hat sich der geheimnisvolle Mann als der herausgestellt, den du dir erhofft hast?«

»Als das und noch mehr«, gestand ihr Marjorie mit verträumtem Gesichtsausdruck. »Er ist so wunderbar. Wir sind in vielerlei Hinsicht grundverschieden, aber wenn wir zusammen sind, passt es einfach ... verstehst du? Es ist wie Magie. Wir verbringen jede freie Minute miteinander, seitdem wir uns begegnet sind, und es kommt mir trotzdem so vor, als wäre es bei Weitem nicht genug.«

»Ich kenne das Gefühl«, sagte Brontë und klatschte in die Hände. »Und ich freue mich so für dich! Das ist doch wunderbar! Du bist eine so tolle Frau, Marj. Ich wusste, dass das irgendwann auch ein Mann erkennen würde.«

»Ich bin so glücklich«, gab Marjorie zu. »Aber ... ich weiß nicht, was ich machen soll, wenn es Zeit ist abzureisen.«

»Kommt er denn aus Kansas City? Würdest du lieber dort bleiben, anstatt den Job bei mir anzunehmen? Das wäre zwar schade, aber ich könnte es verstehen.«

»Nein, ich glaube, er kommt eigentlich aus Kalifornien.« Marjorie rollte das Besteck aus ihrer Serviette und legte sie sich auf den Schoß. »Ich möchte noch immer zu dir nach New York kommen. Daran hat sich nichts geändert. Und wir ... wir haben noch gar nicht darüber gesprochen, was danach passieren wird. Im Moment genießen wir einfach jeden Tag.« Aber das würde nur noch zwei Tage so bleiben. Auf einen Schlag war Marjories glückliche Stimmung getrübt. »Ich werde das Thema wohl irgendwann ansprechen müssen.«

»Oh!«, rief Brontë und schnippte mit den Fingern. Dann strahlte sie. »Da fällt mir ein, dass für das Abendessen heute jemand abgesagt hat. Wir sollten zu viert etwas essen gehen. Du bringst deinen Freund mit und ich Logan. Das wird bestimmt schön. Ich kann es kaum erwarten, den Mann kennenzulernen und euch beide zusammen zu sehen.«

»Das wäre schön.« Marjorie freute sich darauf, den attraktiven, witzigen Rob ihren Freunden vorzustellen. »Ich denke, du wirst ihn mögen. Manchmal flucht er etwas viel...«

»Das tut Logan auch«, fiel ihr Brontë grinsend ins Wort.

»... aber im Großen und Ganzen ist er ein sehr süßer und lieber Kerl.«

»Dann kann ich es erst recht nicht erwarten, ihn kennenzulernen«, meinte Brontë und drückte Marjories Hand. »Das wird bestimmt ein schöner Abend.«

Davon war Marjorie überzeugt. Sie konnte es kaum erwarten, Rob eine SMS zu schicken und ihm davon zu erzählen. Er wusste, dass sie wegen der Hochzeit hier war – wäre es nicht toll, wenn er die Braut und den Bräutigam kennenlernte, ohne die sie diesen Urlaub gar nicht hätte machen können?«

»Logan hat einen Tisch in einem schicken Restaurant reserviert«, berichtete Brontë. »Das andere Paar hat abgesagt, aber mit euch wird der Abend bestimmt viel schöner.«

Und vielleicht konnte sie Rob an diesem Abend dann auch fragen, wie es weitergehen sollte – wie es mit ihnen weitergehen sollte. Bei diesem Gedanken könnte Marjorie gar nicht mehr aufhören zu lächeln.

※ ※ ※

Rob rückte seine Krawatte zurecht und nahm sie dann doch wieder ab. Auch wenn es ein schickes Restaurant war, das würde er sich nicht antun. Er hatte dank Marjorie einen kleinen Knutschfleck am Hals und wollte ihn der Welt zeigen. Daher trug er ein gutes Hemd mit Manschettenknöpfen und ein Jackett, aber das musste reichen.

Pfeifend kämmte er sich ein letztes Mal die Haare. Es war schon komisch, dass er nach einer Nacht, die er zusammen mit einer Frau verbracht hatte, so gut gelaunt war. Seine Schlaflosigkeit, die normalerweise ein Dauerzustand war, schien völlig verschwunden zu sein, und er hatte geschlafen wie ein Stein. Dabei hatte er noch nicht einmal Sex gehabt, aber er fühlte sich dennoch zufrieden und ausgeruht. Das war ein gutes Gefühl.

Das er gern öfter spüren würde, und er wollte auch mehr von Marjorie.

Vielleicht konnte sie den Job als Brontës Assistentin ja noch eine Weile aufschieben. Er würde es ihr heute Abend vorschlagen, vielleicht sogar, wenn sie seinen Penis in der Hand hatte. Möglicherweise kam sie ja mit ihm nach Kalifornien, wo sie es wie die Hasen miteinander treiben konnten, bis sie genug voneinander hatten. Wenn sie sich beide ausgetobt hatten, konnte ihr Leben weitergehen wie bisher.

Noch während er das dachte, runzelte er die Stirn. Marjorie war nicht der Typ Frau, der die Tatsache ignorierte, dass er sein Geschäft auf Titten und Ärschen aufgebaut hatte. Ihre Freunde hielten bereits nach ihm Ausschau und glaubten, er wäre fest entschlossen, die Hochzeit zu ruinieren. Das hatte er jedoch nicht vor, jedenfalls nicht mehr, seitdem er Zeit mit Marjorie verbrachte.

Tatsächlich hatte er Smith (die einzig Kompetente seiner Assistenten) an diesem Morgen angerufen und sie gebeten, der *Titten*-Crew auszurichten, sie möge sich für eine Weile nicht sehen lassen. Er wollte nicht, dass sich Marjorie unnötig aufregte, weil die Hochzeit ruiniert werden könnte. Das tat er nicht für ihre Freunde, sondern allein für sie.

Er sah auf sein Handy, ob noch eine Nachricht gekommen war. Doch nach der SMS von heute Mittag – *Wir treffen uns heute Abend in der Lobby und gehen schick essen. Richtig schick. Ich habe eine schöne Überraschung für dich* – war nichts mehr gekommen. Sie hatte sogar einen Smiley hinzugefügt, daher wusste er, dass sie sich sehr darauf freute. Und er konnte es kaum erwarten, sie wiederzusehen. Er hatte den ganzen Tag über gearbeitet und jetzt das Gefühl, sie seit einer Ewigkeit nicht mehr berührt zu haben.

Was sie wohl für eine Überraschung für ihn hatte? Gingen sie in ein neues Restaurant? Würde sie ihn bespringen, sobald er aus dem Fahrstuhl stieg? Trug sie kein Höschen unter ihrem Kleid? Was immer es auch war, er konnte nur hoffen, dass sie die Schuhe trug, die er ihr geschenkt hatte – denn er wollte sie sehen, wenn er sie auszog, und wollte sie in seinem Nacken spüren, wenn er Marjorie um den Verstand fickte.

Allein wenn er sich Marjorie in diesen Schuhen vorstellte, bekam er eine Erektion, und er rückte sein Glied zurecht, bevor er sein Zimmer verließ. Nachdem er mit dem Fahrstuhl in die Lobby hinuntergefahren war, hielt er Ausschau nach einer unfassbar großen Blondine.

Und da war sie auch schon, und sie sah so schön aus, dass sein Herz kurz stehen blieb. Ihre blonden Locken fielen ihr auf die Schultern, und sie trug ein schlichtes schwarzes Kleid. Ihre langen, wundervollen Beine waren nackt, und an ihren herrlichen Füßen entdeckte er die funkelnden Stilettos. Sie sah umwerfend aus.

Er wollte schon auf sie zugehen, erstarrte dann aber.

Sie stand neben Logan Hawkings und seiner Verlobten. Sie unterhielten sich leise, und Logans Verlobte hatte sich bei Marjorie untergehakt. Sie trug ein funkelndes rotes Kleid und Logan einen dunklen Anzug.

Sie waren für ein schickes Abendessen gekleidet.

Er hatte dasselbe vor, zusammen mit Marjorie ... die ihm eine Überraschung versprochen hatte.

Scheiße.

Scheiße, Scheiße, Scheiße.

Rob drehte auf dem Absatz um und ging zurück zum Fahrstuhl, bevor ihn jemand entdecken konnte. Er rannte und schaffte es gerade so in die Kabine, bevor sich die Türen schlossen, wodurch er sich einige gereizte Blicke von den anderen im Fahrstuhl einfing. Aber das war ihm egal. Ihm stand der kalte Schweiß auf der Stirn, und er drückte wütend die Taste für sein Stockwerk und hielt dann inne.

Scheiße. Er konnte nicht auf sein Zimmer gehen, da Marjorie dort als Erstes nach ihm suchen würde. Sie würde glauben, er hätte die Zeit vergessen oder etwas in der Art. Und Logan würde sie vermutlich begleiten.

Das wäre erst recht nicht gut. Scheiße.

Er hielt sich das Handy ans Ohr – ein seltsames Gefühl, da er doch meist das Bluetooth-Headset benutzte – und rief seine Assistentenhotline an.

Smith ging ans Telefon. Gott sei Dank. »Ja, Sir?«

»Ich brauche ein Zimmer. Sofort.«

»Ein anderes? Ich werde sehen, was ich tun kann, Sir. Geben Sie mir fünf Minuten.«

»Nein. Jetzt.« Er hämmerte auf die Taste, um die Türen sofort wieder zu schließen, als sie sich öffneten. Jemand warf ihm im Hinausgehen einen wütenden Blick zu, den Rob geflissentlich ignorierte. »Auf welchem Stockwerk sind Sie?«

»Auf dem zweiten, Sir. Sie können gern herkommen und eine Weile bleiben, wenn Sie ...«

»Ich bin gleich da.« Er drückte die entsprechende Taste und tippte ungeduldig mit dem Fuß auf den Boden. Noch während er das tat, summte sein Handy.

*Wo steckst du?*, schrieb Marjorie. *Hast du dich verlaufen?*

Himmel. Sie hatte ans Ende ihres Satzes noch einen Smiley gesetzt. Er kam sich vor wie ein Arschloch. Als sich die Türen im zweiten Stock öffneten, blieb er zögernd stehen.

Er konnte nach unten fahren und Marjorie vor Logans Augen alles gestehen. Ihr sagen, dass er das Arschloch war, das hinter *Titten oder Abflug* steckte. Bestimmt würde sie alles hassen, wofür er stand, und sie wusste auch, dass ihre Freunde ihn verabscheuten, weil er ein zwielichtiger Geschäftsmann war. Was ja irgendwie auch stimmte. Und dann würde er mit ansehen müssen, wie sich ihre ausdrucksstarken Augen mit Tränen füllten, und er hätte den Rest ihrer Zeit auf dieser Insel und ihre Freude an der Hochzeit ihrer Freundin ruiniert.

Oder er könnte weiter das Arschloch spielen und so tun, als wäre er krank geworden. Oder hätte etwas Geschäftliches erledigen müssen. Irgendetwas. Sie würde verletzt sein, aber das würde er hinterher mit liebevollen Worten und Romantik wiedergutmachen, und dann konnten sie sich durch Kuscheln in bessere Stimmung bringen.

Ihm war sofort klar, welche Ausrede er vorbringen würde. Rob verließ den Fahrstuhl, blieb stehen und schrieb:

*Tut mir leid, aber mir ist was Geschäftliches dazwischengekommen.*

\* \* \*

»Das begreife ich nicht«, murmelte Marjorie entgeistert. »Vorhin klang er noch so, als würde er sich auf das Abendessen freuen.« Vielleicht wäre sie solche Absagen gewohnt, wenn sie öfter mit Männern ausgehen würde, aber so kam es ihr vor, als hätte er ihr das Herz herausgerissen. Sie wusste nicht, was sie tun sollte.

Die Nachricht war noch nicht einmal persönlich, sondern kalt und lapidar. Normalerweise flirtete er per SMS mit ihr und schaffte es sogar, sie erröten zu lassen. Aber das hier... er hatte es noch nicht einmal versucht.

»Ob ich irgendetwas Falsches gesagt habe?«

»Das kann ich mir nicht vorstellen«, erklärte Brontë. »Du suchst nach Problemen, die es überhaupt nicht gibt, Marj. Ich wette, es wurde einfach eine Besprechung angesetzt, bei der er nicht fehlen durfte. Logan weiß, wie das ist, nicht wahr?« Sie sah ihren attraktiven Verlobten bewundernd an.

Aber Marjorie ließ sich einfach nicht beruhigen. »Aber wenn es mit seiner Arbeit zu tun hätte, dann hätte er doch bestimmt auch geschrieben, wie lange es dauert.« Außerdem hatte Rob ihr versichert, dass seine Arbeit während dieser Woche zweitrangig wäre, da es ihm wichtiger war, Zeit mit ihr zu verbringen. Hatte er nicht gemeint, sein Assistent könnte sich um alles kümmern? »Ich verstehe das alles nicht.«

Oh nein ... was war, wenn es an etwas lag, das sie letzte Nacht gesagt oder getan hatte? Vielleicht hatte sie ja schrecklich unsexy gewirkt, und er hatte an diesem Morgen nach dem Aufwachen begriffen, dass er doch nicht mit ihr zusammen sein wollte? Bei diesem Gedanken wurde ihr ganz anders.

»Es ist bestimmt nichts Schlimmes«, versicherte ihr Brontë. »Ich kann dir ansehen, dass du dir Sorgen machst, aber so etwas kann nun mal passieren.«

»Was hast du doch gleich gesagt, macht er beruflich?«, wollte Logan wissen.

Marjorie wurde immer nervöser und hatte das Gefühl, dass Robs Absage auch Logan irgendwie den Abend ruiniert hatte. »Ich, äh ... er hat nur gesagt, dass er Geschäftsmann ist. Ich habe nie so genau nachgefragt, weil er mir versichert hat, dass er hier Urlaub macht.«

Logan sah sie mit seinem kalten Blick prüfend an. »Verstehe.«

»V... vielleicht hätte ich ihn das fragen sollen?« Wie konnte Brontë diesen eiskalten Mann nur heiraten? Er jagte Marjorie im Moment eine Heidenangst ein. Es war ihr völlig schleierhaft, wie er seiner Verlobten gegenüber so liebevoll auftreten und dem Rest der Welt so kalt und reserviert begegnen konnte. »Wir haben nie wirklich darüber gesprochen. Ich ...«

»Es ist bestimmt alles in Ordnung«, unterbrach Logan sie. »Und mir kam gerade ein Gedanke«, fügte er hinzu und wandte sich an Brontë. »Da ich als einziger Mann übrig geblieben bin, wieso fragt ihr nicht Violet und Maylee, ob sie heute Abend schon etwas vorhaben, und geht mit ihnen essen? Sie würden sich euch bestimmt gern anschließen. Möglicherweise haben sie bisher ein wenig das Gefühl, dass dich Gretchen die ganze Zeit mit Beschlag belegt.«

»Oh nein. Denkst du das wirklich?« Brontë wirkte besorgt. »Sie sind alle meine Freunde, und ich möchte niemanden vernachlässigen.«

»Das haben sie bestimmt nicht so aufgefasst«, versicherte Marjorie ihr und versuchte, ihre eigenen Sorgen in den Hintergrund zu drängen. »Und wir müssen jetzt keinen Mädelsabend machen, nur weil Rob abgesagt hat. Das ist wirklich nicht nötig.«

»Ich bestehe darauf«, sagte Logan und schenkte ihnen beiden ein Lächeln, das sowohl charmant als auch gefährlich wirkte. »Ich hätte noch ein paar Dinge zu erledigen und könnte die Zeit ganz gut gebrauchen.« Er beugte sich vor und flüsterte Brontë etwas ins Ohr.

Schließlich nickte sie. »Wenn du meinst«, murmelte sie. »Aber du wirst uns fehlen.«

Logan nahm sie in die Arme und küsste sie zärtlich. »Davon gehe ich aus, Schatz. Ruf die anderen an und habt einen schönen Abend.« Seine Augen glitzerten. »Die Arbeit ruft.«

\* \* \*

Rob saß am Schreibtisch in Smiths Zimmer und vertiefte sich in die Arbeit. Sein E-Mail-Posteingang war randvoll mit Klagen, Anfragen von Klatschzeitungen, Berichten über gestiegene und gesunkene Einschaltquoten, Nachrichten von zufriedenen und unzufriedenen Werbekunden, Firmen, die bei ihm Werbung schalten wollten ... Eigentlich hätte er sich darauf konzentrieren und alles routiniert abarbeiten müssen, so wie er es immer tat.

Aber er musste immer wieder an Marjorie denken. Wie sie strahlend in der Lobby gestanden und auf ihn gewartet hatte ... Und er hatte sie wie ein Feigling sitzen lassen und versteckte sich jetzt.

Was war er doch für ein widerliches Weichei.

Das war ihm durchaus bewusst, aber wenn die einzig andere Option war, ihr wehzutun, dann musste er eben den gottverdammten Feigling spielen. Er würde alles tun, um Marjorie nicht zu verletzen und ihr den Urlaub nicht zu verderben. Daher mochte es zwar feige sein, aber er hatte einen guten Grund dafür.

»Sir?«, fragte Smith und riss ihn aus seinen Gedanken.

Rob schaute auf, nahm die Kopfhörer ab und klappte den Laptop zu. »Was ist?«

»Gortham war gerade im vierten Stock und sagte, er hätte Logan Hawkings vor Ihrer alten Suite gesehen. Angeblich telefoniert er herum, um Sie aufzuspüren.«

Ah, dann machte sich Logan also doch noch auf die Suche nach ihm. Das war ja typisch. Der Mistkerl konnte einfach nicht widerstehen, was? »Ich werde mal hochgehen und ihm Hallo sagen.«

»Sind Sie sicher, dass das klug ist, Sir?«

»Ich bin eigentlich davon überzeugt, dass es das nicht ist, aber was sein muss, das muss sein.« Außerdem war er kein Feigling. Er versteckte sich hier auch nicht vor Logan, sondern vielmehr vor Marjorie und der Erkenntnis, dass er wirklich nicht gut genug für sie war, sie aber dennoch wollte.

Daher ging er zum Fahrstuhl, fuhr in den vierten Stock und ging durch den Flur zu seiner alten Suite – aus der ihn Logan so höflich hinauskomplimentiert hatte.

Logan war immer noch da und hatte ein Handy am Ohr. Er drehte sich um, entdeckte Rob und beendete das Gespräch. Dann kam er entschlossenen Schrittes auf Rob zu, der betont gemächlich schlenderte. »Ich hätte mir denken können, dass Sie noch hier sind, Sie Stück Scheiße.«

»Hawkings«, sagte Rob, grinste und breitete die Arme aus. »Ach, kommen Sie schon. Küssen Sie Ihre Mutter mit diesem Mund?«

»Ich habe Ihnen gesagt, dass Sie abreisen sollen«, schnaubte Logan. »Aber nein, Sie haben beschlossen, es auf die richtig miese Tour zu versuchen, als es nicht so lief, wie Sie es sich vorgestellt haben.«

So langsam wurde Rob wütend, auch wenn er eigentlich

wusste, dass er sich deshalb nicht aufregen sollte. Man hatte ihn schon schlimmer beschimpft. »Eigentlich habe ich ...«

»Einer süßen, unschuldigen jungen Frau nachzustellen, nur um an ein Treffen mit mir zu kommen? Finden Sie nicht auch, dass Sie damit entschieden zu weit gegangen sind?«

»Jetzt warten Sie aber mal einen Moment ...«

Logan warf die Hände in die Luft und war ebenso wütend wie Rob. »Sie wollen ein Meeting mit mir? Okay. Ich setze mich mit Ihnen zusammen, aber nur, wenn Sie Marjorie Ivarsson in Ruhe lassen.«

Rob knirschte mit den Zähnen und sah vor Wut schon fast rot. »Lassen Sie sie gefälligst aus dem Spiel. Sie gehört *mir*.«

»Sie sind derjenige, der die Finger von ihr lassen soll«, brüllte Logan. »Sie ist eine unschuldige Frau, und Sie sind der letzte Abschaum, dass Sie sie auf diese Weise benutzen.«

»Ich benutze sie?« Jetzt schrie Rob ebenfalls. »Verdammt noch mal, Hawkings, ich benutze niemanden!«

»Blödsinn«, knurrte Logan. »Sie haben gewonnen. Sie bekommen das Treffen, aber das Mädchen ist von jetzt an für Sie tabu.« Er ballte die Fäuste. »Wir werden ihr nichts von alldem erzählen. Sie ist ein süßes, behütetes Ding, und es würde ihr das Herz brechen. Ich habe jedenfalls nicht vor, auf ihren Gefühlen herumzutrampeln. Mir sind sie nämlich nicht scheißegal.«

»Arschloch.«

»Wie gesagt: Sie haben gewonnen. Wir können uns morgen treffen.«

»Ich scheiße auf das gottverdammte Treffen. Sie sagen doch sowieso Nein. Also ficken Sie sich einfach ins Knie.«

»Verschwinden Sie von meiner gottverdammten Insel.«

»Wenn Sie mich rauswerfen, dann mache ich Ihnen die schlimmste Szene, die Sie sich nur vorstellen können.« Rob schenkte ihm ein eiskaltes Lächeln. »Ihre Hochzeit ist wann, übermorgen? Wie wäre es, wenn gerade zur rechten Zeit ein schöner Skandal hochkocht? Das würde Ihrer Kleinen doch bestimmt richtig gut gefallen.«

Logan bebte, und einen Augenblick lang glaubte Rob schon, der Mann würde ihn schlagen. Doch stattdessen flatterten nur Logans Nasenflügel, er bedachte Rob mit einem letzten vernichtenden Blick, drehte sich auf dem Absatz um und stürmte davon.

Rob blieb cool, bis Logan um die Ecke gebogen war. Dann ging er zur nächsten Wand und schlug mit aller Kraft dagegen, sodass ein Loch zurückblieb. Die Haut an seinen Fingerknöcheln platzte auf, aber der Schmerz konnte seine Wut nur vorübergehend ausblenden.

Verdammte Scheiße! Und scheiß auf Logan, wenn der glaubte, Rob würde Marjorie nur ausnutzen. Für was für einen widerlichen Mistkerl hielt der ihn denn?

Aber was würde Marjorie erst von ihm halten, wenn man ihr die Wahrheit sagte?

Er schlug auch mit der anderen Faust gegen die Wand. Na super! Jetzt taten ihm beide Hände weh, und er war noch immer stinksauer.

# 19

Als Marjorie um Mitternacht noch immer nicht angerufen hatte, begann Rob, sich langsam Sorgen zu machen. Das Abendessen konnte doch unmöglich so lange dauern, oder?

Um ein Uhr beschloss er, zu Marjories Zimmer zu gehen und mit ihr zu reden. Wenn sie verletzt war, dann würde er versuchen, die Sache wieder in Ordnung zu bringen. Er klopfte an ihre Tür, aber sie machte nicht auf. Auch auf seine SMS bekam er keine Antwort. Nachdem er zehn Minuten lang ungeduldig vor ihrem Zimmer gewartet hatte und niemand vorbeigekommen war, schob er eine Kreditkarte in den Türspalt und verschaffte sich Einlass. Wenn sie in ihrem Zimmer war und nur nicht mit ihm reden wollte, hätte sie vermutlich die Kette vorgelegt.

Doch der Raum war leer. Marjorie war nicht da.

Wo zum Teufel steckte sie?

Seine Besorgnis wurde immer größer, und er schloss schnell die Tür und eilte zum Fahrstuhl.

Sie war auch nicht in der Lobby. Er suchte im Garten, konnte sie da aber auch nicht finden. Das Restaurant war um diese Uhrzeit längst geschlossen, und an der Bar saßen nur ein paar einsame Trinker herum. Er hatte ohnehin nicht damit gerechnet, sie dort anzutreffen, denn nach dem ersten vermasselten Abend hatte sie keinen Tropfen Alkohol mehr angerührt.

Es gab nur noch einen Ort, an dem er nicht nachgesehen hatte.

Rob ging zum Strand, zog seine ledernen Bettani & Venturi-Schuhe aus und lief am Ufer entlang, immer auf der Suche nach einer in sich zusammengesunkenen Gestalt mit blondem Haar.

Und er behielt recht, denn am anderen Ende des Strands, über einen Kilometer vom Hotel entfernt, sah er eine einsame Frau, die am Wasser entlangging und in die Ferne blickte. Von seiner Position aus sah sie zerbrechlich und traurig aus und gar nicht wie die starke, lächelnde Marjorie, die er kannte.

Ihm war sofort klar, dass er ihr heute Abend sehr wehgetan hatte. Dieser Gedanke lag ihm wie ein Stein im Magen. Seine süße, empfindliche Marjorie war durch Robs Gefühllosigkeit verletzt worden. Mann, er war echt ein Arschloch.

Er ging zu ihr ins knöcheltiefe Wasser. Sie sagte keinen Ton, daher blickte er wie sie zum Horizont und versuchte zu erkennen, was sie anstarrte. Nach einem Augenblick neckte er sie: »Ich hoffe, du hast nicht wieder dein Oberteil verloren. Wenn es so weit draußen ist, finden wir es nie mehr wieder.«

Sie lachte nicht, sondern sah ihn nur mit traurigen Augen an. »Warum bist du hier, Rob?«

Er warf seine Schuhe hinter sich in den Sand und steckte die Hände in die Hosentasche, ganz wie ein schuldbewusster Junge. »Ich bin hergekommen, weil ich mir Sorgen um dich gemacht habe.«

»Wirklich? Früher am Abend scheinst du dir nicht die geringsten Sorgen gemacht zu haben, als du mich einfach versetzt hast.«

»Mir ist was dazwischengekommen.«

Marjorie gab ihm mit ihrem Blick zu verstehen, dass sie ihm kein Wort glaubte.

»Ich schwöre, dass ich nie vorhatte, deine Gefühle zu verletzen, Marjorie.«

»Warum hast du es dann getan?« Sie verschränkte die Arme vor der Brust und sah ihm endlich ins Gesicht, und er bemerkte erst jetzt, dass sie noch immer dasselbe Kleid trug wie vorhin in der Lobby. Man sah ein ganzes Stück ihrer langen Beine, und sie sah wunderschön aus. Ihre Schuhe waren nirgendwo zu sehen, und das Wasser umspülte ihre nackten Füße. »Wie kommt es dann, dass du, nachdem du mir den ganzen Tag versichert hast, du könntest es kaum erwarten, mich wiederzusehen, plötzlich irgendein ›Problem‹ hast und unsere Verabredung absagst? Und das, wo wir mit meinen Freunden verabredet waren.«

»Oh, war das die Überraschung?«, fragte er und schnitt eine Grimasse. »Mann, das tut mir echt leid.«

»Es tut dir überhaupt nicht leid!« Sie starrte ihn wütend an und wandte dann schnell den Blick ab, um sich mit einer Bewegung, bei deren Anblick ihm das Herz wehtat, den Augenwinkel zu wischen. »Wenn es an irgendetwas gelegen hat, das ich getan habe, dann solltest du wenigstens den Mumm aufbringen, es mir zu sagen ...«

»Etwas, das du getan hast? Was willst du damit sagen?« Als sie ihn nicht ansehen wollte, baute sich Rob vor ihr auf, nahm ihre Arme und versuchte, sie dazu zu bringen, ihm ins Gesicht zu sehen. Aber sie schaute ihm nicht in die Augen. »Was meinst du damit, Marjorie?«

Sie schluckte schwer und zog den Kopf ein. »Es ist nur so ... letzte Nacht war in vielerlei Hinsicht für mich das erste Mal. Und ich dachte, es wäre alles wunderbar gewesen und nichts, wofür man sich schämen muss, richtig? Aber dann gehst du mir heute aus dem Weg, da musste ich mich doch unwillkürlich fragen, ob ich vielleicht etwas getan oder nicht getan habe, das ...«

»Was? Nein, nein, nein. Ganz und gar nicht.« Er rieb ihre

Arme und wollte sie an sich ziehen, aber sie blieb mit steifem Körper auf Abstand. »Ich weiß beim besten Willen nicht, wie du auch nur auf eine solche Idee kommen kannst, Marjorie. Du warst letzte Nacht verdammt unglaublich.«

»Aber nicht so unglaublich, dass du mich heute wiedersehen wolltest?«

»Ich bin doch hier, oder nicht? Ich habe dich gesucht. Und für mich bist du so gottverdammt unglaublich, dass ich dich letzte Nacht in meinem Bett behalten wollte. Ich konnte den Gedanken nicht ertragen, dass du gehst. Weißt du eigentlich, wie selten mir das passiert?«

»Nein«, antwortete sie aufrichtig, und er war erst einmal sprachlos. Natürlich wusste sie das nicht. Er hatte ihr so vieles verschwiegen, dass sie logischerweise entsetzt sein würde, wenn sie jemals herausfand, wer er wirklich war.

Ach verdammt! »Es ist eben ... was dazwischengekommen«, behauptete er wenig überzeugend.

Dieses Mal sah sie ihn an. »Hör einfach auf damit, okay?«

»Okay. Ich bin ein miserabler Lügner. Mir ist nichts dazwischengekommen. Ich bin einfach nur durchgedreht, aber das hatte nichts mit dir zu tun, sondern ganz allein mit mir, verstehst du? Ich bin ein egoistischer Mistkerl und hätte dir nicht absagen dürfen. Ich wollte es auch nicht tun, und ich weiß, dass du mir das nicht glaubst, aber es ist die Wahrheit.« Er nahm ihre Hand zwischen seine eigenen und drückte sie an seine Brust. »Aber ich wollte dich um gar keinen Preis verletzen. Ich weiß, dass du mir nicht glaubst, aber ich schwöre bei Gott, Jesus und Buddha, dass es die Wahrheit ist. Du bist seit Jahren der erste Mensch, der sich aufrichtig freut, mich zu kennen, und du hast ja nicht die geringste Ahnung, wie gut sich das anfühlt und welche Angst es mir einjagt.«

»Wie soll ich dir das glauben?«, fragte sie leise.

»Bitte mich, um was du willst«, antwortete er schnell. »Sag mir, was ich tun soll, um es wiedergutzumachen, und ich werde es tun.«

»Das Probeessen ist morgen Abend«, teilte sie ihm mit. »Ich wollte mit Dewey hingehen, aber ...«

»Augenblick mal«, fiel er ihr ins Wort und spürte Eifersucht in sich aufsteigen. »Wer zum Henker ist Dewey?«

Sie lächelte widerstrebend. »Dewey ist ein achtzigjähriger Mann, mit dem ich Shuffleboard spiele. Er ist einsam, daher habe ich ihm Agnes und Edna vorgestellt, und wir haben etwas Zeit miteinander verbracht.«

»Oh.« Sein Herzschlag verlangsamte sich wieder, allerdings nur ein wenig.

»Aber ich möchte, dass du mich zu dem Essen begleitest«, fuhr sie fort. »Ich würde mich riesig darüber freuen, wenn du mit mir hingehst.«

Ach verdammt. Wenn er da auftauchte, würde Logan Hawkings durchdrehen, und der Abend wäre für alle Beteiligten gründlich ruiniert. »Ich ... kann nicht.«

Sie versuchte, ihm ihre Hand zu entziehen, und zuckte vor ihm zurück.

»Marjorie«, begann er.

»Lass mich los.« Er konnte ihr anhören, dass sie kurz davorstand, in Tränen auszubrechen.

»Es ist nicht so, wie du denkst ...«

»Ich denke, dass du dich dafür schämst, mit mir gesehen zu werden«, fauchte Marjorie mit tränenerstickter Stimme. »Genau das denke ich. Dass es völlig in Ordnung ist, mit Bibo, dem Riesenvogel, auszugehen, solange einen niemand sieht, aber sobald die Gefahr besteht, dass man gesehen werden könnte, sieht die Sache ganz anders aus.«

»Das ist doch gar nicht wahr.«

»Ach nein?« Wieder versuchte sie, ihm ihre Hand zu entziehen.

»Nein. Ich schäme mich nicht im Geringsten für dich. Wie in aller Welt kommst du nur auf die Idee...«

»Weil ich eins fünfundachtzig groß bin, Rob. Und du bist der erste Mann, der mich nicht links liegen gelassen hat. Wie soll ich glauben, dass die Erfahrung von vierundzwanzig Jahren nach einer Urlaubswoche mit dir plötzlich nicht mehr gilt?«

»Du bist wunderschön, und ich kriege jedes Mal einen Ständer, wenn ich dich ansehe«, erklärte er ihr. »Glaubst du mir nicht? Es ist jetzt auch nicht anders, und das liegt nur daran, dass du so umwerfend bist.«

Zu seiner Überraschung streckte sie die rechte Hand aus und griff ihm in den Schritt. Dann sah sie ihn überrascht an, als sie feststellte, dass er tatsächlich eine Erektion hatte, und zog die Hand schnell wieder weg. »Das hat gar nichts zu bedeuten. Vielleicht passiert dir das ja bei jeder Frau, die dir über den Weg läuft.«

»Dem ist aber nicht so. Ich habe hier jede Menge Frauen gesehen, aber du bist die einzige, die mich interessiert. Ich hatte seit drei Jahren keine ernsthafte Beziehung mehr, und es könnte sogar schon länger her sein, weil mich eine Frau in dem Moment, in dem sie den Mund aufmacht, nicht mehr interessiert. Aber bei dir ist das anders. Du bist den ganzen Tag in meinen Gedanken, und ich frage mich sogar, was dir wohl gerade durch den Kopf geht, wenn du gar nicht bei mir bist. Ich bin verdammt noch mal verrückt nach dir, Marjorie.«

»Dann geh mit mir zu dem Probeessen«, meinte sie leise.

Verdammt. Er saß in der Klemme. Aus dieser Falle gab es kein Entrinnen. »Gibt es nichts anderes, was dich glücklich stimmen würde?«

»Nein«, erwiderte sie dickköpfig. »Das ist es, was ich will. Ich möchte, dass wir zusammen zu diesem Essen gehen.«

»Dann werde ich dich begleiten.« Damit war sein Schicksal besiegelt. »Ich tue es für dich, wenn es das ist, was du willst.«

»Das ist es«, bestätigte sie und lächelte zögerlich. »Ist es denn wirklich so schrecklich, mit mir auszugehen, Rob?«

»Es ist überhaupt nicht schrecklich.« Er zog sie an sich, und dieses Mal gab sie nach, legte die Arme um seinen Hals und drückte sich an ihn. »Ich bin, wie gesagt, völlig verrückt nach dir, Marjorie. So habe ich noch nie für eine Frau empfunden. Es ist vermutlich verrückt, über Liebe und eine Beziehung nachzudenken, nachdem wir gerade mal eine Woche miteinander verbracht haben, aber die Vorstellung, dass du mich in ein paar Tagen verlassen wirst, tut mir unglaublich weh. Ich möchte nicht, dass du nach Hause nach Kansas City gehst, und ich möchte auch nicht, dass du nach New York ziehst. Komm mit mir nach Kalifornien. Bleib bei mir, damit wir mehr Zeit miteinander verbringen können. Ich möchte keinen einzigen Tag von dir getrennt sein.«

»Rob«, murmelte sie sanft. »Ich ... ich weiß nicht.«

»Du musst dich nicht auf der Stelle entscheiden. Auch nicht morgen. Aber du sollst wissen, dass mein Angebot steht. Und dass der Gedanke, du könntest mich verlassen und dein Leben ohne mich fortsetzen, mich hundeelend macht. Du bist der einzige gute und anständige Mensch in meinem Leben.«

»Das stimmt doch gar nicht«, protestierte sie. »Du bist ein wunderbarer Mensch.«

»Das bin ich nicht«, gestand er ihr offen. »Ich bin ein Mistkerl und ein Arschloch, und ich mache mir ständig Sorgen, dass du irgendwann erkennen wirst, wie ich wirklich bin, und es dann bedauern wirst, mich je kennengelernt zu haben.«

»Das wird nie passieren!«

»Sag niemals nie, Süße.« Er legte ihr eine Hand unter das Kinn. »Ich darf dich doch noch Süße nenne, oder nicht?«

Sie nickte, und ihre Augen glänzten im Mondlicht.

»Du hast mir heute gefehlt«, gab er mit leiser, heiserer Stimme zu. »Der Tag kam mir endlos vor, weil du nicht an meiner Seite warst.«

»Heute war ein Scheißtag«, stimmte sie ihm zu. Sie hatte eine Hand auf seine Brust gelegt und ließ diese zu seiner Überraschung weiter nach unten wandern, wo sie seinen Penis umfing. »Aber ... der heutige Abend hat noch Potenzial.«

»Marjorie«, stieß er stöhnend aus. Hatte er zuvor schon geglaubt, eine Erektion zu haben, so war das nichts im Vergleich zu dem, was jetzt passierte. Ihre sanfte Berührung ließ sein Glied steinhart werden.

»Ich möchte, dass du mit mir schläfst, Rob.« Sie hielt die Lippen ganz dicht vor seine, küsste ihn aber nicht.

Ach verdammt! Das klang nach einer himmlischen Idee – und gleichzeitig nach einer bescheuerten. Wenn er in dieser Nacht mit ihr schlief, wäre der Hass, den sie morgen für ihn empfinden würde, nur umso größer. »Das geht nicht, Süße.«

»Oh doch, das geht«, beharrte sie und rieb mit einer Hand an seinem Penis entlang. Ihre Liebkosung tat so gut, dass er ihre Hand dort wegnehmen musste, um nicht wie ein wilder Hund ihr Bein zu besteigen.

»Du bist noch Jungfrau, daher sollten wir noch ein bisschen warten – nicht dass du deine voreilige Entscheidung später bereust.«

Ihre Finger glitten zu seinem Hemdkragen, und sie knöpfte langsam sein Hemd auf. Großer Gott, wollte seine kleine Jungfrau ihn etwa verführen? Sie war viel zu gut in dem, was sie tat, und es fiel ihm unglaublich schwer, ihr zu widerstehen.

»Ich weiß nicht«, murmelte sie. »Eigentlich waren vierundzwanzig Jahre doch lange genug.«

Verdammt, da hatte sie recht. »Ich will nichts überstürzen.«

»Ich wünschte, du würdest es tun. Ich kann es kaum erwarten, dich in mir zu spüren.« Sie schob die Finger unter sein Hemd und streichelte seine Haut. »Ich fühle mich so sexy, wenn ich weiß, dass ich dich verrückt machen kann.«

Das war im Grunde genommen doch der Traum jedes Mannes... warum nur fühlte es sich dann an, als näherte er sich einer Katastrophe? Er wollte Marjorie, und sie begehrte ihn. Das sollte doch reichen. Aber Rob hatte wieder einmal das Gefühl, in der Falle zu sitzen. Wenn er jetzt nicht mit Marjorie schlief, dann würde sie denken, er hätte gelogen, als er behauptet hatte, sie sexy zu finden. Ihr empfindliches Ego wäre zerschmettert und ihre Beziehung am Ende.

Was allerdings morgen so oder so passieren würde, wenngleich aus völlig anderen Gründen.

Sie beugte sich vor und küsste seinen Hals und seine Schlüsselbeine. »Ich möchte diese Insel nicht verlassen, ohne dich ganz kennengelernt zu haben, Rob. Und ich möchte nicht als Jungfrau wieder abreisen. Ich habe den Mann gefunden, mit dem ich zusammen sein möchte.«

Nachdem er diese Worte gehört hatte, blieb ihm eigentlich keine andere Wahl mehr. Sie wollte die Seine sein, und er wollte das ebenfalls.

»Wenn du dir sicher bist...«

Sie küsste ihn – mit geöffneten Lippen und gieriger Zunge. Das war nicht der Kuss einer Jungfrau, sondern ein verlangender Kuss, der um mehr bat.

Tja, auch gut. Er packte sie, zog sie an sich und hob sie

hoch. Genau so, wie er es sich schon so viele Male erträumt hatte, legte sie ihre langen Beine um seine Taille und die Arme um seinen Hals, ohne den Kuss zu unterbrechen.

»Lass uns in meine Suite gehen«, schlug er vor. »Ich habe Kondome dabei.«

## 20

Er trug sie nicht den ganzen Weg bis in seine Suite. Zwar hätte er das gern getan, aber Marjorie war rot angelaufen und hatte protestiert. Stattdessen gingen sie Hand in Hand zurück. Sie schwiegen, aber es war kein betretenes Schweigen, sondern eher eines der Vorfreude.

Als sie im Hotel angekommen waren, sah Rob Marjorie an. »Möchtest du noch etwas aus deinem Zimmer holen?«

Sie schüttelte den Kopf, und ihre Augen glänzten. Dabei sah sie so gottverdammt aufgeregt aus. Warum konnte er das Gefühl nicht abschütteln, dass er etwas unglaublich Bescheuertes tat? Er saß so oder so in der Klemme. Entweder verlor er Marjorie schon heute Nacht oder morgen. Auf diese Weise konnte er sie wenigstens noch glücklich machen, oder etwa nicht?

Mit den Konsequenzen musste er wohl oder übel leben.

Sie gingen in seine Suite, und Rob verschloss die Tür und legte die Kette vor.

Dann drehte er sich um. »Wenn du dir wirklich sicher bist, Marjorie...«

»Hör auf, mich das zu fragen. Ich bin mir absolut sicher«, bestätigte sie ihm und zerrte so heftig an seinem Hemd, dass die Knöpfe absprangen.

Na gut. Er legte die Arme um sie und küsste sie – keine sanfte Liebkosung, sondern eine entschlossene Eroberung. Der Kuss war leidenschaftlich, und er wurde immer erregter, da sie ebenso reagierte. Das war sein Mädchen. Die Frau, die wie eine Jungfrau errötete und wie ein Pornostar küsste. Stöhnend schob Rob die Hände auf ihren Hintern, und sie legte ihm erneut die Beine um die Taille, sodass sie sich taumelnd auf den Weg ins Schlafzimmer machten.

Dort warf Rob sie aufs Bett, legte sich auf sie und küsste sie einfach weiter. Doch Marjorie wollte sich nicht länger nur mit Küssen zufriedengeben. Sie wand sich unter ihm und bewegte die Hüften, da sie unbedingt mehr wollte. Sie zerrte an seinem Hemd und konnte es kaum erwarten, ihn auszuziehen.

Doch sie wollte zu viel und zu schnell. Rob hatte vor ihr noch keine Jungfrau gehabt, doch er wusste, dass schnell vermutlich nicht die beste Entscheidung war. Außerdem sollte sie das Ganze genießen. Er wollte sicherstellen, dass sie ebenso gierig auf den Schwanz des nächsten Mannes war, mit dem sie schlief, wie jetzt auf seinen.

Natürlich ließ ihn die Vorstellung, dass sie mit einem anderen Mann schlafen könnte, rot sehen. Er packte ihr Haar und stieß ihr die Zunge in den Mund, als wollte er sie in Besitz nehmen. Sie war sein, gottverdammt noch mal. Seine süße, errötende Frau mit Sommersprossen auf der Nase und endlos langen Beinen.

Als Reaktion auf seinen Kuss stieß Marjorie ein leises Wimmern aus und zuckte unter ihm, wobei sie sich mit dem Venushügel an seinem Glied rieb. Himmel, wie sehr er es liebte, dass sie so groß war. Dadurch passten ihre Körper perfekt zusammen, und wenn sie sich so unter ihm wand, fühlte sich das herrlich an.

Er schob eine Hand unter ihren Rock und streichelte ihre Oberschenkel. Ihre Haut fühlte sich warm an, und allein wenn er sie an der Innenseite ihres Oberschenkels berührte, war er kurz davor zu kommen. Er ließ die Hand weiter nach oben wandern und drückte sie direkt über der Scheide auf ihr

Höschen. »Ich kann es kaum abwarten, dich dort anzusehen«, murmelte er und drückte den Daumen durch den Stoff zwischen ihre Schamlippen und auf ihre Klitoris.

Sie stöhnte und rieb sich mit geschlossenen Augen an ihm. »Oh. Oh, Rob. Das fühlt sich so gut an. Woher weißt du immer genau, wie du mich berühren musst?«

Die Antwort auf diese Frage lautete natürlich: aus Erfahrung. Er hatte mit unzähligen Frauen geschlafen. Aber es kam ihm falsch vor, das jetzt zu erwähnen, da er mit der einzigen Frau, die er wollte, im Bett lag. Daher beugte er sich vor, küsste ihren Hals und bewegte den Daumen weiter auf diesem empfindlichen Nervenknoten. »Weil dein Gesicht es mir sagt, Süße. Ich kann darin genau sehen, was du magst und was nicht.«

»Ich glaube, ich mag alles, was du mit mir machst«, gestand sie ihm schüchtern.

»Dann werde ich dir auch alles geben«, erwiderte er, und es war ihm völlig egal, wie bescheuert das klang. So empfand er nun mal. Für Marjorie würde er alles tun. Er drückte den Daumen auf ihre Klitoris und spürte, wie sie immer feuchter wurde. »Dann ... gehen wir heute Abend aufs Ganze?«

Marjorie lächelte nur schüchtern und nickte.

»In diesem Fall sollten wir die Sache schön der Reihe nach angehen.« Widerstrebend zog er die Hand wieder zurück. »Erzähl mir doch noch mal, womit man anfängt.«

»Mit dem Küssen«, erwiderte sie mit strahlenden Augen. Himmel, sie war so umwerfend. Ihr Haar umrahmte ihren Kopf und bauschte sich in lockeren Wellen an ihrem Hals. Sie hatte in dieser Woche viel in der Sonne gelegen, was bedeutete, dass ihre Sommersprossen noch intensiver geworden waren und ihre blauen Augen heller wirkten. Sie war einfach nur hinreißend. Während er auf sie herabblickte, leckte sie sich die Lippen. »Aber ich denke, den Punkt haben wir bereits abgehandelt.«

»Wir sollten aber sicherstellen, dass wir auch gründlich genug waren«, entgegnete er und küsste sie erneut. Sie erwiderte seinen Kuss gierig und schien sich nach seinen Liebkosungen zu sehnen. Als er sich erneut von ihr löste, protestierte sie leise, aber dann küsste er ihre Nase, ihre Wangen, ihre Stirn, ihr Kinn und jede andere Stelle, die er erreichen konnte, während sie sich zurücklehnte und ihn bewundernd beobachtete. Danach legte er ihr eine Hand an den Hinterkopf, schob die Finger in ihr Haar und erkundete mit den Lippen ihr Ohr. Sie hatte einfach anbetungswürdige Ohrläppchen. Für eine Frau mit langen Beinen, langen Fingern und großen Füßen besaß sie erstaunlich kleine Ohren, die perfekt am Schädel anlagen. Er fuhr mit einem Finger an der Ohrmuschel entlang. »Ich glaube, ich habe noch nie so ein perfektes Ohr gesehen.«

Sie kicherte und wand sich unter ihm. »Ich wüsste nicht, dass mir jemand schon einmal so ein Kompliment gemacht hätte.«

»Das kann nur daran liegen, dass deine wunderschönen Beine sämtliche Blicke auf sich gezogen haben.« Er beugte sich vor, küsste ihr Ohr und strich mit der Zunge daran entlang. Marjorie sog die Luft ein und erschauerte unter ihm, und er glaubte zu spüren, dass sie die Finger noch fester in seine Haut bohrte. Das gefiel seiner Marjorie, was? Ermutigt machte Rob weiter und leckte und knabberte schließlich an ihrem Ohrläppchen herum.

Marjorie stöhnte leise.

»Wie fühlt sich das an?«, fragte er sie mit heiserer Stimme. Er war unglaublich erregt, aber das musste er ignorieren, da diese Nacht für sie perfekt werden sollte. In der letzten Nacht war er als Erster gekommen. Diese Nacht war sie an der Reihe, und sie sollte mehr als nur einen Höhepunkt haben.

Dafür würde er schon sorgen.

»Es fühlt sich ... gut an«, hauchte sie. »Sanft.« Sie rutschte ein wenig auf dem Bett herum. »Und ich werde ganz feucht.«

Ach verdammt! Das war Musik in seinen Ohren. »Zu der Stelle komme ich bald, Süße. Du musst noch ein wenig Geduld haben.«

Ihr Kichern ging in ein Keuchen über, als er ihr eine Spur aus Küssen auf den Hals drückte.

»Aber zuerst«, murmelte er, »müssen wir das Küssen gründlich erledigen. Damit bin ich noch nicht fertig.«

»N... nicht?«, fragte sie ungläubig. Sie fuhr mit den Händen in sein Haar und kratzte ihm sanft über die Kopfhaut, was sich unglaublich anfühlte.

»Nein. Da sind noch immer einige Stellen, die ich nicht geküsst habe.«

»Oh. Ich wusste gar nicht, dass man alles küssen muss, um diesen Punkt abzuhaken.« Sie klang sehr ernst.

»Nicht? Gibt es etwa ein Handbuch für solche Dinge?«

»Ich bin mir ziemlich sicher, dass es keins gibt«, antwortete sie lachend.

Er küsste ihre zarten Schlüsselbeine. »Woher willst du dann wissen, wie es richtig ist? Es ist doch am besten, man küsst einfach jede Stelle, nur um auf Nummer sicher zu gehen, findest du nicht?«

»Ja«, stimmte sie ihm leise zu, seufzte und legte den Kopf in den Nacken, um ihm die Sache zu erleichtern. »Ich bin sehr dafür.«

Diese Worte erregten ihn so sehr, dass er es selbst kaum glauben konnte. Er stöhnte und hätte sich am liebsten wie ein brünstiges Tier an ihr gerieben. Als er an der Stelle an ihrem

Hals saugte, wo dieser in die Schulter überging, stellte er zufrieden fest, dass sie dort einen Knutschfleck bekam. Wenn es nach ihm ginge, könnte sie voll davon sein, aber er wollte nicht, dass sie sich deswegen schämte. Er schob den Träger ihres Kleides zur Seite und küsste weiter ihre Haut. Als er den Stoff ihren Arm hinunterschob, kam darunter ein BH zum Vorschein. »Den müssen wir aber ausziehen, wenn wir mit dem Küssen weitermachen wollen.«

»Ach ja?«, fragte sie atemlos. Sie war so süß und so verdammt eifrig.

»Ja. Wenn wir das heute richtig machen wollen, muss ich jeden Zentimeter von dir küssen.« Er zog sie an der Hand hoch, bis sie aufrecht saß, und half ihr dabei, das Kleid über den Kopf zu ziehen.

Dann saß sie nur mit BH und Höschen bekleidet vor ihm und sah ihn vertrauensvoll an. Er konnte nicht anders und küsste sie erneut, während er eine Hand auf ihren Rücken legte und den BH-Verschluss öffnete. Sie schob sich die Träger herunter, und nun fehlte nur noch das schlichte Baumwollhöschen.

Doch das hatte noch ein bisschen Zeit.

Wieder küsste er sie auf den Mund und drückte sie zurück aufs Bett. Er nahm ihre Hand und drückte den Mund auf die Handfläche, um danach jede Fingerspitze zu küssen. Schließlich ließ er die Lippen über ihren Arm nach oben zu ihrer Schulter wandern. Er konnte sehen, dass sie schon jetzt steife Brustwarzen hatte, und konnte es kaum erwarten, sie endlich dort zu berühren. Bald. Zuerst war jedoch der andere Arm an der Reihe.

Aber dann wollte er sich endlich ihren süßen Brüsten widmen. Rob beugte sich über sie und sah sie sehr lange Zeit einfach nur an. Es waren so schöne Brüste, und die Haut dort war blasser als an anderen Stellen, sodass man die Sommersprossen kaum erkennen konnte. Die Brustwarzen waren winzig, rosafarben und versteift, und als er sich vorbeugte, hätte er schwören können, dass sie sich noch weiter aufrichteten, als könnten sie es kaum erwarten, geküsst zu werden.

Diesen Wunsch musste er natürlich erfüllen. Er drückte mehrere Küsse in das Tal zwischen ihren Brüsten, saugte sanft an ihrer Haut und genoss es, wie Marjorie leicht erbebte. Dann ging er zu ihrer linken Brust über, umkreiste mit langsamen Küssen die Brustwarze und biss hin und wieder vorsichtig hinein. Als er alles andere geküsst hatte, gab er ihrer Brustwarze einen ganz kurzen Kuss.

Marjorie stöhnte enttäuscht auf.

Doch er setzte seine Liebkosungen an der rechten Brust fort, küsste sich auch dort die sanfte Rundung entlang, bis er zur Brustwarze kam, die ebenfalls nur einen schnellen Kuss aufgedrückt bekam. Dieses Mal klang Marjorie richtiggehend frustriert.

»Reicht dir das nicht?«, fragte er. »Na gut.«

Er umfing ihre Brüste mit den Händen und drückte sie zusammen. Dann beugte er sich wieder vor, nahm beide Brustwarzen in den Mund, zog die Zähne und die Lippen erst über die eine und ließ dann der anderen dieselbe Behandlung angedeihen.

Marjorie lag stöhnend und keuchend unter ihm und genoss ganz offensichtlich, was er mit ihr machte. Ihre Brustwarzen bebten, und sie atmete schwer und biss sich auf die Unterlippe.

»Wir müssen mit dem Küssen bis zum Ende durchhalten«, schalt er sie, ließ ihre Brüste los und wanderte weiter nach unten zu ihrem Bauch.

»Du willst mich wohl um den Verstand bringen«, protestierte sie.

Das hatte sie gut erkannt. Genau darum ging es ihm. Er wollte, dass Marjorie schon unglaublich erregt war, wenn er den Mund endlich auf ihre Scheide drückte. Dann sollte sie noch ein paar Mal kommen, damit sie ausgelaugt und befriedigt war, wenn er ihr schließlich die Jungfräulichkeit nahm. Sie sollte vor lauter Lust und Erregung so angeschwollen sein, dass sie der Schmerz nicht weiter interessierte, solange sich alles andere gut anfühlte. Denn es würde sich gut anfühlen. Dafür würde er sorgen.

Daher küsste Rob ihren Bauch, auch wenn sie das kitzelte, und drückte die Lippen leicht auf ihre Hüften. Als er beim Bund ihres Höschens ankam, spürte er, wie sie sich am ganzen Körper verspannte. Er wusste, dass sie bereits ahnte, was als Nächstes kommen würde.

Aber er wollte sie noch ein bisschen auf die Folter spannen. Daher übersprang er den Beckenbereich ganz und ging zu ihrem linken Fuß über. Aus irgendeinem Grund mochte er Marjories große Füße. Er wusste, dass sie nicht zart waren – das definitiv nicht –, aber sie waren dennoch schmal, hatten einen femininen Fußrücken, und die Zehennägel waren rot lackiert. Er küsste jede Zehenspitze und wanderte dann langsam ihr langes, glattes Bein hinauf. Und, gottverdammt, ihre Beine waren wirklich herrlich. Sie waren so unfassbar lang mit kräftigen Waden und perfekt geformten Knien, Knöcheln und Oberschenkeln. Er hatte noch nie schönere Beine gesehen. Man musste nur diese wundervollen Beine anschauen, um zu begreifen, dass sie mit mehr als nur einer einschüchternden Größe gesegnet worden war.

Ihm gefiel allerdings sehr, dass er der Erste war, der das erkannt hatte. Möglicherweise sollte er dankbar dafür sein, dass alle anderen Männer blinde Arschlöcher waren. Er küsste ein Knie und knabberte dann an der Innenseite ihres Oberschenkels, wobei er sie genau beobachtete, während er sich langsam ihrer Scheide näherte. Als er am Höschen ankam, versteifte sie sich erneut.

Also wechselte er wieder die Richtung, widmete sich ihrem rechten Fuß und bahnte sich auch hier küssend eine Spur am Bein nach oben. Doch dann konnte er es nicht länger hinauszögern, legte die Hände an ihre Hüften und sah sie an. »Das Höschen muss auch weg, wenn wir das Küssen abschließen wollen.«

Sie zitterte am ganzen Körper. Himmel, wie sehr er es genoss, das zu sehen.

Er wollte ihr jedoch keine Angst einjagen oder zu schnell vorgehen. »Möchtest du es lieber anlassen?«

Marjorie schüttelte den Kopf. »Du kannst es ausziehen.«

Großartig. Zufrieden biss er sanft direkt über dem Bund in ihre Haut und zog den Stoff mit den Fingern einen Zentimeter nach unten. Dann drückte er dort, direkt unter ihrem Bauchnabel, einen Kuss auf die freigelegte Haut. Nach und nach schob er den Stoff immer weiter nach unten und küsste die Stellen. Dabei bahnte er sich langsam einen Weg nach unten, und sein Ziel war eindeutig. Und es war so wunderbar. Sie erschauerte immer wieder, was ihn beinahe in den Wahnsinn trieb, und sein Penis wurde prall und schmerzhaft in seiner Hose eingequetscht. Der Stoff klebte wegen des Präejakulats längst an der Haut, aber Rob ignorierte es, so gut es ging. Er ignorierte alles mit Ausnahme von Marjories leisem Seufzen, ihren Bewegungen, mit denen sie ihre Lust verriet, und ihrer offensichtlichen Erregung. Sie benebelte seine Sinne: ihre weiche Haut, der Moschusgeruch, der sich mit dem leichten Meeresduft vermengte, das leise Wimmern, das jetzt zunehmend aus ihrer Kehle drang. Sie war so unglaublich empfänglich für seine Zärtlichkeiten.

Er schob das Höschen noch etwas weiter herunter und war beim Schamhaar angekommen. Es war etwas dunkler als ihre langen Locken, ordentlich gestutzt, aber nicht rasiert. Natürlich. Das gefiel ihm, und es passte zu ihr. Er küsste auch diese Stelle anbetungsvoll und drückte den Stoff weiter nach unten. Ein weiterer Kuss. Schon sah er ihre Schamlippen und die kecke Klitoris, die dazwischen hervorlugte. Und so küsste er sie auch und ließ kurz die Zunge darüberschnellen.

Marjorie stöhnte kehlig, als wäre ihr die Luft aus der Lunge gepresst worden.

Zufrieden schob er ihr das Höschen weiter nach unten. Beim nächsten Kuss musste er das Gesicht zwischen ihre Beine drücken, und als er das tat, wimmerte sie wieder. Sie drückte die Knie weiter auseinander, um ihm den Zugang zu erleichtern, wurde jedoch von ihrem Höschen daran gehindert, woraufhin sie protestierend wimmerte.

Rob setzte sich auf und zog ihr das Höschen ganz aus.

»Ich denke, wir haben das Küssen damit abgeschlossen. Stimmst du mir da zu?«

Sie nickte, und ihr Gesicht war mit einer dünnen Schweißschicht bedeckt. Ihre Unterlippe war geschwollen, da sie immer wieder hineingebissen hatte. Und sie sah so unglaublich hübsch aus.

»Und, wie geht es jetzt weiter? Darf ich deine Brüste streicheln oder deinen ganzen Körper?«

»Ich ... ich glaube nur die Brüste.«

»Aber du bist dir nicht sicher?« Er sah sie fragend an.

»Nein«, hauchte sie.

»Tja, dann sollte ich wohl lieber alle erogenen Zonen streicheln, meinst du nicht auch?« Er rieb sich die Hände und musterte sie.

Sie lag flach auf dem Bett und wirkte sehr jungfräulich, sehr erregt und sehr unsicher. Nun würden sie langsam in neues Territorium vordringen, und er konnte sich alle möglichen Stellen vorstellen, an denen er sie durch Berührungen erneut zum Wimmern bringen konnte. Aber um ihr die Sache zu erleichtern, würde er harmlos anfangen.

Außerdem genoss er es wirklich sehr, sie auf die Folter zu spannen.

Rob bewegte sich an ihrem Körper nach oben, küsste sie kurz auf den Mund und legte sich dann neben sie auf die Seite, damit er sie ansehen konnte, während er sie streichelte. Zuerst legte er ihr eine Hand an den Hals, ließ die Finger über die zarten Adern gleiten, die unter der Haut zu sehen waren, und zu ihren Brüsten hinunterwandern. Er umkreiste einen Warzenhof mit der Fingerspitze, sah mit an, wie die Brustwarze steifer wurde und Marjorie zu zucken begann. »Sehr schön«, murmelte er leise. Er kniff leicht in die Brustwarze, nicht so fest, dass es wehtat, und zog ein wenig daran. Ihre Brust bebte dabei verlockend, und er rieb die Unterseite besänftigend mit den Fingern, bevor er bei der anderen Brust dasselbe machte. Marjorie sah ihm genau zu, stieß jedoch nicht diese leisen Geräusche aus, die er so liebte, sodass er wusste, dass er die Liebkosung gerade weitaus mehr genoss als sie. Das musste sich ändern. Er umfing ihre Brust und legte den Daumen auf die Brustwarze. Dann vollführte er damit langsam kleine Kreise auf ihrer Haut.

Jetzt bekam er die gewünschte Reaktion. Marjorie drückte den Rücken durch, presste die Brust in seine Hand und stöhnte.

»Fühlt sich das gut an, Süße?«, murmelte er und sah ihr in

das ausdrucksstarke Gesicht, während er ihre Brustwarze weiterstreichelte. Sie bewegte lautlos die Lippen, als wollte sie ihm antworten, aber es kam kein Ton heraus. Das war nicht weiter schlimm. Er wusste auch so, dass sie genoss, was er mit ihr machte. Allein die Tatsache, dass sie eine Gänsehaut bekam, verriet ihm eine Menge. Er rieb die Brustwarze noch ein wenig und machte sich daran, die andere zu liebkosen und zu reiben, bis sie beide gleich steif und erregt waren.

Ebenso steif und erregt wie sein Penis. Er musste zugeben, dass es unglaublich heiß war, Marjorie zuzusehen, wie sie seine Berührungen genoss. Sie würde ihm nie etwas vormachen, da man ihr die Gefühle überdeutlich ansehen konnte. Wenn er ihr keinen Orgasmus schenkte, dann würde er das merken. Und wenn sie kurz davor war, sah er das ebenfalls, ohne dass sie einen Ton sagen oder ihm zeigen musste, wie sie geleckt werden wollte.

Nicht dass er etwas dagegen gehabt hätte, wenn Marjorie von ihm verlangt hätte, sie zu lecken. Das wäre eigentlich sogar sehr schön. Aber er bezweifelte, dass es in absehbarer Zeit passieren würde. Seine Jungfrau war noch immer viel zu schüchtern.

Er beugte sich vor und küsste sie auf die leicht geöffneten Lippen, während er ihre Brustwarzen weiterstreichelte. Sie stöhnte und drückte ihre Zunge gegen seine, war zwar abgelenkt, wollte aber dennoch alles genießen. Jetzt kam der Teil, auf den er gewartet hatte. »Ich werde meine Hände jetzt weiter nach unten bewegen, Marjorie«, teilte er ihr mit leiser Stimme mit. »Und wenn du möchtest, dass ich aufhöre, dann musst du es nur sagen, hast du verstanden?«

Sie riss die Augen weit auf und nickte. Dabei hob sie das Becken an, als wäre es eine stillschweigende Bitte, und er streichelte mit einer Hand ihren Bauch. Sie war schlank und hatte einen flachen Bauch, war aber auch nicht knochig, sondern eher kräftig. Und wunderschön. Er legte eine Hand über ihre Scheide und streichelte mit einem Finger ihre Schamlippen.

Sie war sehr feucht. »Du bist ja schon feucht und bereit für mich, Süße.«

Sie stöhnte, und er glaubte, seinen Namen zu hören, als sie das Gesicht an seine Schulter drückte.

Das war schon okay. »Mach dir keine Sorgen, Liebes. Ich werde ganz vorsichtig sein. Ich möchte ja schließlich, dass du es genießt.«

»Ich weiß«, erwiderte sie leise. »Und du hast mich gestern auch schon da berührt. Das ist nichts Neues.«

»Aber heute werde ich mit den Fingern tief in deine heiße Muschi eindringen«, teilte er ihr mit heiserer Stimme mit und küsste ihr Ohr, da er gerade so gut rankam. »Und ich werde deinen G-Punkt finden und dir einen so heftigen Orgasmus bescheren, dass du meine Finger beinahe zerquetschen wirst.«

Ihre Antwort war ein Keuchen.

»Spreiz deine Beine für mich«, verlangte er, und sie tat es. Nicht weit, aber ihm reichte es. Sanft schob er einen Oberschenkel weiter zur Seite, bis sie sich ihm ganz geöffnet hatte, und dann berührte er sie mit den Fingerspitzen. Ihre Scheide war sehr feucht und aufgrund der Erregung ganz heiß und geschwollen. Rob leckte sich die Lippen und hätte sie am liebsten sofort gekostet und die Zunge tief in sie hineingeschoben, aber das musste noch ein bisschen warten. Dazu kamen sie schon noch. Stattdessen legte er zwei Finger links und rechts neben ihre Klitoris, da er noch genau wusste, wie sie das am Vorabend genossen hatte. Wenn er sie so berührte, konnte er ihre Schamlippen noch etwas weiter auseinanderschieben, und er rieb mit den Fingern ihre Klitoris und ließ sie dann weiter zu ihrer Öffnung gleiten. Diese Bewegung wiederholte er wieder und wieder, bis Marjorie unter ihm zuckte und leise kehlige Geräusche ausstieß. Inzwischen war seine ganze Hand von ihrer Feuchtigkeit benetzt, und ihr Duft hing schwer in der Luft.

»Ich werde jetzt einen Finger in dich hineinschieben, Marjorie«, kündigte er an, während er sie weiterstreichelte. »Bitte sag mir, wenn ich zu schnell bin oder wenn es wehtut, ja, Süße?«

Sie nickte an seiner Schulter und verzog vor Anspannung das Gesicht.

Während er sie genau beobachtete, umkreiste er mit einem Finger langsam ihre Öffnung und drang dann in sie ein.

Marjorie keuchte und hob die Hüften an, während er den Finger weiter in sie hineingleiten ließ. Auf ihrem Gesicht zeichnete sich Staunen ab.

Großer Gott, sie war wirklich himmlisch. So eng und heiß und so unglaublich feucht. Ihre Scheide umklammerte seinen Finger, als würde sie ihn einsaugen. Ach verdammt! Wie gut würde sich das erst an seinem Penis anfühlen. Aber zuerst musste er sie noch ein wenig dehnen.

»Wie fühlt sich das an, Süße?« Er zog den Finger fast ganz heraus, sodass nur noch die Fingerspitze in ihr steckte, und schob ihn dann langsam wieder hinein.

»Es fühlt sich ... komisch an. Eng.« Sie biss sich auf die Unterlippe. »Gut?«

»Gut ist ein guter Anfang.« Er gab ihr einen Kuss auf die Stirn. Ihr Gesicht wirkte angespannt, aber sie war nicht panisch, und das war ebenfalls gut. Denn wenn sie Panik bekam, würde sie sich verspannen, und dann konnte er die Hoffnung, mit einem zweiten Finger in sie einzudringen, vergessen.

Langsam penetrierte er sie mit dem Finger, und als sie sich nicht mehr bei jeder Bewegung verspannte, nahm er einen zweiten Finger dazu. Dieses Mal wimmerte sie und drückte das Gesicht an seine Brust. »Das fühlt sich sehr ... eng an.«

Oh ja, das tat es, verdammt! Sein Penis pochte, und er wäre am liebsten sofort in diese enge, warme, feuchte Spalte eingedrungen. Aber Rob wollte warten, bis sie bereit dazu war. Daher bewegte er die beiden Finger vor und zurück, bis ihre Scheide immer feuchter wurde und sie das Gesicht verzog und eine Hand in sein Hemd krallte.

»Rob«, stieß sie keuchend aus. »Das fühlt sich gut an, aber ...«

»Du brauchst mehr?«, vermutete er. Das war bei den meisten Frauen so. Er ließ die beiden Finger in ihr und drückte den Daumen auf ihre Klitoris, um sie zu reiben und Marjorie zu ihrem ersten Orgasmus zu bringen.

Sie schrie auf und zuckte immer heftiger. Diese Kombination erzielte den gewünschten Effekt, stellte er stolz fest. Er drang mit den Fingern wieder in sie ein und rieb ihre Klitoris, und Marjorie stöhnte und hob das Becken an, als er die Bewegung wiederholte. Dann wurde er schneller und stieß die Finger in sie hinein, wie er es mit seinem Penis zu tun gedachte, und sie keuchte und wimmerte. Ihre Hüften zitterten, wenn sie sie bei jeder seiner Bewegungen anhob. Er drückte den Daumen fest auf ihre Klitoris und rieb sie.

Marjorie stieß ein leises, kehliges Stöhnen aus und verkrampfte die Finger, und er spürte, wie sich ihre Scheidenmuskeln zusammenzogen.

Ihr erster Orgasmus an diesem Abend. Er bewegte die Finger weiter und beobachtete sie, während sie ihren Höhepunkt genoss, verlängerte ihn für sie, bis sie erschlafft und zitternd in seinen Armen lag und er die Finger problemlos bewegen konnte. Dann spreizte er die Finger in ihrem Inneren, und als Marjorie nur mit einem Seufzen reagierte, zog er die Finger heraus und hielt sie sich an die Lippen.

Sie schmeckte verdammt großartig.

»Das war ein ausgesprochen angenehmes Streicheln«, teilte er ihr mit und leckte sich die Finger ab.

Ihre Zustimmung bestand in einem leisen Stöhnen.

»Gehen wir zum nächsten Punkt über?« Er streichelte sanft ihre Seite. »Oder hast du für heute genug?«

»Hmm?« Marjorie blinzelte und sah ihn benommen an. »Nein, ich habe noch nicht genug.«

»Gut, denn ich bin noch lange nicht mit dir fertig. Als Nächstes darf ich dich lecken, richtig?«

Ihre Wangen röteten sich, und sie nickte. »Ich glaube, das kommt als Nächstes.«

»Darauf habe ich mich schon die ganze Zeit gefreut.« Er küsste sie und stand auf. Dann drehte er sich wieder um und blickte auf sie herab, wie sie nackt und atemlos auf seinem Bett lag, und erneut spürte er einen unbändigen männlichen Stolz. Sie war so wundervoll. Er strich mit einer Hand über seinen Penis, der es kaum noch erwarten konnte, und rief sich ins Gedächtnis, dass er später noch zum Einsatz kommen würde.

Sie stützte sich auf die Ellbogen. »Was muss ich tun?«

»Lehn dich einfach zurück und genieß es, Süße. Ich möchte, dass du in mein Gesicht kommst.« Er kniete sich neben das Bett und drückte den Bauch gegen die Matratze. Marjorie sah ihn verwirrt an, doch dann packte er sie an den Oberschenkeln und zog sie zu sich heran, bis ihre Scheide nur noch wenige Zentimeter von seinem Gesicht entfernt war. »Leg die Beine auf meine Schultern«, wies er sie an.

Als sie es tat, konnte er spüren, wie sie zitterte.

»Du musst es mir sagen, wenn das zu viel für dich ist und ich lieber aufhören soll«, sagte er heiser.

»D... du musst das nicht tun...«

»Ich muss überhaupt nichts tun«, erwiderte er breit grinsend. »Aber das, was ich jetzt tun werde, habe ich schon die ganze Woche vor, und ich kann es kaum erwarten, endlich damit anzufangen.«

Sie ließ sich mit einem leisen Seufzer nach hinten sinken.

Er sah sich ihre Scheide genauer an. Gut, er hatte sie bereits berührt, aber er genoss es auch, sie anzusehen. Ihre Schamlippen waren vor Erregung geschwollen und von einem zarten Pinkton – ebenso wie die Klitoris, der er seine Aufmerksamkeit gleich widmen würde. »Du hast eine sehr schöne Muschi«, teilte er ihr mit.

»Äh... danke?«

Er legte einen Daumen neben ihre Schamlippen, drückte sie weiter auseinander und konnte noch mehr erkennen. Da, ihre kleine Klitoris war geschwollen, und er beugte sich vor und leckte kurz darüber.

Marjorie zuckte heftig zusammen und wand sich dann. Sie streckte die Hände über dem Kopf aus und krallte sich ins Laken. »Oooh.«

»Fühlt sich das gut an?«

»Nach zu viel«, stieß sie stöhnend aus.

»Zu viel gibt es gar nicht.« Wieder leckte er sie. Ihr süßer Geschmack füllte seinen Mund, und ihr Duft umgab ihn. Marjories Geruch war leicht moschusartig, und er konnte gar nicht genug davon bekommen. Dann begann er, sie richtig zu lecken, und ließ die Zunge über die Schamlippen gleiten, um ihre Feuchtigkeit in sich aufzunehmen. Er bewegte die Zunge auf und ab und knabberte an ihren Schamlippen, als Marjorie zu still wurde. Es gefiel ihm sehr, wenn sie diese leisen, lustvollen und wohligen Geräusche ausstieß, während sie zum ersten Mal geleckt wurde. Er wollte ihr damit so richtig den Kopf verdrehen, daher gab er sich die größte Mühe. Schließlich malte er mit der Zunge kleine Kreise um ihre Klitoris.

Marjorie stöhnte immer lauter, bewegte die Hüften unter seinem Gesicht und drückte sich gegen seinen Mund.

Verdammt noch mal, war das heiß!

»Das ist himmlisch«, murmelte er.

Sie stöhnte zur Erwiderung, und er leckte erneut ihre Klitoris.

Doch er wollte mehr von ihr. Sie sollte in sein Gesicht kommen, so wie er es ihr angekündigt hatte. Daher drückte er ihr Becken etwas weiter nach oben und ließ die Zunge nach unten zu ihrer Öffnung wandern. Diese war ebenfalls geschwollen und feucht, und er drang mit der Zunge in sie ein.

Sie kreischte auf. »Du meine Güte!«

Das war schon besser. Er machte es gleich noch mal und penetrierte sie mit der Zunge, so wie er es später mit seinem Penis tun wollte. Marjorie stöhnte und wand sich unter ihm, und er hörte, wie sie immer schneller atmete und wie ihr leises Stöhnen zu einem »Oh, oh, oh« wurde, und er wusste, dass sie kurz davor war. Sein Penis zuckte als Reaktion darauf, und er musste kurz innehalten, um nicht die Kontrolle zu verlieren. Diese Frau überwältigte ihn. Er zog die Zunge aus ihr heraus, küsste ihre Schamlippen und leckte sie, und Marjorie ließ sich wieder aufs Bett sinken und bewegte das Becken langsamer, während er sie mit dem Mund erkundete. Dabei versuchte Rob, an Dinge zu denken, die ganz und gar nicht erregend waren, damit er es noch etwas länger aushalten konnte.

Er stellte sich Marjorie mit prallen, harten, falschen Titten vor, wie sie ihre kleinen Brüste zu Körbchengröße F aufgeblasen hatte, die nach der OP schief waren und deren Brustwarzen schräg abstanden. Ja, das half. Rob mochte viele Dinge an Frauen – pralle und dünne Oberschenkel, große und kleine Hintern –, aber bei Brüsten war er wählerisch und bevorzugte echte. Während er bei dieser Vorstellung innerlich erschauerte, küsste er ihre Scheide erneut. »Gefällt es dir, meinen Mund hier zu spüren, Süße?«

Sie stöhnte, legte ihm eine Hand auf den Hinterkopf und drückte ihn wieder nach unten, um ihn wortlos aufzufordern, einfach weiterzumachen.

Er gluckste. »Ich schätze, das ist ein Ja.« Er leckte ihre Klitoris noch einmal und stieß die Zunge erneut tief in sie hinein. Marjorie wand sich und bäumte sich derart unter ihm auf, dass ihr nächster Höhepunkt nicht mehr lange auf sich warten lassen würde.

Und er würde ihn ihr bescheren. Hier war ihr Geschmack noch intensiver, und ihre feuchte Scheide war ganz warm. Er bewegte die Zunge in ihr und beschloss, die Sache etwas aufzupeppen. Dazu löste er sich von ihr und drückte ihr einen Kuss auf die Innenseite des rechten Oberschenkels. »Umklammer mich damit, Süße.«

Sie tat es und presste die festen Muskeln gegen seine Wange. Es war perfekt.

Wieder drang Rob mit der Zunge in sie ein, legte dabei eine Hand auf ihre Klitoris und streichelte sie im gleichen Rhythmus, den seine Zunge vorlegte.

Marjorie schrie leise auf und zuckte mit den Hüften. »Oh Gott! Oh!« Sie drückte die Scheide gegen sein Gesicht und spießte sich förmlich auf seiner Zunge auf, was unglaublich heiß war. Er stieß mit den Hüften gegen das Bett und verwöhnte sie weiter, indem er mit dem Daumen ihre Klitoris rieb und sie mit der Zunge penetrierte. Sie stöhnte und stieß wieder und wieder seinen Namen aus, während sie immer heftiger, schneller und gieriger zuckte, sodass sie fast schon an seiner Zunge zitterte, und ihr schriller Schrei wollte gar nicht mehr aufhören.

Dann kam sie und umklammerte ihn so fest mit den Oberschenkeln, dass sie ihm beinahe die Blutzufuhr abschnürte. Ihre Flüssigkeit ergoss sich auf seine Zunge und in seinen Mund, und er leckte sie und bearbeitete ihre Klitoris weiter mit dem Daumen, um ihren Höhepunkt zu verlängern und ewig andauern zu lassen. Großer Gott, sie war so sexy. So sexy, so empfänglich und gottverdammt noch mal die Seine.

Und noch immer Jungfrau, doch das würde sich bald ändern. Er konnte es kaum noch erwarten, endlich richtig in sie einzudringen und sie zu lieben.

Widerstrebend löste er sich von ihrer heißen, süßen Scheide. Sein Mund und seine Wangen waren feucht, und er zerrte an seinem Hemd, zog es aus der Hose und wischte sich damit ab. Marjorie ließ die Beine über die Bettkante baumeln, lag wie benommen auf dem Rücken und starrte mit gerötetem Gesicht die Decke an.

Er lachte leise. »Habe ich dich kaputt gemacht, Süße?«

»Das war schon das zweite Mal«, murmelte sie verträumt. »Meine Beine fühlen sich an, als wären sie aus Wackelpudding, aber ansonsten geht es mir unglaublich gut.«

»Gut genug, um auch den letzten Schritt in Angriff zu nehmen?«

Sie setzte sich matt auf und leckte sich die Lippen. »Aber, Rob, wir haben dich bisher völlig außen vor gelassen.«

Ach verdammt! Bei ihren Worten zuckte sein Penis noch heftiger. »Das weiß ich, Süße. Aber ich bin ein anderes Mal an der Reihe. Heute Nacht geht es nur um dich und deine Jungfräulichkeit. Bist du dir sicher, dass du sie verlieren willst? Du wirst meine Gefühle nicht verletzen, wenn du Nein sagst.«

»Ich bin mir sicher«, erklärte sie leise und sah ihn mit glänzenden Augen an.

Wenn sie weitermachen wollte, dann gab es bald kein Zurück mehr. Aber Rob wollte auch gar nicht mehr aufhören. Er wollte mit seinem Penis in ihre weiche, warme Scheide eindringen und die Enge genießen. Er wollte sich tief in ihr vergraben, sie um sich spüren und sehen, wie sie vor Wonne die Augen aufriss, wenn er sie von innen streichelte.

Gut, er mochte ein egoistischer Mistkerl sein, aber sie wollte es doch auch, oder etwa nicht? Er gab ihr noch einen schnellen Kuss, stand auf und ging ins Bad, um sich auszuziehen und ein Kondom zu holen. Nachdem er das Päckchen aufgerissen und den Inhalt über sein schmerzendes Glied abgerollt hatte, ging er zurück ins Schlafzimmer.

Marjorie saß auf dem Bett und sah ihn gespannt an. Ihr Haar war ganz zerzaust und fiel ihr ins Gesicht, aber er fand, dass sie dadurch sogar liebreizender aussah. Er ging zum Bett, drückte sie wieder darauf und küsste sie, um dabei ein Knie zwischen ihre Beine zu schieben. Sie erwiderte den Kuss, anfänglich zögernd, aber dann immer erregter, da ihre Leidenschaft erneut aufflammte. Als sie leise wimmerte, schob er eine Hand zwischen ihren Körpern nach unten und streichelte ihre feuchten Schamlippen. »Bist du bereit, Süße?«

»Ja«, hauchte sie an seinen Lippen. »Ich bin dein, Rob.«

»Ich weiß«, murmelte er und streichelte noch einmal ihre Klitoris, um dann mit zwei Fingern in sie einzudringen. Sie nahm ihn mit einem leisen Seufzen in sich auf, und als er erneut in sie eindrang, fügte er einen dritten Finger hinzu, um sie für seinen Penis zu dehnen. Sie klammerte sich an seinen Hals und küsste ihn wieder und immer wieder.

Dann konnte er sich nicht länger zurückhalten. Sein Penis war schon schmerzhaft prall, ihre Scheide war so feucht und bereit, und Marjorie seufzte und keuchte vor Verlangen. Rob legte sich auf sie und stützte die Arme rechts und links neben ihr ab. Er drückte ihre langen Beine weit auseinander und legte sich zwischen sie, bis er sein Glied gegen ihre Scheide drückte.

Sie riss die Augen auf. »Oh. Das fühlt sich ...«

»Gut an?« Er nahm seinen Penis in die Hand und rieb ihn über ihre Schamlippen, um das Kondom weiter anzufeuchten. »Bist du bereit für mich?«

Sie nickte, legte ihm die Arme um den Hals und blickte vertrauensvoll zu ihm auf.

Als sein Penis feucht genug war und er es wirklich nicht länger aushalten konnte, legte Rob eine Hand an die Innenseite ihres rechten Oberschenkels und drückte ihr Bein auf das Bett, um sie noch weiter für sich zu öffnen. Dann führte er seinen Penis vor ihren Eingang, drückte die Eichel dagegen und sah ihr in die Augen.

»Ist noch alles okay?«

Sie biss sich auf die Unterlippe. »Er fühlt sich sehr groß an.«

»Das ist er auch«, erwiderte er. »Aber du wirst mich schon in dir aufnehmen. Das wird wundervoll und eng, und es wird sich so gut anfühlen, dass wir beide es kaum aushalten können.«

»Dann bin ich bereit«, sagte sie leise.

Ganz langsam drang er in sie ein. Sie war noch sehr eng, trotz seiner vorherigen Bemühungen. Sehr, sehr feucht, aber eng. Es war eine himmlische Qual, sie so langsam zu nehmen. Rob schob seine Eichel hinein und hielt bei jedem ihrer Atemzüge inne. Nach und nach drang er weiter vor, bis er zur Hälfte in ihr steckte und sie sich unter ihm wand.

»Es tut weh«, flüsterte sie.

Er litt ebenfalls Qualen. Sein Penis schien kurz vor dem Platzen zu sein. Aber er zwang sich, weiter die Ruhe zu bewahren, und küsste sie tröstend, bis sie sich wieder entspannt hatte und er sanft immer weiter in sie eindrang.

Dann stöhnte sie auf einmal, und das war das erste ermutigende Zeichen seit endlosen Minuten. So küsste er sie weiter und murmelte sanfte Worte an ihrem Mund, während er das Becken bewegte und immer tiefer und tiefer vordrang, um endlich ganz in ihrer engen Scheide zu sein. Sie umfing ihn wie ein enger Handschuh, und das fühlte sich so gut an, dass er vor Begierde beinahe durchdrehte.

Nach einer Ewigkeit war es endlich geschafft. Sein Glied steckte bis zur Peniswurzel in ihr, und seine Hoden berührten ihre Haut. Er verharrte kurz und genoss das Gefühl. Dann bewegte er leicht die Hüften und blickte auf die schweigende Frau unter sich herab. »Wie fühlst du dich?«

Sie keuchte, aber ihr panischer Gesichtsausdruck war verschwunden. Stattdessen wirkte sie eher nachdenklich. »Sehr voll«, gab sie zu. »Aber es ist ein gutes Gefühl. Und ich hatte erwartet, dass es schmerzhafter ist.«

»Du bist sehr feucht, und ich bin sehr vorsichtig«, erwiderte er und streichelte ihre schönen Brüste. »Sag mir Bescheid, wenn du bereit bist und ich weitermachen kann.«

»Nur zu«, erklärte sie. »Ich bin bereit.« Bei diesen Worten bewegte sie sich unter ihm ermutigend.

Gott sei Dank. Er hätte auch nicht mehr lange warten können. Vorsichtig bewegte Rob die Hüften, zog seinen Penis langsam heraus und drang ebenso langsam erneut in sie ein. Sie war so unglaublich eng. Das fühlte sich wahnsinnig gut an, aber dass sie hin und wieder zusammenzuckte, verriet ihm, dass sie das Ganze noch nicht wirklich genoss.

Er streichelte weiter ihre Brüste, während er sich sanft in ihr bewegte. »Tut es noch weh?«

Sie schüttelte den Kopf. »Anfangs schon, jetzt aber nicht mehr. Jetzt fühlt es sich ... ganz nett an.«

»Ganz nett?«, wiederholte Rob grinsend. Sein Ego konnte das kaum hinnehmen. »Hast du was dagegen, wenn ich schneller werde?«

»Tu dir keinen Zwang an«, antwortete sie und musste kichern, weil das irgendwie albern klang.

Er lachte, weil sie so glücklich und wunderschön aussah. Nur Marjorie konnte zu kichern anfangen, wenn er tief in ihr steckte. Und es war so gottverdammt perfekt, dass er nicht anders konnte: Als er wieder in sie eindrang, war er nicht sanft und ging nicht langsam vor. Er stieß sich hart in sie hinein, wie er es sich erträumt hatte.

Ihr Kichern erstarb, und sie riss die Augen auf und umklammerte ihn fester.

»Tut es weh?«, erkundigte er sich.

Sie schüttelte den Kopf und blinzelte. »Es fühlt sich ... anders an. Tief in mir drin.«

Das hörte er gern. Er rieb ihre Brustwarze mit dem Daumen und hörte auch nicht auf, als er sich wieder in sie hineinstieß. »Du kannst die Beine um meine Taille legen, wenn du willst.«

Das tat sie und umklammerte seine Hüften mit ihren herrlichen Oberschenkeln. Er half ihr, den Winkel ein wenig anzupassen, und rückte ihr Becken und ihre Beine zurecht, bis sie in der perfekten Position lag, um erneut tief in sie einzudringen.

Sie keuchte auf. »Oh. Das war ... oh, ich glaube, das muss ich noch einmal spüren.« Dabei bohrte sie die Fingernägel in seine Haut.

Er kam ihrer Bitte nur zu gern nach.

Rob drang schnell und heftig in sie ein und hörte gar nicht mehr damit auf, da er sich nicht mehr beherrschen konnte. Er ließ ihre Brust los und hielt ihre Hüften fest, um sich immer wieder auf diese perfekte Weise in sie hineinzustoßen. Sie schien nichts dagegen zu haben, sondern stieß leise Laute aus und umklammerte ihn immer fester mit den Oberschenkeln, um gleichzeitig das Becken anzuheben und seinen Stößen entgegenzukommen. Kurz darauf schloss sie die Augen und machte ein konzentriertes Gesicht, als versuchte sie, nichts als Lust zuzulassen.

Er selbst war im gottverdammten Himmel, da ihn ihre feuchte Scheide wie ein heißer Handschuh umfing und ihr Körper alles nahm, was er zu geben hatte. Ohne große Finesse penetrierte er sie, drang so tief in sie ein, dass seine Hoden bei jedem Stoß gegen ihre Haut prallten, und sie stöhnte immer atemloser, während ihre Brüste bei jeder Bewegung bebten.

»Oh.« Sie stöhnte erneut. »Ich glaube, ich spüre etwas ...«

»Drück mit den Beinen fester zu, Marjorie«, verlangte er und winkelte ihr Becken etwas anders an. Noch hatte er ihren G-Punkt nicht gefunden, aber sie wand und bewegte sich so sehr, dass ihm das auch schwerfiel. Aber als sie seiner Bitte nachkam und ihn fest mit den Oberschenkeln umklammerte, packte er wieder ihre Hüften und hob sie etwas höher, um wieder in sie einzudringen.

Dieses Mal riss sie die Augen auf. »Gottverdammt! Was war das?«

Er musste unwillkürlich lachen. »Das war der perfekte Winkel.« Und er tat es gleich noch mal.

»Oh, verdammt!«, schrie sie wieder, und dann kreischte sie erneut schrill auf, als er sie erneut penetrierte. »Großer Gott!«

»Kommst du, Süße?«

»Verdammt!«, schrie sie ihm ins Ohr, und er spürte, wie sich ihre Scheidenmuskeln um seinen Penis herum zusammenzogen.

Das war alles, was er wissen musste. Er stieß sich hart und grob in sie hinein, und sie schrie auf und zitterte am ganzen Körper.

Nach einigen ebenso erbitterten Stößen erreichte er ebenfalls den Höhepunkt, der ihn derart heftig traf, dass vor seinen Augen schwarze Punkte flimmerten und er kurzzeitig keine Luft mehr bekam. Nach einigen sanfteren Stößen ebbte sein Orgasmus ab, und er ließ sich nach vorn sinken, wo ihre Haut aneinanderklebte, während sie beide nach Atem rangen.

Und ... verdammt, das war unglaublich gewesen! Der beste Sex, den er je gehabt hatte. Mit einem schweren Seufzer küsste er sie noch einmal und rollte sich von ihr herunter, um sie nicht unter sich zu zerquetschen.

Marjorie protestierte leise. »So schwer bist du nicht. Und das hat sich gut angefühlt.«

»Mir gefällt es, dich unter mir zu spüren«, murmelte er und streichelte ihre mit Schweiß benetzte Haut. »Aber ich sollte lieber das Kondom abziehen.« Widerstrebend stand er auf, ging ins Bad und säuberte sich. Mit einem feuchten Waschlappen in der Hand kehrte er ins Schlafzimmer zurück und deutete auf Marjorie. »Lass mich das machen.«

Sie lief knallrot an, spreizte aber gehorsam die Beine für ihn. Er wusch sie sanft und bemerkte, dass sie ein wenig geblutet hatte, aber nicht sehr stark. Das war gut. Er hatte seiner Jungfrau nicht wehtun wollen.

Aber Jungfrau war sie jetzt nicht mehr. Er konnte nicht anders, als leichten Stolz zu empfinden. Marjorie gehörte nun ihm, und zwar mit Leib und Seele. Er brachte den Waschlappen zurück ins Bad, legte sich wieder ins Bett, zog sie an sich und verschränkte die Beine mit ihren.

»Bleib die Nacht bei mir«, bat er sie und küsste ihre Schulterblätter, als er sie mit dem Rücken an seine Brust zog. »Neben dir kann ich viel besser schlafen.«

»Ich muss aber früh aufstehen«, warnte sie ihn, machte jedoch keine Anstalten aufzustehen.

»Ich stelle den Wecker. Aber bleib bei mir.«

»Immer«, murmelte sie leise. Er umfing ihre Brust mit einer Hand, und sie legte ihre Hand darauf.

Es fühlte sich einfach perfekt an.

»Ich liebe dich«, sagte sie leise.

Rob drückte sie noch fester an sich, während sich sein Magen vor Furcht zusammenzog. Jetzt mochte sie ihn zwar lieben, aber wie würde es morgen um ihre Liebe stehen, wenn sie herausfand, wer er wirklich war?

# 21

Aus irgendeinem Grund schwitzte Rob, dabei zeigte das Thermometer gerade mal angenehme dreiundzwanzig Grad Celsius an. Marjorie rückte seine Krawatte zurecht und strich über die Schultern seines dunklen Jacketts. »Ist alles in Ordnung?«

Er lächelte ihr geistesabwesend zu. »Alles bestens.«

Sie nickte und sagte nichts weiter. Zwar konnte sie das Gefühl nicht abschütteln, dass Rob nur ungern mit ihr zu dem Probeessen ging, aber sie wollte die Sache jetzt trotzdem durchziehen. Es bedeutete ihr sehr viel. Er würde sich vor all ihren Freunden zu ihr bekennen und ihnen damit zeigen, wie viel es ihm bedeutete, mit ihr zusammen zu sein.

Und genau das brauchte sie – sehr sogar. Daher versuchte sie, nicht allzu viel in Robs verkrampfte Haltung hineinzuinterpretieren. Die letzte Nacht hatte alles, was sie heute nerven konnte, mehr als wettgemacht. Verträumt sah sie in den Spiegel, um ihr Make-up zu überprüfen, und versuchte, nicht daran zu denken, wie unglaublich intim – und unglaublich heiß – es gewesen war, ihre Jungfräulichkeit zu verlieren. Sie hatte damit gerechnet, dass es gut werden würde. Bei Rob hatte sie sogar geglaubt, es könnte sehr gut werden. Aber mit den drei unfassbaren Orgasmen nacheinander, bei denen sie geschrien und geflucht hatte, war nun wirklich nicht zu rechnen gewesen. Die Art, wie er ihren Körper zum Orgasmus bringen konnte, versetzte sie noch immer in Erstaunen, und sie freute sich schon jetzt auf die kommende Nacht. Gretchen hatte allen Brautjungfern am Vortag lachend Sexspielzeug geschenkt, und Marjorie war rot geworden und hatte ihren imposant aussehenden »Hasen«-Vibrator beeindruckt gemustert. Jetzt fragte sie sich, ob Rob ihn zusammen mit ihr ausprobieren wollte und wie sich das anfühlen würde.

Aber als sie ihre Lippen fertig geschminkt hatte, sah sie auf die Uhr stellte fest, dass sie losmussten. »Wir sollten jetzt lieber nach unten gehen«, meinte sie zu ihm.

»Okay«, erwiderte er mit überraschend tonloser Stimme. »Ich bin fertig.«

Sie kam aus dem Badezimmer und lächelte ihn an, während sie hoffte, dass ihm ihr Kleid gefiel. Es war ein pfirsichfarbenes Chiffonkleid, das eng am Oberkörper anlag und ihre gertenschlanke Gestalt betonte. Sie mochte es sehr, aber es war zu dünn und zu formell, um es bei einem anderen Anlass als einer Hochzeit zu tragen. Für den heutigen Abend jedoch war es perfekt, und sie fühlte sich ein bisschen wie eine Prinzessin, vor allem, da sie ihre funkelnden hochhackigen Schuhe trug… und ihren ganz eigenen Märchenprinzen neben sich hatte.

»Sollen wir?«, fragte sie, als er sich nicht rührte.

Erst jetzt sah er sie an, und es kam ihr so vor, als würde er sie zum ersten Mal richtig wahrnehmen. Zu ihrer Überraschung zog er sie an sich und küsste sie fest und leidenschaftlich, sodass sie richtiggehend benommen war. Als er sich endlich wieder von ihr löste, rang sie nach Atem und wischte ihm mit zitternden Fingern den Lippenstift von den Lippen. »W… wofür war das denn?«

»Das war dafür, dass du wunderschön bist und ich noch nie für jemanden so viel empfunden habe wie für dich.«

Marjorie lächelte. Das war ja schon fast eine Liebeserklärung. Aber nur fast. »Ich liebe dich«, sagte sie leise. »Danke, dass du mich begleitest.«

Sein Lächeln wirkte grimmig. »Du musst mir nicht danken.«

Marjorie hatte das Gefühl, dass Unheil drohte, als sie Robs Suite verließen und mit dem Fahrstuhl in die Lobby hinunterfuhren. Der rote Ballsaal war für das Probeessen reserviert worden, und er lag im Erdgeschoss. Marjorie hielt Robs Hand, und zum ersten Mal seit sehr langer Zeit fühlte sie sich wunderschön und selbstsicher, obwohl sie in ihren Schuhen fünfzehn Zentimeter größer war als ihr Begleiter. Mit Rob an ihrer Seite war das nicht weiter wichtig, weil sie sich bei ihm immer schön vorkam.

Als sie die Flügeltür erreichten, stand davor ein Bodyguard im Smoking und strich eine Namensliste ab. Sie standen mit anderen plaudernden, formell gekleideten Menschen in einer Warteschlange, die Marjorie jedoch alle nicht kannte. Rob schien immer nervöser zu werden und drückte fest ihre Hand. War er etwa ... schüchtern? War das das Problem? Er hatte bisher nicht den Anschein gemacht.

Endlich waren sie an der Reihe, und Marjorie lächelte den Mann mit dem Klemmbrett an. »Marjorie Ivarsson und Begleiter.«

»Der Name Ihres Begleiters?«, wollte der Mann wissen und fuhr mit dem Stift an seiner Liste entlang.

Sie fand es seltsam, dass er das wissen wollte. »Rob Cannon.«

Der Mann sah auf und blickte sie mit finsterer Miene an. »Bitte warten Sie hier.«

»Marjorie«, murmelte Rob, als sie einen Schritt zur Seite gingen. Der Bodyguard betrat den Ballsaal und schloss die Tür hinter sich.

Marjorie runzelte die Stirn. »Vielleicht sollen die Brautjungfern durch eine andere Tür gehen? Ich habe nie danach gefragt.«

»Es liegt nicht an dir«, teilte Rob ihr mit, »sondern an mir. Ich sollte gehen.«

»Was? Nein, ich möchte, dass du bei mir bleibst«, beharrte Marjorie, in deren Brust Panik und Furcht aufkeimten. »Du bist heute Abend mein Begleiter. Ich wüsste nicht, wo da das Problem sein sollte.«

»Das wirst du gleich sehen«, murmelte er geknickt.

Die Türen wurden aufgerissen, und Logan kam herausgestürmt. Ihm folgten zwei große Männer in Smokings, die ganz offensichtlich zur Security gehörten, und sie hielten direkt auf Marjorie und Rob zu.

»Sie elendes Stück Scheiße«, schnaubte Logan und deutete auf Rob. »Ich kann es nicht fassen, dass Sie den Mumm haben, hierherzukommen.« Er stürmte auf sie zu und packte Rob am Revers.

Marjorie schrie kurz auf und starrte die beiden Männer entsetzt an. »Was ist denn los?«

»Das ist schon okay, Marjorie«, versicherte Rob ihr mit einem gekünstelten Lächeln. Er hielt die Hände in die Luft, als wollte er sich ergeben. »Mein Freund Logan ist nur ein bisschen sauer, weil ich es wage, auf seine Party zu kommen.«

»Ich habe Sie oft genug davor gewarnt, mir meine Hochzeit zu ruinieren«, sagte Logan, und Marjorie glaubte einen schrecklichen Augenblick schon, er würde Rob schlagen.

»Ich habe ihn eingeladen«, mischte sie sich ein, da sich Rob anscheinend nicht verteidigen wollte.

Logan drehte sich zu ihr um, als würde er sie erst jetzt bemerken, und starrte dann wieder Rob an. Seine Miene wurde noch hasserfüllter. »Wirklich? Selbst nachdem ich Sie gewarnt habe?«

»Gewarnt?«, fragte Marjorie. »Weswegen hast du ihn denn gewarnt?«

»Es ist nichts, Süße«, sagte Rob. »Logan regt sich nur wegen einer Lappalie auf.«

»Wegen einer Lappalie? Sie ist ein nettes Mädchen und hat etwas Besseres als Sie verdient. Ich habe Ihnen doch gesagt, dass Sie sich gefälligst von ihr fernzuhalten haben!«

Warum sollte Logan wollen, dass sich Rob von ihr fernhielt? Verwirrt schaute Marjorie von einem Mann zum anderen. »Ich verstehe das nicht.«

»Ich gehe, wann ich will und wohin ich will«, meinte Rob zu Logan. Irgendwie schaffte er es, gleichzeitig wütend und resigniert auszusehen ... als hätte er mit dieser Konfrontation gerechnet. »Und ich lasse mir verdammt noch mal nicht vorschreiben, mit wem ich mich verabrede.«

Logan schürzte die Lippen. »Aber war es nicht das, was Sie wollten? Meine Aufmerksamkeit? Tja, jetzt haben Sie sie.«

»Ach, halten Sie doch die Schnauze«, fauchte Rob. »Darum geht es doch gar nicht.«

»Ach nein?«, hakte Logan nach. »Sie haben mir seit anderthalb Wochen damit gedroht, die Presse auf meine gottverdammte Hochzeit hinzuweisen. Und jetzt schlafen Sie mit einer der Brautjungfern, um auf die Feier zu kommen? Das ist wirklich die unterste Schublade.«

Augenblick mal ... er hatte mit ihr geschlafen, um auf die Hochzeit zu kommen? Marjorie riss die Augen auf und sah Rob an. »Das ist nicht wahr, oder?«

»Natürlich ist es nicht wahr, verdammt noch mal!«, knurrte Rob und sah sie verletzt an, weil sie an ihm zweifelte.

Marjories Stimme blieb ganz ruhig. »Und was meint er dann damit, dass du ihn erpresst hast?«

Rob schaute Logan ins Gesicht, und Marjorie konnte sehen, wie dieser mit dem Kiefer mahlte. Der Mann sah furchteinflößend aus. Sie wusste, dass er Brontë um jeden Preis beschützen wollte, aber sie begriff nicht, warum er mit fliegenden Fahnen hier rausgestürmt kam, um sie von Rob wegzubekommen. Dann trat Rob auf sie zu und nahm ihre Hand. Benommen ließ sie es geschehen, und er drückte ihre Finger kurz und raunte ihr ins Ohr: »Wir müssen reden. Unter vier Augen. Ich werde dir alles erklären.«

»Ich sagte, Sie sollen sie in Ruhe lassen«, erklärte Logan warnend. Seine beiden Bodyguards kamen langsam näher.

»Nein«, rief Marjorie, hielt abwehrend eine Hand hoch und sah dann Rob an. »Ich komme mit, aber ich will Antworten.«

Er nickte und zog sie den Flur entlang. »Dann komm. Wir brauchen ein bisschen Ruhe. Lass uns in den Garten gehen.«

Sie ging mit ihm mit, während sich in ihrem Kopf die besorgten Gedanken überschlugen. Die anderen Hotelgäste starrten sie an, als sie an ihnen vorbeieilten, und sie schämte sich ein bisschen dafür, dass sie an der Tür des Ballsaals abgewiesen worden waren. Was in aller Welt stimmte denn nicht mit Rob? Warum hasste Logan ihn so sehr?

Und was hatte er damit gemeint, dass Rob ihn erpresst hatte? Sie hatte den Großteil der Woche mit Rob verbracht, und er schien ihre Gesellschaft wirklich zu genießen. Tatsächlich hatte er kaum von ihrer Seite weichen wollen.

Trotzdem war sie beunruhigt. Warum glaubte Logan, dass Rob sie nur benutzte, um auf die Hochzeit zu gelangen? Und warum benahm sich Rob so merkwürdig? Ein flaues Gefühl machte sich in ihrer Magengrube breit, und ihr wurde ganz anders.

Das musste alles ein Fehler sein, irgendein dummes Missverständnis.

Aber als sie in den Garten hinausgingen, kamen drei Männer über einen Weg auf sie zu. Zwei hatten Kameras auf den Schultern, und der vorderste hielt ein Mikrofon in der

Hand. Oh nein! Marjorie verspannte sich, als die drei näher kamen.

»Oh, hallo, meine Schöne. Möchtest du vielleicht bei *Titten oder Abflug* mitma... oh, hallo, Mr Cannon.« Der Mann mit dem Mikrofon schien überrascht zu sein und auch verwirrt.

»Was zum Teufel haben Sie hier noch zu suchen?«, fauchte Rob und baute sich schützend vor Marjorie auf. »Ich habe doch gesagt, dass Sie von der Insel verschwinden sollen.«

»Das ist schon okay«, murmelte Marjorie und strich beruhigend über Robs Ärmel. Er war so wütend, dass sie schon befürchtete, er würde hier im Garten eine Szene machen und sie würden erneut unangenehm auffallen. »Lass uns einfach gehen...«

»Tut mir leid, Boss«, murmelte der Mann mit dem Mikrofon betreten. »Wir haben hier so gute Aufnahmen bekommen, dass wir dachten, es könnte nichts schaden, ein oder zwei Tage länger zu bleiben.«

»Da haben Sie falsch gedacht. Ich habe Smith gesagt, dass Sie die Insel verlassen müssen. Sie sind alle gefeuert.«

So langsam dämmerte es Marjorie, und sie fühlte sich verraten. Sie entzog ihm ihre Hand, als ihr klar wurde, was sie da gerade gehört hatte, und ihr drehte sich der Magen um. »›Boss‹? Arbeiten diese Männer etwa für dich?«

Rob drehte sich mit frustrierter Miene zu ihr um. »Lass uns einfach zum Pavillon gehen und reden. Bitte, Marjorie. Ich werde dir alles erklären.«

»Damit kannst du gleich hier und jetzt anfangen«, verlangte sie und stemmte die Hände in die Hüften, während ihr das Herz schwer wurde. Das, was sie empfand, ging über Schmerz und Enttäuschung hinaus. Sie hatte das Gefühl, innerlich zu Eis erstarrt zu sein. Aber irgendwie gelang es ihr, aufrecht stehen zu bleiben, auch wenn ihr Herz in tausend Stücke zersprang.

»Gut«, erwiderte Rob und strich sich nervös durch das Haar. Er sah sich um und deutete auf eine steinerne Bank in der Nähe. Die Kameracrew stand noch eine Minute lang unschlüssig neben ihnen, bis Rob sich zu den drei Männern umdrehte. »Sehen Sie zu, dass Sie Land gewinnen. Sie sind alle gefeuert!«

Zitternd ließ sich Marjorie auf die Bank sinken, umklammerte die Knie mit den Händen und zwang sich, ruhig zu bleiben, obwohl in ihrem Inneren ein Tumult tobte. Ihr war speiübel, als sich Rob neben sie setzte und sich das Gesicht rieb.

»Ich bin nicht der Mann, für den du mich hältst, Marjorie«, begann er und schien sich sichtlich unwohl zu fühlen.

»Das wird mir auch so langsam klar.« Ihre Stimme zitterte ein wenig, trotz ihrer Bemühungen, gelassen und kontrolliert zu wirken. »Wer bist du wirklich?«

Er lachte leise und gequält und schüttelte dann den Kopf. »Ich habe die ganze Zeit darauf gewartet, dass du mich googelst, weißt du? Dass du dir all meine Schandtaten ansiehst und mir dann vorhältst. Ich hätte nie damit gerechnet, dass du mir tatsächlich vertraust. Das tut außer dir niemand.« Wieder rieb er sich das Gesicht und sah sie an. »Nur damit du es weißt: Der ganze Mist aus den Klatschspalten ist gelogen.«

»Was ... was denn für ein Mist aus den Klatschspalten?«

»Die Drogen, die Models, die Partys. Das ist alles nur PR. Und wenn man erst mal einen gewissen Ruf hat, dann kann man sich nicht mal mehr in der Öffentlichkeit die Nase putzen, ohne dass alle denken, man hätte gerade auf dem Klo eine Line geschnupft.«

»Ich begreife einfach nicht, worauf du hinauswillst, Rob«,

gestand Marjorie ihm. »Fang einfach von vorne an. Ich weiß nicht, was all das bedeutet. Ist Rob überhaupt dein richtiger Name?«

»Das ist mein richtiger Name«, bestätigte er. »Robert Cannon, Besitzer des Männerkanals sowie einiger anderer Sender.«

»Der Männerkanal«, murmelte sie. »Das klingt sexistisch.«

»Ist es auch. Wir haben uns auf Gossenhumor, Titten und was wir sonst noch so an Schweinkram im Fernsehen senden können spezialisiert.«

Sie zuckte zusammen. Das klang ja... widerlich. »Warum? Warum denn nur?« Wie sie solche Sendungen verabscheute. »Warum geht ihr so mit Frauen um?«

»Scheiße, ich weiß es doch auch nicht. Weil man damit viel Geld verdienen kann und ich gut darin bin?« Er rieb sich den Nacken und schien sich bei diesen Erklärungen sehr unwohl zu fühlen. »Ich bin in einem Heim aufgewachsen, weil sich keine Pflegeeltern für einen Achtjährigen ohne Manieren finden ließen. Mir gehörte nichts außer drei T-Shirts und zwei Hosen. Nichts. Nada. Als ich achtzehn wurde, haben sie mich rausgeworfen, mir auf die Schulter geklopft und gesagt, ich müsse mir meinen Lebensunterhalt jetzt selbst verdienen. Daher ging ich zur Army. Aber nach zwei Jahren hatte ich die Schnauze voll. Ich habe es gehasst dort und wollte mein eigener Chef sein. Mein ganzes Leben lang musste ich anderen gehorchen. Eines Abends betrank ich mich mit einem Kumpel, und wir sponnen herum. Ich weiß nicht, wer von uns auf die ›Zeig mir deine Titten‹-Idee für eine Show gekommen ist, aber es hat funktioniert. Wir fingen an, Videos zu drehen, die nachts gesendet wurden, und irgendwann haben wir unseren eigenen Sender gegründet. Ich habe ihn ausgezahlt und immer weiter expandiert, bis der Männerkanal etabliert war. Ich habe mich aus dem Nichts hochgearbeitet.«

»Ich finde das furchtbar«, sagte sie kopfschüttelnd. »Du nutzt Frauen aus.«

»Ich nutze niemanden aus«, entgegnete Rob verärgert, was ihr verriet, dass er diese Unterhaltung nicht zum ersten Mal führte.

»Doch, das tust du. Ich habe Ausschnitte aus der Sendung gesehen. Die Frauen sind betrunken oder werden von den Männern unter Druck gesetzt, bis sie glauben, keine andere Wahl mehr zu haben. Das ist nicht fair.«

»Es ist nur eine blöde Show, Marjorie.«

»Es fühlte sich nicht so an, als sie mich angesprochen haben«, murmelte sie.

Dazu sagte er nichts.

»Und diese Männer mit den Kameras sind deine Angestellten«, fuhr sie fort. »Du hast sie hergeholt, um Logans Hochzeit zu ruinieren.«

»Ja ... eigentlich nicht. Okay, Scheiße.« Wieder fuhr er sich durchs Haar. »Wo soll ich anfangen? Ich bin auf die Insel gekommen, weil ich Hawkings als Partner für einen neuen Sender mit ins Boot holen wollte. Ich dachte, wenn ich ihn im Urlaub erwische, ist er vielleicht eher zu einem Gespräch bereit. Ich hatte ja keine Ahnung, dass er hergekommen ist, um zu heiraten. Jedenfalls wäre ich dann beinahe ertrunken, und du hast mich gerettet, und von da an wollte ich nur noch herausfinden, wer du bist, weil ich mich auf den ersten Blick in dich verliebt hatte.« Er sah sie zärtlich und mit hoffnungsvoller Miene an.

Während ihr Gesicht weiterhin entsetzt wirkte.

Er seufzte. »Jedenfalls war ich an dem Abend, als wir uns vor dem Hotel begegnet sind, drauf und dran abzureisen. Aber dann beschloss ich, noch ein paar Tage länger zu bleiben, damit ich dich besser kennenlernen konnte. In der Zwischenzeit hat mich Logan aber an der Bar abgefangen und mir die Meinung gegeigt. Er sagte, er hätte nicht das geringste Interesse daran, mit mir Geschäfte zu machen, und dass ich von der Insel verschwinden und seine Hochzeit ja nicht ruinieren soll. Danach war ich stinksauer und habe meine *Titten*-Leute hergeholt, damit sie ihm auf die Nerven gehen. Nachdem sie dich jedoch angesprochen hatten, habe ich sie weggeschickt. Allerdings sieht es ganz so aus, als hätten sie mir nicht zugehört.« Er schnitt eine Grimasse.

So langsam dämmerte es ihr. »Deshalb hast du mich gestern auch versetzt. Weil Logan dich gesehen und dann gewusst hätte, dass du immer noch hier bist und dich mit mir triffst.«

»Genau. Und ich wollte dir niemals wehtun. Nicht im Geringsten.« Seine Miene wurde grimmig. »Aber ich saß in der Falle. Logan denkt, ich würde dich benutzen, um an ihn heranzukommen, aber so ist das nicht.«

Sie wusste nicht, ob sie ihm glauben konnte. Sie wollte es so sehr, aber die jahrelange Einsamkeit hatte sie gelehrt, dass attraktive, interessante Männer nun mal nicht auf einen Meter fünfundachtzig große Frauen standen. Daher war sie eher geneigt, sich auf Logans Seite zu stellen, und das tat weh. Es tat unglaublich weh.

»Dann denkt Logan, du würdest mich benutzen.«

Rob nickte.

»Und du hast trotzdem letzte Nacht mit mir geschlafen, obwohl du gewusst hast, dass ich heute herausfinden werde, wer du wirklich bist?«

»Du kannst es einem Mann nicht verdenken, dass er einen Vorgeschmack auf den Himmel haben will, bevor er zum Teufel geschickt wird.«

Sie starrte ihn mit offenem Mund an. »Das ist ja widerlich.«

Wieder rieb er sich das Gesicht. »Ich wollte dich nicht anrühren, Marjorie. Wirklich, das hatte ich mir fest vorgenommen. Aber dann wolltest du es so unbedingt, und du warst so süß und so verletzlich, dass ich dachte, wenn ich dich abweise, tue ich dir damit noch mehr weh.« Das Lächeln, das er ihr schenkte, wirkte bitter und gequält. »Ich saß in der Klemme. Entweder schlafe ich mit dir und muss dich gehen lassen, oder ich verliere dich einfach nur. Daher habe ich beschlossen, wenigstens eine Nacht mit dir zu verbringen.«

Während sich ihr Magen zusammenzog, wurde ihr klar, dass er recht hatte. Sie war so erleichtert gewesen, als er aufgetaucht war und sie sich wieder schön gefühlt hatte, dass sie ihn förmlich angefleht hatte, sie zu entjungfern. Oh großer Gott, das war so peinlich. »Du musst dich über die unwissende Jungfrau, die dich für ihren Märchenprinzen gehalten hat, ja kaputtgelacht haben.«

»Ich habe dich nie ausgelacht. Niemals«, erklärte Rob ernst. »Es war mir immer gleichgültig, was andere Menschen von mir denken, bis ich dir begegnet bin. Ich bin in dem Glauben aufgewachsen, dass mich nie jemand lieben würde und dass ich meinen Mitmenschen scheißegal bin. Jeder Mensch auf der Welt hielt mich für einen Drecksack im Maßanzug, und es hat mich nicht die Bohne interessiert ... bis wir uns kennengelernt haben. Du bist der einzige Mensch, bei dem mir je wichtig war, was er über mich denkt.« Er griff nach ihrer Hand und legte sie zwischen seine Hände. »Und ich liebe dich.«

Seltsam, dass er ihr diese drei Worte nicht letzte Nacht im Bett hatte sagen können, als sie ihm ihre Liebe gestanden hatte. Aber jetzt ging es, wo er sich in die Ecke gedrängt fühlte und glaubte, in der Falle zu sitzen. Marjorie stiegen heiße Tränen in die Augen, und sie wischte sie wütend weg. »Wie kannst du hier sitzen und behaupten, du würdest mich lieben, wenn du mich die ganze Zeit angelogen hast?«

»Ich habe versucht, dich zu beschützen.«

»Vor dem Mann, der du wirklich bist? Und wer beschützt all diese anderen Frauen vor dir? Die Frauen, die du dafür bezahlst, dass sie sich vor deinen Zuschauern erniedrigen?«

»So ist das doch gar nicht, Marjorie ...«

»Doch, genauso ist es«, rief sie und entzog ihm ihre Hand. »Wie würdest du dich fühlen, wenn diese Männer jetzt auftauchen würden und mich so lange unter Druck setzen, bis ich ihnen meine Brüste zeige? Nur um sie dann später im Fernsehen wiederzusehen ...«

Er knirschte mit den Zähnen. »Ich habe ihnen gesagt, dass sie dich in Ruhe lassen sollen.«

»Weil du ihr Boss bist«, merkte sie an. »Andernfalls hätte ich es vielleicht einfach getan, nur damit sie mich in Ruhe lassen. Was würdest du dann empfinden?«

Er sagte nichts und schaute sie nur verletzt an.

»Diese Frauen sind die Töchter irgendeines Menschen. Ihre Schwester, ihre Freundin. Und du machst Geld damit, dass sie belästigt werden.«

»Was soll ich jetzt sagen, Marjorie? Ich liebe dich. Ich hatte nie vor, mich zu verlieben, aber ich bin verrückt nach dir. Wenn du willst, dass ich mich entschuldige, dann werde ich das tun. Ich werde den Sender verkaufen, wenn du das verlangst. Ich liebe dich und würde alles für dich tun. Ich habe dich vom ersten Augenblick an geliebt.«

»Ich weiß nicht, ob ich dich immer noch lieben kann, Rob. Der Mann, in den ich mich verliebt habe, ist eine Lüge gewesen.«

»Nein.« Seine Nasenflügel flatterten, und er starrte sie an.

»Ich habe dir in dieser Woche nichts vorgespielt. So bin ich wirklich. Das alles war keine Lüge.«

»Der Mann, in den ich mich verliebt habe, würde einer Frau nicht schaden. Er hat mich auf Händen getragen«, sagte sie leise. »Ich habe einen Mann geliebt, der freundlich und zärtlich zu mir war, der meine Hand gehalten und mich vor aufdringlichen Männern beschützt hat. Das war nicht der Mann, für den diese schrecklichen Männer arbeiten.«

»Marjorie, bitte.« Wieder nahm er ihre Hand und küsste ihre Fingerknöchel. »Ich vergöttere dich. Ich liebe alles an dir. Ein Mensch wie du ist mir noch nie begegnet, und ich möchte jede freie Minute mit dir verbringen. Bitte, gib mir noch eine Chance. Ich möchte es wiedergutmachen. Bitte. Bleib bei mir. Komm mit mir nach Kalifornien und gib mir noch eine Chance. Ich kann mich ändern.«

Ihr brach das Herz, als sie den Schmerz in seinem attraktiven Gesicht und seinen grünen Augen sah. Wie oft hatte sie davon geträumt, dass ihr ein Mann sagte, wie sehr er sie liebte und begehrte? Und wie hatte es passieren können, dass sich Rob – der in vielerlei Hinsicht so perfekt gewirkt hatte und bei dem sie sich so geschätzt und geliebt fühlte – auf einmal eine derart schreckliche Seite von sich zeigte? Sie fühlte sich verraten und kam sich so dumm vor. Und ihr tat einfach alles weh. Vor allem ihr Kopf. »Ich kann nicht, Rob.«

»Ich will dich nicht verlieren. Wie viel wird dir Brontë bezahlen? Ich verdopple dein Gehalt. Nein, ich verdreifache es. Du kannst als meine Assistentin arbeiten. Zwei meiner jetzigen Assistenten sind sowieso inkompetent.«

Sie entzog ihm ihre Hand und konnte es nicht fassen, dass sie ihn körperlich noch so stark begehrte, obwohl er ihr doch das Herz gebrochen hatte. »Es tut mir leid, Rob, aber ich muss jetzt zu dem Probeessen gehen.«

»Marjorie, bitte.«

Sie schüttelte den Kopf. »Lass ... lass mich einfach in Ruhe, ja?«

Als sie auf wackligen Beinen ins Hotel zurückging, rechnete sie eigentlich damit, dass er ihr nachlaufen und sie aufhalten würde. Doch dann drehte sie sich noch einmal um und sah Rob in sich zusammengesunken und mit verzerrtem Gesicht auf der Bank sitzen.

Er konnte sie noch so sehr um Vergebung bitten, aber sie vertraute ihm nun einmal nicht mehr. Sie kannte den wahren Rob nicht. Ging der wahre Rob mitten in der Nacht mit hochgewachsenen Frauen schwimmen, oder lud er sie zum Eis ein, weil er Zeit mit ihnen verbringen wollte? Wollte der wahre Rob eine Frau auch so sehr beeindrucken, dass er sich einen Pullunder anzog und mit ihr zum Bingo ging? Oder war der wahre Rob ein Manipulator mit unzähligen austauschbaren Gesichtern, der sagte, was sie hören wollte, damit er so auf die Hochzeit gelangen konnte?

Ihr war ganz schlecht.

## 22

Das Essen war wunderschön. Auch wenn Marjorie allein saß und der Platz neben ihr schmerzhaft leer blieb, taten ihre Freunde ihr Bestes, um sie abzulenken und ihr das Gefühl zu geben, dass sie sich über ihre Anwesenheit freuen. Sie hatte sich noch nie mehr von ihren Freunden umsorgt gefühlt ...

Was eigentlich paradox war, da sie am liebsten auf ihr Zimmer gerannt wäre und in ihr Kissen geweint hätte. Doch das konnte sie nicht tun, weil sie Brontë nicht enttäuschen wollte. Daher lächelte sie und tat so, als wäre alles in bester Ordnung. Sie lachte, plauderte, schüttelte Hände und hielt bei dem Probeessen ihre kurze Rede mit zittriger Stimme. Ihr Lächeln fühlte sich zwar sehr gekünstelt an, aber falls irgendjemandem ihr steifer, versteinerter Ausdruck auffiel, dann sprach er sie nicht darauf an.

Als die Frauen danach in mehrere Limousinen stiegen und zum offiziellen Junggesellinnenabschied aufbrachen, fuhr Marjorie mit und versuchte, sich zu amüsieren. Es gelang ihr, im Wagen den Platz neben Brontë zu ergattern, die sie nur umarmte und nichts weiter sagte.

Marjorie erwiderte ihre Umarmung und gab sich die größte Mühe, nicht zu weinen.

Einige lange Sekunden lagen sie einander schweigend in den Armen, während die anderen plauderten und etwas tranken.

»Eines solltest du wissen«, raunte Brontë Marjorie ins Ohr. »Der Manager hat Logan berichtet, dass Mr Cannon und seine Leute – und zwar alle – das Hotel heute verlassen haben.

Du musst dir keine Sorgen machen, dass sie dir noch einmal über den Weg laufen könnten.«

»Danke«, murmelte Marjorie beklommen. Sie wusste, dass Brontë sie nur aufmuntern wollte. Vermutlich hätte sie sich jetzt auch besser fühlen sollen. Schließlich würde es jetzt keine unangenehmen Begegnungen mehr geben.

Aber sie hatte keinen Spaß bei dem Junggesellinnenabschied und landete schließlich zusammen mit der schwangeren Audrey an einem etwas abseits stehenden Tisch und lauschte mit halbem Ohr deren Plänen für das Baby.

Als sie um drei Uhr schließlich wieder in ihrem Hotelzimmer war, fiel sie ins Bett und schob die Hände unter das Kissen ...

Wo noch Robs T-Shirt lag. Sie hatte vergangene Nacht darin geschlafen und es an diesem Morgen auf dem Weg in ihr Zimmer getragen. Es war ein weiches graues T-Shirt, und als sie es sich an die Nase hielt, roch es nach Sex, Schweiß und Rob.

Marjorie vergrub ihr Gesicht darin und brach in Tränen aus.

※ ※ ※

Eine Hochzeit war definitiv der falsche Ort für jemanden mit frisch gebrochenem Herzen, aber Marjorie gab ihr Bestes, um sich ihre Traurigkeit nicht anmerken zu lassen. Glücklicherweise hatte sie so gut wie keinen Augenblick für sich allein. Vom Aufwachen bis zum nächsten Morgen war ihre Zeit mit den unterschiedlichsten Aktivitäten ausgefüllt. Die Brautjungfern frühstückten zusammen, und die strahlende Braut, die allerdings nah am Wasser gebaut hatte, wurde mit Geschenken überhäuft. Danach wurden die Frauen frisiert und geschminkt, es gab eine letzte Anprobe, und danach wurden sie alle mit Limousinen auf die andere Seite der Insel gebracht, wo man ein riesiges weißes Zelt für die Gruppe um die Braut aufgebaut hatte. Die Trauung sollte auf einem weißen Pier stattfinden, der extra dafür gebaut worden war und auf dessen Stufen die Brautjungfern stehen würden. Man hatte einen ebenen Weg über den Strand gepflastert, damit die Frauen mit ihren hohen Absätzen problemlos dorthin gelangen konnten, und die Gäste saßen auf geschnitzten Holzbänken im Sand unter rot-weißen Sonnenschirmen.

Es war eine Mischung aus Strandfeeling, Extravaganz und feierlicher Hochzeit, wie Marjorie sie noch nie gesehen hatte. Aber irgendwie passte das alles zu Brontë und Logan.

Musik von Pachelbel hallte leise durch die Luft, und die Brautjungfern und Trauzeugen gingen Seite an Seite über den gepflasterten Weg. Als Erstes kamen Angie und der größere, schlanke Jonathan. Danach waren Marjorie und Cade Archer an der Reihe, ein Mann, der ebenso attraktiv wie mitfühlend war. Als sie aus dem Zelt traten, überragte Marjorie ihn in ihren hochhackigen Schuhen. Von der Größe her hätte sie vermutlich besser zu Jonathan gepasst, aber zur Abwechslung war ihr das mal völlig gleichgültig. Wenn Rob sie mit so hohen Absätzen wunderschön gefunden hatte – und aus irgendeinem Grund war sie davon überzeugt, dass er das ernst gemeint hatte –, dann konnte sie wohl kaum ein derart storchenhaftes Monster sein, wie sie immer geglaubt hatte. Daher ging sie stolz neben Cade her, trug den Kopf hoch und hielt die weißen Rosen in ihrem Strauß mit ruhiger Hand.

Sie schritten den gepflasterten Weg entlang über den Strand zu den Stufen. Cade führte sie zu der Stelle, an der sie stehen sollte, zwinkerte ihr zu und ging dann auf die gegenüberliegende Seite zu den Trauzeugen. Als Nächstes kamen die fröhliche Maylee, die ihre weißblonden Locken auf dem Kopf aufgetürmt hatte und strahlend neben ihrem Verlobten Griffin herging. Marjorie wusste, dass all die Brautjungfern und Trauzeugen, die noch folgten, Paare waren, und es machte Spaß, sie dabei zu beobachten, wie sie nebeneinander zum Pier kamen und sich dabei wahrscheinlich vorstellten, wie es bei ihrer eigenen Hochzeit sein würde. Maylee wirkte verträumt, während Griffins Miene unergründlich war.

Das nächste Paar waren Audrey und Reese, und Marjorie ging das Herz auf, als sie die beiden zusammen sah. Audrey war im sechsten Monat, und ihr Kleid war ein halbes Dutzend Mal geändert worden, bis sie es schließlich aufgegeben und im Empire-Stil genäht hatten, sodass ihr Bauch nicht länger eingeengt war. Sie trug flache Schuhe und sah klein und sehr, sehr rund aus. Auf den ersten Blick schienen die beiden überhaupt nicht zueinanderzupassen, doch dann entdeckte Marjorie, wie Reese Audrey ansah – als wäre sie das Kostbarste und Perfekteste auf der Welt. In seinen Augen schimmerte so viel Liebe, dass Marjorie beinahe die Tränen kamen.

Schon kamen Gretchen und Hunter aus dem Zelt. Gretchens Kleid war genau das Gegenteil von Marjories, weiß mit roten Akzenten, und sie hielt einen roten Blumenstrauß in den Händen. Der Mann an ihrer Seite war ... tja, das netteste Wort wäre wohl »entstellt« gewesen, schoss es Marjorie durch den Kopf. Eine Hälfte seines Gesichts war zerstört und neu aufgebaut worden, und er schien sich vor all den Menschen sichtlich unwohl zu fühlen. Als wüsste sie genau, wie es ihrem Verlobten ging, gab Gretchen nach allen Seiten Handküsse und machte ihre Späßchen mit den Gästen, während sie über den Weg gingen. Marjorie fragte sich, wie viel davon sie einfach tat, weil sie nun einmal Gretchen war, und wie viel sie nur machte, um die Aufmerksamkeit von dem Mann an ihrer Seite abzulenken, der normalerweise die Einsamkeit vorzog.

Nachdem Gretchen den Pier erreicht hatte, gab sie Hunter einen schnellen Kuss und einen Klaps auf den Hintern, um ihn auf seinen Platz zu schicken, was die Gäste köstlich amüsierte.

Danach veränderte sich die Musik, und alle Augen richteten sich auf den Ausgang des Zelts, aus dem gleich die Braut heraustreten würde. Marjorie sah jedoch Logan an – sie wusste ja schließlich, wie Brontë in ihrem ausgestellten weißen Kleid mit bodenlangem Schleier und einem Wasserfall aus roten Rosen als Brautstrauß aussah – nämlich wunderschön. Marjorie wollte Logans Gesichtsausdruck sehen, wenn seine Braut zum Altar schritt.

Sie wusste genau, wann sie aus dem Zelt trat, ohne dass sie sich umdrehen musste. Logans gelassene Miene veränderte sich auf einen Schlag. Seine Augen begannen, zu strahlen und vor Stolz zu funkeln. Ein kaum merkliches Lächeln umspielte seine Mundwinkel, und er wandte den Blick nicht von Brontë ab. Bei diesem Anblick hätte Marjorie am liebsten gleich wieder geweint. Würde jemals ein Mann *sie* so ansehen?

*Rob hat das getan*, dachte ihr verräterischer Verstand, aber sie ließ den Gedanken gar nicht erst zu. Rob war ein Lügner und ein schrecklicher Mensch. Mit so jemandem konnte sie nicht zusammen sein. Mit schwerem Herzen beobachtete sie, wie Brontë näher kam. Logan nahm ihre Hand und sah noch immer unglaublich stolz aus, und die Braut strahlte, als der Pfarrer zu reden begann.

Auch wenn dafür wochenlange Vorbereitungen und Arbeiten notwendig gewesen waren, dauerte die eigentliche Trauung nicht lange. Logan und Brontë hatten ihre Ehegelübde selbst geschrieben und mit Zitaten von Platon, Aristoteles und einigen anderen Philosophen, die Brontë so sehr liebte, angereichert. Sie tauschten die Ringe, und Logan zog seine Braut an sich, um sie so lange und leidenschaftlich zu küssen, dass Marjorie ganz unbehaglich wurde.

Als das Paar Hand in Hand vom Altar wegtrat, jubelten alle und standen wieder auf. Der offizielle Teil der Hochzeit war vorbei, aber die Party fing gerade erst an. Auch für die unter Liebeskummer leidende Brautjungfer war der Tag noch lange nicht zu Ende. Die meisten Gäste kehrten ins Hotel zurück, wo die Feier stattfinden würde, aber die Hauptakteure blieben noch am Strand, um unzählige Fotos über sich ergehen zu lassen. Marjorie konnte irgendwann nicht mehr lächeln und kam sich schon vor wie ein Roboter. Eigentlich wollte sie nur noch auf ihr Zimmer zurück und sich verkriechen, aber dies war Brontës Tag, daher würde sie alles stillschweigend erdulden und ihrer Freundin zuliebe eine tapfere Miene aufsetzen.

Schließlich fuhren auch sie zurück, und der Hochzeitsempfang begann. Die wunderschöne zehnstöckige Hochzeitstorte bildete den Mittelpunkt der Tafel, und es gab eine Bar und eine Tanzfläche. Marjorie blickte sehnsüchtig zur Bar hinüber. Wie schön wäre es, sich jetzt einfach zu betrinken und seine Sorgen zu vergessen! Aber sie verwarf diese Idee und ließ sich stattdessen auf ihrem Platz am Tisch nieder.

Logan und Brontë kamen herein, und als Erstes schnitten sie den Kuchen an. Die beiden steckten sich gegenseitig einen Happen in den Mund, und Logan leckte der Braut mit einem vielsagenden Blick die Finger ab, wobei sie errötete. Marjorie überlegte erneut, ob sie an die Bar gehen sollte.

»Ist der Platz noch frei?«, wollte eine Männerstimme wissen.

Marjorie sah auf und lächelte Cade Archer an. Man musste

diesen Mann einfach mögen. Tatsächlich erinnerte sie sein Aussehen an einen Engel: mit seinem blonden Haar, den blauen Augen und dem hinreißenden freundlichen Lächeln. Sie beugte sich vor und musterte die Tischkarte. »Es sieht so aus, als wäre er für dich reserviert.«

»Da habe ich aber Glück gehabt«, meinte er und setzte sich grinsend neben sie. »Wie kommt es, dass du dich hier hinten bei den einsamen Herzen versteckst?«

Sie schenkte ihm ein halbherziges Lächeln. »Mein Begleiter musste zur Dialyse aufs Festland zurück.«

Er sah sie entsetzt an. »Wie bitte?«

»Ich hatte Dewey als meinen Begleiter eingeladen, einen netten alten Mann, den ich beim Shuffleboard kennengelernt habe. Er sagte, er würde Hochzeiten über alles lieben, aber seine Nieren sind ihm vermutlich noch wichtiger.« Sie lächelte. »Das ist nicht so schlimm. Ich bin heute sowieso nicht in Bestlaune.«

Cade setzte sich lächelnd neben sie. »Dann passen wir ja gut zueinander.«

»Wo steckt deine Begleiterin?«, fragte sie höflich.

Sein freundliches Lächeln verblasste, und er wirkte kurz unglaublich traurig. »Ihr ist kurzfristig etwas dazwischengekommen.« Er zuckte mit den Achseln. »Eigentlich hätte ich damit rechnen müssen, aber ich bin trotzdem enttäuscht.«

Sie kannte das Gefühl. Auch wenn sie wusste, dass sie sich nicht länger nach Rob sehnen sollte, tat sie es dennoch. Sie vermisste ihn sehr, obwohl ihr klar war, dass sie nicht zueinanderpassten. Diese Wunde würde erst mit der Zeit wieder heilen, und sie hatte noch nicht einmal die Gelegenheit gehabt, angemessen um ihre aufkeimende Beziehung zu trauern.

»Die Hochzeit ist wunderschön«, sagte sie leise. »Und Brontë und Logan scheinen sehr glücklich zu sein.«

»Das sind sie auch«, stimmte Cade ihr zu. »Ich freue mich so für sie – eigentlich für all meine Freunde. Es stehen in nächster Zeit noch einige Hochzeiten an, und ich vermute, dass ich noch öfter den Trauzeugen spielen werde.«

»Immer die Brautjungfer, aber nie die Braut?«, murmelte sie.

Er grinste kurz und schaute dann wieder zur Tanzfläche hinüber, wobei er mit seinen Gedanken sehr weit weg zu sein schien. Marjorie hatte erneut den Eindruck, dass er ebenso einsam war wie sie und genauso darunter litt. Nach einigen langen Sekunden drehte er sich wieder zu ihr um und schenkte ihr ein Lächeln, das jedoch nicht ganz überzeugend war. »Sieht ganz danach aus.«

Der arme Cade. Er schien ebenso zu leiden wie sie. Dummerweise war es ihr unmöglich, ihm Trost zu spenden, da ihr eigenes Herz doch gerade erst gebrochen worden war.

# 23

*Drei Monate später*

Das ist eine wunderschöne Wohnung«, rief Brontë begeistert und trug eine Kiste mit Bettwäsche herein. »Wie in aller Welt hast du es geschafft, so etwas an der Upper East Side zu finden?«

»Indem ich sehr viel Geld zum Fenster hinauswerfe«, erwiderte Marjorie und hielt ihrer Freundin die Tür auf. »Und das Bett befindet sich in einem Wandschrank.«

Brontë kicherte. »Aber du hast Parkettböden! Komm schon. Du musst zugeben, dass das toll ist. Und es gibt ein Fenster! Maylees erste Wohnung in New York hatte nicht mal das.«

»Die Wohnung ist schon schön«, gab Marjorie zu, nahm Brontë die Kiste ab und stellte sie auf die Arbeitsplatte in ihrer winzigen Küche. »Aber diese Stadt ist so vollkommen anders als Kansas, verstehst du? Für die Miete, die ich hier bezahle, hätte ich zu Hause ein ganzes Haus bekommen können.«

»Kann schon sein«, stimmte Brontë ihr zu, öffnete eine Schranktür und schaute hinein. »Huch. Hier ist ja das Bett. Ach, was soll's. Die Lage ist gut, und das Apartment ist süß. Die Miete ist zwar hoch, aber dafür lebst du in einer der großartigsten Städte der Welt. Ganz im Ernst: Du wirst so viel um die Ohren haben, dass du gar keine Zeit hast, zu Hause zu sitzen und Trübsal zu blasen.«

»Ich kenne sogar schon jemanden hier im Haus«, gab Marjorie zu. »Erinnerst du dich an Agnes? Sie lebt zwei Stockwerke tiefer und hat dafür gesorgt, dass der Vermieter sich für mich und nicht für einen der vielen anderen Bewerber entschieden hat.«

»Oh! Das ist ja wunderbar. Dann hast du hier schon eine Freundin.«

»Stimmt«, meinte Marjorie. »Agnes hat mich bereits eingeladen, mit ihr und ein paar Freunden freitagabends Bingo spielen zu gehen.«

»Siehst du?« Brontë strahlte sie an. »Es wird dir hier gefallen. Du wagst einen Neuanfang.« Dann sah sie Marjorie besorgt an. »Aber da wir gerade dabei sind ... geht es dir gut?«

Marj zwang sich zu lächeln. »Es geht mir gut. Wirklich.«

»Bist du sicher? Du bist so ... dünn.«

Das hatte Marjorie im letzten Monat häufiger gehört. Sie hatte ein bisschen abgenommen, denn der Liebeskummer hatte ihr den Appetit verdorben. Bei ihrem Körper fiel so etwas schnell auf. »Es geht mir wirklich gut. Ich ... habe nur eine schlimme Zeit hinter mir. Aber jetzt geht es mir wieder besser.« Sie konnte nur hoffen, dass sie überzeugend klang.

Doch Brontë sah weiterhin besorgt aus. »Er hat dich benutzt. Das ist so schrecklich. Ich wünschte, ich hätte besser aufgepasst und wäre nicht so darauf fixiert gewesen, dass die Rosen auch den richtigen Rotton haben.«

Marjorie winkte ab. »Das ist Vergangenheit. Und ich weiß nicht, ob er mich wirklich benutzt hat. Manchmal glaube ich es und denke, ich bin auf ihn reingefallen, und dann wieder muss ich an unsere Gespräche denken und kann es mir einfach nicht vorstellen.« Sie zuckte mit den Achseln, nahm einen Kopfkissenbezug aus dem Karton und faltete ihn auseinander. »Aber es ist eigentlich auch egal. Ich kann einen Mann wie ihn und das, was er beruflich macht, einfach nicht guten Gewissens unterstützen. Ich hatte geglaubt, er wäre anders. Die Wahrheit ... stimmte jedoch nicht mit meinen Vorstellungen überein. Er ist jemand, an dessen Seite ich mich nicht wohlfühlen könnte.«

»Weißt du«, meinte Brontë, öffnete die Schranktür und nahm Marjories Kopfkissen von dem dahinter verborgenen Bett, um es ihrer Freundin zu bringen. »Als ich Logan kennengelernt habe, wusste ich nicht, dass er Milliardär ist. Ich habe ihn für den Hotelmanager gehalten. Schließlich war ich Kellnerin, nicht wahr? Als ich dann herausgefunden habe, dass er so reich ist, bin ich durchgedreht. Ich wusste nicht, ob ich so jemanden als meinen Freund haben wollte. Er ist ja nicht nur reich, sondern stinkreich. Doch je mehr ich dagegen angekämpft habe, desto schwerer fiel es mir zu begreifen, dass ich das Problem bin und nicht er. Es war meine Vorstellung davon, was ein Milliardär von mir halten würde, und nicht etwa Zweifel an meinen Gefühlen. Könnte es bei dir nicht dasselbe sein? Ist es vielleicht nur der Klassenunterschied?«

Marjorie schüttelte den Kopf. »Es geht nicht ums Geld. Es ist sein Geschäftsmodell, das darauf aufbaut, hübsche Mädchen mit geringem Selbstwertgefühl auszunutzen und gegen Geld Männern zu präsentieren. So jemanden kann ich einfach nicht respektieren. Es ist falsch, so etwas zu tun. Möglicherweise bin ich da zu moralisch oder prüde, aber so empfinde ich nun mal.«

»Platon hat gesagt: ›Menschen sind wie Erde. Entweder nähren sie einen und helfen einem, als Mensch zu wachsen, oder sie hindern dein Wachstum und sorgen dafür, dass du eingehst und stirbst.‹«

»Da hatte er recht«, bestätigte Marjorie. »Und Letzteren gehe ich lieber aus dem Weg.« Zumindest ging sie davon aus, dass Rob dazugehörte. Tagsüber fiel es ihr leicht, Rob und all seine Lügen zu hassen. Aber wenn sie nachts einsam in ihrem Bett lag, dann war das nicht mehr so einfach, und manchmal bereute sie ihre Entscheidung.

Sie bereute es, dass Rob nun einmal so war.

Und dass auch sie sich nicht ändern konnte.

Aber vor allem bereute sie es, dass sie ihn nicht früher in ihr Bett gezerrt hatte. Das war vermutlich dumm, aber sie konnte es nicht ändern. Von allem, was sie vermisste, fehlten ihr vor allem sein Lächeln und seine zärtlichen Berührungen. Machte sie das nicht zu einem schrecklichen Menschen? Denn sie sollte doch vielmehr daran denken, wie er sie belogen hatte, wie er sich an Frauen mit geringem Selbstwertgefühl bereicherte. Tatsächlich aber vermisste sie ihn die meiste Zeit.

»Solange du nicht auch den Menschen aus dem Weg gehst, die dir guttun«, erklärte Brontë lächelnd und holte Marjorie in die Wirklichkeit zurück. »Und du weißt, dass ich immer für dich da bin, wenn du reden willst.«

»Das weiß ich.« Marjorie stopfte das Kopfkissen in den Bezug. »Aber ich glaube, ich werde mich vorerst lieber in die Arbeit stürzen.«

»Das ist doch Musik in meinen Ohren«, erwiderte Brontë. »Und ich werde dich auf jeden Fall damit überhäufen.«

✳ ✳ ✳

Nach und nach gewöhnte sich Marjorie an das Leben in New York. In vielerlei Hinsicht war diese Stadt einfach unglaublich, und es gab unzählige Restaurants und U-Bahnen, die einen überall hinbrachten, sodass man gar kein Auto brauchte. Sie liebte die Geschäfte, die Museen und vor allem den Central Park. An andere Dinge musste sie sich erst langsam gewöhnen: dass man bei einem kleinen Laden um die Ecke und nicht im Supermarkt einkaufte, die vielen Taxis und die Menge an Menschen. Sie hatte im ganzen Leben noch nie so viele Menschen an einem Ort gesehen. Sie ging neben ihnen die Straßen entlang, teilte sich mit ihnen ein Taxi und hörte sie durch die dünnen Wände ihrer Wohnung. Daher kam es ihr so vor, als wäre in New York niemand wirklich allein.

Doch trotz der vielen Menschen war Marjorie sehr einsam. Vielleicht war sie dumm und eine verträumte Jungfrau, aber sie vermisste Rob. Während ihrer gemeinsamen Zeit hatte sie sich lebendiger gefühlt als jemals zuvor in ihrem Leben. Es war, als hätte sie endlich jemand zur Kenntnis genommen – ihr wahres Ich, das unter all den anderen Schichten verborgen war – und das, was er sah, auch noch gemocht.

Möglicherweise war das der Grund dafür, dass es ihr so schwerfiel, ihr normales, einsames Leben fortzusetzen, nachdem sie kurze Zeit Teil eines Paars gewesen war. Dass sie nicht völlig zufrieden damit war, ihre Freitagabende mit Agnes und ihren Freunden zu verbringen. Dass es ihr nicht mehr so viel Spaß machte, in ein Wollgeschäft zu gehen und sich ein neues Muster auszusuchen, da sie jetzt niemanden hatte, dem sie ihr Werk hinterher zeigen konnte. Dass sie in ihrem schmalen Bett lag, das man aus dem Wandschrank herausklappte, und das Gefühl hatte, ihr Leben wäre zu Ende.

Sie vermisste das Küssen. Das Händchenhalten. Ihr fehlte Robs Lachen, wenn sie ihm einen schlüpfrigen Witz erzählte.

Sie vermisste Rob.

Er war ihre erste Liebe, und sie hatte sich sehr schnell und bis über beide Ohren in ihn verliebt. Es würde einige Zeit dauern, bis sie über ihn hinweg war, aber sie wusste, dass sie sich irgendwann besser fühlen würde.

Aber in einer Stadt mit Abertausenden von Gesichtern glaubte sie ständig, ihn irgendwo zu sehen. Das störte sie. Sie hörte sein Lachen, drehte sich um, und er war doch nicht da. Sie sah das Hemd, das er getragen hatte, folgte dem Mann und stellte dann enttäuscht fest, dass er es nicht war. Mehrmals glaubte sie, aus dem Augenwinkel einen dunkelhaarigen Mann gesehen zu haben, der genauso aussah wie Rob und gerade in ein Taxi stieg.

Sie hatte Brontë davon erzählt, die sie nur mitleidig angesehen und vorgeschlagen hatte, sie solle doch mal mit einem anderen Mann ausgehen. Brontë hatte sogar vorgeschlagen, ein Blind Date für Marjorie zu arrangieren, aber Marjorie war lieber zum Speed-Dating gegangen.

Alle Männer dort waren von ihrer Größe eingeschüchtert gewesen. Danach fühlte sie sich erniedrigt und regelrecht verzweifelt. Außerdem verglich sie jeden Mann innerlich mit Rob und stellte fest, dass keiner mit ihm mithalten konnte. Ihnen fehlte sein Lächeln, sein Beschützerinstinkt, sein Charme, einfach alles, was ihn ausmachte.

Marjorie vermutete, dass sie damit noch eine Weile würde leben müssen. Es gab Schlimmeres, als zu glauben, man hätte einen Blick auf den Mann erhascht, den man für einen kurzen Moment in seinem Leben geliebt hatte.

※ ※ ※

»Möchtest du noch einen Tee, Marj?« Agnes hielt ihre geblümte Teekanne hoch. »Ich weiß doch, wie gern du Earl Grey trinkst.«

Marjorie hielt ihr die zerbrechliche Teetasse aus Porzellan

hin. »Sehr gern, vielen Dank.« Sie sah sich in Agnes' winziger Wohnung um. Überall hingen und standen Bilder und kleine Erinnerungsstücke, das kleine Apartment schien voller Andenken zu sein. »Deine Wohnung ist wirklich zauberhaft. Darf ich mir mal die Fotos ansehen?«

»Aber natürlich«, antwortete Agnes und strahlte. Sie schenkte Marjorie Tee nach und griff nach ihrem Handy. »Währenddessen werde ich Dewey schnell ein Selfie schicken.«

Marjorie lächelte und nippte an ihrem Tee. »Dann seid ihr beide noch immer zusammen?« Sie hatte die beiden alten Leutchen auf der Insel miteinander bekannt gemacht, vor allem, weil sie mehr Zeit mit Rob hatte verbringen wollen. Zu ihrer großen Freude hatten sie sich blendend verstanden.

»Allerdings«, bestätigte Agnes. »Er will bald nach New York kommen, damit wir ein bisschen Zeit miteinander verbringen können. Bisher hatte er noch viele Arzttermine, aber wir überbrücken die Wartezeit mit Facebook.« Sie sah Marjorie stolz an. »Ich arbeite daran, aus ihm Ehemann Nummer sieben zu machen.«

Wow. »Ich spiele sehr gern die Brautjungfer, wenn du es schaffst, ihn vor den Altar zu bekommen.« Marjorie trank noch einen Schluck Tee und stellte die Tasse dann auf den Tisch. Sie ging zu der Kommode in der Zimmerecke, auf der die Bilderrahmen dicht an dicht standen. Einige der Fotos waren schwarz-weiß, andere farbig, auf manchen waren Kinder zu sehen und auf anderen Agnes in verschiedenen Lebensabschnitten. Fasziniert sah sich Marjorie die Bilder an und verharrte bei dem eines attraktiven Seemanns, der eine viel jüngere Agnes auf der Tanzfläche in den Armen hielt. Die beiden sahen unglaublich glücklich aus. »Wer ist das auf diesem Bild?«

Agnes trat hinter sie und schaute sich das Foto an. »Das ist

Ehemann Nummer zwei. Kurt. Ein wundervoller Mann. Er ist zwei Jahre nach unserer Hochzeit in Korea ums Leben gekommen.«

Oh. Bei dem Gedanken an das lebensfrohe, glückliche Paar, das kein Happy End gefunden hatte, wurde Marjorie ganz traurig. »Das tut mir so leid, Agnes.«

»Das ist schon in Ordnung, Marjorie, Liebes. Ich habe danach noch viele gute Männer kennengelernt und nicht zu vergessen Dewey!« Sie strahlte förmlich. »Wir haben also beide auf der Insel die Liebe gefunden!«

»Ich nicht«, erwiderte Marjorie leise. Sie richtete sich auf und wandte sich ab. »Sondern nur einen Lügner und schlechten Menschen.«

»Wirklich?« Agnes sah sie interessiert an. »In welcher Hinsicht hat er dich angelogen?«

Sie gestand Agnes, was Rob beruflich machte, und erzählte ihr von dem Männerkanal und der Crew von *Titten oder Abflug*. Sie erzählte auch, dass sie bis zu dem Probeessen nicht einmal Verdacht geschöpft hatte und wie verletzt sie gewesen war.

Agnes legte nur den Kopf schief und sah sie erstaunt an. »Er hat dir gestanden, wer er ist, und das war alles?«

Marjorie zuckte mit den Achseln. »Er sagte, er würde sich für mich ändern, und hat mich gefragt, was er tun soll. Aber das hat er doch alles nur getan, um meine Meinung über sich zu ändern. Ich konnte unmöglich noch länger bei ihm bleiben, nachdem ich all das erfahren hatte. Insbesondere nachdem diese schrecklichen Männer versucht hatten, mich zu überreden, ihnen meine Brüste zu zeigen.« Sie erschauderte. »Und dann musste ich auch noch herausfinden, dass er ihr Boss ist ...«

»Hmm«, murmelte Agnes. »Das ist interessant. Liest du

Klatschzeitschriften, Liebes? Darin sind meiner Meinung nach die besten Kreuzworträtsel.«

Marjorie lächelte. »Ach, wirklich?«

»Ja, und lauter Fotos von Hollywoodschauspielern mit nacktem Oberkörper. Ich bin auch nur ein Mensch«, sagte Agnes und zwinkerte ihr spielerisch zu. Sie ging summend in die Küche und wühlte in einem Stapel Zeitschriften herum. »Ich bin mir ziemlich sicher, dass ich in einer etwas gelesen habe, das du gern lesen würdest.«

»Eigentlich interessiere ich mich nicht für Klatsch und Tratsch«, erwiderte Marjorie. Sie hatte ein paar dieser Hefte nach ihrer Rückkehr von der Insel durchgeblättert, da Rob sie neugierig gemacht hatte. Doch das, was sie gefunden hatte, war erschreckend gewesen. Fotos von ihm, wie er auf einer Jacht vor Ibiza mit Victoria's-Secret-Models feierte. Gerüchte über Drogen und Orgien. Abgehalfterte Schauspielerinnen, die angeblich mit ihm im Bett gewesen waren und aus dem Nähkästchen plauderten. Danach hatte sie die Nase voll gehabt und nichts mehr wissen wollen.

Er hatte behauptet, dass die ganzen Berichte gelogen wären und er ganz anders war.

Aber es fiel ihr deutlich leichter, den Rob aus den Klatschspalten für bare Münze zu nehmen, anstatt den, den sie auf der Insel kennengelernt hatte.

Agnes hob spielerisch einen Finger und blätterte in einer Zeitschrift herum. »Ich kann dir versichern, dass du das lesen möchtest. Ah, da haben wir es ja.« Sie knickte die Seiten um und reichte Marjorie das Heft. »Lies den Artikel.«

Sie hatte ein wundervolles Foto von Rob vor sich, auf dem er einen Anzug trug und sich ein Handy ans Ohr hielt. Unwillkürlich schnappte sie nach Luft und starrte das Bild viel zu lange an. Er sah so gut aus. Gebräunt, rasiert, attraktiv, mit geöffnetem oberstem Hemdknopf und ohne Krawatte. Seine Augen waren hinter einer Sonnenbrille verborgen, und sie fand es sehr schade, dass sie sie nicht sehen konnte.

Neben ihm stand offenbar ein Scheich, und Marjorie runzelte die Stirn. Was hatten die beiden denn miteinander zu schaffen? Erst jetzt las sie die knallgelbe Schlagzeile.

*Milliardär und Playboy verkauft Männerkanal und Tochterunternehmen bei Milliardendeal an saudischen Prinzen!* Darunter stand in etwas kleinerer Schrift: *Und spendet alles wohltätigen Zwecken!*

Sie riss die Augen auf, nahm das Heft in die Hand und las rasch den Artikel.

*Nichts an dem gut aussehenden Milliardär Robert Cannon, 32, war jemals vorhersehbar ... abgesehen von seiner Lust auf Partys. Jetzt macht es allerdings den Anschein, als würde der skandalträchtige Junggeselle eine neue Seite von sich zeigen. Aus Insiderkreisen wurde bekannt, dass Cannon den äußerst lukrativen Männerkanal und sämtliche Ableger für über eine Milliarde Dollar an einen einflussreichen saudischen Prinzen verkauft hat. Auf die Nachfrage, aus welchem Grund Cannon aus dem Fernsehgeschäft aussteigt, blieb seine Pressestelle wie immer wortkarg. Laut einer Quelle war Cannon sehr unzufrieden mit dem Geschäft, auch wenn die Einschaltquoten immer sehr gut waren. Sie sagte: »Jemand hat ihm die Augen geöffnet, und ihm hat nicht gefallen, was er da gesehen hat.« Sehr mysteriös!*

*Doch unsere geheime Quelle scheint richtig gelegen zu haben. Nicht einmal eine Woche nach dem Verkauf traf sich Cannon mit Vertretern einer bekannten Frauenorganisation und hat jeden Dollar aus den Verkaufserlösen gespendet. Ja, Sie haben richtig gelesen: Jeder Dollar aus dem Verkauf des*

*Männerkanals wird Frauen zugutekommen, die geschlagen oder missbraucht wurden.*

*Wir haben versucht, von Cannon einen Kommentar dazu zu bekommen, doch das war nicht möglich. Könnte es noch einen anderen Grund für sein faszinierendes Verhalten geben, von dem wir bisher noch nichts wissen? Wir halten Sie auf dem Laufenden!*

»Oh großer Gott!«, flüsterte Marjorie. Sie blinzelte mehrmals und las den Artikel gleich noch mal, falls sie irgendetwas übersehen hatte.

»Es überrascht mich, dass du nichts davon gehört hast, Marj. Googelst du deine Exfreunde denn nicht?«

Marjorie schüttelte den Kopf. »Nein! Okay ... anfangs habe ich es getan, aber das, was ich mir da ansehen musste, wollte ich überhaupt nicht wissen.«

Agnes tippte mit einem langen, knochigen Finger auf das Foto von Rob. »Du kannst mich für verrückt halten, aber ich bin davon überzeugt, dass seine plötzliche Wohltätigkeit etwas mit dir zu tun hat.«

Marjorie war sich da nicht so sicher. Warum hatte er nichts gesagt? Sie stand einfach nur da und starrte den Artikel an.

Rob hatte den Sender verkauft und das Geld nicht für sich behalten. Er war jetzt pleite ... und sie trug die Schuld daran. Oh großer Gott! Ihr Magen zog sich zusammen. Vielleicht hasste er sie jetzt, weil er das Gefühl hatte, von ihr dazu gedrängt worden zu sein? Ihr wurde ganz schummrig.

»Warum nimmst du das Heft nicht mit, Marj? Dann kannst du dir den Artikel später noch einmal durchlesen.«

Mehr als die beiden Abschnitte stand da nicht, aber Marjorie nickte und drückte sich das Heft an die Brust.

❋ ❋ ❋

An diesem Abend konnte sie sich einfach nicht auf das Bingospiel konzentrieren. Sie hatte Agnes versprochen, dass sie sie begleiten würde, auch wenn sie eigentlich lieber zu Hause geblieben wäre, um den Artikel weiter anzustarren und im Internet mehr über Rob und diesen unerwarteten Verkauf herauszufinden. Sie wollte unbedingt wissen, warum er das getan hatte und was er jetzt plante ... und ob er wirklich kein Geld mehr hatte.

Bei der Vorstellung, dass er tatsächlich eine Milliarde Dollar gespendet hatte, nur um ihr zu gefallen, wurde ihr ganz anders. Das Geld diente zwar einem guten Zweck, aber es war dennoch eine unerhört große Summe. Sie konnte es noch immer nicht fassen.

Daher versuchte sie, Bingo zu spielen und mit ihren Freunden zu plaudern, doch ihr entging die Hälfte der Zahlen, weil sie ständig mit ihrem Handy in Internet surfte. Irgendwann gab sie ihre Bingokarte an Agnes weiter, damit sie sich ganz auf das Googeln konzentrieren konnte. Letzten Endes gewann ihre Karte sogar den Jackpot von eintausend Dollar, aber Marj bestand darauf, dass Agnes alles behielt.

Die alte Dame war ihr in letzter Zeit eine gute Freundin gewesen, daher war das für sie selbstverständlich. »Spendier Dewey ein Flugticket, damit er dich besuchen kommen kann«, beharrte sie, und Agnes hatte sie strahlend angelächelt.

Irgendwann war auch dieser Abend zu Ende, und Agnes und Marjorie gingen nach Hause. Marjorie fuhr mit dem Fahrstuhl zu ihrer neuen Wohnung hoch, in der es ungewöhnlich ruhig war – nicht einmal ihre ansonsten so lauten Nachbarn waren zu hören. Sie schloss die Tür, verriegelte sie und legte die Kette vor, um dann auch noch ihren kleinen Schreibtisch vor die Tür zu schieben, denn sie fühlte sich in New York nicht sicher, wenn sie ganz allein in ihrer Wohnung war. Dann zog sie die hochhackigen Schuhe aus, ging zum Wandschrank, klappte das Bett heraus, ließ sich darauffallen und blätterte erneut in der Klatschzeitung.

Zwei Absätze. Das begriff sie nicht. Ein attraktiver Milliardär verkaufte sein ganzes Unternehmen, und doch stand nicht mehr darüber in dem Bericht? Das war doch lächerlich. Sie hatte das Magazin immer wieder durchgesehen und nach weiteren Erwähnungen gesucht. Auch auf den Internetseiten waren nur Informationen und Berichte zu finden, die älter als zwei Monate waren. Es machte ganz den Anschein, als hätten Robs Angestellte – falls er noch immer welche hatte – den Kontakt zu den Medien abgebrochen, und abgesehen von ein paar Neuigkeiten zu dem künftigen Programm des Männerkanals war nichts zu finden.

Wo steckte Rob?

Was machte er jetzt?

Und warum hatte er sein Unternehmen verkauft?

Wieso konnte sie mehr Details über seine Partys auf Ibiza finden als darüber, was er mit seinem Geld anstellte?

Als die ganze Sucherei nichts brachte, griff sie wieder nach dem Hochglanzmagazin und starrte sein Foto an. Schließlich hängte sie es sich neben das Bett, so wie sie es als Teenager mit Postern von Popstars gemacht hatte, und weinte sich in den Schlaf.

## 24

Eine Woche später war sie mit einer Kiste voller Bücher – »Der Fürst« von Machiavelli – auf dem Weg in ein nahe gelegenes Altenheim, in dem Brontës Buchklub zusammentreffen würde. Sie gab die Kiste ab und ging wieder nach draußen. Als sie um die Ecke bog, entdeckte sie in einiger Entfernung einen vertrauten Haarschopf.

Marjorie schnappte nach Luft. Das konnte doch nicht wahr sein! Sie drückte ihre Handtasche an sich, ging schneller und sah gerade noch, wie der Mann um die nächste Straßenecke verschwand.

Verdammt! Sie beäugte ihre Schuhe, lilafarbene Miu Mius mit zwölf Zentimeter hohen Absätzen. Darin würde sie ihn nie einholen. Innerlich fluchte sie auf ihre Liebe zu solchen Schuhen. Dann zog sie sie auch schon aus, warf sie in ihre Handtasche und rannte dem Mann hinterher.

Sie wollte Antworten.

Er war ihr ein gutes Stück voraus, und sein dunkler Schopf tauchte immer wieder aus der Masse der Passanten auf.

Er trug ein blass-beigefarbenes Hemd, und sie behielt es im Auge, während sie ihm eine und danach eine weitere Straße entlangfolgte. Es ist nur ein Fremder, versuchte sie, sich einzureden, nur ein Mann, der zufälligerweise aussieht wie er. Es konnte nicht anders sein.

Aber als sie ihn endlich einholte und nach ihrem Sprint schwer atmete, nahm sie ihren ganzen Mut zusammen und tippte ihm auf die Schulter.

Der Mann drehte sich um, und sie stand zu ihrer großen Überraschung Rob gegenüber.

Er schien ebenso erstaunt zu sein, sie zu sehen. »Marjorie?« Dann schaute er sich um, ging ein Stück zur Seite, um die anderen Fußgänger vorbeizulassen, und zog sie ganz automatisch mit sich. Unter dem Vordach eines Geschäfts blieben sie stehen. »Was machst du denn hier?«

»Ich habe dich gesehen«, stieß sie keuchend aus. »Ich habe dich gesehen!«

Sie konnte nicht aufhören, ihn anzustarren. Himmel, er sah so gut aus. Sein Haar war frisch geschnitten, und er war glatt rasiert. Seine grünen Augen funkelten unter seinen dichten Wimpern, und er sah in dem Hemd mit offenem Kragen und der lässigen Jeans dazu einfach umwerfend aus. Genauso hatte sie ihn in Erinnerung gehabt, und sie wurde nicht enttäuscht.

Rob rieb sich den Nacken und verzog peinlich berührt das Gesicht. »Du solltest mich doch gar nicht sehen.«

»Tja, du hast wohl vergessen, wie groß ich in diesen Schuhen bin«, rief sie ihm ins Gedächtnis. Er lachte und starrte ihre nackten Füße an, und sie wackelte mit den Zehen. »Ich, ähm, habe sie ausgezogen, damit ich schneller laufen kann. Ich wollte wissen, ob du es wirklich bist.«

»Oh Mann, das ist echt peinlich«, meinte er.

Es war peinlich? Seine Worte brachen ihr das Herz. »Was machst du denn hier in New York?«

Er starrte sie einen Augenblick lang an, bevor er ihr antwortete. »Dir nachspionieren.«

»W... was?« Sie wollte ihren Ohren nicht trauen. »Du spionierst mir nach?« Dann hatte sie sich doch nicht geirrt und ihn mehrmals gesehen? »Warum denn das?«

»Eigentlich ist es kein Spionieren«, korrigierte er sich, sah sich um und sprach leiser weiter. »Zumindest nicht auf bedrohliche oder illegale Weise. Aber du fehlst mir so sehr, und ich dachte, wenn ich dich hin und wieder aus der Ferne sehe, würde es vielleicht weniger wehtun. Aber es wird verdammt noch mal nicht besser.«

Sie starrte ihn einfach nur an.

»Sag doch was.«

»Ich ... ich weiß nicht, was ich sagen soll, Rob.« Er hatte sie beobachtet? Er litt? Bedeutete das, dass er sie wirklich vermisste? Oder war er nur sauer, weil die Sache ein so unglückliches Ende gefunden hatte? Seit mehreren Tagen, nein, Wochen, hatte sie darüber nachgedacht, was sie ihm sagen wollte, sobald sie ihn wiedersah, aber jetzt stand er direkt vor ihr ... und ihr Kopf war wie leer gefegt.

Da war gar nichts mehr.

Er schien enttäuscht zu sein und zog die Mundwinkel nach unten. »Dann lasse ich dich jetzt mal wieder in Ruhe, Süße. Entschuldige, wenn ich dich erschreckt habe.«

Als er sich abwenden wollte, hielt sie ihn fest. »Warte!«

Er blieb stehen und drehte sich wieder zu ihr um.

»Du hast mich nicht erschreckt«, sagte sie leise. Aber sie musste sich eingestehen, dass sie Angst hatte. Sie hatte eine Heidenangst, und ihr Herz raste. Doch sie hatte keine Angst vor ihm, nur davor, erneut verletzt zu werden. Sich Hoffnungen zu machen, die ein weiteres Mal zunichtegemacht wurden.

Rob wartete. Er blickte auf ihre Hand herab, die sich noch immer in seinen Hemdsärmel krallte.

Oh. Sie ließ ihn los, lockerte die Hand und kam sich dumm vor. Sie musste etwas sagen. Irgendetwas. Das Gespräch in Gang bringen. »Ich habe dich gesehen. In einer Zeitschrift.«

Er wirkte sofort geknickt. »Scheiße. Das tut mir leid.« Wieder rieb er sich den Nacken. »Was immer da auch stand, es war vermutlich gelogen. Diese Leute denken sich alles Mögliche aus, um eine gute Auflage zu erzielen. Ich habe keine andere Frau mehr angerührt, seitdem wir uns das letzte Mal gesehen haben.«

Sie riss die Augen auf. »Nein, darum ging es gar nicht! Es war etwas Gutes!« Dann musterte sie ihn. »Mit wem gehst du denn den Klatschspalten zufolge aus?«

»Mit irgend so einer abgehalfterten Schauspielerin mit falschen Riesentitten.« Er schauderte. »Furchtbar. Und es ist von hinten bis vorne gelogen. Sie spielte nur in einer Sondersendung mit, die wir neulich gebracht haben.« Er hielt inne und korrigierte sich: »Die sie neulich gebracht haben.«

»Ich habe von dem Verkauf gelesen. Stimmt das wirklich? Du hast den Männerkanal verkauft?«

»Und alles, was dazugehört«, bestätigte er und sah sie gespannt an. »Jedes Tochterunternehmen, jedes Video, jede Show, jedes Magazin, einfach alles, was auch nur entfernt mit dem Cannon Network zu tun hatte. Es ist alles weg.« Er hob eine Hand und ahmte eine Explosion nach. »Puff. Geschichte.«

Als er das sagte, lächelte er. Was hatte das zu bedeuten? Warum schöpfte sie auf einmal wieder Hoffnung? »Und ... du hast das ganze Geld gespendet?«

»Ja, das habe ich. Ich wollte es nicht behalten. Es kam mir falsch und schmutzig vor, damit einen Reibach zu machen.«

»Schmutzig?« Sagte er das nur, weil sie das hören wollte? Sie wusste es nicht und hatte Angst, ihn danach zu fragen. Marjorie umklammerte den Riemen ihrer Handtasche etwas fester, als könnte sie sich dadurch besser auf ihren weichen Knien halten. »Bist du jetzt pleite?«

»Pleite?« Rob riss die Augen auf und lachte laut heraus.

»Nein, ich bin nicht pleite. Ich habe sehr viel Geld in anderen Firmen und Immobilien. Zwar bin ich nicht mehr so widerlich reich wie früher, aber pleite bin ich noch lange nicht, Süße.«

Jetzt ging es ihr gleich viel besser. Es lag ihr auf der Zunge, ihn wie so oft darauf hinzuweisen, dass sie nicht seine Süße war, aber sie brachte es einfach nicht über sich.

Betretenes Schweigen machte sich breit. Nach einem Moment fügte Rob hinzu: »Bevor du denkst, ich hätte mich komplett verändert, kann ich dir versichern, dass ich nur neue Wege ausprobiere. Ich denke über einen Bingokanal nach. Vielleicht eine Art Rentnersender, damit die älteren Leute von zu Hause aus spielen können.«

Marjorie konnte nicht anders, sie musste laut lachen. Natürlich hatte er längst neue Pläne.

Er musterte sie schelmisch. »Ich kann einfach nicht anders. Ich bin kein Mensch, der untätig herumsitzt und sein Geld zählt. Wenn ich eine Gelegenheit sehe, dann ergreife ich sie.«

»Einige Dinge ändern sich eben nie«, stellte sie lächelnd fest.

Sofort war seine freudige Miene verschwunden. »Ist das denn unmöglich?«, fragte er leise. »Oder ist man für immer verdammt, weil man die falschen Entscheidungen getroffen hat, bevor einem der richtige Mensch über den Weg gelaufen ist?«

Meinte er damit sie? Marjorie hatte auf einmal trockene Lippen. Sie leckte sich darüber und wäre am liebsten davongelaufen, so verunsichert war sie. »Was meinst du damit?«

»Ich meine damit, dass ich mir den Arsch wund geschuftet habe, um zu einem Menschen zu werden, den du respektieren kannst. Zu jemandem, den du mögen kannst. Auf den du stolz sein kannst. Vor allem aber zu jemandem, an dessen Seite du dich sehen lassen kannst. Nach unserem Gespräch ist mir klar geworden, dass du recht hattest. Mir war mein Leben lang egal, was andere Menschen von mir denken, weil ich mir selbst scheißegal war. Wenn man mich für ein Arschloch hielt, dann hatte ich kein Problem damit und habe mich wie ein Arschloch benommen. Aber nachdem du mir das alles an den Kopf geworfen hast, wurde mir bewusst, dass ich mir den Respekt verdienen muss, was ich bisher nie getan hatte. Ich habe von Titten und Ärschen gelebt und die Mentalität eines dummen Collegejungen gepflegt, daher war es auch kein Wunder, dass ein anständiges, nettes Mädchen wie du nichts mit mir zu tun haben wollte. Warum solltest du das auch wollen? Ich stand für alles, was du verabscheust. Jetzt ist mir das klar. Ich weiß nicht, ob ich mich jemals derart ändern kann, um das rückgängig zu machen, was ich geschaffen habe, aber ich werde es verdammt noch mal versuchen.« Er zuckte mit den Achseln. »Bevor ich dich kennengelernt habe, gab es in meinem Leben keinen Menschen, der in mir den Wunsch hervorgerufen hat, mich zu bessern.«

Marjorie schwieg. Sie hielt sogar den Atem an, da sie fürchtete, ein Wort seines Geständnisses zu verpassen, wenn sie einatmete.

Rob sah ihr in die Augen, legte den Kopf schief, und in seinem Blick lag eine solche Sehnsucht, dass ihr das Herz aufging. »Ich habe nie aufgehört, dich zu lieben, musst du wissen. Liebe auf den ersten Blick war für mich immer völliger Schwachsinn, doch dann sind wir uns begegnet. So wie für dich habe ich noch für keine Frau empfunden. Niemals zuvor. Das ist nicht nur Begierde. Ich sehne mich danach, dein Lachen zu hören, dein Lächeln zu sehen und morgens neben dir aufzuwachen. Du fehlst mir so sehr, und ich will dich zurückhaben, und wenn das bedeutet, dass ich jeden Dollar, den ich jemals verdient habe, spenden und unter einer Brücke hausen muss, um mir deinen Respekt zu verdienen, dann werde ich das eben tun.«

»Ich ... ich ...« Sie wusste nicht, was sie sagen sollte. Sehnsucht und Furcht rangen in ihrem Inneren um die Oberhand, und das hielt sie zurück. Was würde passieren, wenn sie zugab, dass er genau das Richtige gesagt hatte und dass sie ihn immer noch liebte? Würde sie dann irgendwann herausfinden müssen, dass alles ein Trick gewesen war? Was war, wenn er ihr wieder das Herz brach?

»Ich weiß«, sagte er sanft. »Und es ist okay, Süße. Mir ist klar, dass es dir schwerfällt, mir zu glauben, aber ich sage die Wahrheit. Und ich kann dich verstehen. Hier. Nimm die.« Er holte seine Brieftasche hervor und nahm eine Visitenkarte heraus. »Hast du einen Stift dabei?«

Sie kramte in ihrer Handtasche herum, fand einen und reichte ihn Rob, wobei sie noch völlig unter Schock stand.

Er schrieb etwas auf die Rückseite der Karte. »Dort wohne ich, wenn ich in der Stadt bin. Falls du mal vorbeikommen und Hallo sagen möchtest, würde ich mich sehr freuen. Wann immer du willst. Tag und Nacht. Ruf einfach an, und ich werde da sein.«

Marjorie nickte und starrte die Visitenkarte mit aufgerissenen Augen an, als er sie ihr reichte.

Rob streichelte ihr kurz die Wange und ging dann weg.

Noch einige Zeit danach stand Marjorie wie versteinert an der Straßenecke, umklammerte den Stift und die Visitenkarte und starrte dem Mann hinterher, den sie liebte, auch wenn ihr das eine Heidenangst einjagte, und der gerade erneut aus ihrem Leben verschwand.

✳ ✳ ✳

Zwei ganze Tage grübelte sie darüber nach, was das alles zu bedeuten hatte. Sie suchte seine Adresse heraus – Park Avenue – und schaute sich auf Google Maps an, wo das Gebäude stand. Möglicherweise ging sie auch ein- oder zweimal daran vorbei in der Hoffnung, ihn zufällig zu treffen, damit sie nicht den ersten Schritt machen musste.

Nachts starrte sie stundenlang das Foto aus dem Magazin an, bevor sie endlich einschlafen konnte.

Marjorie wusste nicht, was sie tun sollte. In Bezug auf Beziehungen war sie unerfahren und hatte keine Ahnung, was man in einem solchen Fall machte. Sie wusste, dass es am einfachsten wäre, ihn anzurufen oder ihn einfach in seiner Wohnung zu besuchen und ihm ihre Gefühle zu gestehen.

Aber ... was dann?

Es war offensichtlich, dass sie ihrem Urteilsvermögen nicht trauen konnte. Schließlich hatte sie ihm jedes Wort geglaubt. Was sollte sie also machen? Einen Privatdetektiv anheuern? Das kam ihr doch sehr albern vor. Im Augenblick hatte sie offenbar nur zwei Optionen: ihm zu vertrauen und das Beste zu hoffen oder ihn zu vergessen und darauf zu warten, dass der Schmerz nachließ.

Das Traurigste an der ganzen Sache war, dass ihr das Wiedersehen mit ihm umso bewusster gemacht hatte, dass sie noch immer bis über beide Ohren in diesen Mann verliebt war. Sie hatte sich sehr zusammenreißen müssen, um ihm nicht um den Hals zu fallen und ihn mit Küssen zu bestürmen. Ihn anzuflehen, sie auch nur halb so sehr zu lieben, wie sie ihn liebte, und sie nie wieder anzulügen.

Aber sie war sich noch immer nicht sicher, ob das nicht dumm von ihr war. Sie brauchte eine zweite Meinung.

Am dritten Tag ihrer Unschlüssigkeit traf sie sich mit Brontë und Audrey zum Mittagessen. Eigentlich wollten sie nur zusammensitzen und sich unterhalten. Audrey war Logans Assistentin (zumindest bis zur Geburt ihres Babys), daher verbrachte sie ohnehin viel Zeit mit Brontë. Und als Brontës Assistentin kam Marjorie häufig einfach mit zu ihren Treffen. Freitags gingen sie meist zum Italiener und ließen die Woche dort ausklingen. Wie üblich sprachen sie über die Arbeit, Bücher, Männer, die Hochzeit und das Wetter. Marjorie war nervös und einsilbig, doch die anderen beiden Frauen plauderten munter, während sie auf ihr Essen warteten.

Als Audrey die neuesten Ultraschallbilder hervorholte, biss Marjorie in ein Stück Brot und konnte nicht länger an sich halten. »Können Menschen sich ändern?«

Brontë und Audrey drehten sich zu ihr um und sahen sie verwirrt an.

»Wie meinst du das?«, wollte Audrey wissen.

»›Das Universum ist eine ständige Veränderung‹«, zitierte Brontë. »›Unser Leben ist das, was unsere Gedanken daraus machen.‹«

Marjorie sah ihre Freundin verzweifelt an. Philosophische Weisheiten konnte sie jetzt nicht gebrauchen; sie wollte einen richtigen, aufrichtigen Rat. »Können sich Menschen ändern?«, wiederholte sie, biss erneut von ihrem Stück Brot ab, um ihre Nervosität zu verbergen, und kaute. Das Brot war trocken und klebte ihr am Gaumen, sodass sie es kaum hinunterbekam. »Kann sich der Böse in einen Guten verwandeln? Können Menschen sagen, dass sie etwas in ihrem Leben ändern wollen, das tun und es auch wirklich ernst meinen? Oder glaubt ihr, dass sie früher oder später in ihre alten Gewohnheiten zurückfallen?« Himmel, sie würde gleich an dem Brot ersticken, wenn sie nicht einen Schluck trank. Sie stürzte etwas Wasser hinunter und schnitt eine Grimasse. »Das ging mir nur gerade durch den Kopf.«

»Sprechen wir über eine bestimmte Person?«, hakte Audrey nach.

Marjorie schüttelte den Kopf und spürte, wie sie rot wurde. Himmel, sie war eine so schlechte Lügnerin. Man konnte es ihr bestimmt deutlich ansehen.

Aber Audrey schien Mitleid mit ihr zu haben. Sie lächelte breit und rieb sich den Bauch. »Ich glaube felsenfest daran, dass Menschen sich ändern können. Reese ist das beste Beispiel dafür.« Als Marjorie sie fragend ansah, kicherte Audrey. »Wusstest du, dass Reese früher ein richtiger Aufreißer war? Als wir uns kennengelernt haben, saß er mit einer Erbin im Whirlpool und wollte sie verführen, weil er hoffte, ihren Vater zu einem Geschäft überreden zu können.«

»Das ist ja... furchtbar.«

»Oh ja, ich habe ihn wirklich gehasst«, murmelte Audrey, auch wenn ihr verträumter Gesichtsausdruck etwas anderes sagte. »Wir sind überhaupt nicht miteinander ausgekommen. Aber je länger wir zusammen waren, desto weniger haben wir uns gestritten. Und irgendwann haben wir uns schließlich gemocht, woraus noch mehr wurde.« Sie zuckte mit den Achseln und nahm sich ein Stück Brot. »Wir haben sehr schnell festgestellt, dass wir einander schrecklich vermissen, und ich glaube, mir wurde klar, dass er mich wirklich mag, als er all diese wunderschönen, heißen Frauen abgewimmelt hat, nur um mit der langweiligen Audrey zusammen zu sein. Und jetzt bin ich so glücklich, wie man nur sein kann.« Sie biss triumphierend von ihrem Brot ab. »Also, ja, ich bin davon überzeugt, dass sich Menschen ändern können. Manchmal brauchen sie nur einen Anreiz... oder einen Tritt in den Hintern.«

Brontë kicherte in ihr Wasserglas.

Marjorie war noch nicht ganz überzeugt. Sie spielte mit dem Rest des trockenen Brotstücks herum. »Das kann ja sein, aber wie hast du es geschafft, ihm zu vertrauen? Hattest du keine Angst, dass er dich verletzen wird?«

»Jeder Mensch hat Angst davor, verletzt zu werden«, erwiderte die praktisch veranlagte Audrey. »Aber manchmal muss man das Risiko eben eingehen und einem anderen Menschen vertrauen. Ich liebe Reese und vertraue darauf, dass er mir niemals wehtun wird, so wie er es im Gegenzug bei mir tut.«

»Aber woher nimmt man die Gewissheit?«, hakte Marjorie nach.

»Eine Gewissheit gibt es nicht«, erklärte Audrey. »Aber manchmal ist die Angst, ohne diesen Menschen leben zu müssen, größer als die Furcht vor dem, was passieren könnte, wenn man seinen Gefühlen nachgibt. Ich habe mich viel mehr vor dem gefürchtet, was passieren könnte, wenn ich das Risiko mit Reese nicht eingehe.« Wieder tätschelte sie ihren hervorstehenden Bauch. »Und bei uns hat es sehr gut funktioniert.«

Da musste ihr Marjorie recht geben. Sie hatte gesehen, wie Reese die rundliche und durch und durch bodenständige Audrey ansah. Er schaute sie an, als würde sich die Welt nur um sie drehen, und sie hatte nie bemerkt, dass er eine andere Frau auch nur eines Blickes gewürdigt hätte. Wenn Reese ein anderer Mensch geworden war, konnte das bei Rob nicht auch passieren? Hatte er nicht ebenfalls eine Chance verdient? »Verstehe.«

»Wenn du mal genau darüber nachdenkst«, warf Brontë leise ein, »dann ist jede Beziehung ein Risiko. Unabhängig davon, wie die Vergangenheit aussieht, hofft man darauf, sich mit diesem Menschen eine Zukunft zu schaffen. Es fängt immer mit einem Vertrauensvorschuss an, und man muss sich selbst einfach nur fragen, ob die mögliche Belohnung es wert ist.«

Ein Vertrauensvorschuss, dachte Marjorie, als der Kellner mit ihren Nudelgerichten an den Tisch trat. Die Frauen widmeten sich dem Essen, und das Gespräch kam vorübergehend zum Erliegen. Marjorie dachte weiter darüber nach, auch als sie über andere Dinge sprachen. Vielleicht war Rob genau dieses Risiko eingegangen, indem er sein Unternehmen verkauft und einen Großteil seines Vermögens gespendet hatte in der Hoffnung, dass Marjorie davon erfuhr und sich darüber freute? Dass sie noch immer an ihm interessiert war ...

Dass sie den wahren Rob sah und ihn noch immer wollte ...

Ihre Hände zitterten, und sie musste die Gabel auf den Teller legen und sich zusammenreißen.

Sie musste sich eingestehen, dass sie Rob liebte und sich danach sehnte, mit ihm zusammen zu sein. Es war allein dieser Vertrauensvorschuss, vor dem sie sich so schrecklich fürchtete.

Konnte sie dieses Risiko eingehen? Es wäre schlimm, erneut verletzt zu werden, aber war es nicht schlimmer, es nicht zu tun? Sie dachte an Agnes' kleine Wohnung, die voller Bilder und Erinnerungen war. Agnes hatte sich schon sechs Mal getraut und noch immer genug Liebe – und Hoffnung –, um es auch ein siebtes Mal zu wagen.

Sie musste über vieles nachdenken und dann auch noch den Mut finden, das zu tun, was getan werden musste.

## 25

In dieser Nacht konnte Marjorie nicht aufhören, an Rob zu denken. Sie starrte sein Foto aus der Zeitschrift an, griff nach ihrem Handy und googelte erneut seinen Namen. Dabei fand sie nichts Neues, nur aktuelle Einschaltquoten des Männerkanals. Sie schaltete das Handy aus und starrte frustriert an die Decke.

Was konnte es schon schaden, einfach mal vorbeizugehen und Hallo zu sagen? Bei ihm um die Ecke gab es ein Café, das die ganze Nacht geöffnet hatte. Sie konnte einfach so tun, als hätte sie lange gearbeitet und wäre zufällig gerade in der Gegend gewesen.

Möglicherweise begegneten sie sich ja auf der Straße.

Nachdem sie diesen Entschluss gefasst hatte, stand sie wieder auf, zog sich nackt aus und suchte ihre heißesten Dessous heraus. Nur für den Fall. Dann zog sie eine enge Jeans und ein schönes Oberteil an, band ihr Haar zu einem lockeren Pferdeschwanz und verbrachte zehn Minuten damit, sich so zu schminken, dass man es kaum sah. Auch das nur für den Fall. Schließlich warf sie noch einen letzten Blick in den Spiegel, klopfte auf Holz, zog die funkelnden Schuhe an, die Rob ihr auf der Insel geschenkt hatte, und ging trotz der späten Stunde nach draußen.

Fünfundvierzig Minuten später hatte sie einen heißen Kakao aus dem Café in der Hand, war zweimal um den Block gelaufen und hatte Rob noch immer nicht gesehen. Sie überlegte schon, noch eine Runde zu drehen, fragte sich aber dann, ob ein zufälliger Beobachter nicht auf die Idee kommen könnte, sie wäre eine Prostituierte auf Kundenfang.

Entweder betrat sie jetzt das Gebäude und ging das Risiko ein, oder sie fuhr nach Hause und musste sich weiter mit ihrer Unentschlossenheit herumquälen. Sie schloss die Augen und biss sich nachdenklich auf die Unterlippe. Konnte sie das wirklich tun? Mit leisem Seufzen warf sie den Becher in den nächsten Mülleimer und ging hinein.

Der Portier hielt sie auf. »Kann ich Ihnen helfen?«

»Oh.« Sie blinzelte mehrmals schnell und kämpfte gegen den Drang an, auf dem Absatz kehrtzumachen und wegzurennen. »Ähm, Rob Cannon hat mir seine Karte gegeben und gesagt, ich könnte jederzeit vorbeikommen...«

»Name?«

Da verließ sie der Mut. »Wissen Sie was? Ich werde lieber gehen. Es ist schon spät, und ich bin mir nicht sicher...«

»Ihr Name?«, fragte der Mann erneut und kniff die Augen zusammen.

»Marjorie Ivarsson«, antwortete sie leise. »Aber ich sollte wirklich...«

Er nickte ihr zu. »Freut mich, Sie kennenzulernen, Miss Ivarsson.« Er öffnete ihr die Tür und bedeutete ihr, sie möge eintreten.

Oh. Hm. Okay. Sie drückte ihre Handtasche an sich und betrat das Gebäude, während sie Robs Visitenkarte in der Hand hielt.

Rob wohnte anscheinend im fünfundzwanzigsten Stock, daher ging sie zum Fahrstuhl und drückte den Rufknopf. Zu ihrem Entsetzen gab es hier sogar einen Fahrstuhlführer. Himmel, warum waren hier so viele Menschen? Wieder verließ sie der Mut.

»Möchten Sie nach oben, Miss?«

»Ich ... ich ...«

Er beugte sich vor und schaute auf die Visitenkarte in ihrer Hand. »Fünfundzwanzigstes Stockwerk, Miss?«

Sie blinzelte, riss die Augen auf und nickte.

Er wartete eine Minute, und als sie keine Anstalten machte, die Kabine zu betreten, sah er sie fragend an. »Sollen wir?«

Ach ja. Sie sog die Luft ein. »Ich sollte wirklich nach Hause gehen.«

Der Mann wartete geduldig.

Trotz ihrer Worte betrat sie die Kabine. »Fünfundzwanzigste Etage, bitte«, sagte sie mit schwacher Stimme und stellte fest, dass ihre Hände zitterten.

Sie tat es wirklich. Großer Gott, sie tat es wirklich!

Marjorie schwieg, während der Fahrstuhl quälend langsam nach oben fuhr. Als es endlich pingte, zuckte sie zusammen.

»Fünfundzwanzig«, erklärte der Mann und lächelte sie an. »Schönen Abend noch.«

»Danke, gleichfalls«, erwiderte sie atemlos und trat auf den Flur hinaus.

Der Gang erstreckte sich in gerader Linie vom Fahrstuhl weg, und direkt gegenüber sah sie zwei Topfpflanzen neben einer Bank stehen. Am anderen Ende des Flurs konnte sie auf beiden Seiten eine Tür erkennen. Nur zwei Türen. Dann mussten es Penthouses sein, begriff Marjorie, und ihr Magen machte einen kleinen Satz. Ihr war zwar aufgefallen, dass Rob auf der Insel in einer großen Suite gewohnt hatte, aber sie hatte sich bisher nie Gedanken darüber gemacht, wie viel Geld ein Milliardär eigentlich besaß.

Oder war er jetzt kein Milliardär mehr? In jedem Fall war er noch unermesslich reich. Sie konnte sich nicht wirklich vorstellen, was man für ein Penthouse in der Park Avenue bezahlen musste, aber für ihr winziges Apartment an der Upper East Side zahlte sie zweitausend Dollar im Monat.

Sie schluckte schwer und ging langsam auf Robs Wohnungstür zu. Ihr drehte sich der Magen um. Was war, wenn er Besuch hatte? Großer Gott, vielleicht war er ja auch gar nicht zu Hause! Vielleicht hätte sie lieber vorher anrufen sollen. Oder war es doch besser, ihn unangekündigt zu besuchen, da sie ihn so vielleicht bei etwas überraschte? Ihr wurde ganz mulmig. War das Vertrauen? Hatte er keinen Vertrauensvorschuss verdient?

Großer Gott, was tat sie hier nur? Sie war so nervös, dass sie schon Angst hatte, sich übergeben zu müssen, ging aber dennoch zur Tür und klopfte zweimal.

»Ich komme«, rief eine Männerstimme auf der anderen Seite. Sie hörte Schritte, die näher kamen, und verlor beinahe den Mut. Was sollte sie tun, wenn er nicht allein war? Dann konnte sie nur hoffen, dass sich der Boden auftat und sie verschluckte...

Die Tür wurde geöffnet.

Vor ihr stand Rob mit zerzaustem Haar und schweißnasser Brust. Nackter, schweißnasser Brust. Er trug eine alte Jeans mit Löchern in den Knien und hatte nackte Füße. Seine Haut war mit weißen Flecken überzogen, und er hatte eine Farbrolle in der Hand.

Bei ihrem Anblick strahlte er. »Heilige Scheiße, Marjorie! Was machst du denn hier?«

Oh nein. Oh nein! »Du hast gesagt, ich könnte jederzeit vorbeikommen...«

»Ja, das habe ich, aber es ist...« Er sah auf sein Handgelenk, schnitt eine Grimasse, als er feststellte, dass er keine Uhr trug, und reckte den Hals, um hinter sich in die Wohnung zu sehen. »Zwei Uhr nachts«, verkündete er und sah sie wieder an. »Warum stehst du um diese Uhrzeit vor meiner Tür?«

»Ich konnte nicht schlafen«, gestand sie ihm und verschränkte schützend die Arme vor der Brust. »Warum führst du um diese Uhrzeit Malerarbeiten aus?«

»Ich konnte auch nicht schlafen«, antwortete er grinsend. »Hatte ich dir nicht erzählt, dass ich unter Schlaflosigkeit leide? Jedenfalls habe ich die Wände angestarrt und festgestellt, dass sie frische Farbe brauchen, und da die Maler erst nächste Woche kommen können, dachte ich, ich nehme die Sache selbst in die Hand und...« Er hielt inne, als ihm Farbe auf den Fuß tropfte. »Ach verdammt! Ich glaube, ich habe gerade eine Spur vom Schlafzimmer bis zur Wohnungstür gezogen.«

Marjorie musste kichern, auch wenn es leicht hysterisch klang. Ja, sie war sich ziemlich sicher, dass sie gleich in Ohnmacht fallen würde.

Rob schüttelte sich kurz und grinste dann. »Na los, komm rein. Dann kannst du ebenso wie ich von den Farbdämpfen high werden.«

Marjorie lachte noch einmal und trat ein.

In der Wohnung herrschte das reinste Chaos. Plastikplanen bedeckten den Boden, und die Wände waren nackt – und fleckig, was vermutlich noch vom vorherigen Bewohner stammte. In einer Zimmerecke stapelten sich Umzugskartons. Im Großen und Ganzen sah die Wohnung riesig aus und war deutlich größer als Marjories. Sie glaubte sogar, dass allein das Wohnzimmer schon größer war als ihr gesamtes Apartment. »Ziehst du gerade ein?«

Er sah sie amüsiert an. »Nein, ich dachte, ich breche hier ein, bemale die Wände und gehe wieder. Wie die Bürgerwehr.«

Sie schnaubte. Okay, das war eine dumme Frage gewesen. Als sie über die Vorstellung, dass es tatsächlich Menschen geben könnte, die einbrachen und Wände strichen, nachdachte, fing sie an zu kichern und musste schließlich lachen.

Er grinste und rieb sich mit der freien Hand den Nacken, und ihr wurde bewusst, dass er ebenfalls nervös war.

Und sie lachte weiter. Die ganze Situation war einfach absurd. Sie war so unglaublich nervös gewesen, und er strich die Wände! Hier waren keine Frauen, mit denen er feierte. Es fand auch keine wilde Orgie statt. Hier waren nur Rob, der mit nackten, farbverschmierten Füßen auf einer Plastikplane herumlief, und eine Wohnung, die nach frischer Farbe stank.

Sie konnte gar nicht mehr aufhören zu lachen.

»Marjorie?« Er sah sie irritiert an. »Ist alles okay?«

Das hysterische Lachen ließ sich einfach nicht eindämmen, und so presste sie die Fingerspitzen auf die Lippen und nickte. Als sie wieder atmen konnte, merkte sie an: »Du tropfst auf den Boden.«

Er sah nach unten und zuckte mit den Achseln. »Was soll's. Der Teppich ist sowieso scheußlich. Wenn er Flecken bekommt, tausche ich ihn eben aus.«

»Die Wohnung ist riesig. Hast du denn keine Freunde, die dir beim Streichen helfen können?«

»Süße, ich habe keine Freunde.«

Aus irgendeinem Grund waren seine Worte ernüchternd und ließen ihr das Herz schwer werden. Sie zog die funkelnden Schuhe aus, stellte sie neben die Tür und streckte eine Hand aus. »Du hast mich.«

Sein Lächeln wurde noch breiter, als er sie von Kopf bis Fuß bewundernd musterte. »Du bist der heißeste Freund, den ich habe.«

Sie nahm ihm die Farbrolle aus der Hand und versuchte,

nicht rot zu werden. »Du hast doch gerade gesagt, ich wäre der einzige Freund, den du hast.«

»Auch wieder wahr.« Er schloss die Tür. »Du musst das Chaos entschuldigen. Ich richte mich gerade erst ein und habe den Kaufvertrag erst letzte Woche unterschrieben. Die vorherigen Besitzer waren starke Raucher, daher musste ich die Wohnung ein paar Tage auslüften, aber man kann es noch immer riechen. Hoffentlich überdeckt der Farbgeruch den Restgestank.«

Marjorie schnüffelte vorsichtig und glaubte, tatsächlich Zigarettengeruch zu riechen. »Ist ja widerlich.«

»Ja, aber aus diesem Grund habe ich die Wohnung für einen Appel und ein Ei kaufen können.« Rob reckte sich und ging durch den Flur. »Komm, ich werde dir alles zeigen.«

Ihr Blick ruhte auf seinem knackigen Hintern in der Jeans und den beiden Grübchen rechts und links neben seiner Wirbelsäule. Dazwischen entdeckte sie auch einen Farbklecks, und sie hätte am liebsten die Hand ausgestreckt und ihn weggewischt... Nein, eigentlich wollte sie Rob nur berühren.

Das war ... merkwürdig. Sie war mitten in der Nacht vor Robs Wohnungstür aufgetaucht, um ihm ein leidenschaftliches Liebesgeständnis zu machen, doch stattdessen gingen sie freundschaftlich miteinander um ... und wollten die Wände streichen.

Marjorie lief auf Zehenspitzen über die mit Farbe bekleckerte Plane und folgte Rob, der selbstsicher durch den Flur lief. Im Vorbeigehen sah sie durch mehrere Türen und entdeckte hässliche Tapeten und Einbauregale aus Holz, ein großes, gekacheltes Badezimmer sowie einen leeren Raum, in dem sich wohl früher ein Schlafzimmer befunden hatte. »Dann hast du eine renovierungsbedürftige Wohnung gekauft?«, fragte sie höflich.

»Ja.« Er deutete zur Decke. »Der Vorbesitzer hat hier etwa dreißig Jahre lang gewohnt. Darum ist auch vieles veraltet. Ich dachte, ich stecke ein bisschen Arbeit und Geld in die Wohnung und sorge dafür, dass alles wieder gut aussieht.«

»Verstehe«, murmelte sie und betrat einen Raum hinter einer Flügeltür. Das musste das Schlafzimmer sein. Es war riesig, und in der Mitte war ein Podest, auf dem das Bett stehen sollte. Doch jetzt lag da nur eine Luftmatratze mit einer Decke und einem Kissen, und in einer Ecke stand ein offener Laptop, von dem ein Kabel in eine Steckdose in der Nähe führte. Das alles erinnerte sie derart stark an ein Collegewohnheim und war so ungewöhnlich für einen Milliardär, dass sie sich einen Moment lang einfach nur staunend umsah.

Am anderen Ende des Raumes führte eine Tür ins Badezimmer, und an der Seite standen Malerutensilien. Durch die Fensterfront hatte man einen herrlichen Blick auf die Skyline von Manhattan, und die Fenster waren momentan geöffnet, um Frischluft hereinzulassen. Von unten drang leiser Verkehrslärm herauf.

Die Wohnung war zwar altmodisch, aber auch riesig und konnte nicht billig gewesen sein. Sie fragte sich, wie viel Geld er nach der großzügigen Spende eigentlich noch besaß, und bekam Schuldgefühle. »Ähm, wie teuer genau waren ›ein Appel und ein Ei‹, die du für diese Wohnung bezahlt hast, Rob?«

Er ging zu den Malersachen und wickelte eine neue Farbrolle aus. »Zehn? Nein, warte, ich glaube, nach der ganzen Feilscherei waren es nur achteinhalb. Aber es gibt auch nur drei Schlafzimmer.«

Sie bekam weiche Knie. »Zehn ... Millionen?«

»Achteinhalb«, korrigierte er sie. »Ich versuche, meinen Lebensstil an mein neues Budget anzupassen«, fügte er fröhlich hinzu.

Marjorie war erneut ganz flau im Magen. »Ich will ja nicht neugierig sein, Rob, aber ... wie pleite bist du eigentlich, wenn du dir eine Wohnung für achteinhalb Millionen Dollar kaufen kannst?« Sie wurde einfach nicht schlau aus ihm. Er kaufte sich ein Penthouse ... und strich die Wände dann selbst. Er war ein reicher Mann ... und schlief auf einer Luftmatratze. Sie war völlig verwirrt.

»Hmm?« Er tauchte die Rolle in den Farbeimer, und sie starrte seinen Hintern an. Warum war er so lässig und so freundlich? Wollte er ihr nicht die Kleider vom Leib reißen? Sie konnte es jedenfalls kaum erwarten, ihn aus der Jeans rauszubekommen.

Aber sie musste es wissen. »Rob ... bist du fast pleite? Meinetwegen?«

Er sah sie überrascht an. »Marjorie, Süße, ich bin noch immer Milliardär. Vorerst zumindest. Vielleicht spende ich noch mehr Geld. Es hat sich beim letzten Mal ziemlich gut angefühlt. Wusstest du, dass einige dieser Frauen Sturzbäche geweint haben, als ich ihnen den Scheck gegeben habe? So etwas hatte ich in meinem ganzen Leben noch nicht gesehen.«

»Das kann ich mir vorstellen.« Sie ging langsam zur Wand und bewegte sich wie ein Roboter.

Rob drückte die Rolle an die Wand, und die Farbe spritzte durch die Gegend. »Du hast mir noch gar nicht gesagt, warum du so spät noch draußen herumläufst. Das ist gefährlich, weißt du?« Er sah sie an. »Du solltest dich wirklich mehr vorsehen.«

Es kam ihr komisch vor, dass er das sagte. Gab es eine vorgeschriebene Zeit, in der man zum Haus eines Mannes kommen und ihm seine Liebe gestehen durfte? Hatte sie das Zeitfenster verpasst? Diese Vorstellung war so witzig, dass sie schon wieder lachen musste, wobei ihre Stimme erneut ein wenig hysterisch klang. Warum lief hier nichts so, wie sie es wollte? Warum benahmen sie sich beide so seltsam?

»Marjorie?« Er legte die Farbrolle ab und kam ein paar Schritte auf sie zu. Sie stand immer noch mit steifen Gliedmaßen da und hielt die Farbwalze in der Hand. Er nahm sie ihr schweigend ab und legte sie auf die Plane. Dann legte er ihr die Hände auf die Schultern und sah ihr in die Augen. »Süße, warum bist du hier?«

Sie schluckte schwer. »Weil ich das Risiko eingehen will.«

Er legte den Kopf schief. »Du willst was?«

Sie warf ihm die Arme um den Hals und zog ihn an sich. Ihre Lippen suchten die seinen, und dann küsste sie ihn leidenschaftlich.

## 26

Marjorie spürte, wie Rob sich versteifte, doch im nächsten Augenblick drückte er sie auch schon mit dem Rücken an die Schlafzimmerwand und erwiderte ihren Kuss ebenso gierig und stürmisch.

Und, oh großer Gott, wie hatte sie ihn vermisst! Er hatte ihr so sehr gefehlt. Ihr liefen heiße Tränen über die Wangen, während sie ihn weiterküsste und ihn die ganze Begierde spüren ließ, die sich in den vergangenen Monaten in ihr aufgestaut hatte. Er war ebenso begierig, legte ihr die Hände an die Wangen und schob ihr ein Knie zwischen die Beine. Es war wild, wunderschön und ...

Und ihr Rücken war feucht und klebrig, und als sie den Kopf drehte, gab die Wand ein komisches Geräusch von sich.

»Nasse Farbe«, murmelte sie an seinem heißen, beharrlichen Mund und schob ihm die Zunge wieder zwischen die Lippen.

Rob stöhnte, rieb den Penis an ihrem Becken und drückte sie weiter gegen die Wand. »Tut mir leid. Nein, eigentlich tut es mir nicht leid.« Er küsste sie wieder. »Bedeutet das, dass du mich wieder liebst?«

Sie nickte und erwiderte seinen Kuss wild. »Ich habe nie aufgehört, dich zu lieben.« Sie unterstrich jedes Wort mit einem energischen Kuss.

Wieder stöhnte er. »Großer Gott, ich liebe dich, Süße. Ich weiß, dass ich nur ein Geschwür am Arsch der Menschheit bin, aber ich werde versuchen, ein Mann zu werden, auf den du stolz sein kannst ...«

»Der bist du«, versicherte sie ihm und knabberte an seinen Lippen. »Der bist du wirklich, Rob. Du bist wunderbar. Ich habe mich wie eine Idiotin benommen.«

»Nein«, hauchte er an ihrem Mund und rückte ein Stück von ihr ab, damit er ihr in die Augen sehen konnte. Wieder umfing er ihr Gesicht und streichelte mit den Daumen ihre Wangen. »Nein, Marjorie. Du hattest jedes Recht der Welt, so zu empfinden. Wie ich bereits sagte, war es mir mein Leben lang scheißegal, was andere Menschen von mir denken. Und dann habe ich dich kennengelernt, und auf einmal hatte ich jemanden, den ich beeindrucken wollte. Ich wollte, dass du stolz auf mich sein kannst. Und das ist mir noch nie zuvor passiert.«

»Ich bin stolz auf dich«, versicherte sie ihm atemlos. »Sehr stolz sogar. Du hast etwas Unglaubliches getan. Ich hätte nie im Leben damit gerechnet. Ich dachte, du würdest mich vergessen, kaum dass du die Insel verlassen hast.«

»Dich vergessen?« Er schüttelte den Kopf. »Wenn ich das doch nur könnte. Du bist ständig in meinen Gedanken.« Er küsste sie noch einmal. »Ich nehme alles zurück. Ich würde dich nicht vergessen, selbst wenn ich es könnte. Ich liebe dich. Ich vergöttere dich. Ich möchte dich immer an meiner Seite haben.«

»Ich liebe dich auch, Rob. Ich liebe dich so sehr.« Sie küsste ihn und war unglaublich glücklich. Ihr Herz drohte zu zerspringen. »Ich kann es nicht fassen, dass du mir nach New York gefolgt bist.«

»Natürlich bin ich das«, meinte er und drückte die Lippen erneut auf ihre. »Du warst hier, also wollte ich auch unbedingt herkommen.« Noch während er sie mit den Lippen liebkoste, sah er zur Seite. »Aber ich glaube, dein Pferdeschwanz ist jetzt voller Farbe.«

»Funktioniert deine Dusche?«, fragte sie.

»Ich glaube schon. Aber ich bin mir nicht sicher, ob ich Handtücher habe.«

Sie musterte das Bett. »Wie sauber ist das Laken?«

»Sauber genug.« Er legte ihr einen Arm unter die Knie, den anderen um den Rücken, hob sie hoch und trug sie ins Badezimmer.

Marjorie drückte die Lippen an seinen Hals und genoss es, von seinem Geruch umgeben zu sein. Selbst so verschwitzt und voller Farbe roch er einfach wunderbar.

Er stöhnte. »Oh Gott, dein Mund.« Dann setzte er sie vorsichtig ab. »Bitte lach nicht über mein Badezimmer im Siebzigerjahre-Stil, Süße. Ich lasse noch alles renovieren.«

Sie sah sich zum ersten Mal um und kicherte.

Das Bad sah furchtbar aus. Die Wände hatten einen widerlichen Senfton, der von dunklerem Gold durchzogen war. Die Fliesen waren dunkelgrün – in etwa die Farbe eines toten Frosches. Alle Oberflächen waren in demselben Grünton gehalten, und der Spiegel über dem Waschbecken hatte einen riesigen verzierten Goldrahmen. Die Dusche war rundum verspiegelt – unfassbar! –, und auf der anderen Seite des Badezimmers stand eine Badewanne mit Löwenfüßen.

»Oh, wow«, hauchte sie. »Das ist ja nicht zu fassen.«

»Nicht wahr?« Rob lachte leise. »Ich bin fast schon wieder stolz darauf und hatte überlegt, es als Hommage an diese Dekade so zu lassen.«

»Bitte tu das nicht«, flehte sie ihn an. »Bitte nicht.«

»Okay«, neckte er sie und nahm sie erneut in die Arme. »Aber nur dir zuliebe, Süße.«

Sie lächelte, als er das sagte, legte ihm die Arme um den

Hals, und sie küssten sich wieder. Als er an ihrem Shirt zerrte, löste sie sich gehorsam von ihm und hob die Arme, damit er es ihr über den Kopf ziehen konnte. Es war im Rücken ganz feucht, und Rob verzog das Gesicht. »Ich hoffe, dieses Shirt war dir nicht weiter wichtig, denn es ist voller Farbe.«

»Das ist mir egal«, erklärte Marjorie und strich mit den Händen über seine Brust. »Ich würde den Inhalt meines Kleiderschranks mit Freuden dem Farbgott opfern, wenn das bedeuten würde, dass ich dich wieder in meinen Armen halten kann.«

»So weit musst du gar nicht gehen«, erwiderte er, legte ihr die Hände um die Taille und umfing ihre Pobacken. »Meine Anforderungen sind ganz bescheiden.«

»Dann schieß mal los.«

Er drückte die Stirn gegen ihre und rieb ihre Nasen aneinander. »Liebe mich einfach, Marjorie.«

Oh Gott, ihr Herz klopfte wie verrückt. »Das tue ich«, sagte sie leise. »Sehr sogar. Für mich gibt es keinen außer dich.«

»Mir geht es genauso.« Er küsste sie zärtlich und ließ die Hände zu ihrem BH-Verschluss wandern. »Und ich kann es kaum erwarten, dich endlich nackt vor mir zu haben.«

Darin waren sie sich einig. Während er ihr den BH auszog, schob sie die Hände auf seinem Rücken in den Bund seiner locker sitzenden Hose. Er trug wie immer keine Unterwäsche, und sie seufzte vor Wonne und massierte leicht seine Haut. »Ich will dich auch ausziehen.«

»Wir sollten dir zuerst die Farbe abwaschen«, sagte er grinsend. »Ich bin hier nicht derjenige, der sich an der Wand herumgerollt hat.«

»Du hast mich dagegengedrückt«, protestierte sie, ließ sich jedoch von ihm den Jeansknopf öffnen. Sie wackelte mit den

Hüften und hörte, wie Rob stöhnte. War ihm aufgefallen, dass ihr Höschen zu ihrem BH passte? Sie besaß nur ein Set aus schwarz-pinkfarbenen, durchsichtigen Dessous und hatte es heute Abend angezogen.

»Allein der Anblick bringt mich fast um«, erklärte Rob und streichelte sie, während sie aus der Jeans stieg.

»Tja, es ist ganz allein deine Schuld, dass ich jetzt duschen muss«, stellte sie fest und schwenkte ein wenig die Hüften, als sie sich wieder aufrichtete. Er hatte den BH zwar hinten geöffnet, doch ihre Brüste waren noch bedeckt, und sie trug nichts mehr am Leib als den BH und das Höschen. Um ihn noch weiter zu necken, drehte sie sich um, streckte den Hintern ein wenig heraus und zog sich langsam das Höschen herunter.

»Gottverdammt«, murmelte er und streichelte liebevoll ihre Pobacken. »Ich dachte bisher, deine Beine wären wunderschön, aber dein Hintern ist jede Sünde wert.« Seine Finger fuhren über ihre nackte Haut, und als sie sich ihres Höschens entledigt hatte, zog sie auch den BH aus. Dann löste sie ihren Pferdeschwanz und stand splitternackt vor ihm. Rob zog sie an sich und streichelte ihren Rücken. »Du bist so wunderschön und gehörst allein mir. Ich bin ein gottverdammter Glückspilz.«

Sie lächelte, küsste ihn erneut und griff dann nach seinem Hosenschlitz. »Jetzt bist du an der Reihe.« Er wollte ihr schon helfen, aber sie schob seine Hände wieder weg. »Lass mich das machen.«

»Ja, Ma'am«, murmelte er kichernd und hielt sich die Hände über den Kopf.

»So ist es schon besser.« Ganz langsam öffnete sie die fünf Knöpfe an seiner Hose – da er grundsätzlich nichts darunter hatte, trug er keine Hosen mit Reißverschluss – und genoss es, sich dabei sehr viel Zeit zu lassen, um die Spannung zu steigern. Als der letzte Knopf endlich geöffnet war, schob sie eine Hand in seine Hose, umfing seinen Penis und errötete leicht. »Wie ich sehe, hat er mich auch vermisst.«

»Fast noch mehr als ich.« Rob schob die Hände in ihr Haar und küsste sie tief und leidenschaftlich, wobei sie seinen Penis jedoch nicht wieder losließ.

Sie liebte es, ihn zu berühren, genoss das Gefühl, seine warme Haut zu spüren, ihn zu riechen, einfach alles. Einfach nur hier mit ihm in diesem hässlichen Badezimmer zu stehen machte sie so unfassbar glücklich, dass sie kaum noch atmen konnte. »Ich liebe dich, Rob«, sagte sie erneut.

»Ich liebe dich auch«, murmelte er zwischen ihren Küssen. »Und ich verspreche dir, dass ich dir nie wieder etwas verschweigen werde. Keine hässlichen Geheimnisse mehr.«

Sie nickte. Wenn diese Beziehung funktionieren sollte, dann mussten sie einander vertrauen. Und sie war bereit, das Risiko einzugehen und genau das zu tun. Die Zeit würde zeigen, ob es das Richtige war, aber sie hatte Vertrauen in ihn und war gespannt, wohin das alles führen würde. »Hose runter?«

»Oh ja.« Er wackelte mit dem Becken, und die Hose fiel zu Boden, wo er sie zur Seite kickte. »Gehen wir unter die Dusche?«

»Gern.« Sie beäugte das verspiegelte Ding. »Ich weiß wirklich nicht, wie man diese Dusche sauber halten soll.«

»Ich dachte, wir verteilen erst mal ordentlich Farbe darauf«, meinte er mit einem frechen Grinsen. »Und vielleicht einen Abdruck deiner Pobacken.«

Sie lachte und schüttelte den Kopf, als er in die Dusche trat und das Wasser andrehte. Die Rohre rasselten, und sie tauschten einen entsetzten Blick aus. »Ähm, sollen wir vielleicht lieber zu mir gehen?«, schlug Marjorie vor. »Ich habe zwar nur ein Klappbett, aber die Dusche funktioniert.«

»Nein«, entgegnete er und schlug mit der Faust gegen einen der Spiegel. Sofort stieg der Wasserdruck, und Rob drehte sich mit stolzem Grinsen zu ihr um. »Wir sollten dir die Farbe aus den Haaren spülen, bevor sie trocknet.«

Er reichte ihr die Hand, die sie ergriff, und sie verbrachten die nächsten Minuten damit, einander die Farbe vom Leib zu waschen und ihr mit den Fingern aus den Haaren zu kämmen. Rob hatte nur eine winzige Flasche Hotelshampoo, die sie komplett aufbrauchten, um Marjories Haare zu waschen. Marjorie merkte genau, wann das Waschen in etwas anderes überging, als Rob auf einmal weniger effektiv war und die Hände über ihren Körper wandern ließ.

Nicht dass ihr das etwas ausgemacht hätte. Sie strich ihm mit eingeseiften Händen über die Brust und spürte auf einmal einen starken Besitzanspruch. Dieser wundervolle Mann gehörte ihr. Sie hatte ihn für sich erobert, ebenso wie er sie. Allein dass sie ihn nach Lust und Laune berühren konnte, stellte schon ein außerordentliches Vergnügen dar. Sie schloss die Finger um seinen steifen Penis.

Er spannte sofort die Hüften an und pumpte sich in ihre Hand.

Sie sah ihm fasziniert ins Gesicht. Er hatte die Hände in ihr nasses Haar geschoben, um die letzten Farbreste zu beseitigen, aber seine Augen waren geschlossen, und seine Miene wirkte angespannt.

Oh. Davon wollte sie mehr sehen. Sie legte die Hand fester um sein Glied und rieb es erneut, und Rob stöhnte auf, als hätte er Schmerzen. Oooh. »Ich habe bei dir noch einiges nachzuholen«, merkte sie mit rauer Stimme an und rieb mit den Fingerspitzen über die Eichel. »Glaubst du, jetzt wäre der richtige Zeitpunkt dafür?«

»Oh Gott, ja. Ich ...« Auf einmal schrien sie beide auf, da

das Wasser eiskalt wurde. Marjorie kreischte, und sie spülten sich schnell die Seife ab und drehten zitternd den Wasserhahn zu. »Das lasse ich gleich Montag reparieren«, sagte Rob und schauderte. »Verdammt.«

Marjorie drückte die von einer Gänsehaut überzogenen Arme vor die Brust. »Wo ist das Laken?«

»Komm mit«, sagte Rob, zog sie aus dem Bad, und sie liefen tropfend nach nebenan. Eine Minute später wickelte er der zitternden Marjorie das Laken um den Leib. »Trocknen wir dich erst mal ab.«

Er rieb sie mit dem Laken am ganzen Körper ab und rubbelte dann auch ihr Haar, so gut es ging, trocken. Währenddessen strich sie mit einer Ecke des Lakens über seine Haut, um bei ihm dasselbe zu versuchen. Als sie ihn jedoch so berührte, wollte sie am liebsten sofort da weitermachen, wo sie im Badezimmer aufgehört hatten. Als er ihre Brust abtrocknete, ging sie auf die Knie, stemmte die Hände gegen seine Hüften und gab ihm deutlich zu verstehen, was sie vorhatte. »Trocken genug, Rob?«

»Scheiße, ja.« Er warf das feuchte Laken in eine Zimmerecke. »Mach mit mir, was du willst. Ich gehöre ganz dir.«

Sie spürte, wie sie peinlich berührt rote Wangen bekam, aber ihre Neugier und das Verlangen, ihn zu erkunden, waren größer als ihre Scham ob ihrer Unbeholfenheit. Sie legte erneut eine Hand um seinen Penis und sah ihn bewundernd an. »Du bist sehr groß.«

»So ein Kompliment hört man doch gern.« Er fuhr ihr mit den Fingern durch das feuchte Haar und streichelte ihre Wange. »Und du bist wunderschön, Süße.«

Sie schnaubte. »Du musst mir keine Komplimente machen, ich werde ihn so oder so in den Mund nehmen.«

»Deshalb habe ich das nicht gesagt. Ich finde es einfach

heiß, dich so vor mir knien zu sehen. Das würde jedem Mann so gehen.«

»Du bist aber der Einzige, den ich will.«

»Und dafür danke ich Gott auf Knien.«

Sie drückte sein Glied mit der Hand, um ihn zum Schweigen zu bringen.

»Störe ich dich in deiner Konzentration? Dann halte ich die Klappe.« Er schloss die Augen und legte den Kopf in den Nacken. »Tob dich aus.«

Ein scheues Lächeln umspielte ihre Mundwinkel. Es schien Rob sehr schwerzufallen, im Schlafzimmer den Mund zu halten. Eigentlich fand sie das sehr süß. Sie ließ seinen Penis los und erforschte ihn stattdessen mit den Fingerspitzen, umkreiste die rötliche Eichel und tupfte gegen das kleine Grübchen in der Mitte, aus dem Präejakulat hervordrang, wann immer sie ihn berührte. Sie wanderte mit einem Finger die dicke Ader entlang, die bis zu seinem Hodensack führte, und streichelte auch den. Seine Haut war dort so weich, fast schon samten. Und heiß, unglaublich heiß.

Das war faszinierend. Sie erinnerte sich an den Geschmack seines Spermas, aber seine Haut roch anders. Eher moschusartig als sauer. Sie vermutete, dass er dort auch anders schmeckte. »Wie schmeckst du?«

»Scheiße, woher soll ich das wissen? Ich habe meinen Schwanz noch nicht abgeleckt.« Er streichelte ihre Wange und fuhr dann mit dem Daumen über ihre Unterlippe. »Wie wäre es, wenn du mich kostest und es mir dann sagst?«

Das konnte sie tun. Tatsächlich hatte sie das und noch viel mehr vor. Sie beugte sich vor und strich mit den Lippen über seine Eichel. Das Präejakulat benetzte ihre Lippen, und sie leckte es ab und kostete ihn. Sie schmeckte denselben salzigen, leicht herben Geschmack wie beim ersten Mal, aber jetzt störte er sie nicht mehr so sehr. Sie leckte ihn erneut neugierig und freute sich, als Rob ein abgehacktes Stöhnen ausstieß.

»Schieb ihn dir in den Mund, Süße«, verlangte er. »Reib meinen Schwanz mit deiner kleinen Zunge.«

Das klang nach einer guten Idee, fand Marjorie. Sie legte die Finger um den Penisansatz und drückte die Eichel gegen ihre Lippen, bevor sie sie leicht öffnete, um die Reibung zu erhöhen. Das schien ihm zu gefallen. Er stieß kehlige Geräusche aus, was sie wiederum ermutigte. Als sie ihn in den Mund nahm, erinnerte sie sich daran, dass sie die Zunge benutzen sollte, und rieb damit die Unterseite seines Glieds.

»Du machst das verdammt gut«, erklärte er mit heiserer Stimme.

Wirklich? Sie wollte noch viel mehr tun.

Sie streichelte seine Hoden und bestaunte die weiche Haut. »Gefällt es dir, wenn ich dich da berühre?«

»Oh ja«, bestätigte er und seufzte. »Ich habe mir schon oft vorgestellt, wie du mich da leckst, bis mir einer abgegangen ist.«

Das hatte er getan? Sie musste zugeben, dass sie dieser Gedanke erregte. Sie bog die Zunge und leckte die weiche Haut an seinen Hoden. Er schmeckte dort eher moschusartig, und die Haut kam ihr sogar noch weicher vor. Rob stöhnte wieder, legte ihr die Hände auf die Schultern und strich ihr über die Arme, als wollte er sie nicht aus dem Konzept bringen.

Das war ... irgendwie schön. Und so leckte, saugte und knabberte sie an ihm und versuchte sogar, einen Hoden in den Mund zu bekommen. Dabei stellte sie sich ein bisschen unbeholfen an, aber es schien Rob dennoch zu gefallen. »Meine wundervolle Amazone«, murmelte er. »Himmel, ich liebe dich so sehr.«

Als Reaktion darauf knabberte sie an seiner Haut und leckte über die ganze Länge seines Glieds, um danach erneut die Eichel mit der Zunge zu verwöhnen.

Er krümmte die Finger in ihrem feuchten Haar. »Darf ich dir eine kleine Hilfestellung geben?«

Sie nickte, und er wiegte das Becken vor und zurück. Dabei bewegte er den Penis über ihre Zunge, und sie versuchte, ihn weiter in den Mund zu nehmen, da sie wissen wollte, wie weit sie ihn hineinbekam. Aber sofort setzte ihr Würgreflex ein, und sie zog ihn keuchend wieder heraus.

»Selbst das ist sexy«, meinte er und hockte sich hin, um sie zu küssen. »Aber das reicht. Jetzt will ich mit dir spielen.« Bei diesen Worten drückte er sie nach hinten auf die Luftmatratze und legte sich neben sie. Nach einem Moment schob er eine Hand zwischen ihre Beine. »Hat es dich erregt, meinen Schwanz in den Mund zu nehmen?«

Sie presste die Oberschenkel zusammen, dachte kurz nach und nickte dann. Allein wenn sie ihn berührte, wurde sie schon feucht, und seine Küsse brachten sie beinahe um den Verstand.

»Das muss ich natürlich überprüfen«, erklärte er und legte die Hand auf ihren Venushügel. Im nächsten Augenblick stöhnte er. »Verdammt, du bist ja wirklich richtig feucht, was?«

»Das bin ich«, hauchte sie schüchtern. Er war im Bett immer so direkt, und daran hatte sie sich noch lange nicht gewöhnt. Es gefiel ihr, aber sie war immer ein wenig angespannt, wenn er so etwas sagte.

Rob drückte seine Lippen auf ihre und küsste sie leidenschaftlich. »Ich hatte ganz vergessen, dich zu fragen, wie ich schmecke«, murmelte er. »Und, was meinst du?«

Sie überlegte kurz, und er nutzte die Gelegenheit, um

Küsse auf ihren Hals zu drücken und sich in Richtung ihrer Brüste vorzuarbeiten. »Du schmeckst ein wenig nach Haut, Schweiß und ... na ja, Rob. Ich weiß nicht, wie ich es sonst beschreiben soll.«

»Solange die Antwort nicht ›gekochter Hotdog‹ ist, bin ich zufrieden«, erwiderte Rob und leckte ihre rechte Brustwarze. »Mann, wie ich diese Brüste vermisst habe. Habe ich ihnen auch gefehlt?«

Marjorie kicherte. »Ich schätze schon.«

»Dann muss ich ihnen jetzt die gebührende Aufmerksamkeit widmen, um den Liebesentzug der letzten Zeit wiedergutzumachen.« Er sah ihr in die Augen. »Es sei denn, du hast dich da beim Masturbieren gestreichelt.«

»Rob«, stieß sie stöhnend aus. »Du sollst mich so was doch nicht fragen.«

»Ist das dein Ernst? Mir gefällt die Vorstellung, dass du dabei an mich denkst. Ebenso wie der Gedanke, dass du dich hier berührst«, er drückte gegen ihre Schamlippen, »und hier an dir rumspielst.« Seine Finger berührten ihre Klitoris. »Vielleicht reibst du sie und reibst und reibst ...« Er umkreiste den Nervenknoten bei jeder Wiederholung des Wortes, bis sie sich im Rhythmus seiner Hand bewegte.

«Und dann schreist du meinen Namen, wenn du kommst, ja?« Seine Zunge fuhr über ihre Brustwarze. »Ich würde dir gern mal dabei zusehen. Versprich mir, dass ich zugucken darf, wenn du das nächste Mal masturbierst.«

»Nur wenn du mir dasselbe versprichst«, erwiderte sie keuchend. Sie krallte sich in seine Schultern. »Das will ich ebenfalls sehen.«

»Das lässt sich einrichten.« Er rieb wieder ihre Klitoris, und Marjorie spürte, wie er mit einem Finger gegen ihre Öffnung drückte, sodass sie die Beine spreizte. Seitdem sie miteinander geschlafen hatten, sehnte sie sich danach, ihn erneut in sich zu spüren. Als er mit dem Finger in sie eindrang, dehnte er sie ein wenig, aber das Gefühl verschwand schnell wieder. »Mehr«, verlangte sie und hob fordernd die Hüften. »Ich will dich wieder in mir spüren.«

»Zuerst muss ich dafür sorgen, dass du mich auch aufnehmen kannst, Süße.« Er drückte einen zweiten Finger in sie hinein und penetrierte sie langsam. »Aber du bist so feucht, dass das eigentlich kein Problem sein sollte. Himmel, es macht mich total an, dass du so schnell erregt bist. Das ist so verdammt heiß.« Er beugte sich vor und knabberte an ihrer Brust. »Warte kurz, ich hole eben ein Kondom.«

Sie nickte, und er verschwand. Ein langer Augenblick verstrich, und ihr kam ein verruchter Gedanke. Wagemutig legte sie sich eine Hand zwischen die Beine und streichelte sich so, wie sie es immer beim Masturbieren machte. Leichte, zarte Berührungen am Scheideneingang und schnellere um ihre Klitoris. Sie spreizte die Beine auf der Luftmatratze weit, damit er genau sehen würde, was sie tat, wenn er zurückkam.

Ihre Wangen wurden dunkelrot, aber sie wollte Robs Gesichtsausdruck unbedingt sehen.

»Ich hab eins gefunden«, rief er, als er das Schlafzimmer mit einem kleinen lilafarbenen Päckchen in der Hand wieder betrat. »Ich musste erst ein bisschen suchen und ... heilige Scheiße!« Er taumelte zur Matratze. »Oh großer Gott, das ist das Schönste, was ich je gesehen habe!«

Sie lächelte, hörte aber nicht auf. Ihre Haut war bereits sehr empfindlich, und sie atmete immer schneller, während ihre Brustwarzen noch steifer wurden. Sie würde sich selbst zum Höhepunkt bringen, wenn er sie nicht bald berührte. »Du hast mir gefehlt«, gestand sie ihm leise und nahm die Hand weg.

»Oh nein, hör nicht auf«, flehte er und ging auf die Knie. Er drückte ihre Beine noch weiter auseinander und legte den Kopf dazwischen. »Jetzt muss ich auch sehen, wie du kommst.«

Sie stöhnte, als er sie zu lecken begann. Okay, mit dieser Reaktion hatte sie nun doch nicht gerechnet, aber, wow, es fühlte sich einfach unglaublich an. Ihre Hüften zuckten, als er ihre Klitoris leckte und mit den Fingern in sie eindrang. Dann bewegte er sie in ihr, und Marjorie stöhnte, presste sich gegen seinen Mund, und er ließ die Zunge wieder über ihre Klitoris schnellen. »Oh«, hauchte sie. »Rob, ich ...«

Er summte etwas, das eine Ermutigung sein konnte, aber auch irgendein Lied. Doch die Vibration an ihrer Haut fühlte sich so unfassbar gut an. Mit einem heiseren Schrei erreichte sie den Höhepunkt. Ihre Scheidenmuskeln zogen sich um seine Finger zusammen, die tief in ihr steckten, während er ihre Klitoris leckte.

Der wunderbare, erschütternde Orgasmus schien gar nicht mehr aufzuhören, und als er dafür gesorgt hatte, dass sie ihn ganz auskostete, gab er ihr noch einen letzten Kuss auf den Venushügel, setzte sich auf und griff nach dem Kondom, das er aufs Bett geworfen hatte. Sie beobachtete fasziniert, wie er das Päckchen öffnete und sich das Kondom über den harten Penis rollte. Danach stützte er sich mit den Händen aufs Bett und küsste sie tief, sodass sie ihren eigenen Geschmack im Mund hatte.

»Bereit?«, fragte er.

Sie nickte und spürte sofort, wie er die Eichel gegen ihre Öffnung drückte. Ihre Erregung übermannte sie, und sie klammerte sich an seinen Hals und küsste ihn wild, während er in sie eindrang. Dieses Mal ging er weder langsam noch sanft vor. Mit einer schnellen, heftigen Bewegung war er in ihr, und das war ein fast schon erschreckendes Gefühl. Sie kreischte leise, als er ganz eingedrungen war.

Er löste die Lippen von ihr und sah sie besorgt an. »Ist alles in Ordnung, Süße?«

Oh ja, es fühlte sich mehr als in Ordnung an. Sie war auf die Art und Weise ausgefüllt, wie sie es sich die ganze Zeit über ersehnt hatte. Er steckte so tief in ihr, und doch sehnte sie sich gleichzeitig nach mehr. »Es ist perfekt«, antwortete sie aufrichtig.

Rob stöhnte und küsste sie wieder, um sich dabei mit sicheren, schnellen Stößen in ihr zu bewegen. Die Luftmatratze quietschte und protestierte unter ihnen, aber sie bekamen es gar nicht richtig mit. Marjorie bewegte die Hüften im Einklang mit seinen und versuchte, sich an sein Tempo anzupassen, obwohl ihre Beine stark zitterten. Sie war sich nicht sicher, ob sich bereits der nächste Höhepunkt aufbaute oder ob der letzte noch nicht ganz abgeklungen war. Jedenfalls wimmerte sie und berührte Rob, wo immer sie an seine Haut herankommen konnte. Ihre Bewegungen wurden immer hektischer, je schneller er sich in sie hineinstieß. »Ich brauche dich«, murmelte sie. »Ich will mehr. Ich bin so kurz davor.«

Er nickte, lehnte sich nach hinten, legte die Hände an ihre Taille und drehte sie zu ihrem Erstaunen auf die Seite. Dann schob er ihre Beine auseinander und drang wieder in sie ein, wobei er ihr rechtes Bein mit einem Arm hoch in die Luft hielt. Dabei veränderte sich der Winkel, und sie stöhnte laut, weil er sie so noch mehr auszufüllen schien.

»Fühlt sich das gut an?«, wollte er keuchend wissen.

Sie nickte und biss sich auf die Unterlippe. Es fühlte sich alles gut an. Es war fast so, als wüsste er genau, wie er sie berühren musste, um sie in Ekstase zu versetzen.

»Gleich wird es noch viel besser«, versprach er ihr und wurde schneller. Er pumpte sich härter in sie hinein, und zu ihrer Überraschung wurde das Gefühl auf einmal viel intensiver. Sie stöhnte und klammerte sich an die Matratze, während er sie heftig und schnell liebte.

Und dann kam sie, wobei jedes Nervenende in ihrem Körper in Flammen zu stehen schien und jeder Knochen sich in Mus verwandelte. Marjorie schrie Robs Namen.

»Ja«, stieß er keuchend aus, und seine Stöße wurden noch wilder und ungleichmäßiger und seine Bewegungen noch abgehackter. Er stöhnte und hielt sie einige Sekunden lang mit geschlossenen Augen fest, und ihr wurde klar, dass er ebenfalls kam. Dabei fragte sie sich, wie es sich wohl anfühlen mochte, wenn er kein Kondom benutzte, sondern sich in ihr ergoss.

Eines Tages mussten sie das ausprobieren.

Vorerst war sie jedoch zufrieden damit, dass er schwer atmend neben ihr lag. Er zog sie an sich, und sie sah träge zu, wie er das Kondom abzog und sich ein neues überstreifte. Als er sie mit dem Rücken an seine Brust zog, drang er wieder in sie ein und verband ihre Körper so miteinander.

»Das ist neu«, murmelte sie.

»Ich bin noch lange nicht mit dir fertig«, erklärte er. »Bleibst du über Nacht?«

Sie kuschelte sich an ihn. »Natürlich.«

Er schob ein paar feuchte Haarsträhnen zur Seite und küsste ihren Hals. »Bleibst du für immer?«

Ihr Herz drohte zu zerplatzen, und sie nickte. »Für immer.«

\* \* \*

Am nächsten Morgen zog Marjorie wieder ihre mit Farbe beschmierte Kleidung an, und Rob packte eine Reisetasche. Hand in Hand verließen sie das Gebäude und fuhren zu ihrer

Wohnung. Das hatten sie letzte Nacht in einer Pause ihres langen Liebesspiels beschlossen: dass Rob bei ihr bleiben würde, bis die Renovierung seines Penthouses abgeschlossen war. Danach würde sie bei ihm einziehen. In Marjories Ohren klang das nach einer perfekten Lösung, aber sie wusste, dass Rob noch immer besorgt war, er könnte ihren Job bei Brontë in Gefahr bringen, da er jetzt wieder Teil ihres Lebens war.

Daher würde sie heute erneut ein Risiko eingehen und Rob einfach mitnehmen.

Sie duschten in ihrer Wohnung, kämmten die letzten Farbreste aus ihrem Haar, und dann zog sie sich ein schlichtes Maxikleid und Riemchenpumps an. Danach schickte sie Brontë eine SMS und lud sie ein, sich mit ihr in ihrem Lieblingsrestaurant zu treffen. *Bring Logan mit*, schrieb sie. *Ich möchte mit euch beiden etwas besprechen.*

*Okay*, antwortete Brontë. *Bekomme ich einen Tipp?*

*Keine Tipps. Sei einfach für alles offen. Und das ist kein Geschäftsessen, falls du das denken solltest.*

*Du machst mich ja immer neugieriger! Wir werden da sein. Ich war heute sowieso mit Logan zum Mittagessen verabredet, daher passt das perfekt. Bis nachher!*

»Bist du dir wirklich sicher, dass du das tun willst, Süße?«, fragte Rob, als sie ihr Apartment verließen.

»Nein«, antwortete sie, »ich bin mir überhaupt nicht sicher. Aber ich will mich nicht ständig vor dem fürchten müssen, was sie möglicherweise denken, und wir werden uns auch nicht hinter ihrem Rücken treffen. Wenn es ihnen nicht gefällt, dann müssen sie eben in den sauren Apfel beißen, nicht wahr?«

»Verdammt, es macht mich so an, wenn du das sagst«, erklärte Rob. »Es gefällt mir, dass du das Heft in die Hand nimmst.«

Sie drückte seine Hand, da sie wusste, dass er nervös war. Er behauptete zwar, es wäre ihm nicht wichtig, was Logan Hawkings von ihm dachte, aber sie vermutete, dass das gelogen war. Rob wollte sich zumindest seinen Respekt verdienen. Marjorie konnte nur hoffen, dass Logan dem offen gegenüberstand, sonst standen ihnen einige unangenehme Stunden ins Haus.

Sie waren schon sehr früh in dem Café und sicherten sich einen Tisch im hinteren Bereich, wo sie ein bisschen mehr Privatsphäre hatten. Rob rutschte neben ihr auf seinem Stuhl herum, aber Marjorie blieb gelassen.

Schließlich wusste sie, was sie wollte: Rob. Alles andere musste sich dieser Tatsache unterordnen.

Kurz darauf betraten immer mehr Gäste das Café, um hier Mittag zu essen, und Marjorie behielt die Tür im Auge. Rob hielt in der rechten Hand sein Handy und spielte daran herum, die Finger seiner linken verschränkte er unter dem Tisch mit ihren. Dann entdeckte sie Brontës dunkle Locken und dicht hinter ihr den größeren Logan.

»Sie sind da«, raunte sie Rob zu und stand auf, um ihre Freundin heranzuwinken.

Rob erhob sich langsam, und als Brontë und Logan zum Tisch kamen, bemerkte sie, wie sich deren Mienen verfinsterten, als sie Rob sahen.

Marjorie hob beschwichtigend eine Hand. »Bevor irgendjemand etwas sagt: Hier geht es nicht ums Geschäft, sondern ganz allein um mich. Und ich möchte, dass ihr mich beide anhört, bevor ihr euch dazu äußert.«

Brontë und Logan sahen einander an. Der Milliardär schien stinksauer zu sein, aber Marjorie bemerkte, wie Brontë ihm eine Hand auf den Arm legte. Er zuckte mit den Achseln und sah sie ungeduldig an. Dann schob er seiner Frau einen Stuhl zurecht und setzte sich ebenfalls, genau wie Marjorie. Sie griff unter dem Tisch wieder nach Robs Hand und lächelte ihm zuversichtlich zu, auch wenn sie in diesem Augenblick eher unsicher war.

»Was ist denn los?«, fragte Brontë mit so höflicher und freundlicher Stimme wie immer.

Marjorie lächelte einfach weiter. »Ich wollte euch mitteilen, dass Rob und ich wieder zusammen sind.« Sie sah ihn liebevoll an. »Wir haben uns gestern versöhnt, und da es beim letzten Mal, als wir alle aufeinandergetroffen sind, sehr unschön geworden ist, wollte ich die Sache mit euch besprechen. Die Wahrheit ist, dass Rob genau der Mensch ist, als der er sich ausgibt ... und ich liebe ihn. Er liebt mich trotz all meiner Fehler, und ich liebe ihn. Und wir wollten euch das direkt mitteilen, weil sich keiner von uns mehr verstecken wird.« Sie leckte sich die Lippen und hatte auf einmal einen ganz trockenen Hals. »Und er wird ein sehr großer Teil meines Lebens sein, daher wäre es schön, wenn ihr ihn einfach akzeptiert.«

Brontë riss die Augen auf, lächelte kaum merklich und sah Logan an.

Er behielt seine versteinerte Miene noch einige Sekunden lang bei. Währenddessen schaute er erst Marjorie und dann Rob an, der ungewöhnlich schweigsam war. Nur sein Händedruck verriet Marjorie, wie er empfand.

Logan räusperte sich. »Ich habe gelesen, was Sie mit Cannon Networks getan haben. Verkauft für eine Milliarde?«

»Eins Komma zwei«, korrigierte Rob ihn.

Logan knurrte. »Und Sie haben alles gespendet?«

»An drei Wohltätigkeitsorganisationen. Eine hat den Großteil abbekommen, aber zwei kleinere wurden auch noch bedacht.« Er zuckte mit den Achseln, und Marjorie wusste, dass er die Gelassenheit nur vorspielte.

»Warum?« Logan kam mit seiner Frage direkt auf den Punkt. »Sie haben auf mich bisher keinen besonders wohltätigen Eindruck gemacht.«

»Weil Marjorie den Menschen verabscheut hat, der ich war«, antwortete Rob. »Und ich wollte zu jemandem werden, auf den sie stolz sein kann. Das schien mir der erste logische Schritt zu sein.«

»Dann haben Sie Marjorie zuliebe eine Milliarde Dollar gespendet?«

»Im Grunde genommen ja.«

Mann, so langsam wurde es peinlich. Marjorie spürte, wie ihr das Blut in die Wangen stieg.

Logan knurrte und lehnte sich zurück. »Man braucht echt Eier, um so was zu machen.«

»Sie würden das für Ihre Frau auch tun«, stellte Rob fest.

»Ja, das würde ich«, stimmte Logan ihm zu.

Einige Sekunden lang herrschte Schweigen am Tisch.

»Tja«, meinte Logan und nahm das Gespräch wieder auf. »Ich bewundere Männer, die alles für das geben, was sie haben wollen. Falls Sie je mit mir über etwas Geschäftliches reden wollen, lassen Sie es mich wissen. Wir fangen einfach noch mal von vorn an.«

Rob lächelte, und Marjorie fiel ein Riesenstein vom Herzen. »Danke, Mann, aber ich habe mich vorerst aus dem Geschäftsleben zurückgezogen. Zwar habe ich noch ein paar Ideen für zukünftige Unternehmen, aber momentan widme ich meine Zeit allein einer Sache.« Er hob Marjories Hand an den Mund und küsste ihren Handrücken.

Marjorie konnte gar nicht mehr aufhören zu lächeln.

# Epilog

Hör auf zu fluchen«, schimpfte Marjorie und drückte das Kinn an Robs Schulter. »Du erschreckst die Leute.«

»Ich erschrecke niemanden, verdammt noch mal«, knurrte Rob und starrte die Karte in seiner Hand wütend an. »Ich bin ... einfach nur ... stinksauer.« Er drückte eine Zahl auf dem Bildschirm der Testeinheit, die er ausprobierte. »Die rufen meine Scheißzahl doch absichtlich nicht auf.«

Sie verdrehte die Augen. Dieser Mann war wirklich furchtbar ungeduldig. »Wir sind hier, um die Karten zu testen, das ist alles. Und es ist ja nicht so, als würdest du das Geld brauchen!«

»Bingo!«, rief jemand hinter Rob.

Er warf seine elektrische Karte angewidert auf den Tisch. »Das reicht. Ich habe die Schnauze voll. Das ist doch ein abgekartetes Spiel.«

Marjorie kicherte. Ihr Rob war ein schlechter Verlierer. »Ist es nicht.«

»Ist es doch«, beharrte er.

»Es sind deine Karten«, rief sie ihm in Erinnerung und hörte nicht auf zu kichern. »Deine Prototypen. Du hast sie mitgebracht. Wenn hier irgendjemand schummelt, dann wohl du.«

»Smith, Sie sind gefeuert!«, rief Rob, streckte einen Arm aus und zog Marjorie an sich, um an ihrem Ohr zu knabbern. Das gehörte zu den wunderbaren Aspekten ihrer Beziehung mit Rob, fand Marjorie. Es war ihm völlig egal, wo sie sich aufhielten. Wenn er zärtlich sein wollte, dann war er das. Ob im Altersheim oder in einem Restaurant, Rob schämte sich nie, der Welt zu zeigen, dass er Marjorie vergötterte ... und das wirkte wie Balsam auf ihr angeknackstes Selbstbewusstsein. Sie liebte es, von ihm mit Aufmerksamkeiten überschüttet zu werden.

Smith, die den Job des Bingorufers übernommen hatte, verdrehte die Augen. »Wenn Sie mich feuern, haben Sie keine Assistenten mehr, Sir.«

»Hmmm. Da haben Sie auch wieder recht. Vergessen Sie's.«

»Du könntest ja Gortham und Cresson wieder einstellen«, schlug Marjorie spöttisch vor. »Sie würden bestimmt wieder gern für dich arbeiten.«

»Auf gar keinen Fall«, rief Rob. »Die beiden waren zu nichts zu gebrauchen. Sie waren so unnütz wie Titten an einem Huhn.«

Marjorie schnaubte. »Das ist ein interessantes Bild.«

»Aber nur, weil du eine schmutzige Fantasie hast.« Er streichelte ihren Oberschenkel.

Sie schob seine Hand lächelnd weg. »Tust du mir einen Gefallen und hebst dir den Schweinkram auf, bis wir nicht mehr im Altersheim sind?«

»Ist ja schon gut«, knickte er ein, und sie drückte ihm die Karte wieder in die Hand. Er drückte auf Reset, die Karte leuchtete auf, piepte, und der Bildschirm war wieder leer.

»Das nächste Spiel heißt Briefmarke«, verkündete Smith über das Mikrofon. »Bitte drücken Sie alle auf die Resettaste.«

Aus allen Ecken des Saals piepte es. Jemand rief: »Meine Karte reagiert nicht.«

Rob stöhnte leise.

Marjorie drückte grinsend seinen Arm. »Sei still. Aus genau diesem Grund testen wir die Karten doch hier. Du hast ganz genau gewusst, dass am Anfang nicht alles reibungslos ablaufen wird. Sonst wäre dieser Test ja auch völlig unnötig.«

Sie führten den Test von Robs Bingokarten-Prototypen im Altersheim durch, weil Marjorie es vorgeschlagen hatte. Seine neueste Besessenheit war eine Art Fernbingo, bei dem die Karten mit einem Computer synchronisiert wurden. Er hatte vor, irgendwann ein Bingonetzwerk zu eröffnen, aber zuerst mussten die Karten richtig funktionieren.

Da gab es zwar noch einige Probleme zu bewältigen, aber wenn störungsanfällige Bingokarten ihr größtes Problem waren, dann hatten sie es wohl geschafft.

Das Leben war in den letzten Monaten einfach wunderbar gewesen. Robs Penthouse war inzwischen renoviert, und sie hatten zusammen Möbel ausgesucht und alles eingerichtet. Sie war bei ihm eingezogen und hatte den riesigen Kleiderschrank für ihre immer größer werdende Sammlung an teuren Schuhen in Besitz genommen. Rob kaufte ihr mit Vorliebe Schuhe mit sehr hohen Absätzen, die Marjorie nur zu gern anzog.

Üblicherweise trug sie neue Schuhe zuerst im Bett, bevor sie damit vor die Tür ging. Rob liebte es, wenn sie hochhackige Schuhe – und nichts anderes – beim Sex trug.

Auch bei der Arbeit lief alles bestens. Brontë und sie verstanden sich besser als jemals zuvor, und der Buchklub war ein voller Erfolg. Sie hatten sogar einen zentralen Treffpunkt für Kinder eingerichtet, an dem auch ständig Schirmherren der Stiftung und des Buchklubs anzutreffen waren. Seit einiger Zeit fanden dort auch öffentliche Veranstaltungen statt, die sehr gut ankamen, was die beiden Frauen außerordentlich freute.

Die Männer kamen ebenfalls gut miteinander aus. Gut, hin und wieder stritten sie sich, allerdings eher über Footballergebnisse oder Aktienkurse. Sie waren zwar noch keine Freunde, aber auf dem besten Weg dorthin. Eines Abends waren sie sogar zusammen Poker spielen gegangen. An einem anderen gingen sie etwas trinken. Noch machten sie keine Geschäfte miteinander ... aber das konnte noch kommen. Jedenfalls war Logan interessiert an Robs Projekten, und sie vermutete, dass ein gemeinsames nicht mehr allzu lange auf sich warten lassen würde.

»Oje«, sagte Smith ins Mikrofon. »Ich glaube, der Ball ist stecken geblieben.« Sie stupste die Maschine an. »Sir?«

Rob starrte gebannt auf seine Karte. »Marjorie, Süße, kannst du ihr vielleicht helfen? Ich möchte sehen, wie die Karte reagiert, wenn sie die Resettaste drückt.«

»Aber natürlich.« Marjorie stand auf und ging nach vorn zu Smith. Dann beugte sie sich vor und schaute Robs Assistentin über die Schulter. »Wo ist denn das Problem?«

»Da steckt was im Schacht«, erläuterte Smith und deutete auf die Maschine.

Die Bingomaschine bestand aus fünfundsiebzig weißen, nummerierten Bällen, die in einem Glaskasten unter der elektronischen Anzeige herumhüpften. Nacheinander gelangten die Bälle durch den Schacht nach oben, wo der Spielansager sie herausnehmen konnte. Aus irgendeinem Grund steckte jetzt jedoch noch etwas anderes darin. Etwas Blaues.

Marjorie beugte sich vor und runzelte die Stirn. »Was steckt ... denn ... da.« Sie schnappte nach Luft.

Das Objekt, das sie herauszog, war ein kleines, mit Samt überzogenes Schmuckkästchen, wie für einen Ring, das an der Stelle klemmte, an der sonst ein Ball herausgenommen werden konnte.

Marjorie starrte mit weit aufgerissenen Augen ins Publikum, wo auch Rob saß. Er starrte stur seine Karte an, grinste aber breit wie ein Honigkuchenpferd. Sie stieß ein würdeloses Geräusch aus – eine Mischung aus einem Protestschrei und einem Kreischen – und zog die Schachtel heraus, um sie mit zitternden Händen zu öffnen.

Dann starrte sie den Inhalt an.

In dem Kästchen lag ein Ring, der mit einem riesigen, eckigen Diamanten besetzt war, um den man zahlreiche kleinere Diamanten eingelassen hatte. Es war ein Verlobungsring.

»Rob«, murmelte sie verblüfft. »Wie viel hat der gekostet?«

»Das ist keine akzeptable Antwort«, rief er amüsiert zurück. »Du musst mit Ja oder Nein antworten. Und der Preis deines Verlobungsrings geht dich überhaupt nichts an.«

»Ja!«, schrie sie glücklich. »Ja!« Sie rannte zurück zum Tisch und warf sich in Robs Arme. »Einhundert Mal Ja!«

Er lachte, sie küssten sich leidenschaftlich, und Marjorie glaubte schon, dass ihr Herz vor Glück zerspringen würde.

»Wird jetzt die nächste Zahl aufgerufen, oder was?«, rief eine erboste Stimme aus dem hinteren Teil des Saals.

Marjorie lachte, umklammerte Rob und war unfassbar glücklich. »Wir sollten lieber rausgehen. Es gibt eine unumstößliche Regel in Altersheimen, und die ist, dass das Bingospiel heilig ist.«

»Daran sollten wir uns lieber halten«, erwiderte Rob und drückte sie an sich. Es fühlte sich so gut an, in seinen Armen zu liegen, und so unglaublich richtig. »Gut, dass ich genau den richtigen Ort kenne, an dem wir uns in Ruhe dem Knutschen widmen können.«

»Doch nicht etwa dein Penthouse?«

»Also? Haben wir eine Verabredung?«

Marjorie grinste. »Zu der ich nichts als meine Schuhe tragen werde.«

»Und den Ring.«

»Und den Ring«, fügte sie hinzu. Dann liefen sie Händchen haltend hinaus und zurück in ihre Wohnung.

Sie kamen in Rekordzeit dort an, und Marjorie hielt ihr Versprechen, zog sich schnell aus und schlüpfte in ihre Lieblingsschuhe. Sie schob den Ring auf einen Finger und starrte ihn staunend an. Er saß wie angegossen. »Wie in aller Welt hast du das geschafft?«, wollte sie wissen.

»Was?« Rob entledigte sich seiner Hose und zuckte mit den Achseln. »Ich habe sie gebeten, mir einfach den größten Ring zu geben, den sie haben ...« Er lachte, als sie sich auf ihn stürzte. »War nur Spaß! War nur Spaß!«

»Du bist ein sehr grausamer Mann«, erklärte sie und griff nach ihren Schuhen. »Ich sollte die lieber wieder ausziehen, um dich zu bestrafen.«

»Nein, bloß nicht«, hielt er sie davon ab. »Ich liebe meine große, wunderschöne Amazone. Wenn du mich so überragst, wird mein Ständer noch viel steifer.«

Sie streckte die Hand aus und vergewisserte sich, ob seine Behauptung zutraf. »Hart wie ein Diamant«, stimmte sie ihm zu und ergänzte dann: »Hart wie *mein* Diamant. Der vermutlich unglaublich teuer gewesen ist.«

»Er hat einen Appel und ein Ei gekostet«, behauptete er grinsend.

Sie stöhnte und ließ sich von ihm auf das riesige Bett ziehen. »Bitte sag mir, dass das nicht stimmt.«

»Tut es nicht«, bestätigte er und streichelte ihre Brüste. »Ich würde doch nicht bei dem sparen, was mir das Wichtigste auf der Welt ist. Und du weißt ganz genau, dass mir für dich nichts zu teuer ist.«

Sie lächelte ihn hingebungsvoll an. Das stimmte. Im vergangenen Jahr hatte er unfassbare Summen für alles Mögliche ausgegeben. Wenn sie sagte, dass ihr eine bestimmte Farbe gefiel, kam sie nach Hause und fand drei neue Schuhpaare in dieser Farbe vor. Erwähnte sie einen bestimmten Wagen lobenswert, kaufte er ihn am nächsten Tag für sie. Momentan hatte sie eine rote Corvette und einen Bentley unten in der Tiefgarage stehen, wo sie Staub ansammelten. Rob interessierte das nicht weiter. Er wollte sie nur zum Strahlen bringen.

Dabei hatte sie ihm schon so oft gesagt, dass sie schon lächeln musste, wenn er sie einfach nur ansah.

»Ich liebe dich«, sagte sie ihm zum einhundertsten Mal in dieser Woche. Vielleicht auch an diesem Tag. In dieser Hinsicht waren sie sehr albern.

»Ich liebe dich auch«, erwiderte er, legte sich zwischen ihre Beine und stützte ihren rechten, mit einem Schuh mit hohem Absatz bewehrten Fuß gegen seine Hüfte. »Lass mich dir demonstrieren, wie sehr ich dich liebe.«

Und dann tat er genau das.

# Die Community für alle, die Bücher lieben

**Das Gefühl, wenn man ein Buch in einer einzigen Nacht verschlingt – teile es mit der Community**

In der Lesejury kannst du
- ★ Bücher lesen und rezensieren, die noch nicht erschienen sind
- ★ Gemeinsam mit anderen buchbegeisterten Menschen in Leserunden diskutieren
- ★ Autoren persönlich kennenlernen
- ★ An exklusiven Gewinnspielen und Aktionen teilnehmen
- ★ Bonuspunkte sammeln und diese gegen tolle Prämien eintauschen

**Jetzt kostenlos registrieren: www.lesejury.de**
**Folge uns auf Facebook:**
**www.facebook.com/lesejury**